D1994433

Holger Siemann

Karlas Versuch, die Welt zu verbessern

Holger Siemann

Karlas Versuch, die Welt zu verbessern

Roman

C. Bertelsmann

01935/2009
SIE

Stadtbücherei
Wolfenbüttel

Die Zitate von Raymond Chandler stammen aus dem Roman
»Playback« in der Übersetzung von Wulf Teichmann

FSC
Mix
Produktgruppe aus vorbildlich bewirtschafteten Wäldern und anderen kontrollierten Herkünften
Zert.-Nr. SGS-COC-1940
www.fsc.org
© 1996 Forest Stewardship Council

Verlagsgruppe Random House FSC-DEU-0100
Das für dieses Buch verwendete FSC-zertifizierte Papier *EOS*
liefert Salzer, St. Pölten.

1. Auflage
Copyright © 2008 by Holger Siemann
Erschienen im C. Bertelsmann Verlag, München,
in der Verlagsgruppe Random House GmbH
Umschlaggestaltung: R·M·E Roland Eschlbeck
und Rosemarie Kreuzer
Satz: Uhl + Massopust, Aalen
Druck und Bindung: GGP Media GmbH, Pößneck
Printed in Germany.
ISBN 978-3-570-00931-4

www.cbertelsmann.de

Für meine Mutter

Dr. Karla Schlicht entfernte die Grashalme aus den Rädern und dachte daran, dass »Omakarre«, wie ihre Tochter Rosalie den Büchertrolley wegen seines Aussehens nannte, bald auf ganz neue Weise zutreffen würde.

Sie drückte den Rücken durch. Am Vormittag war der Atem noch weiß aus ihrem Mund gequollen, und sie hatte trotz Parka am Verkaufsstand gefroren. Die Meteorologen sprachen von einer Jahrhundertverspätung, aber heute endlich, Anfang Mai, leuchtete der Tiergarten in der Sonne.

Der Wind trug den Geruch von Gebratenem heran. Am Rand der Liegewiese stand eine Gruppe braunhäutiger Frauen mit weißen Kopftüchern um einen Grill, ihre Kinder jagten sich mit abgerissenen Zweigen durch die Büsche. Ein Knirps stolperte hinter einem grün-gelb gepunkteten Ball durch das Gras und lachte.

Vor ihr auf dem Weg gurrte und balzte ein Täuberich mit geblähter Brust vor zwei Tauben, die geschäftig pickten und davonflatterten, als ein Hubschrauber mit glitzernden Rotorblättern in geringer Höhe über die Wipfel dröhnte. Die Maschine verschwand in einem Bogen hinter dem Reichstag, das Zwitschern der Vögel lebte wieder auf.

Auf dem Asphalt des Hauptwegs kam sie leichter vorwärts, und bald schimmerten die Stelen des Holocaust-Denkmals zwischen dem noch durchsichtigen Knospengrün der Bäume. Wenn sie sich beeilte, schaffte sie den 100er Bus.

Plötzlich brachen Polizisten in Kampfuniform mit Krachen und Splittern durch das Unterholz, spannten vor ihrer Nase gelb-schwarzes Absperrband über den Weg und brüllten aufgeregt in ihre Sprechfunkgeräte. Ein Beamter, der ihren konsternierten Blick bemerkte, rief: »Dös is jetz g'sperrt dahier.« Seine Beine waren mit Schienen gepanzert, die Schultern breit gepolstert, und auf seinem schwarzen Helm schwankte eine Antenne.

»Jehnse zurück, det is ne Übung!« belferte ein anderer Uniformierter, stieß sie unsanft beiseite und entrollte mit größter Selbstverständlichkeit Stacheldraht, der sich in Schleifen zwischen die Rhododendronbüsche legte.

Vom Brandenburger Tor jaulten Polizeisirenen herüber, die Motoren von Wasserwerfern und Mannschaftstransportern bliesen Abgaswolken in den Frühlingsduft. Wagentüren klappten, auf dem Asphalt klirrten Eisenstangen und Gitter. Zum Bus kam sie hier nicht durch, so viel war klar.

Ostentativ langsam zog sie den Büchertrolley zurück in Richtung Potsdamer Platz. Wochen vor dem Besuch der amerikanischen Präsidentin übte die Polizei sich darin, Berlin zu paralysieren. Aber sie beschloss, sich nicht ärgern zu lassen. In dem unscheinbar kleinkarierten Wägelchen steckte ein Vermögen: »Russland wie es wirklich ist«, Goldschnitt, Mannheim 1848 – ein Buch, das vor einer Stunde die Augen des Herrn Weingärtner, Staatssekretär a.D. aus Zehlendorf, zum Blitzen gebracht hatte. Wie jeden Dienstag, an dem sie ihren Verkaufsstand zwischen den anderen Büchertischen des Antikmarktes aufbaute, war der Bibliophile auch heute vorbeigeschlendert und hatte ihr Angebot gemustert. Eintausend Euro waren angeblich für die Bakunin-Erstausgabe zu viel. Sie hatte das Buch einem anderen, stadtbekannten Sammler unter die Nase gehalten – und Weingärtner war eilig zurückgekommen, hatte achthundertfünfzig, dann neunhundert Euro geboten und ihr das Versprechen abgenommen, ihn vor einem Verkauf »auf jeden Fall« anzurufen. Der kam wieder, ganz sicher. Morgen würde sie genügend Geld für Babykleidung und Spielzeug haben und mit gutem Gewissen Oma werden können.

Sie stellte den Büchertrolley auf die Grillwiese, zog ihren Parka aus und breitete ihn auf den Rasen. Gänseblümchen leuchteten zwischen den Grasbüscheln vom Vorjahr, die Erde duftete, und in den Büschen zwitscherten die Vögel, als müssten sie die verlorene Zeit aufholen.

Sie verschränkte die Hände unter dem Kopf. Am Himmel zog eine weiße Lokomotive aus Richtung Osten heran, die Kondensstreifen der Flugzeuge sahen aus wie Schienen. Es ging ihr doch, im Großen und Ganzen gesehen, nicht schlecht. Selbst die mächtigste Politikerin der Welt konnte, wenn sie Berlin besuchte, nicht einfach im Sonnenschein auf einer Wiese liegen. Sie schloss die Augen.

Vielleicht sollte sie die bürgerkriegsartigen Manöver zum Thema eines Essays machen. Überschrift: »Absperrungen als Rituale der Macht. Beobachtungen anlässlich des Staatsbesuchs der Präsidentin der Vereinigten Staaten. Von Dr. Karla Schlicht«.

In der Redaktion der Zeitschrift für Sozialforschung saß eine der früheren Mitarbeiterinnen ihres Instituts. Das Zeilenhonorar war nicht üppig, genau genommen eher symbolisch, aber ein paar frische Jahreszahlen auf ihrer Veröffentlichungsliste bewiesen, dass ihr Geist zu origineller Denke fähig war, und konnten ihren Chancen auf einen Lehrstuhl nur förderlich sein.

Sie würde die Form eines historischen Vergleichs wählen. Die Anzahl der Polizisten unterstrich in der Gegenwart die Bedeutung des Besuchers wie im Mittelalter Geschenke, die ausgebreiteten Arme der Streckenposten entsprachen den gebeugten Knien. Absperrbänder flatterten anstelle von Fähnchen, und statt durch jubelnde Volksmassen paradierte die Präsidentin durch die Totenstille der Sicherheitszonen.

Sie stutzte. Klang das geschwafelt? Sie war lange raus aus dem Diskurs. Früher hatte sie die Leitsätze wichtiger Artikel mit Kollegen diskutieren können.

Das »Traumgehäuse« tauchte in ihrer Erinnerung auf: in der Mitte des Seminarraums sie selbst, Aljoscha protokollierend, auf den Tischen Zeitungsausschnitte und Zettel, drum herum die zwölf Mitarbeiter mit glühenden Ohren. In ihrem Institut für Sozialforschung durften alle mitreden, egal ob sie Doktorinnen oder Praktikanten waren.

Vielleicht sollte sie ihren einstigen Stellvertreter mal wieder anrufen. Aber nein, mit ihm konnte man nicht mehr über Theorien reden, Aljoscha musste »kämpfen«. Seine Liebe zum Internet kam ihr vor wie die des alternden Gymnasialprofessors Rath zur Sängerin Lola. Seit er den »Guerillablog« betrieb, glaubte er sich von Hackern im Staatsauftrag verfolgt und machte sich lächerlich. Beim letzten Mal hatte er gar auf einer Verabredung im Gedränge vor den Hackeschen Höfen bestanden und war in der grellorangen Kluft eines Straßenkehrers erschienen, zur besseren Tarnung mit Besen und schmutzigen Händen.

Sie wurde von einem Stoß gegen die Brust aus ihren Träumen gerissen und öffnete die Augen. Die Wolken waren makellosem Blau gewichen, dessen Helligkeit blendete. Sie setzte sich auf. Ein gelber Ball mit grünen Punkten lag neben ihr auf der Wiese.

Der Knirps, der ihn geworfen hatte, kam näher. Seine großen Augen strahlten, er wedelte mit den Händen, während er auf kurzen Beinen durch das Gras stakste. In einigen Metern Entfernung blieb er stehen.

»Na, was ist? Willst du ihn nicht wiederhaben?«

Der Junge traute sich nicht und blickte zu einer Frau zurück, die sich aus der Gruppe am Grill gelöst hatte.

Karla griff nach dem Ball und warf ihn, vielleicht ein wenig zu schwungvoll, denn der kleine Dussel machte einen Schritt rückwärts, stolperte und wurde in den Bauch getroffen. Er warf seine dünnen Ärmchen hoch und fiel um wie eine Schießbudenfigur. Lang gezogen gellte sein Schrei durch den Tiergarten, ging nach einem kurzen Luftholen in Kreischen und schließlich in wutentbranntes Heulen über. Der Knirps blieb auf dem Rücken liegen, strampelte mit Armen und Beinen und brüllte, als ginge die Welt unter. Typisch Mann.

Die Frau im weißen Kopftuch kam im Laufschritt näher, hob

den Bengel hoch und stellte ihn auf die Beine. Ihr Gesichtsausdruck verhieß nichts Gutes.

Karla raffte ihren Parka zusammen und griff nach dem Büchertrolley, aber da war plötzlich nur noch ein platt gelegener Rasenfleck. Wo hatte sie das Ding hingestellt? Ihre Blicke suchten die Wiese ab. Vergeblich. Nicht die geringste Spur von graubraunen Karos. Der Schreck fuhr ihr in die Glieder.

Und die Papiere! Ihr rotes Portemonnaie steckte in einer Seitentasche. Die Tageseinnahmen! Ausweis, Führerschein, Bargeld, Monatskarte!

»Jemand hat meinen Trolley geklaut!« Ihre Stimme vibrierte vor Panik, aber die Vermummte mit dem plärrenden Gör warf ihr bloß finstere Blicke zu. Vom Grill schauten die anderen Frauen herüber, Ablehnung auch auf ihren Gesichtern.

Sie begann zu suchen, rannte zum Hauptweg, bog die Büsche zur Seite, ignorierte die Blicke der Polizisten und bückte sich unter dem Absperrband durch. Keine Spur vom Trolley. Ihre Hände begannen zu zittern. Am Körper richteten sich die Härchen auf. Verdammt! Sie fluchte laut. Diese Lakaien des Systems steckten so tief im Arsch ihrer Potentaten, dass sie einen Diebstahl unter ihrer Nase nicht bemerkten!

Eine schwitzende Polizistin tauchte zwischen den Blättern eines Rhododendronbuschs auf und hob warnend die Augenbrauen. Hinter ihr stiegen Kollegen mit gezierten Schritten durchs Gestrüpp und rissen Witze über Kondome und Schwule. Von einem kräftigen Handrücken wurde Karla in Richtung Potsdamer Platz geschoben.

Eine Stunde lief sie, in der Hoffnung, wenigstens die leere Karre oder ihre Papiere zu finden, kreuz und quer durch den Tiergarten. Sie bog Büsche beiseite, musterte die Oberfläche der Teiche und bückte sich unter Brücken, aber vergeblich. Sie schalt sich eine Idiotin, weil sie mit dem Käufer des Bakunin um 50 Euro gefeilscht hatte. Warum musste sie auf der Wiese träumen, statt nach Hause zu fahren und zu ARBEITEN?

Sie kochte vor Wut auf sich selbst und drängte Touristen beiseite, die vor dem Eingang zur U-Bahn einen Hütchenspieler beglotzten. Hoffentlich wurden die ordentlich abgezockt.

Die Luft im U-Bahnwagen stank noch verbrauchter als sonst, gilb glomm das Licht durch den giftigen Nebel ihrer schlechten Laune. Die Bank gegenüber blieb leer, bis sich ein kleiner, dicker Mann setzte. Er starrte sie an.

Hatte sie ihm irgendwelche Avancen gemacht? Doch wohl nicht. Sein Doppelkinn wölbte sich über einen altmodisch breiten Schlips und gab dem Gesicht etwas Nilpferdartiges. Die Unterlippe war leicht vor die Oberlippe geschoben, zwischen den Bartstoppeln standen feine Schweißtröpfchen. Jedes Mal, wenn sie die Augen hob, um ihn zu erwischen, huschten seine Blicke fort. Schließlich fixierte sie seine Nasenspitze. Er hob die Zeitung und tat, als ob er lese.

Das Titelbild traf sie wie eine Keule. Jost Sattler! Genannt »das Sparschwein«. Älter geworden, aber noch immer auf der Lächelseite des Lebens: Seine hohe Stirn umrahmt von silbergrauen Haaren, sein Gesicht gebräunt wie nach einem Südseeurlaub, die Augen fehlfarbenblau leuchtend. »Der neue starke Mann« lautete die Schlagzeile, aber der Rest war zu klein und zitterte zu stark, um ihn lesen zu können.

Sie versuchte sich zu erinnern. War Sattler nicht kürzlich erst Chef irgendeines Ausschusses für Sicherheit geworden? Der streifte Skandale ab wie eine Natter die Haut!

Wann hatte sie die Artikelserie über seine Fälschungen geschrieben? Sie musste überlegen. Damals war er Fraktionschef gewesen, Frontmann der Berliner Rechten, machte auf jugendlich, kurz vor den Wahlen zum Abgeordnetenhaus, also Oktober 1999. Acht Jahre! Kam ihr vor wie gestern.

Zählte der doch einfach die Anzeigen statt die Verurteilungen und rechnete die Handtaschendiebstähle zu den Gewaltverbrechen! So schreckt man Wilmersdorfer Witwen! Und die reaktionäre Journaille stieß mit Schlagzeilen wie »Minderjähriger schlägt Oma nieder!« oder »Schüler prügelt Lehrer!«

ins gleiche Horn. Pech für Sattler, dass sie im Institut einen Forschungsschwerpunkt Jugendkriminalität eingerichtet hatte und die Statistiken verfolgte.

Nach ihrer Enthüllung gab es Ausflüchte, korrigierte Zahlen und ein kurzes Rauschen am linken Saum des Blätterwaldes, doch alles, was von der Aufregung im Gedächtnis der Menge haften blieb, war ein diffuses: »Den kenne ich!« Jost Sattler stieg wie Phönix aus der Asche, spreizte sein glänzendes Gefieder und fuhr in seinem Wahlkreis das beste Ergebnis der ganzen Partei ein. Aber ihre Artikel hatte er nicht vergessen: Ein Jahr später entschied seine Stimme im Haushaltsausschuss über das Schicksal ihres Instituts. Sattler musste sich erkundigt haben, wie prekär ihre Finanzlage war. Ein Strich, 30000 Mark Mietzuschuss weg, und aus.

In den letzten Jahren hatte sie immer wieder Gerüchte über seine Skrupellosigkeit gehört. Während seine Berliner Parteifreunde im Sumpf des Bankenskandals versanken, faselte er höheren Blödsinn von »christlichen Werten« und »Abendland« und zog in den Bundestag. Dort strickte er die alte Masche von den Handtaschendiebstählen weiter, seit Nine Eleven mit den ganz großen Nadeln.

Sattler schien von der Zeitungsseite zu grinsen. Das war doch kein Zufall, dass der ausgerechnet jetzt, kurz vor dem Besuch der amerikanischen Präsidentin, als »neuer starker Mann« posierte. Wie machte der Kerl das?

»Die Fahrscheine bitte zur Kontrolle!«, rief eine Stimme in den U-Bahnwagen. Karla erstarrte, als ihr einfiel, dass die Monatskarte im roten Portemonnaie steckte.

Verdammte Tagträumerei. Sie wusste, was jetzt passierte: Die Kontrolleure würden sie auf dem Bahnsteig warten lassen, bis irgendwann eine Doppelstreife der Polizei anmarschierte und ihre Personalien in der Zentrale prüfte, umstellt und beglotzt von Passanten und Kindern. »Mami, was ist mit der Frau?«

Von der anderen Seite des Waggons näherte sich ein Schrank in Turnschuhen und Ballonseide und zeigte mit dem

Kontrolleursausweis auf die Fahrgäste. Ausweis oder Leben! Gnade brauchte sie nicht zu erhoffen, wer Schwarzfahrer jagte, der fraß auch kleine Kinder.

»Auf der Strecke geblieben« wäre eine passende Schlagzeile für ihren Nachruf, wenn sie sich jetzt aus dem Zug stürzte.

Zu spät. Schon war sie dran.

Das Schnüfflergesicht hörte mit ungerührter Miene ihr Stottern, aber sie kam nicht weit, denn der Dicke mit der Zeitung hob seinen Ausweis und tippte den Kontrolleur auf den Arm: »Entschuldigung bitte … die Dame gehört zu mir. Ich habe eine Umweltkarte.« Der Ballonseidene nickte und ging weiter.

Verblüfft sah sie ihr Gegenüber an und quetschte ein »Danke« heraus.

Der Dicke deutete eine Verbeugung an: »Vachiecky.«

»Karla Schlicht.«

»Ich habe Sie gleich erkannt.« Er lächelte breit.

»Ach, Entschuldigung … ja, richtig, wo hab ich bloß …« Sie suchte in ihrem Gedächtnis. Ein Kollege? Vachiecky … nie gehört. Wie ein Intellektueller sah er nicht aus, vielleicht ein Fernsehzuschauer oder ein Leser? Sie entschied sich für Letzteres.

»Das ist immer so ein Stress, wenn ein neues Buch fertig ist. Plötzlich fällt einem ein, was man vergessen hat, die Fahnen flattern herein, irgendwelche Quellen müssen nachrecherchiert werden. Und die Credits erst! Fehlt ein Name, hast du einen Feind mehr. Ich vergesse noch mal meinen Kopf!«

»Worum geht es denn in dem neuen Buch?«

»Um politische Rituale im Zeitalter des Terrorismus.« Ihr Gegenüber hob neugierig die Augenbrauen. Sie erklärte. »Wenn die Präsidentin zum Beispiel zu Besuch kommt und die halbe Stadt abgesperrt wird, geht es nicht nur um die Sicherheit, sondern auch um Symbole der Macht. Rituale wirken jenseits der Worte. Sie unterlaufen den Verstand.«

Er winkte ab, als verscheuche er eine lästige Fliege. Plötzlich wünschte sie, etwas anderes gesagt zu haben, etwa:

»Ich schreibe einen Krimi« oder »Noch ist alles geheim, eine spektakuläre Enthüllung«. Irgendetwas mit Biss, und nicht, wie Aljoscha das nannte, »Arabesken des Rückzugs«.

»Schrecklich, solche politischen Rituale«, behauptete der Dicke und schwitzte dabei vor angestrengter Freundlichkeit. »Mir durchaus nicht unvertraut.«

»Sind Sie auch an der Uni? Ich kann mich im Moment leider nicht erinnern …«

»Nein, nein«, er hob die Hände. »Ich kenne Sie nur von Fotos. Sie haben sich, wenn ich das Kompliment machen darf, seit damals kaum verändert.«

»Seit damals!« Er meinte also das Foto vom Runden Tisch. Zu einem Denkmal fehlte ihr nur noch die Taubenkacke auf dem Kopf.

»Ich bin zufällig ein Nachbar. Genau gegenüber, das graue Haus, die Terrasse mit den Palmen … Manchmal sehe ich, wenn ich vom Dienst komme, spätabends, wie Sie noch am Schreibtisch sitzen und schreiben.«

Sie erinnerte sich an die beiden Dicken, die im letzten Sommer unter einem grellroten Sonnenschirm Cocktails geschlürft hatten. Die Frau stand tagsüber manchmal an der Terrassenbrüstung, rauchte mit spitzen Fingern und schaute dabei auf die Passanten herab.

Sie versuchte, ihre Enttäuschung zu verbergen. »Mein Gegenüber also, aha, das ist ja interessant.«

Der dicke Nachbar rutschte nervös auf seinem Sitz hin und her. »Das ist mir jetzt arg peinlich. Sie denken hoffentlich nicht, ich würde spionieren.«

Sie schob eine Strähne aus der Stirn, Laub fiel ihr aus dem Haar.

»Natürlich nicht. Nein, nein …« Sie versuchte ein Lächeln. »Es bleibt ja nicht aus, dass man die Nachbarn bemerkt.«

Sie schwiegen und starrten vor sich hin, bis der Zug am Senefelderplatz einfuhr und der Dicke sich erhob. Sie steckte die Zeitung, die er liegen gelassen hatte, in die Innentasche ihres Parkas.

Zwischen falsch geparkten Oldtimern und Restaurantstühlen liefen sie im Slalom die Kollwitzstraße entlang. Das Frühlingswetter hatte Touristen angelockt, die Wirte stellten zusätzliche Tische auf.

»Wie lange wohnen Sie schon in der Gegend?«, fragte Herr Vachiecky und schnaufte kurzatmig.

»Zweiundachtzig.«

»Hat sich ganz schön verändert, die Gegend, nicht wahr?«

»Ja, ziemlich.« Sie wichen einem Kellner aus, der einen Sektkühler auf dem Tablett balancierte. »Früher hat meine Tochter auf der Straße Federball gespielt. Wo jetzt die ganzen Kneipen sind, waren damals Bäcker, Konsum und eine Drogerie, was man so braucht. Die Spekulanten sind wie der König Midas, dem sich das Brot unter den Fingern in Gold verwandelt.«

Vachiecky wischte mit einem Taschentuch über seinen feucht glänzenden Schädel und schwieg. Sie ärgerte sich über ihre blöde Ostalgie. Sie redete schon genau wie die tote Frau Grimme, die zuletzt an der Vergangenheit gehangen hatte wie ein Insekt am Fliegenfänger, immer wieder die gleichen Geschichten erzählend, als ob Krieg und die Verhaftung ihres Mannes durch die Gestapo die spannendste Zeit in ihrem Leben gewesen seien.

Vor der Eckkneipe gab sie ihm die Hand und sah zu, wie er über die Kollwitzstraße zu seinem Haus ging. Sie fühlte in der Tasche des Parkas. Wenigstens der Schlüsselbund steckte nicht im Trolley.

In der Kühle des Hausflurs schloss sie den Briefkasten mit den vielen Namen auf und stoppte mit geübter Handbewegung die herausstürzende Papierflut. Die Werbung warf sie in den Pappkarton, sortierte die weißen Umschläge aus und riss den grauen, an Petra Grimme adressierten Umschlag der Zulassungsstelle auf. Komisch, dass unangenehme Post stets von dunklerer Farbe war: Kündigungen kamen in Blau, Trauerkarten in Schwarz, Gerichtsvollzieher in Dunkelgrün und das Übrige in Grau.

Es ging um den Mitsubishi. Das Ordnungsamt untersagte

Petra Grimme die »Inbetriebnahme des beanstandeten Kraftfahrzeugs«, weil eine Streife das Heraustropfen von Öl festgestellt habe. Die Bescheinigung über die erfolgte Reparatur sei dem Amt vorzulegen.

Nicht auch das noch! Petra Grimme war letztes Jahr gestorben. Karla hatte das Auto weiter auf den Namen ihrer Nachbarin laufen lassen, weil sie selbst bei einem Wechsel als Anfängerin höhere Versicherungsprämien hätte zahlen müssen. Seit 1985, als ihre Nachbarin, die zwar keinen Führerschein besaß, aber zum kommunistischen Uradel gehörte, den Trabi bekommen hatte, störte das niemanden.

Sie knüllte den Brief zusammen und stopfte ihn in die Tasche. Von Reparatur konnte keine Rede sein, sie wusste ja nicht mal, wie sie die Miete für den nächsten Monat bezahlen sollte.

Auf dem Weg nach oben überschlug sie ihre finanzielle Situation. Der Dispo war ausgeschöpft, der Bakunin entführt, und das Arbeitsamt drohte mit der Streichung des Mietzuschusses, weil ihre journalistische Betätigung ein »Hobby« sei, für das sie kein Arbeitszimmer brauche. Natürlich wollten die Lakaien des Kapitals einen Schlussstrich unter ihr Intellektuellendasein ziehen, damit sie im Hamsterrad des Reproduktionsprozesses schneller rannte.

Sie würde gleich heute Staatssekretär Weingärtner anrufen und versuchen, ihm die »Memoiren eines russischen Revolutionärs« aufzuschwatzen, 300 Euro musste das Buch mindestens bringen, sonst blieb ihr keine andere Wahl, als in einer von Günters Arbeitskolonnen mit Hartz-IV-Empfängern Unkraut zu jäten.

Im Flur ihrer Wohnung blinkte der Anrufbeantworter. Ihre Tochter quengelte, weil sie nicht zur verabredeten Zeit am Flughafen erschienen war.

Sie schaute auf die Uhr: Rosalies Besuch sollte gegen 15 Uhr landen, jetzt war es Viertel vor vier. Mist! Das hatte sie auf der Wiese verschlafen!

Auch der zweite Anruf stammte von ihrer Tochter, diesmal kündigte sie an, mit ihrem Besuch in die Kollwitzstraße unterwegs zu sein.

Karla warf die Post im Arbeitszimmer auf den Schreibtisch. Der Stapel geriet ins Rutschen, und sie beeilte sich, die Tür zu schließen, bevor er auf den Boden klatschte.

Ein kalter Hauch berührte ihren Nacken. Die Schwingen der Geier flappten immer näher. Warum konnte sie nicht ein bisschen Glück haben, von jemandem geliebt werden, irgendwas richtig machen oder wenigstens im Lotto gewinnen?

Auf dem Balkon sah sie, dass eines der weißen Kronblätter der Venusfliegenfalle auf dem Boden lag. Heute Morgen hatte sie nicht gießen zu müssen geglaubt, weil es noch kalt war, aber nun war die Feuchtigkeit aus dem Substrat verdunstet. Sie stützte den Stängel mit Draht und stellte die Pflanze in ein warmes Fußbad.

Sie sah hinunter auf ihren geliebten Kollwitzplatz.

Wer hätte bei ihrem Einzug vor fast einen Vierteljahrhundert gedacht, dass der Wind der Weltgeschichte einmal dermaßen verheerend in ihre Blütenträume wehen würde? Damals war die Stromleitung marode, und wenn die Waschmaschine lief, heizte die Wand sich auf, der Balkon war gesperrt, und um die Duschkabine musste sie mit der kommunalen Wohnungsverwaltung zwei Jahre kämpfen, aber wenn sie im Morgengrauen ein Kapitel ihrer Dissertation abgeschlossen hatte und im Kinderbettchen Rosalie mit Schmatzen und Glucksen erwachte, war sie doch irgendwie glücklich. Gewesen.

Drüben bei Vachiecky, auf der anderen Seite des Kollwitzplatzes, bewegte sich eine Gardine. Sie richtete sich auf und atmete tief durch. Niemand würde sie heulen sehen.

Natürlich hatte der Vermieter nach der Wende versucht, sie vor die Tür zu setzen. Die Bauarbeiter waren ihr mit Kofferradios und Zoten auf die Nerven gegangen, man hatte ihr neue Fenster, eine »Hausschließanlage« und die Gasetagenheizung aufgezwungen und ordentlich die Miete erhöht.

Kaum waren die Bauplanen vor ihrer Nase verschwunden, wurde das Haus gegenüber eingerüstet. Zwanzig Häuser rings um den Platz, zwanzigmal das gleiche geistfeindliche Bohren, Sägen und Schleifen. Die Straße wurde asphaltiert und wieder aufgerissen, der Kinderspielplatz war, kaum fertig, schon zu klein. Nachts sangen die Touristen ihre Lieder, und die Wirte klingelten dazu mit dem Geld in ihren Kassen.

Trotzdem hatte sie ihre gute Laune stets hoch gehalten, jeden Tag einmal gelacht und am Sonntag ihre gute Miene zum Lüften über die Balkonbrüstung gehängt. Sie hatte sich wieder und wieder auf freie Stellen beworben, einen Computer bedienen und die Anfangsgründe des Chinesischen gelernt. Irgendwann, dachte sie immer, würden die Aussichten besser und ihre Fähigkeiten wieder gebraucht werden.

Mit erschreckender Klarheit wurde ihr bewusst, dass die letzte Bastion wankte. Solange ihre Wohnung sicher war, hatte sie leicht Spotten über die schöne neue Welt vor der Haustür. Ihre Widerstandskraft war mürbe wie das Papier ihres DDR-Mietvertrags.

In der Küche suchte sie nach dem Rosé, den sie für Rosalies Entbindung reserviert hatte, aber alles, was sie fand, war ein Pappkarton Rotweinverschnitt. Mit dem Zeug konnte man höchstens Windeln färben.

Sie knickte die Zeitung des Dicken so, dass sie Sattlers Gesicht nicht sehen musste. Ein Interviewer fragte nach der dritten Stufe der Antiterror-Gesetze, als deren Architekt Jost Sattler galt. »Niemand verlangt heute von einem Polizisten, dass er die Fingerabdruckkarteien mit der Hand durchsucht. Zu Recht fordert der Steuerzahler Effizienz und Kosteneinsparung. Warum also sollen Fotos nicht mittels biometrischer Software analysiert werden?«

Sie ließ sich die offizielle Bezeichnung »Terrorismusbekämpfungsergänzungsgesetz« auf der Zunge zergehen – ein Wort wie ein Polizeiknüppel! Verabschiedet werden sollte es in der Woche, in der auch die amerikanische Präsidentin ihre

Rede im Reichstag hielt. Sattlers Geschenk, um sich auf dem internationalen Parkett einzuführen?

Karla zuckte zusammen, als die Wohnungsklingel hupte. Im Display wölbte sich der schwangere Bauch ihrer Tochter.

Minuten später betrat Rosalie keuchend, mit vorwurfsvollem Blick und einer Hand im Rücken, die Wohnung. »Danke für deine Hilfe, Mutti. Wirklich! Ich stehe da am Flughafen wie blöd!«

Vor Empörung schnaubend, schob sie sich an ihr vorbei und zog einen Jungen hinter sich her, dem eine Sporttasche von den schmächtigen Schultern baumelte.

Sie blickte den beiden nach. »Kommt doch rein.«

»Das ist Karim, Günters Praktikant.«

»You're welcome. I am Rosalies mother, simply call me Karla.«

Sie streckte ihm die Hand entgegen. Seine Handfläche war feucht, und sie musste lächeln über die devote Höflichkeit, mit der er sich verneigte: »Ich möchte sehr Ihre Gastfreundschaft und spreche gern Deutsch! Ich habe wenig gelernt und liebe die Sprache von Goethe und Morhof.«

Seine Orientalenaugen hatten etwas schmerzlich-vertrautes, irgendwie Rosalie ähnlich, so schwarz wie seine Locken und die dünnen Kräuselhaare, die am Kinn klebten. Aber wer war Morhof?

»Warum bist du nicht ans Telefon gegangen?« Rosalie tippte wie eine strenge Gouvernante auf das blinkende Lämpchen des Anrufbeantworters.

»Ja, du … Entschuldige bitte. Da bin ich gerade ein bisschen ausgeraubt worden. Ausweise, Geld …«

Rosalie riss die Augen auf, und die Selbstgerechtigkeit verflog. »Wie … ausgeraubt!? Wo denn? Von wem? Hast du die Karten sperren lassen?«

Karla tat es schon leid, überhaupt etwas vom Diebstahl gesagt zu haben. »Ach, vergiss es. Ich wollte nur erklären, warum ich nicht zum Flughafen kommen konnte.«

»Ja, was denn nun? Ich krieg fast einen Herzinfarkt, und

jetzt ist nichts?« Ihre Tochter setzte sich breitbeinig auf das Sofa im Wohnzimmer, sank tief ein und stöhnte. »O Gott! Mein Bauch! Ich glaub, ich krieg die Wehen! Das ist alles zu viel für mich.«

Karla schob den jungen Mann, der mit seiner Sporttasche im Weg stand, beiseite und holte ein Glas Wasser aus der Küche. Die Hand, mit der sie Rosalie das Wasserglas reichte, zitterte nur wenig. »Reg dich nicht auf! Ich tu's auch nicht. So was passiert halt ... Austrinken!«

»Ich muss los!« widersprach ihre Tochter und versuchte, sich zu erheben.

»Und was ist mit ihm?«, sie nickte in Richtung Karim.

»Was soll mit ihm sein?«

»Du weißt genau, was ich meine!«

»Hörst du überhaupt mal zu? Ich hatte dich gebeten, einen von unseren Praktikanten in meinem Zimmer unterzubringen! Vor zwei Wochen schon.«

Sie erinnerte sich nicht im Geringsten. »Ich hab das Zimmer schon einem Untermieter versprochen«. Die Idee kam ihr plötzlich, und sie fühlte, wie sie bei der Lüge rot wurde. Aber na und? Rosalies Mann Günter spielte den Gutmenschen auf Kosten anderer Leute, bloß um das Image seiner überteuerten ökologischen Kinderspielplätze zu verbessern. Warum sollte ausgerechnet sie dafür bezahlen? Sie verschränkte die Arme und ließ sie sofort wieder sinken, weil ihr die Pose trotzig vorkam.

»O nein!« Rosalie stand mit dramatischer Gebärde und stemmte die Arme in die Seite. »Deine Anspielungen kannst Du stecken lassen. Karim kommt aus einer armen Palästinenserfamilie im Westjordanland, guck ihn dir an: Er ist halb verhungert!«

Der Angesprochene machte sich dünn, als ob er in eine Ritze zwischen zwei Dielen schlüpfen wolle.

»Ich hab ja nicht gesagt ...«

Aber ihre Tochter war noch nicht fertig. »Dort an der Wand hing das Plakat mit dem Foto von einem Palästinenserkind.

In der Schulmauer dahinter Einschusslöcher!« Mit all ihrer geröteten, feuchthäutigen, wirrhaarigen Schwangerenpracht zeigte sie auf ein helles Raufaserquadrat. »Weißt du eigentlich, dass ich beim Abendessen immer ein schlechtes Gewissen hatte, weil mich Hungeraugen beobachtet haben?!«

Gott, von wem hatte das Mädchen diese demagogische Ader?

Rosalie seufzte leise. »Was ist nur aus dir geworden, Mutti?«

Vor Ärger blieb ihr glatt die Sprache weg. »Was ist nur aus dir geworden« musste man sich sagen lassen von einem Gör, dem man die besten Jahre geopfert hatte. Wer hatte denn sein Studium der Sozialwissenschaften nach 6 Semestern abgebrochen und sich einem Alpenöko namens Günter – ohne h! – zur Leibsklavin anvermählt? Freiwillig kochte und wusch sie und bewachte nebenbei auch noch das Geschäftstelefon. Günter trank nicht und verabscheute Kneipen. Wenn das Kind erst geboren war, kam sie gar nicht mehr aus dem Haus! Rosa Luxemburg würde sich im Grabe umdrehen, wenn sie wüsste, wer da nach ihr benannt worden war.

»Ich kann dir fünfzig Euro leihen. Bitte, Mutti. Wie soll ich mich um Karim kümmern, wenn die Wehen einsetzen?! Ich weiß so schon nicht, wo mir der Kopf steht.«

»Na gut, er kann in deinem Zimmer schlafen.«

»Danke, Mutti!«

Sie umarmte ihre Tochter, die wie eine lebende Nuckelflasche roch. »In drei Wochen ist dein Entbindungstermin, stimmt's?«

»Der 29. Ich komme mir vor, als wäre ich drüber.«

»Wusstest du, dass der 29. der Todestag von Helene Deutsch ist? Die Assistentin von Freud. Sie war die erste Psychoanalytikerin, die sich auf Frauen spezialisierte. Als Jüdin musste sie dann emigrieren und …«

Peng! fiel die Tür ins Schloss. Wer hatte hier Probleme mit dem Zuhören? Und die fünfzig Euro hatte Rosalie natürlich auch vergessen.

»Es ist mir sehr unangenehm, Ihnen lästig zu fallen«, sagte eine Knabenstimme in ihrem Rücken. Sie drehte sich um. Karim stand gebeugt und senkte die Augen.

»Ach, Quatsch. Möchtest du etwas trinken?«

»Nein, ich möchte nur meinen Staub von der Reise waschen.«

Wartete er auf ihre Erlaubnis? Der junge Mann war ein bisschen zu wohlerzogen für ihren Geschmack. Sie nahm seine Tasche und zeigte ihm Rosalies einstiges Kinderzimmer, das eigentlich ihr Schlaf- und Gerümpelzimmer und jetzt also Gästezimmer war.

»Fühl dich wie zu Hause.« Sie drückte ihm Handtücher und Bettwäsche in die Hand.

Im Arbeitszimmer blätterte sie durch den Literatur-Brockhaus. Zwischen Morgner und Mori fand sich kein Eintrag. Merkwürdig, der Name »Morhof« sagte ihr überhaupt nichts. Ein neuer Autor? War sie schon so weit weg vom Fenster?

»Was ist aus dir geworden?!« hallte in ihren Ohren nach. Was immer sie zur Entbindung schenkte, würde nichts daran ändern, dass ihre Tochter sie für eine Versagerin hielt.

Wolf von Vachiecky saß am großen Eichentisch und starrte durch den Tagesschausprecher.

»Das ist doch Jost Sattler. Mach mal lauter!«, rief seine Frau Hedwig, die am Küchentresen Kartoffelstücke in eine Pfanne schnipselte.

Er suchte nach der Fernbedienung. Die Stimme des Abgeordneten hallte in dem riesigen Raum, der sich über die gesamte Breite des Vorderhauses erstreckte.

»Der Ausschuss wird dafür Sorge tragen, dass die Beeinträchtigungen des öffentlichen Lebens so gering wie möglich ausfallen.«

Dazu flimmerten Aufnahmen von den Absperrungen am Brandenburger Tor über den Bildschirm. Das Elend des Großalarms stand plötzlich wieder vor seinen Augen, bei dem seine Leute mit der Suche nach Sprengstoff überfordert gewesen waren. Er hatte selbst Hand angelegt – aber wie sollten 250 Beamte jedes Heizungsrohr des Reichstags abklopfen und hinter jede Wandverkleidung schauen, wenn sie keine Spezialausbildung hatten und den ganz normalen Wachdienst nicht vernachlässigen durften? Ihm saß doch bei jeder Überstunde der Personalrat im Nacken! Nach der Entwarnung hatte er beim Durchatmen im Tiergarten so fertig ausgesehen, dass der schwarzhaarige Steppke, dem er seinen grün-gelben Ball zurückschießen wollte, bei seinem Anblick davongerannt war.

Er war nur froh, dass er nicht auch noch die Verantwortung für die Protokollstrecke trug. Man musste ein Arschloch wie Schweetzke sein, um seine Leute mit Vergnügen auf die Laternenpfähle und in die Kanalisation zu scheuchen.

Dabei machte er sonst seinen Job sehr gern. Als Leiter der kleinen, feinen Bundestagspolizei unterstand er niemandem als dem Präsidenten. Normalerweise war das Parlament von Glaswänden und Bannmeile gut abgeschirmt – aber der Staatsbesuch öffnete plötzlich Tür und Tor. Jeder hatte mitzureden, das FBI stellte Forderungen, er musste Techniker herumschnüffeln lassen, am schlimmsten war Schweetzke, der Stabschef des Koordinierungszentrums im Bunker, dessen aktionistisches Händeklatschen ihn bald in den Wahnsinn trieb.

Der Tagesschausprecher wechselte zu den internationalen Nachrichten. Im Irak war eine Bombe explodiert. Er schaltete den Ton ab. Die Bilder glichen denen von gestern und vorgestern.

Er dachte an den Abend des Tages zurück, an dem Hedwig und er beim Notar den Vertrag für die Eigentumswohnung unterschrieben hatten. Der Architekt hatte sie eingeladen, ihre künftigen Mitbewohner in einer Bürgerversammlung im Café Westphal kennenzulernen.

Auf durchgewetzten Sofas saßen Nachbarn in Ostpullovern und Westanzügen. Der Bürgermeister informierte, für welche Wünsche ihm das Geld fehlte, und präsentierte anschließend private Investoren als Retter.

Die junge Frau kam zu spät und ergriff sofort das Wort. Manche Anwohner nickten und grinsten, als käme jetzt die Attraktion des Abends, andere verdrehten die Augen und verschränkten die Arme. Ihr Gesicht kam ihm bekannt vor, eine Bürgerbewegte aus dem Osten, in der Wende kurze Zeit berühmt. Sie sprach druckreif und mit den Händen wie eine Volksrednerin. Die Zuhörer lachten über ihre Witze und sie sparte nicht mit Seitenhieben. Einem Investor, der sich unbemerkt aus der Kneipe schleichen wollte, schickte sie ein »Vergessen Sie nicht Ihren Schafspelz« hinterher und hielt seine bunten Werbeprospekte für eine Shoppingmall hoch.

Nach dem Einzug in das fertig ausgebaute Dachgeschoss bemerkte er eines Tages mit Herzklopfen, dass sie gegenüber auf dem Balkon saß. Sie blätterte in Büchern und Zeitungen, machte Notizen und trank Rotwein aus einem blauen Becher.

In der Bibliothek fand er ihren Namen als Herausgeberin der Broschüren eines »Instituts für Sozialforschung« und jede Menge Artikel in politischen Zeitschriften: Dr. Karla Schlicht. Später stand ihr Name unter Protestplakaten, die an den Bäumen der Kollwitzstraße hingen, und einmal hatte sie wohl bei Kommunalwahlen kandidiert. Das war nun auch schon etliche Jahre her.

Er zweifelte, dass Karla Schlicht bei der Begegnung in der U-Bahn wegen irgendwelcher »Credits« durcheinander war. Sie hatte schon lange nichts mehr geschrieben.

Er war zuerst erschrocken, dann betroffen gewesen, als er sie erkannte. »Sie saß da, erstarrt und versteinert vor Verzweiflung, wie jemand, der unterwegs ist zu seinem Galgen.«

Ihre Hände waren gerötet und die Fingernägel schmutzig. Der violette Strich zwischen ihren Lippen sah nach Rotwein aus und das Laub in ihren verwuschelten Haaren ließ eher an eine Nacht auf der Parkbank als an Studien im Lesesaal denken. Ihr Blick ging nach innen, und was sie dort sah, musste sie erschreckt haben. Sie war nicht der Typ, der aus Jux und Tollerei schwarz fuhr.

»Immer würde es den kleinen, dunklen Punkt geben, der immer irgendwem auffallen musste. Man kann vor sich selber nicht davonlaufen«.

Wie Philip Marlowe beobachtete er gern Leute und zog Schlussfolgerungen aus unscheinbaren Details. Im Bundestag wurden seine kriminalistischen Talente ja leider viel zu selten gebraucht.

Der Duft der Bratkartoffeln, die Hedwig vor ihm auf den Teller häufte, stieg fettig in seine Nase. Es war traurig, wenn eine Karriere schon in der Mitte des Lebens zu Ende war. Opernsänger, Tänzer und Sportler hatten zwar auch ein kurzes Berufsleben, aber seine kleine Soubrette lebte wenigstens nicht allein und brauchte nicht zu knapsen.

Auf dem Flachbildschirm schossen maskierte Palästinenser

zwischen parkenden Autos auf unsichtbare Gegner und stürzten Computer aus irgendwelchen Fenstern.

Nein, er machte sich etwas vor, wenn er versuchte, Karla Schlicht zu bedauern. Freiheit war eine Charakterfrage. In Wirklichkeit bewunderte er den Mut und den Starrsinn, mit dem sie weiterschwamm, obwohl der Strom plötzlich in die entgegengesetzte Richtung floss. Sie war jemand, der Träume zum Blühen brachte und lieber hungerte, statt in einem Beamtenverhältnis zu versauern. Niemals würde sie sich von Schweetzke an der Nase herumführen lassen wie ein Zirkusbär.

Einst hatte auch er Karl Marx gelesen und gegen den US-Imperialismus demonstriert, mit seinen Kommilitonen die Rostlaube besetzt und Transparente an die Fassade gehängt, auf denen stand: »Fuck the police.« Das war vor 30 Jahren. Heute leitete er die Polizei des Bundestags und war kraft seiner Staatsexamen zum Richteramt befähigt.

»Was guckst du so verbiestert, Vachiecky? Ärger auf Arbeit?«

Seine Gedanken kehrten an den Ehetisch zurück.

»Wieso? Nein. Alles wie immer.«

»Ich dachte bloß, wo du doch nicht zur Probe gekommen bist, wie du's versprochen hattest.«

»Wir hatten Alarmübung. Tut mir Leid.«

Er zerdrückte eine Kartoffelscheibe in der Sahnesoße des marinierten Herings. Sein Lieblingsessen schmeckte heute nach Pappe, aber er stopfte sich den Mund voll, weil er weder von Schweetzke noch von der Begegnung in der U-Bahn erzählen wollte.

»Sie sind gut!«, bemerkte seine Frau.

»Ja, lecker!«

»Ich meine die Kinder!« Ihre Stimme klang schrill.

»Ja, schön. Ich komme, sobald ich kann!« Er versuchte, sich zu erinnern. Inszenierte sie mit ihren Musikschulkindern nicht dieses Andersen-Märchen? Wie hieß das nur?

Über den Bildschirm schwammen Hochdruckgebiete, der Ansager strahlte wie der Sonnenschein, dessen Fortdauer er für die nächsten Tage vorhersagte. Ihm konnte das egal sein. Im Bunker bekam er davon nichts mit. Wenn Schweetzke noch einmal mit den Händen klatschte, würde er ihn ...

»He! Vachiecky! Hörst du mir überhaupt zu?«

Sie hatte rote Flecken im dicken Gesicht. Er hätte schwören können, dass sie nichts gesagt hatte.

»O doch! Ich habe dir schon vor Tagen erzählt, dass es in den Gewölben des Wasserspeichers kalt und feucht ist und dass die Kinder sich da böse was wegholen können! Und du, mein Lieber, hast versprochen, ein Gebläse zu besorgen. So ein Gebläse wie das, mit dem damals die Zelte beim Bundespräsidenten beheizt wurden. Erinnerst du dich?«

»Ja, ja, aber du weißt doch, wie ungünstig das im Moment ist. Die Amerikaner bombardieren uns mit Terrorwarnungen. Kannst du nicht jemand anderen fragen?«

»Ach, entschuldige bitte, Herr von Vachiecky, ich bin nun mal nicht mit jemand anderem verheiratet, sondern mit dir!«

Sie schob mit nachdrücklichem Poltern ihren Stuhl zurück, stand auf und knallte die Teller aufeinander. »Der geht mir mit seinen Vertröstungen und Entschuldigungen dermaßen auf die Nerven. Wenn Feigheit quietschen würde, könnte dem kein Ölscheich helfen!«

Er hörte, wie sie in der Küche die Teller in die Spülmaschine warf und ihr Tragödinnensopran sich stetig steigerte: »Um deine Straf' zu fühlen, riss' ich, die Wut zu kühlen, dir Bös'wicht mit Entzücken dein falsches Herz in Stücken, liebt' ich dich nicht so sehr« – wobei ihre letzten Worte im Scheppern wütend geschleuderter Bestecke untergingen.

Er nahm die Whiskyflasche und ein Glas aus der Bar, öffnete die Schiebetür zur Terrasse und schloss sie leise hinter sich. Draußen rauschte die Großstadt. Die Mauer strahlte von der Wärme des Tages, es roch nach Blüten und Frühling.

Er beugte sich über das Geländer. Vor der Trattoria Chimera

zu seinen Füßen hupte der schwarze BMW des Wirtes, bis einer der Kellner auf die Straße rannte und ihm ein Päckchen in den Wagen reichte. Karla hatte natürlich recht mit ihrer Kritik. Auch Hedwig und er waren »wegen der Lebendigkeit« hierher gezogen, und jetzt nervte ihn, dass die »angesagten Leute vom Film« um Mitternacht »Happy Birthday« grölten und Hunderter zückten, wenn eine Polizeistreife aufkreuzte und mit Strafe drohte.

Er fingerte eine Marlboro-Schachtel aus dem Versteck zwischen zwei Palmenkübeln und zählte die Kippen. Gestern waren es noch 13 gewesen. Hedwig glaubte, er wisse nicht, dass sie heimlich rauchte.

So bald wie möglich musste er eine ihrer Proben besuchen und sie loben. Sie litt, mehr als sie zugeben wollte, darunter, dass sie für die große Oper zu klein war. Früher war sie manchmal als Kind durchgegangen, hatte selbst die kleine Meerjungfrau oder die Bastienne gesungen, doch war sie mittlerweile wegen ihres Gewichts »nicht mehr tragbar«. Ihr Versuch, Regie an der Neuköllner Oper zu führen, war gescheitert, weil sie das angebliche »Von-oben-Herab« der Sänger nicht ertrug. Jetzt blieb ihr nur die Arbeit an der Musikschule, mit Kindern aus schwierigen Verhältnissen, die unter guter Musik etwas anderes verstanden als sie. Immerhin waren die meisten vom Wuchs her kleiner.

Das Feuerzeug war fast leer und musste gewärmt werden, bevor ein schwaches Flämmchen flackerte. »Politik hat Feuer« stand auf der einen Seite, »Jost Sattler wählen« auf der anderen. Wahlwerbung aus einer Zeit, als der Abgeordnete noch ein sympathischer Jungspund war.

Er blies den Rauch durch die Nase. Mit einem Glas Whisky in der Hand und einer Kippe im Mundwinkel konnte er sich vorstellen, er stünde am Fenster eines schäbigen Hotels irgendwo in der Bronx. »Ein Schrei klang durch die Nacht. Andere drehten sich um und schliefen weiter, aber ich stand auf und ging nachsehen. Am nächsten Morgen hatte ich zerschlagene Lippen und einen Fall gelöst, der wieder mal keinen Dollar eingebracht hatte.«

Gegenüber, in Karlas gardinenlosen Fenstern, brannte Licht. Er konnte von seiner Beobachtungsposition bis zur rückwärtigen Wand blicken. Dort stand ein antiker Waschtisch, in dem sich das Fenster spiegelte, durch das er hineinschaute. Wenn er ein paar Schritte zur Seite ging, konnte er das komplette Zimmer, mit Sofa, Blumenbank und einem kleinen Kabinettschrank, überblicken. In der Hocke sah er sogar den Flur entlang durch die Küche bis in den Hinterhof.

Manchmal lief Karla Schlicht mit nassen Haaren und nackt durch die Wohnung. Sie war schlank, beinahe mager, in allen Proportionen das Gegenteil seiner Soubrette, und sie sah wesentlich jünger aus als die 49, die sie laut Einwohnerregister alt war. Erst heute Nachmittag, im gelben Licht der U-Bahn, waren ihm die grauen Haare an ihren Schläfen aufgefallen.

»Ich bin einfach nur ein Kerl, der sich sehr viel Mühe gegeben hat, so weit zu kommen, dass er Ihnen irgendwie helfen kann. Ein Kerl, der genügend Erfahrung und Menschenkenntnis hat, um zu sehen, dass Sie in irgendeine Klemme geraten sind. Und der Ihnen, obgleich Sie ihn überhaupt nicht dabei unterstützen, da raushelfen will.«

In seinen kühnsten Träumen hatte er nicht mit dem Glück gerechnet, sie ohne Fahrschein in der U-Bahn zu treffen.

Vielleicht hätte er sie gleich zum Essen einladen sollen. Hedwig würde sich bedanken. »Leer laufender Brutpflegeinstinkt« nannte man solche Anwandlungen wohl.

Er zündete sich ausnahmsweise noch eine zweite Zigarette an.

Hedwig und er hatten sich Kinder gewünscht, aber zuerst war er mit dem Studium beschäftigt, dann wollte sie ihre Karriere nicht gefährden, und irgendwann waren ihre Verhältnisse so eingerichtet, dass Kinder zu viel durcheinandergebracht hätten. Trotzdem schade.

Jetzt waren auch die Fenster neben dem Balkon, die zum Arbeitszimmer gehörten, erleuchtet. Er ging zum anderen Ende der Terrasse und sah Ellbogen und Kopf, von einer Schreibtischlampe beleuchtet. Karla Schlicht schrieb, vielleicht ja doch an ihrem Buch über die »Rituale der Macht«, unbeirrt und tapfer wie immer, auch wenn niemand sie druckte.

Ein komischer Gedanke schoss durch seinen Kopf. Eigentlich war er so was wie ihr Feind. Gut möglich, dass sie gerade in diesem Moment an ihn dachte.

Er beugte sich leicht vor, drückte den Zigarettenstummel aus und vergewisserte sich, dass niemand heraufschaute. Mit Schwung schnippte er die Kippe in Richtung des Chimera und hoffte, dass sie einem Gast ins Bierglas fiel. Er trat zurück und grinste wie ein Schuljunge über den Streich. Den Zigarettengeschmack spülte er mit dem letzten Schluck Whisky herunter und schlüpfte zurück in die Wohnung.

Karla drückte den Pappkarton so heftig, dass ein Schwall Rotweinverschnitt über das Glas auf den Stapel Zeitungsausschnitte schwappte.

Sie fischte Sattlers Foto aus der Überschwemmung und pinnte es zum Trocknen mit Klebestreifen an den Schirm der Schreibtischlampe.

Der Mann war erfolgreicher als ihr bewusst gewesen war. Mit absurden Forderungen schaffte er es immer wieder in die Schlagzeilen: Mal forderte er die gezielte Tötung von Terroristen, mal den Abschuss entführter Flugzeuge, mal die Polizeihaft ohne richterliche Genehmigung. Das klang übertrieben und war doch wohl kalkuliert: Schrien die Gegner empört auf, ruderte er ein Stück zurück, aber eben nur ein Stück. Kaum merklich arbeitete er sich vor. Er galt als harter Hund und geschickter Verhandler. Ihm wurden gute Kontakte zu Geheimdiensten in Russland und Amerika nachgesagt. In seiner Fraktion war er sicherheitspolitischer Sprecher und erst kürzlich Vorsitzender des neuen Sicherheitsausschusses geworden. Die Welle der Terrorhysterie spülte ihn hoch wie das Meer eine leere Flasche.

Die Frage, ob es so etwas wie Gerechtigkeit oder gar einen gesellschaftlichen Fortschritt gab, stellte sich vor diesem Hintergrund ganz neu.

Der Rotwein brannte in ihrem Hals. Sie nahm einen der alten Zeitungsausschnitte zur Hand. »Der Schutz unserer Freiheit gegen linke Gewalttäter wie gegen religiöse Fanatiker ist eine der vornehmsten Aufgaben des Staates.« Man höre nur: »Vornehm«! Welche Wortwahl in diesem Zusammenhang.

Klingeling! Sattler fand immer wieder neue Glöckchen. Oder hier: »Unsere politische Ordnung ist kein zahnloser Tiger. Wer sie provoziert, muss sich nicht wundern, wenn er gebissen wird.« Eine ähnliche Formulierung hatte sie mal von einem Mann gehört, der sich ihr Vater nannte und die DDR meinte. Dem hätte Sattler gefallen. Hauptsache martialisch.

»Wir müssen den Wildwuchs bei privaten und öffentlichen Anwendern von Überwachungstechnik beschneiden. Wir brauchen Rechtssicherheit bei der Erfassung der Bilder und bei der elektronischen Verarbeitung der Daten.«

O ja, natürlich. Den »Wildwuchs beschneiden«! Wie konnte das verkehrt sein? Ein Schuft, der Arges dachte. Und ganz selbstlos schuf das Gesetz »Rechtssicherheit«, als ob es nicht darum ging, Geheimdiensten und Polizei erst den Zugriff auf die Daten der »privaten und öffentlichen Anwender« zu ermöglichen.

Es war pervers, doch er kam damit durch! Die Massen bettelten um Kontrolle wie Masochisten um die Fesseln.

Wie machte der Kerl das nur?

Während sie sich am Institut bemüht hatte, ihren Kursteilnehmern die komplexen Zusammenhänge der Gesellschaft zu vermitteln, erklärte Sattler seinen Wählern die Welt in einfachen Worten. Während ihr Gehirn von der Anstrengung knirschte, Zugang zu fremden Kulturen zu finden, teilte er die Menschheit in Freund und Feind. Sie pries den Mut zur Freiheit, er versprach die hundertprozentige Geborgenheit. Sie warnte vor Geheimnissen und Bürokratie, er bat gutherzig um Vertrauen in Polizei und Geheimdienste. In allem das Gegenteil.

Sie schaute Sattlers Foto an. Das falsche Blau seiner Augen leuchtete. Und hatte er nicht allen Grund, sich als Sieger zu fühlen?

Wenn sie den Erfolg ihrer Mühen nüchtern maß, hatte sie ungefähr so viel bewirkt wie ein Schmetterling, der mit dem Schlag seiner Flügel versucht, einen Hurrikan auszulösen. Sie hatte geredet und geschrieben und diskutiert, sich korrigiert und dazugelernt, sie war gestürzt und wieder aufgestanden und weitergerannt, aber immer stand ein Sattler hinter der nächsten Ecke und stellte ihr ein Bein.

In jungen Jahren war sie voller Hoffnung gewesen, hatte Philosophie studiert und zwei heiße Jahre mit Mahmud im Solikomittee gearbeitet, bis der Kerl sie mit einem Baby sitzen ließ. Hatte sie aufgegeben und sich verletzt zurückgezogen? Nein. Sie hatte allein weitergemacht, trotz aller Zweifel an der »weltumspannenden Gemeinschaft der Klassenkämpfer«.

Als Gorbatschow die Perestroika ausrief, war sie eine der Ersten, die sich an der Humboldt-Uni mit graugesichtigen Betonköpfen anlegte. Sie machte Gleichgesinnte ausfindig, um den Sozialismus neu zu erfinden. Kurz vor der Wende wurde sie rausgeschmissen.

Hatte sie aufgegeben? Ihr Utopismus hatte ordentlich Beulen und Kratzer bekommen, und doch war sie forsch und gläubig geblieben. Trotzdem und trotz alledem, wie Liebknecht und Luxemburg. Sie lebte doch irgendwie am Knackpunkt der Weltgeschichte, auf sie kam es an, nicht auf alle.

In der Wende ergriff sie die Chance ihres Lebens. Sie baute mit Aljoscha das »Institut für Sozialforschung« auf, als Brücke zwischen Ost und West, um die Traumtänzer des Ostens mit den müden Kämpen des Westens zusammenzubringen. In der mit Büchern überfüllten Gastwirtschaft in Friedrichshain, die nach einem Jahrhundert Bierdunst und Zigarrenqualm stank, hatten sie Seminare durchgeführt und Schriftenreihen herausgegeben. Eine Zeit lang gab es keine Talkrunde zum Thema Basisdemokratie, zu der sie nicht eingeladen worden wäre. Ihre Arbeit wurde von NGOs zwischen Tokio und São Paulo anerkannt, und die Ermittlungen des Staatsschutzes, der gern gewusst hätte, wer ihr die Informationen über Kungeleien bei der Olympiabewerbung verraten hatte, trug sie wie eine Ehrenmedaille.

Vielleicht hätte sie vorsichtiger sein oder sich nicht von öffentlichen Förderungen abhängig machen dürfen. Vielleicht war sie zu beschäftigt gewesen, um das Knistern im Gebälk zu hören, vielleicht war sie zu erfolgsstolz und hoffärtig geworden.

Sie hatte nicht aufgegeben und gegen die Entscheidung vor dem Verwaltungsgericht prozessiert, bis irgendwann Geld und Geduld ebenso aufgebraucht waren wie ihr Vertrauen in Recht und Gesetz.

Sie starrte auf den Schuhkarton, in dem die Artikel unsortiert durcheinanderlagen. Die Wirklichkeit interessierte sie wohl nicht mal mehr genug, um ihr Archiv in Ordnung zu bringen. Eigentlich hatte sie sich immer noch für eine Femme des lettres wie die Beauvoir gehalten, aber sie musste nur die leeren Reihen ihrer Bibliothek betrachten, um zu wissen, wie leer sie selbst war.

Es war ein gewaltiger Unterschied, ob man Informationen aufsaugte, um am nächsten Morgen die Fragen von Studentinnen im Seminar zu beantworten, oder sie auf Vorrat sammelte, für bessere Zeiten, für ein ungewisses Irgendwann. Wann hatte sie sich das letzte Mal auf einer Demo empört? Vor einem Vierteljahr hatte sie sogar die Tageszeitung abbestellt. Wozu lesen? *Die* machten ja doch, was sie wollten!

»Mutti, was ist aus dir geworden?!«, hallte eine Stimme.

Der Rotwein wirbelte in ihrem Gehirn wie Herbststurm im Laubhaufen.

Die Sattlers siegten an jeder der Fronten, an denen sie gekämpft hatte. Ihre eigene Tochter stand lieber am Herd als im Berufsleben. Nirgends Utopien. Von Aufbruch keine Spur mehr. Ringsum herrschte pragmatischer Neoliberalismus. Vorfahrt für das Kapital.

Aljoscha hatte recht. Ihre kulturphilosophischen Arabesken halfen gegen Sattlers Demagogie so wenig wie Gebete gegen Naturgewalten. Die Welt wurde nicht vom Geist bewegt, sie war hoffnungslos altmodisch und nur noch von antiquarischem Wert. Selbst mit ihrem Bakunin konnte sie keine Fliege mehr erschlagen, ohne ihn zu zerfleddern.

Sie hatte die Welt interpretiert, statt zu tun, was Marx gefordert hatte und worauf es »ankömmt«, nämlich: sie zu verändern. Oder, wie ihr Vater das nennen würde: Sie hatte ihr Leben vergeigt.

Das Elend sammelte sich in ihrer Kehle schneller, als sie es runterspülen konnte.

Im Herbst wurde sie fünfzig. Die Totenglocken läuteten schon in der Ferne. Liebe Gemeinde. Nach einem halben Jahrhundert vergeblichen Gluckerns versiegte Frau Doktor Karla Schlicht wie ein Rinnsaal in der Wüste.

Amen und prost.

Ein brenzliger Geruch stieg in ihre Nase. Sattlers Foto krümmte sich am Lampenschirm. Die Hitze der Glühbirne sengte ihm einen bräunlichen Heiligenschein um seinen Kopf. Sattler im Siegerkranz, riecht wie Pech und Schwefel. Sie hob ihr Glas – jeder Schluck ein Dolchstoß in den Magen, aber nach einem halben Karton waren wenigstens die Geschmackszellen nicht mehr so empfindlich.

Das war lustig, das war sogar zum Schreien komisch, aber was da aus ihrer Kehle klang, ähnelte mehr dem Knirschen von Sand zwischen Zähnen. Früher war ihre Lache von Freunden geliebt und von Feinden gefürchtet worden. Jetzt war sie nur noch eine komische Figur, so recht zum Kaputtlachen. Einst jüngste Promovierte an der Uni und bald Frau Doktor Unbehaust. Statt von einer Familie war sie von fleischfressenden Pflanzen umgeben. Statt eines Liebhabers lag ein minderjähriger Levantiner in ihrem Bett.

Mit einer Handbewegung fegte sie die Ausschnitte vom Tisch und erwischte das Weinglas, das gegen die Fensterwand klirrte. Weinblut lief über das Weiß der Raufasertapete.

Sie kroch über die Dielen und sammelte die Scherben ein. Durch das offene Fenster drang nervtötendes Hupen von der Straße. Auf der Siegerseite des Kollwitzplatzes glomm ein Zigarettenpünktchen, wie das Schlitzauge eines lauernden Raubtieres.

Ihre Welt war aus den Fugen und schwankte. Beim Aufstehen hielt sie sich am Bücherregal fest und plötzlich stürzten schwere Bücher aus dem obersten Regalfach auf ihren Rücken. »Wallenstein« und »Die Räuber«, unverkäufliche Einzelbände in eckiger Fraktur schillerten vorbei.

Eine Stimme hallte in ihrem Kopf: »Mutti, was ist nur aus dir geworden?«

Sie wollte nicht verrückt werden wie Aljoscha oder hoffnungslos wie manche Frauen im Wartesaal des Arbeitsamts, aber das genau das war's, was mit ihr geschah.

Mit einem Rums schlug Goethes »Faust« sie aufs Ohr.

Sie ließ den Kopf sinken und schluchzte. Hatte sie nicht Philosophie studiert, um zu wissen, »was die Welt im Innersten zusammenhält«?

Sattler fixierte sie wie ein hämischer Geist mit blau leuchtenden Augen. Von seiner braunen Stirn stieg ein Rauchfaden in die Höhe. Wütend streckte sie die Hand aus, um ihn zu zerfetzen, da schlug plötzlich eine Flamme aus seinem Scheitel.

Die Hitze ließ ihre Haare knistern. Sie wich erschrocken zurück. Das Feuer verzehrte Augen, Nase und Lächeln, im Nu war der ganze Jost Sattler verschwunden. Nur ein Stück Klebestreifen kokelte noch am Lampenschirm vor sich hin, und Ascheflocken rieselten auf ihr Haupt.

Weg wie ein Geist, durch die Luft, durch den Schornstein hinaus wie der Teufel. Verdammt, wie machte der das bloß?

Karim saß auf dem Fensterbrett. Im Hof hallten Radio- und Fernsehsprecher, ein Baby lallte, ein Deckel klapperte auf einem Topf. Es war wärmer, als seine Mutter vorhergesagt hatte, den Wollpullover konnte er im Koffer lassen.

Irgendwo hinter ihm in der Wohnung schrie Rosalies Mutter voller Wut, ein Glas zerbrach. Das Rumpeln klang, als werfe sie mit Lehmklumpen. Sie schien nicht gerade begeistert zu sein über seinen Besuch. Vielleicht war sie verrückt? Jedenfalls begriff er nun, warum Rosalie ihn gebeten hatte, ihrer Mutter vorerst nichts von ihrer Verwandtschaft zu sagen.

Stille.

Er versuchte, die deutsche Zeit einzustellen. Die Armbanduhr war ein Geschenk von Zohair, ein teures Original aus einem Laden in Ramallah, keine chinesische Fälschung wie die auf dem Markt. Das Zifferblatt leuchtete blau.

So bald wie möglich würde er zu Hause anrufen und erzählen. Er musste nur warten, bis Zohair seiner Mutter das Video vorgespielt hatte.

Die Menschen wohnten hier dicht wie Oliven in einer Schüssel. Er war bei seinem ersten Rundgang in Hofeinfahrten gegangen, hinter denen sich die Häuser reihten, mehrere Höfe, ein Spielplatz, ein weiteres Gebäude, unglaublich. Diese Stadt summte von Strom und Autos und Fernsehern und von Möglichkeiten für jemanden wie ihn, der bereit war, die Chance zu nutzen, die sich vor zehn Monaten aus heiterem – oder vielmehr arg bewölktem Himmel – aufgetan hatte.

Die Klimaanlage war zu Beginn des Semesters ausgefallen. Wie seine Kommilitonen schwitzte er im Helen Kattan-Computercenter über Programmierungstabellen und träumte davon, einmal so erfolgreich zu sein wie Mr. Walid Kattan, der »Vater und Förderer« der arabischen Universität in Bir Zeit. Informatik, so hieß es, öffne die Türen.

Eines Tages kam eine Mail, von der er im ersten Augenblick wusste, dass sie sein Leben verändern würde. Eine Rosalie aus Deutschland, die seinen Namen auf einer Webseite der Uni gefunden hatte, suchte die Familie ihres Vaters, Mahmud Sachar, der in der DDR studiert habe, ein Freund Arafats gewesen und bei Kämpfen im Libanon umgekommen sei. Ob er vielleicht etwas wisse, sein Name klinge so ähnlich.

Sofort schrieb er zurück, schickte ein Foto von sich, grüßte sie von Onkeln und Tanten und erklärte die arabische Aussprache: Sachar sei nur eine andere Schreibweise von Sahar.

Sie glaubte ihm und wollte mehr wissen. Er log für sie das Blaue vom Himmel herunter. Sein schlechtes Gewissen hielt sich in Grenzen. Schließlich gab er dieser deutschen Frau, was sie brauchte: einen Vater und einen Bruder obendrein. Schlechtes Gewissen? Für ihn konnte der Kontakt nach Deutschland die Rettung sein.

In Wirklichkeit wusste er von seinem Vater, der kurz nach Beginn der ersten Intifada und noch vor seiner Geburt gestorben war, nur, dass Mahmud Sahar aus einer reichen Familie von Immobilienmaklern in Amman stammte. Die Bettelbriefe, mit denen Karim um einen kleinen Zuschuss für sein Studium gebeten hatte, waren ungeöffnet zurückgekommen. Mutter brach in Tränen aus, wenn er nach seinem Vater fragte, Tante Zawah warf ihm finstere Blicke zu, und sein Bruder, der nur sein Halbbruder war, schlug ihn, weil er auf Auskunft beharrte.

Der Einzige, der etwas über den Tod seines Vaters wusste, war Karims bester Freund Zohair, dessen Bruder in Beirut gewesen war, als Mahmud dort seine Zeit in den Spielcasinos verbrachte. Es gab Gerüchte, er habe Geld der Bewegung veruntreut, ein Verräter, der mit Phalangisten zechte und über den man besser nicht sprach, ein Kollaborateur, der »aus dem Gedächtnis des palästinensischen Volkes getilgt« war. Das musste er Rosalie nicht »auf die Nase binden«, wie die Deutschen dazu sagten, also behauptete er, ihr gemeinsamer Vater kämpfe im Untergrund und werde von den Israelis gesucht – weshalb momentan ein Briefwechsel mit ihm nicht möglich sei. Aus ihren Antworten entnahm er, dass sie und ihr Mann Günter mit der »Sache des palästinensischen Volkes« sympathisierten, also stellte er sich ins passende Licht und schilderte ihr, wie er mit Zohair, der die Videothek im neuen Kulturzentrum leitete und manchmal Kassetten von säumigen Ausleihern holen musste, auf Schleichwegen die israelischen Straßensperren umging und die Soldaten austrickste.

Zohair riet ihm, den Kontakt zwar regelmäßig zu halten, aber nicht zu forcieren, insbesondere sich nicht über sein Leben in Bir Zeit zu beklagen, und Bitten um Hilfe zu unterdrücken. Karim schrieb Rosalie, so oft er einen Platz im Computercenter ergatterte. Beschönigen wollte er nichts, aber er versuchte, einen witzigen Ton zu finden und ihre Freundschaft zu gewinnen, erfand Anekdoten über Onkel und Tanten oder berichtete von seinem alltäglichen Leben.

Beim Schreiben fiel ihm auf, wie absurd sein Leben in Bir Zeit tatsächlich war. Er lebte mitten in einer Farce und brauchte nichts erfinden: Bei den Trauerfeiern für erschossene Kommilitonen, die nur auf dem Campus stattfinden durften, marschierte der Demonstrationszug fünfhundert Meter bis zum Zaun und wieder zurück, während auf dem Hügel gegenüber die Rohre der israelischen Panzer den Führern folgten, die die Namen der Gefallenen riefen: »Kämpfer für unseren freien und unabhängigen Staat Palästina!« Alle anderen antworteten im Chor: »Anwesend!«

Komisch war auch, wie sein Bruder Sahid mit kleinen Jungs, die ihm zum Bauchnabel reichten, in der Koranschule Suren auswendig lernte, weil er sich einbildete, er könne auf diese Weise seinen Job in der Wasserbehörde zurückbekommen.

Er sah mit anderen Augen auf seine vertraute Welt. Zum Schreien war, dass rings um die israelischen Straßensperren die Wegsäume sauber wie gekehrt waren, weil jeder Stein, der auf der Straße lag, geworfen wurde. Es war den Jungen in seinem Alter egal, ob sie verhaftet oder erschossen wurden.

Oder die rostige Karosserie im Graben der Straße nach Ramallah, deren Türen von den Splittern einer Rakete durchlöchert, deren Sitze verbrannt waren: Das Wrack galt ihm plötzlich nicht mehr als »Mahnmal« des Widerstands, sondern als die Stelle, in dem Zohairs älterer Bruder gestorben war. Ein zum Heulen trauriger Ort, ein Friedhof.

Mit jedem Tag und mit jeder Mail wurde ihm sein Leben in Bir Zeit fremder. In Gedanken war er manchmal schon nicht mehr da. Er trug sich aus den Informatikkursen aus und bezahlte lieber die 23 Dinare, die eine Doppelstunde Deutsch kostete. Er nährte seine Sehnsucht nach Deutschland, indem er sich durch die Webseiten klickte. Bald schon konnte er die Straßennamen und U-Bahnstationen um Rosalies Wohnung auswendig hersagen. Die Bilder von Dom und Reichstag und Wasserturm brannten sich in sein Gedächtnis wie der Anblick dampfender Töpfe einem Hungrigen.

Er begann, sich vorzusehen. Jetzt, da eine Lücke in der Mauer aufriss, wollte er nicht mehr »aus Versehen« an einer Straßensperre oder bei einer nächtlichen Schießerei getroffen werden. Er kleidete sich sorgfältiger und ließ sich sogar von Zohair die Haare schneiden, sodass Sahid ihn misstrauisch beäugte.

Er wollte auch die Geschichten von Opfern und Demütigungen nicht mehr hören und verließ das Haus, wenn seine Mutter die neuesten Schrecknisse mit dramatischen Ausschmückungen wie »im Rettungswagen verblutet« oder »in den Kopf geschossen« erzählte.

Er begann, dieses Land zu hassen – die fetten Limousinen der Autonomiepolitiker, die durch Ramallah rasten, genauso wie die Mädchen, die »Juden ins Meer« brüllten, oder die militärischen Übungen im Abenddunkel, bei denen er mitmachte, weil Mitgliedern der Tanzim ein Stipendium winkte. Er hasste es, in einem überfüllten, rostigen Taxi auf einer löchrigen Straße durchgeschüttelt zu werden, während auf einer parallelen, gut beleuchteten, brandneuen Straße die israelischen Siedler im blitzenden Jeep dahinrasten. Er hasste es, dauernd in irgendwelche Mündungen blicken zu müssen und so zu tun, als sei er cool. Er hasste die schwarz umrahmten Zettel an den Mauern, die bunten Märtyrerplakate, die nächtlichen Schmerzensschreie oder das lächerliche System geheimer Zeichen, dem man sich nicht entziehen konnte, ohne sich verdächtig zu machen. Man konnte dieses Land nur verlassen oder dafür sterben.

Wie gern hätte er Rosalies Sorgen geteilt. Sie schrieb vom Umbau der Wohnung und vom Stress im Büro der Firma »Landwandel«, die ein Dutzend Angestellte hatte und ihrem Mann gehörte. Sie musste sich um mehrere Autos (ein Alfa Romeo darunter) und Computer (und Notebooks!) kümmern, oh, und der Termindruck nicht zu vergessen, wenn sie über Neujahr zum Skifahren in die Schweizer Berge reisten, denn bald würde sie wegen des Kindes darauf für eine Weile verzichten müssen! Probleme!

Sie schrieb über Bücher, die ihr gefallen hatten, über Theaterstücke und Kinofilme und von ihrer Schwangerschaft. Er versuchte, mitzuhalten, lernte Deutsch wie ein Besessener, lieh jedes erwähnte Buch aus, das er kriegen konnte, und ließ sich nicht anmerken, dass ihre »Mails aus dem Paradies«, wie Zohair das nannte, ihm in Wirklichkeit ein Gefühl haushoher Überlegenheit gaben.

Seine Geduld wurde auf eine harte Probe gestellt. Fast neun Monate verstrichen, bevor sie endlich die Einladung aussprach. Dann ging alles sehr schnell. Sie schickte ihm Geld für das Flugticket und die »Garantieerklärung«, mit der er das Visum beantragen konnte.

Sein Halbbruder Sahid tobte, als er von dem Besuch im deutschen Konsulat erfuhr (Zohair hatte sich verquatscht), und vergaß, wie oft bei solchen Gelegenheiten, dass der Koran verbot, die Hand wider sein eigen Fleisch und Blut zu erheben.

Karim versuchte zu argumentieren. Verwandte in Deutschland! Das war ein Geschenk Allahs, das man nicht ungenutzt lassen durfte! Auch Mutter dachte so und wünschte ihm »das Beste«, aber aus Angst vor Sahid versteckte sie ihr Gesicht unter einer Decke und weinte.

Schließlich beschimpfte Sahid Mahmud als Hurenbock und ihn selbst als Bastard und machte ihm klar, dass er über sein künftiges Leben ganz allein bestimmen musste. Die Entscheidung war nicht schwer. Karim würde sich nichts mehr verbieten lassen. Er war 19 und wollte lieber »Hammer« als »Amboss« sein.

Heimlich hatte er seine Ausweise und ein paar Sachen gepackt und war aus dem Fenster geklettert. Die letzte Nacht vor der Abreise verbrachte er bei Zohair in der Videothek, wo er sich mit einem Abschiedsbrief an seine Mutter quälte, in dem er zu erklären versuchte, dass ihm seine Flucht leid tat und dass er in Bir Zeit keine Zukunft sah. Aber was er auch schrieb, es klang wie ein Vorwurf wegen seines Vaters oder so schrecklich endgültig, wie es gemeint war. Er zerriss Blatt um Blatt, bis der Block aufgebraucht war und ihm gar nichts mehr einfiel.

Zohair kam schließlich auf die Idee, einen Abschiedsgruß auf Video aufzuzeichnen und nach seiner Abreise mit einem Videorekorder zu seiner Mutter zu gehen.

Er schwor sich, wenn er genug Geld verdient hatte, das Haus erweitern zu lassen, Mutter sollte einen großen Kühlschrank haben wie Zohairs Onkel in Ramallah. Oder er kaufte gleich eines von den neuen Häusern auf dem Hügel gegenüber der Universität, eines mit rotem Ziegeldach und einem Pool im Garten. Und Zohair würde er das Geld für seinen ersten Film vorstrecken. Das Drehbuch über eine Jungenfreundschaft unter dem Besatzungsregime war schon lange fertig. Vielleicht finanzierte er sogar Sahid eine Werkstatt. Alles war möglich. Nur zurückschicken lassen würde er sich nicht.

Die Uhr an seinem Handgelenk leuchtete blau und verheißungsvoll. 22:53 Uhr. Er war bereit für die neue Zeit!

Zum ersten Mal, schien ihm, konnte er frei durchatmen. Die Luft des Hinterhofs war voll angenehmer Düfte und Klänge. Unten im Hof blitzten Fahrräder und ein Motorrad, wenn er richtig sah, war das eine Honda. Sie funkelte im Licht der Glühlampen. So eine Maschine würde er sich kaufen, sobald er das erste Geld verdient hatte. Die Frage, ob Fatma, die Schwester von Zohair, ihn jemals darauf sehen würde, gab ihm einen Stich ins Herz, aber nur für einen Moment, dann war er wieder vergnügt. Eins nach dem anderen.

Ein paar Meter schräg vor ihm, ging das Licht in einem Zimmer an. Eine fette, käsigweiße Frau im weiten T-Shirt trug ein Tablett mit Tüten und Dosen und stellte es auf einem Tisch ab. Dann verschwand ihr massiger Körper, ihre Hand griff nach der Fernbedienung, und der Fernseher leuchtete.

Auf dem Bildschirm waren zwei Männer unterschiedlichen Alters an einem stillen See zu sehen. Sie angelten und redeten miteinander, und obwohl Karim nicht hören konnte, was sie sagten, kam ihre Zufriedenheit ihm sehr glaubwürdig vor.

Der nächste Spot zeigte Kamele und orientalisch gekleidete Männer unter Palmen, einen Wolkenkratzer an einem See in der Wüste und dann ein Flugzeug, das ein Spruchband hinter sich her zog: »Fly Dubai«. Das brachte ihn auf eine Idee. Vielleicht konnte er sich bei einer Fluggesellschaft um einen Job bewerben. Immerhin sprach er Deutsch, Englisch, Arabisch und Hebräisch, und Rosalies Mann würde ihm sicher die nötigen Papiere besorgen können.

Die käsige Hand griff mit kurzen Wurstfingern in die glänzende Tüte.

Dann wechselte das Bild, ein Globus, ein blaues Studio mit einem Nachrichtensprecher. Ein Politiker. Das Brandenburger Tor. Plötzlich schossen maskierte Männer zwischen parkenden Autos auf unsichtbare Feinde. Aufgebrachte Menschen stürzten Computer aus Fenstern. Ein alter Mann mit einer Kufiya fuchtelte mit den Armen, und ein Trupp Maskierter posierte mit Maschinenpistolen vor einer grünen Fahne, die ihm nur zu bekannt vorkam. Er schämte sich für die Wut, von der die Gesichter verzerrt waren. Seine Landsleute waren Karikaturen, die nicht wussten, dass die ganze Welt zusah und lachte.

Dann wackelten die Bilder. Panzer rollten durch eine Stadt, Soldaten zogen Stacheldrahtsperren über den Manarah Square in Ramallah, wo der Onkel von Zohair und Fatma in einer Bank arbeitete. Er drehte sich weg, er wollte die Bilder nicht mehr sehen. Es gab ein anderes Leben, und er brauchte nur hineinzugehen.

Er horchte an der Tür, drückte leise die Klinke herunter und schlich über den Flur, der nach verbranntem Papier roch. Im Bad fiel sein Blick auf den Einwegrasierer auf der Ablage unter seinem Spiegelbild. Er hörte Sahid meckern: »Am Kinn wie eine Faust breit und auf der Oberlippe so kurz, dass der Schnauzbart nicht ins Essen und Trinken hängt.« Der war weit weg.

Nach einigem Kreuz- und Querschaben hatte er ein glattes Kinn. Er klebte Klopapierfetzen auf die blutenden Stellen.

Plötzlich knackten Dielen auf dem Flur. Er zuckte zusammen. Schritte kamen näher.

Schnell spülte er die abrasierten Haare in den Abfluss und legte den Rasierapparat zurück. Er griff nach der Klinke, aber im gleichen Moment wurde die Tür aufgerissen und vor ihm stand Rosalies Mutter. Der Anblick versetzte ihm einen Schock. Sie war halb nackt, nur mit einem weißen Shirt bekleidet, ihr Gesicht schwarz beschmiert und verheult. Sie starrte ihn an, als habe sie ihn noch nie gesehen. Er drückte sich am Türrahmen vorbei, sagte »Schlafen Sie wohl« und war froh, dass er die Tür seines Zimmers hinter sich schließen konnte.

Karla hörte das Vogelgezwitscher, aber sie hing im Halbdämmer zwischen Schlaf und Erwachen fest. Sie sah sich als schwarze Witwe im schrottreifen Mitsubishi zum Bundestag fahren, Sattler auflauern und in die Luft sprengen. Die Vorstellung, mit ihm gemeinsam in einem Funkenregen zu verglühen, verschaffte ihr eine seltsame Befriedigung. Ungern kehrte sie in die Wirklichkeit zurück, die langsam aus dem Nebel tauchte: eine leere Stelle auf einer Wiese, ein umgekippter Weinkarton und das erschrockene Gesicht des kleinen Palästinensers in ihrem Badezimmer.

Sie öffnete die Augen und schloss sie sofort wieder, denn die Lichtstrahlen stachen wie Nadeln. Vorsichtig blinzelte sie.

Neben dem Sofa lag eine zusammengeknüllte Zeitung auf dem Boden. Sie faltete das Papier auf und sah durch ein Loch sich selbst im Spiegel der Waschkommode. Sie zwinkerte den Schleier vor ihren Augen beiseite. Am Rand des Lochs las sie: »Jost Sattler will die Internierung von Gefährdern gesetzlich regeln. Seine Vorschläge stießen lange Zeit auf Widerstand, aber …«, weiter kam sie nicht. Ihr wurde übel.

Sie warf den Parka über ihre nackten Schultern und atmete auf dem Balkon ein paarmal tief ein und aus.

Zum ersten Mal seit dem Winter leuchtete der Spielplatz in der Mitte des Straßendreiecks kunstfaserbunt. Die Stimmen der halslosen Ungeheuer schrillten durch die Luft. Das Fehlen von Ermahnungen und Erzieherstimmen fiel nur jemandem wie Karla auf, die von dem Quietschen, Brüllen und Heulen Kopfschmerzen bekam.

Mit dem Gedanken an Aspirin ging sie in die Küche, wo der junge Mann (wie hieß der doch gleich?) an ihrem Küchentisch aufblickte und die letzten Krümel einer Zwiebackpackung neben die Schale schüttelte. Sie registrierte, dass er den Tisch für zwei Personen gedeckt hatte, die Tassen standen ordentlich auf Untersetzern, sogar Servietten hatte er aus den Tiefen einer Schublade gekramt.

Sie drehte grußlos ab. Im Bad spritzte sie kaltes Wasser in ihr zerknautschtes Gesicht und würgte, als ihr Blick auf die schwarzen Haare fiel, die sich im Abfluss kräuselten.

Unter der Dusche drehte sie den Hahn in Richtung blau und japste vor Kälte. Ihr Herz machte panische Sprünge, aber sie hielt durch, bis das Blut durch ihre Adern jagte, das Hirn durchspülte und die Leber auf Hochtouren arbeitete. Sie wischte den Spiegel trocken und betrachtete ihr Gesicht. Die Augen glänzten wie von Fieber, ihre Lippen waren vom Rotwein dunkelfleckig, ihre Haare hingen nass in die Stirn, ihre Haut war rot wie bei einer Infarktpatientin. So ging das nicht weiter.

Ihr Traum fiel ihr ein. Eigentlich keine schlechte Idee, so ein Kamikaze-Anschlag mit dem Mitsubishi. Ein Aufsehen erregender Knall war besser als vom Unglück hin- und her gebogen zu werden wie eine Büroklammer, und sang- und klanglos zu zerbrechen. Leider würde sie damit seine Feindbilder bedienen, jeder terroristische Anschlag hauchte seinem Schreckgespenst Leben ein.

Im Telefonbuch suchte sie nach seiner Adresse. Sie fand Jost Sattler und unter derselben Hausnummer in der Platanenallee 21 eine Raissa Sattler-Delianidse sowie zwei weitere Namen, Arthur und Leila Sattler. Waren das die Kinder? Natürlich, auch KZ-Kommandanten hatten Familie. Wahrscheinlich hatte er sich ein williges Weibchen aus dem Osten gekauft – Delianidse klang georgisch – die ihm die Schuhe ausziehen und die Füße massieren musste, während er am Telefon mit russischen Generalen die Massaker an ihrem Volk besprach.

Sie stellte sich ein großes Haus vor, vergoldete Wasserhähne, zwei Garagen, im Wintergarten manikürte eine Frau mit einem Handtuchturban ihre Fingernägel. Ob Sattler fremdging?

Die Neugier juckte in ihren Fingern, als ihr Blick im Flur auf das Telefon fiel. Guten Tag, hier spricht Frau Stalker. Vielleicht langweilte Raissa sich und wäre ganz dankbar für einen Anruf? Oder die Kinder! Ihr Vater kam selten nach Hause und arbeitete viel.

Das Klirren zersplitternden Glases riss sie aus ihren Gedanken.

Karim stand in der Küche. Vor seinen Füßen lagen die Scherben der Kaffeekanne. Er verbeugte sich mit zusammengelegten Händen und schaute sie aus seinen schwarzen Orientalenaugen von unten an. »Verzeihung, ich habe gebrochen!«

Sie holte einen Fünf-Euro-Schein aus der Mietbüchse hinter den leeren Tee- und Kaffeegläsern und drückte ihm den Wohnungsschlüssel in die Hand. »Mach dir einen schönen Tag!«

Sie wartete auf das Klappen der Tür und griff zum Telefon, doch sie zögerte und zwang sich selbst zu nüchterner Analyse ihrer Motive. Warum war sie besessen von Sattler? Erlag sie der Anziehungskraft des Erfolges, bewunderte sie heimlich, was sie nicht besiegen konnte? Oder zog die Macht sie gar erotisch an?

Nein. Das war Quatsch, bei aller Selbstkasteiung: Wer auf die Ästhetik eines neu gebauten Zuchthauses stand, konnte ihn vielleicht attraktiv nennen, aber sie würde nie auf ihn reinfallen.

Was war es dann? Neugier? Die Hoffnung, dass er vielleicht doch nicht so perfekt und mächtig war, wie er tat? Das klang einleuchtend. Sie wollte wissen, *wie* er manipulierte und trickste, um das Gefühl der Ohnmacht loszuwerden. Vielleicht konnte sie das Phänomen Sattler erklären, oder besser noch: entlarven!

Jeder Mensch hatte irgendwelche Leichen im Keller, und sei es nur ein Ladendiebstahl, die Annahme eines kleinen Vorteils oder eine schwarz beschäftigte Putzfrau – es gab vieles, was einem Politiker den Hals brechen konnte. Sattlers Stärke war gleichzeitig seine Schwäche. Die Wähler jubelten ihrem Saubermann mit der weißen Weste zu wie dem Erlöser. Wenn sie einen Fleck fand, war er geliefert, und was sie nicht fand, konnte sie erfinden. Alles, was sie brauchte, um glaubhaft Gerüchte zu streuen, waren ein paar verlässliche Informationen über sein Leben.

Sie drückte die Wahltaste. Ein Anrufbeantworter piepte und teilte dann mit, dass die Aufnahmekapazität leider erschöpft sei und sie es später noch einmal versuchen solle, schönen Tag und piep und Ende.

Aber so leicht ließ sie nicht locker.

An den minze und rosa lackierten Sperrholztischen des Internetcafés am Wasserturm saßen in der Mittagsstunde auffällig viele Frauen und junge Mädchen.

Sie ließ sich einen Platz zuweisen und rief Aljoschas »Guerillablog« auf. Die Seiten quollen über von Informationen und Warnungen.

Auf der Seite »Antiterror-Gesetze« fand sie Informationen zu Sattlers Projekten. Die ersten beiden Stufen lasen sich schon wie Pest und Cholera, mit der »dritten Stufe« sollten nun auch noch alle Befristungen aufgehoben werden und die Polizei künftig »zu Fahndungszwecken« auf Überwachungskameras in Bahnhöfen, Universitäten und Einkaufszentren zugreifen können.

Langsam verstand sie, was diese Webseiten, die mit leichenblauem Schimmer über den Monitor flimmerten und nach nichts rochen, so brisant machte, und leistete Abbitte für die Geringschätzung, die sie empfunden hatte, als Aljoscha das Internet für sich entdeckte und jubelte »Herrschaftsfreiheit!« und »nichthierarchische Strukturen!«. Wenn man alles auf einmal betrachtete, war das Ausmaß der Überwachung atemberaubend: Europäische Personendaten wurden im großen Maßstab an die CIA übermittelt. Tausende Videokameras waren nach der Fußballweltmeisterschaft nicht wieder abgebaut worden. Das Innenministerium finanzierte die Weiterentwicklung von Trojanern, obwohl das Verfassungsgericht die Online-Durchsuchungen von Computer-Festplatten gestoppt hatte. Polizeicomputer überwachten vollautomatisch Tausende von Telefonanschlüssen. Und so weiter.

Sie hob den Blick. Die Frauen und Mädchen hier im Internetcafé surften arglos, als wären sie unbeobachtet. Die Garotte wurde gezwirbelt, und nur Aljoscha und ein paar Verrückte schrien auf. Zu ihrer Zeit (zu »ihrer Zeit« – wie das klang!) hätte schon der Verdacht, dass jemand Notverordnungen durch die Hintertür einführen wollte, einen Sturm der Proteste hervorgerufen.

Sie suchte den Namen Sattler im Internet.

»Sattler AG Markisenstoff«, passte nicht, »Erwin Sattler Uhren«, saß in München, aber schon der dritte Link öffnete die Webseite des Bundestagsabgeordneten. Seine Homepage schimmerte wie Abendhimmel, in den Fenstern des Reichstags blitzten Reflexe der untergehenden Sonne. Fürs Gemüt gönnten die Konservativen sich gern ein bisschen Lagerfeuerromantik.

Sie klickte sich durch die Seiten zum Sicherheitsausschuss, zum Wahlkreis, zur Presse und »zur Person«, wo sie ein dürftiges Biografieskelett mit Sattlers Geburtsdatum und Karrierestufen fand. »Veröffentlichungspflichtige Angaben« gab es keine. Ehrenamtlich leitete er den Förderverein des Jüdischen Gymnasiums und saß im Vorstand von zwei Dutzend Stiftungen und Kuratorien.

Auf der Seite »Termine« fand sie eine Liste mit Sattlers öffentlichen Auftritten. Heute Nachmittag hielt er einen Vortrag im Haus der Sicherheitswirtschaft auf der Fischerinsel. Sie kannte die Gegend, Rosalie war vor Jahr und Staat am Märkischen Ufer in die Volkskunstschule zum Ballettunterricht gegangen.

Ob die Terrorgewinnler ihm ein Honorar zahlten? Oder wenigstens ein opulentes Buffet ausrichteten? Bestimmt ließen sie sich nicht lumpen, denn schließlich war er es, der ihre Wahnideen mit Milliarden aus dem Staatseuter aufpäppelte. Laut Aljoschas Guerillablog verdiente die Sicherheitsbranche schlappe zwanzig Milliarden im Jahr, natürlich nicht mehr mit Schlössern und Ketten, sondern mit Software, Spionagesatelliten und Überwachungstechnik vom Feinsten. Die Zuwachsraten lagen bei zwanzig Prozent pro Jahr.

Wenn sie es schaffte … Nein, die würden sie kaum reinlassen. Bestimmt war das Gebäude gut bewacht. Aber sie konnte vielleicht beobachten, mit wem er sich traf … Vielleicht erwischte sie ihn, wie er in einer verrauchten Kneipe mit einem Sicherheitsunternehmer über Spenden für den nächsten Wahlkampf sprach? Ein Briefumschlag wechselte den Besitzer … klick, ein Foto, ganz unauffällig.

Ihr Grinsen leuchtete im Glas des Monitors. Klara Bond auf den Spuren von Goldfinger Sattler. Die Aufregung spülte frisches Blut in ihren Kopf. So munter hatte sie sich schon lange nicht mehr gefühlt.

Kurz vor 14 Uhr drehte sie den Schlüssel im Zündschloss ihres Mitsubishi Colt. Eine Rußwolke qualmte aus dem Auspuff und zog in Richtung Kinderspielplatz. Sie tuckerte mit blinkender Tankanzeige und im dritten Gang, weil der vierte immer raussprang, die Prenzlauer hinunter. An der Ampel hinter dem Roten Rathaus blieb ein Streifenwagen direkt neben ihr stehen und ihr Herz auch. Die beiden Polizisten sahen herüber, dann bedeutete der eine ihr mit kreisender Handbewegung, sie möge die Seitenscheibe herunterkurbeln.

»Tachchen, Tachchen. Ihre Stoßstange is rechte Seite locker. Ma festmachen bei Jelejenheit, wa?«

Sie versprach's und ließ den Polizisten einen Vorsprung, ehe sie ihre Rußschleppe über den Mühlendamm zog. Via Leipziger gelangte sie zur Fischerinsel und bog nach links in die stille Seitenstraße ab, an deren Ende sich der Kristallpalast der Sicherheitswirtschaft erhob. Unter dem gläsernen Oval öffnete sich der schwarze Schlund einer Tiefgarage, links und rechts davon schielten Kameraaugen die Fußwege entlang.

Sie fuhr rückwärts in eine kleine Querstraße. Auf dem Eckgrundstück verrottete der Plattenkadaver der ehemaligen Volkskunstschule hinter Maschendrahtzaun und zerbrochenen Tischtennisplatten. Gegenüber lag ein verlassener Spielplatz, in dessen Sandkasten Quecken wucherten. Sie parkte wenige Meter hinter der Kreuzung, sodass die Sträucher ausreichend Deckung gegen die Blicke der Pförtner boten und sie trotzdem die Ampel an der Einfahrt sehen konnte.

Sie schaute auf die Uhr: Kurz nach drei. Vor einer halben Stunde hatte Sattler seinen Vortrag begonnen. Wie lange mochte er reden? Eine Stunde? Mit Fragen und Diskussion zwei?

Die Ampel an der Ausfahrt der Tiefgarage sprang auf Grün, ein Transporter tauchte aus dem Dunkel und beschleunigte. Sie zählte die Sekunden. Als er das Tempo-30-Schild passierte, konnte sie den Schnauzbart im Gesicht des Fahrers erkennen. Acht Sekunden.

Ihr blieb genügend Zeit, den Motor anzulassen, hinter Sattler in die Straße einzubiegen und seinem Auto in reichlichem Abstand zu folgen.

Der Kristallpalast lag protzig und auf demonstrative Weise gläsern in der Sonne. Stahlseile und verchromte Streben hielten die spiegelnden Außenflächen zusammen, in der Tiefe der Geschosse blitzten Spots wie die Lichter eines Diamanten.

Aber die Transparenz ging verloren, je länger sie versuchte, das Durcheinander der Flure und Büros, der Sitzungssäle und Treppen zu entwirren. Die Sonne blendete, und nach einer Weile wirkten selbst die Wolken, die sich im Glas spiegelten, wie eine Tarnbemalung. Die Macht verbarg sich hinter Spiegelreflexen wie das Schloss der Schneekönigin im Märchen: »Es waren Hunderte Säle darin, alle, wie sie der Schnee zusammenwehte. Sie lagen groß, leer, eisig kalt und glänzend unter dem Nordlicht, und nie gab es hier Lustbarkeiten.«

»Was sind Lustbarkeiten?«, hatte Rosalie gefragt, wenn sie beim Vorlesen an diese Stelle kam. Sie erinnerte sich nicht an ihre Antwort, aber heute erzählte ihre Tochter überall herum, sie habe damals gesagt: »Bücher, Hörspiele und Theater.«

Geräuschlos fuhr eine schwarze Limousine auf den Palast zu und verschwand in der Tiefgarage. Wie in einer Zeitschleife folgten gleich darauf eine zweite und dann eine dritte. Die Macht uniformierte ihre Inhaber genauso wie die kleinen Leute am Fließband. Kapitalismus war für niemanden gut.

Sie hätte ihre Kursantinnen mal zu einer Safari ins Reich der hohen Tiere führen sollen, statt immer nur im Seminarraum zu sitzen. Zehn Minuten vor der Höhle des Löwen waren für das Verständnis der Herrschaftsverhältnisse ergiebiger als viele Stunden zwischen den Regalen der Institutsbibliothek. Hier sprang einem förmlich ins Auge, wie Menschen entfremdet, wie sogar die Strippenzieher auf ihre Funktion im Reproduktionsprozess reduziert wurden. Sie stutzte. Hatte sie wirklich vor Jahr und Tag in solchen Formulierungen gesprochen?

Im Inneren des Wagens wurde es warm, weil die Sonne das Dach aufheizte. Sie kurbelte beide Autofenster herunter, aber kein Lüftchen wehte. Das regelmäßige Quietschen einer Schaukel auf dem Spielplatz verstärkte ihre Kopfschmerzen. Sie warf zwei Aspirin in den Mund, trank abgestandenes Wasser aus der Flasche, die unter dem Beifahrersitz lag, und döste vor sich hin, bis eine Bewegung im Rückspiegel ihre Aufmerksamkeit weckte: Ein Junge im Rotzlöffelalter kickte einen roten Ball im Rinnstein vor sich her, dribbelte um ihr Auto herum und schoss, als er auf ihrer Höhe war, den Ball quer über die Straße gegen das Tempo-30-Schild, das schepperte und wackelte. Er holte den Ball zurück und ließ ihn, mitten auf der Kreuzung, ein paarmal auf seiner Fußspitze hüpfen.

Der kleine Angeber würde die Aufmerksamkeit der Wachleute am Kristallpalast auf sie lenken, wenn er so weitermachte.

»Komm her!«, rief sie ihm zu.

Sie beugte sich zum Handschuhfach und fand einen Müsliriegel, den sie aus dem Fenster reichte. Krümel rieselten zu Boden, als der Junge ihn aufriss. Karla hoffte, dass das Mindesthaltbarkeitsdatum nicht allzu lange überschritten war.

Der Junge sah sie aufmerksam an. »Spielst du mit mir?«

»Du solltest nicht auf der Straße spielen. Gibt es keinen Fußballplatz in der Nähe?«

»Doch, aber hier gibt es keine Kinder.« Erst jetzt fiel ihr auf, dass das Quietschen der Schaukel aufgehört hatte.

»Hast du einen Mann? … Warum sitzt du hier im Auto?«

»Du fragst zu viel. Ich muss nachdenken!«

»Mein Papa denkt auch manchmal nach. Wir sind nämlich geschieden.« Er sah sie mit altklugen Augen an. »Ich heiße Kay!«

»Kalter Kay, liebe Gerda!« Rosalie hatte sich immer einen Bruder gewünscht. Sie fingerte Centmünzen aus dem Aschenbecher. »Kauf dir ein Eis. Vorn an der Leipziger gibt es einen Zeitungsladen, die haben eine Kühltruhe.«

Seine Hand fühlte sich klebrig an, als er die Münzen nahm und ohne Dank davonrannte.

Sie schaltete das Autoradio ein. Die Opposition warf der Regierung Anbiederung an die Amerikaner vor. Die große Steuerreform klemmte. Die israelische Armee war zum ersten Mal seit zwölf Monaten wieder ins Westjordangebiet vorgerückt. Sie überlegte. Kam Rosalies Praktikant von dort? Bestimmt machte er sich Sorgen um seine Familie. Schon eigenartig, wie man Nachrichten anders hörte, wenn man jemanden kannte, der davon betroffen war.

Das Wetter blieb warm und trocken, erst am Wochenende zogen Ausläufer eines Tiefs über Brandenburg.

Sie erschrak, als der Junge auf das Dach klopfte. Wie hatte der das so schnell geschafft? Er verdrehte die Augen und tat, als sei die Eisstange in seiner Hand ein lebendiges Wesen, das sich gegen das Gefressenwerden wehrte, bis sein Mund vom synthetischen Rot des Fruchteises beschmiert war, und sie lachte. Ein begabter Schauspieler. Wie schade, dass es die Volkskunstschule nicht mehr gab.

Als sie zurück zur Einfahrt des Kristallpalastes blickte,

schaltete die rote Ampel gerade auf Grün. Wenige Augenblicke später tauchte eine schwarz glänzende Motorhaube aus dem Dunkel der Tiefgarage. Ihr Körper spannte sich.

Der Wagen kam näher, und sie erkannte Sattler. Sofort drehte sie den Zündschlüssel, doch der Anlasser schleifte nur müde und brachte den Motor zum Husten. Sie verfluchte die alte Mühle, zog den Choke und versuchte es erneut. Endlich sprang der Motor an. Sie ließ die Kupplung kommen, trat wütend auf das Gaspedal und wurde nach vorn gerissen. Ihr Kopf knallte gegen die Sitzstütze, ein dumpfer Schlag, ein Schmerz in ihren Händen, und sie spürte, wie der Wagen sich drehte und seitlich gegen das Tempo-30-Schild prallte. Glas klirrte. Der Radiosprecher verstummte. Die Zeit blieb stehen, nur ihr Herz schlug im Hals auf und nieder wie ein Jojo.

Einen Moment konnte sie sich vor Schreck nicht rühren, dann betastete sie ihre Glieder und fand sich unverletzt. Sie befreite sich aus dem Gurt und versuchte auszusteigen. Die Tür klemmte, sie musste mit beiden Beinen dagegen treten.

Sattlers Mercedes stand am Ende einer Bremsspur mitten auf der Fahrbahn, die Tür offen, der Motor lief. Der Abgeordnete war ausgestiegen und starrte auf Kay, der mit dramatisch verdrehten Augen auf dem Asphalt kniete, die Hände auf seinen Bauch presste und rotes Fruchteis aus seinem offenen Mund sprudeln ließ.

Wütend rief sie: »Geh spielen! Verschwinde!«, und der Bengel sprang sofort auf und lachte. »Guck mal!« Er hob eine Radkappe wie eine Jagdtrophäe hoch.

Sie schaute zu ihrem Wagen. Der rechte Vorderflügel war eingedrückt und der Reifen, an dem die Radkappe fehlte, platt. Die Motorhaube ragte anklagend in die Luft.

Das ist ja ganz verkehrt, dachte sie und zwang sich, Sattler anzusehen. Was für eine bescheuerte Idee, ihm hinterherzuschleichen wie ein Groupie. Sie war nicht schlau. Sie war nicht überlegen. Sie war ihm ins Heck geknallt.

Gleich würde die Polizei ihre Personalien aufnehmen und

feststellen, dass sie illegal mit einer stillgelegten Schrottmühle unterwegs war. Der Abgeordnete würde sie als die Frau erkennen, die schon einmal versucht hatte, ihm in die Parade zu fahren, und er würde sie verklagen. Wegen Mordversuchs oder ersatzweise wegen dieser »Schmerzen im Nacken«. Ein Anwaltsteam, die Besten ihres Faches, würden sie fertigmachen. Am besten bettelte sie um Gnade.

»Tut mir echt Leid. Irgendwas ist mit meiner Kupplung nicht in Ordnung«, stammelte sie.

Er blies die Backen auf und pustete langsam den Atem aus. Dann erst sah er sie an. »Entschuldigung. Was haben Sie gesagt?« Ein Tropfen Blut lief aus einem Kratzer am Haaransatz über seine Stirn.

»Dass es mir leid tut!«, wiederholte sie.

»Oh, das tut es mir auch … ganz meinerseits. Jost Sattler mein Name, angenehm.«

Vielleicht verzichtete er darauf, die Polizei zu holen? »Hören Sie, ich war in Gedanken, auf dem Weg zu einem Vorstellungsgespräch. Bitte, vielleicht könnten wir …«

»Der ist doch schuld. Rechts hat Vorfahrt!«, krähte Kay vom Straßenrand. Sie unterbrach sich und warf einen kurzen Blick auf die Kreuzung. Tatsächlich. Der Abgeordnete war von links gekommen. Beinahe wäre ihre ständige Bereitschaft, sich schuldig zu fühlen, ihr zum Verhängnis geworden.

»Sie sind viel zu schnell gefahren! Und das in der Tempodreißig-Zone vor einem Spielplatz. Was da hätte passieren können!«

Leise und mit einem Anflug von Trotz sagte er: »Ich kann mich nur entschuldigen. Aber natürlich haben Sie völlig recht.«

Sie ging um seinen Mercedes herum, an dessen Heck der Zusammenprall nur ein paar Kratzer verursacht hatte. Nicht einmal das Rücklicht war beschädigt. Wie gemein!

Er zog seine Brieftasche heraus und reichte ihr eine Visitenkarte. »Jost Sattler. Ich bin … ähm, sehr in Eile.«

»Petra Grimme.« Sie nannte den falschen Namen ohne nachzudenken. Er stand schließlich auf der Zulassung.

Sattler schaute auf die Uhr und verzog das Gesicht. »Mir ist das extrem peinlich. Erst fahre ich Ihr Auto kaputt, und jetzt muss ich Sie auch noch bitten, mich zu entschuldigen. Ich habe einen dringenden Termin, eine Ausschuss-Sitzung, da warten drei Dutzend Abgeordnete …«

Sie runzelte die Augenbrauen, und er beeilte sich, hinzuzufügen: »Es ist viel verlangt, ich weiß, aber ich würde nicht fragen, wenn Sie nicht … ich meine, wenn es nicht wichtig wäre. Ich bezahle natürlich Ihren Schaden. Großzügig.«

Eine Idee schoss ihr durch den Kopf: Wenn sie ihn jetzt fahren ließ, konnte sie hinterher so tun, als sei er vom Unfallort geflohen. (»So ein großer, schwarzer Wagen, Herr Oberkommissar, plötzlich kracht es, ich konnte mich vor Schreck nicht rühren …«, ein Weinkrampf, und wenn sie sich wieder gefasst hatte: »Er dachte vielleicht, ich sei ohnmächtig oder tot. Er hat Gas gegeben, und weg war er. Gerade konnte ich noch das Kennzeichen lesen …«)

Mitläufer verziehen ihren Superhelden keine Fahrerflucht. »Absturz nach steiler Karriere!«, »Moralist im Morast!«, die Opposition würde schon dafür sorgen, dass der Schlamm eine Weile flog. Großer Gott! Aus welcher Untiefe ihres Bewusstseins quoll nur auf einmal diese kriminelle Energie?

Er schaute sie verwundert an. »Ich freue mich, dass Sie's mit Humor nehmen.«

Hatte sie gelacht? Sie riss sich zusammen und seufzte. »Wenn's nicht anders geht.«

Leider kam in diesem Moment vom Kristallpalast her ein Wachmann gerannt und machte einen Strich durch ihre Rechnung. Er rief »Alles in Ordnung? Brauchen Sie Hilfe, Herr Sattler? Soll ich die Polizei rufen?«

»Nein. Nicht nötig. Aber es wäre mir lieb, wenn Sie sich um die Dame und ihr Auto kümmern. Kennen Sie eine Werkstatt? Lassen Sie doch bitte alles auf meine Rechnung reparieren.«

Er nahm Geldscheine aus seiner Brieftasche und reichte sie ihr, ohne zu zählen.

»Hier, fürs Taxi. Beeilen Sie sich zu Ihrem Vorstellungsgespräch. Oder brauchen Sie ein schriftliches Schuldanerkenntnis von mir?«

Sie verneinte, knüllte das Geld in der Hand und fluchte heimlich auf den Wachmann, der Sattler eilfertig die Wagentür aufhielt.

Das Motorgeräusch des Mercedes verschwand hinter der Ecke zur Leipziger. Der Wind, der in den Bäumen rauschte, roch nach Fisch und Schiffsmotoren. Möwen schrien über der nahen Spree.

»Tja nu«, seufzte der Wachmann und guckte aufmunternd, »Keine Sorge. Der ist nicht von armen Eltern.«

Kay stieß mit dem Fuß an den verbeulten Kotflügel. Die rückwärtige Stoßstange des Mitsubishi schepperte auf den Asphalt.

Wenigstens hatte sie jetzt jemanden, der die Kosten für die Reparaturen bezahlte.

Jost Sattler trat aufs Gaspedal, um an der Spandauer Straße noch bei Gelb über die Ampel zu huschen. Kritische Blicke eines Fahrradkuriers, der bereits in den Pedalen stand, trafen ihn. Er bog mit Reifenquietschen in die Karl-Liebknecht-Straße ein und musste hinter einem Sattelschlepper bremsen. Seine Finger trommelten auf das Lenkrad, dann lenkte er kurz entschlossen auf die Busspur und fuhr am Stau vorbei.

Seit Wochen arbeitete er an der Vorbereitung der heutigen Sitzung, und ausgerechnet im letzten Moment kam ihm so ein blöder Unfall dazwischen.

Er rief seinen Referenten an. Steiners Stimme klirrte besorgt in den Lautsprechern der Freisprechanlage. »Wo steckst du, um Himmels willen? Wir wollten vor der Sitzung mit Schweetzke über unsere Taktik sprechen.«

Er unterbrach ihn. »Ist die Leszinsky da?«

»Ja, soll ich durchstellen?«

»Keine Zeit. Sag ihr, sie soll mit ihrem Make-up zum Sitzungssaal kommen. Ich brauche ein Facelifting, bevor ich in den Ausschuss gehe.«

Ein Bus hielt an der Haltestelle vor dem Dom. Er wechselte auf die linke Spur, neben ihm quäkste das dünne Stimmchen eines Mopeds.

Steiners Stimme bebte vor Aufregung. »Wo bist du?«

»Ich komme rechtzeitig, keine Sorge. Du schnappst dir die Munin-Vorlage und verklickerst Schweetzke unsere Vorgehensweise … Und eine Bitte noch«, fiel ihm ein. Er diktierte Steiner das Autokennzeichen des Mitsubishi und bat ihn, Namen und Adresse der Halterin herauszufinden.

Er fragte sich, wo er das Gesicht schon einmal gesehen hatte. Mit so einem Schrottwagen kam sie nicht aus seinem Politikumfeld. Eine Bekannte von Raissa? Nein, Krankenschwestern fuhren kleine und zuverlässige Neuwagen. Jemand vom Hauspersonal?

Die Ampel vor der Humboldt-Uni sprang auf rot, er musste jäh bremsen. Quälend langsam schob ein alter Mann seine Frau im Rollstuhl über die Straße. Eine Trinkflasche fiel von ihrem Schoß und rollte über den Asphalt. Der Mann ging zurück und schaute ängstlich auf die Motorhauben.

Jost Sattler konnte den Anblick des Siechtums nicht ertragen und schloss die Augen. Als der Mopedfahrer neben ihm losknatterte, öffnete er sie wieder. Die Ampel zeigte bereits grün, aber der Rollstuhl war immer noch nicht weiter.

Er blickte in die Spiegel, keine Polizeiuniform weit und breit. Mit dem rechten Rad fuhr er auf den Bürgersteig, kurvte hinter der Ampel zurück auf die Straße und gab Gas. Noch vor dem Mopedfahrer erreichte er die Kreuzung Friedrichstraße und raste beim letzten dunkelgelben Ampelflackern hinüber.

Im Paul-Löbe-Haus holte er die Dahlmann ein. Die Sprecherin der Opposition schlingerte auf dem glatten Steinfußboden, dessen Messinginschrift glänzte. Ihr Körper ging aus dem Leim wie ihre Grundsätze.

Er zwang sich in die Normalität zurück und sagte so freundlich wie möglich: »Guten Morgen, Kollegin.«

Sie keuchte. »Fangen Sie bloß nicht ohne mich an.«

»Das würde ich nie wagen.«

Sie liefen gemeinsam zum hinteren Treppenhaus, weil am Fahrstuhl Handwerker arbeiteten, und sprachen über die Tagesordnung. Auf dem Absatz in der zweiten Etage versperrte eine Leiter den Weg. Der Mann im Overall, auf dem die Buchstaben »BKA« leuchteten, stocherte mit einer Teleskopstange in der Deckenverkleidung.

»Was machen Sie da?«

»Gift und Wanzen.«

Der Mann auf der Leiter fluchte, weil die Dahlmann sich

vorbeidrängelte, hielt sich an der Decke fest und bellte: »Warum nehmse nichn Aufzuch, Kollejen?«

Die Dahlmann blieb stehen und fixierte den Polizisten aus schmalen Augen wie die Schlange ein Kaninchen, ihre Stimme klang, als spreche der Souverän persönlich. »Sie sind im Weg, Herr B K A! Nicht ich.«

Eilig stieg der Mann herunter, klappte die Leiter zusammen und räumte sie beiseite, aber Jost Sattler wusste, dass die Dahlmann den Vorfall ausschlachten würde. Besser konnte es nicht laufen.

Das vom Teppich gedämpfte Gemurmel der Abgeordneten im Sitzungssaal des Sicherheitsausschusses im vierten Obergeschoss erstarb, als er die Anwesenden begrüßte. Nachdem die Anmerkungen zum Protokoll der letzten Sitzung notiert waren, bat er Vachiecky um den Bericht über die Vorbereitung des Staatsbesuchs.

Der Chef der Bundestagspolizei schnaufte in sein Tischmikrofon und begann mit der Erbarmungslosigkeit des Beamten jede Absperrung und jeden Posten innerhalb der Bannmeile aufzuzählen.

»Feiern Sie Führergeburtstag, oder was soll der Pomp?«, polterte die Dahlmann los, kaum dass er endete. »Wer garantiert, dass diese BKA-Leute, die überall herumschnüffeln, Wanzen entfernen und nicht legen?«

Vachiecky rechtfertigte sich. »Das FBI gibt erst grünes Licht, wenn wir ihre Checkliste abgearbeitet haben. Der Stabschef kann das bestätigen.«

Die Dahlmann höhnte: »Die Amis sind doch erst zufrieden, wenn wir uns ein Brett vor den Kopf nageln!« Sie schlug empört auf den Tisch.

Schweetzke sah fragend herüber und Jost Sattler nickte unmerklich.

Vachiecky war ein altgedienter Polizist, aber die Welt nach Nine Eleven sprengte seinen Westberliner Horizont. Schade eigentlich. Raissa war mit seiner Frau fast so etwas wie befreundet gewesen.

Schweetzke hob sofort die Hand. »Ich finde, die Kollegin Dahlmann hat recht.«

Der Angesprochenen blieb der Mund offenstehen, und der Stabschef fuhr fort: »Auch wir wollen keinen gepanzerten Bundestag. Wir setzen stattdessen auf eine Überwachungssoftware, die unsichtbar und vollautomatisch arbeitet und ausschließlich die Überwachungskameras benutzt, die schon vorhanden sind.«

Die Dahlmann wurde misstrauisch und setzte sich gerade. »Meinen Sie das hier?« Sie hob eine Drucksache hoch. »Wer soll diesen Hieroglyphensalat verstehen? Gefährder. Matching. Biometrische Gesichtserkennung. Bei jedem Wort steht mir das Haar zu Berge.«

Sattler antwortete liebenswürdig: »Deswegen haben wir ja den Stabschef hier. Herr Schweetzke kann Ihre Fragen beantworten.«

»Da verlasse ich mich doch lieber auf den Sachverstand meiner Fraktion.«

»Wir können gern weitere Fachleute anhören, aber nur hier im Rahmen des Ausschusses. Die Munin-Vorlage ist ›vertrauliche Verschlusssache‹ – aus naheliegenden Gründen.«

Die Dahlmann schnaufte verächtlich, schwieg aber. Er übersah Vachieckys Wortmeldung. »Bitte, Herr Schweetzke.«

»Eigentlich funktioniert das Programm ganz einfach«, erläuterte der Stabschef. »Die Kameras an den Pforten erfassen jeden, der den Bundestag betreten will. Die Bilddaten werden von Munin mit der GEMAD verglichen, das ist die Antiterrordatenbank. Und wenn ein Gefährder erkannt wird, löst das System Alarm aus.«

Die Dahlmann hakte ein. »Korrigieren Sie mich, wenn ich irre: Dieses Munin erfasst jeden, also auch jeden Abgeordneten, seine Besucher, seine Arbeitszeiten?«

Schweetzke spitzte den Mund: »Ja, aber dafür ist es nicht gemacht.«

Die Dahlmann ließ nicht locker: »Ach, nicht? Sie verlangen Vertrauen von mir, Herr Schweetzke, aber ich wurde gewählt, um Sie zu kontrollieren.«

Jost Sattler unterbrach die Streithähne: »Wir können festlegen, dass die Aufnahmen der Überwachungskameras nach vierundzwanzig Stunden automatisch gelöscht werden.«

Die Dahlmann brummelte: »Nach einer Stunde längstens!« und blätterte unzufrieden in den Papieren, die vor ihr auf dem Tisch lagen.

Im Verlauf der weiteren Sitzung wurden sämtliche Grundsatz-Argumente der letzten Wochen noch einmal vorgebracht. Jost Sattler trommelte ungeduldig mit den Fingern auf der Tischplatte. Sein Schreibtisch lag voll mit Arbeit, der Schuldirektor seines Sohnes musste angerufen werden, und dann war da auch noch diese Frau Grimme mit ihrem Unfallwagen.

»Entscheiden und schneiden«, hatte Raissa immer gesagt. »Ein halber Tumor ist ein ganzer Tumor!« »Chalb« sprach sie das aus, »chart« und »churtig!«.

Er brach die Diskussion, die sich fruchtlos im Kreis drehte, ab. »Sehen Sie doch der Tatsache ins Auge, Kollegin Dahlmann: Entweder befürworten Sie Munin, oder Sie stimmen für Panzer, Wasserwerfer, Stacheldraht und Scharfschützen.«

Sie presste die Lippen zusammen. Ihre Wähler mochten Säbelrasseln nicht.

»Ich würde gern etwas dazu sagen, bevor Sie abstimmen«, unterbrach Vachiecky, der sich bisher vergeblich gemeldet hatte. »Eine rein formale Frage: Von meinen Leuten kann das keiner bedienen, zumindest müssen sie geschult werden. Die sind auch nicht alle Geheimnisträger. Eventuell müssen die Arbeitsverträge ergänzt werden, außerdem haben die Kollegen Anspruch auf Bildschirmzulage und einen Ruheraum. Die Gewerkschaft reißt mir den Kopf ab, wenn ich das verweigere.«

»Hört, hört, die Gewerkschaft!«, freute sich die Dahlmann. »Da wird es wohl ordentlich was kosten, wie?«

Schweetzke mischte sich ein: »Wir könnten das Kontrollterminal im Bunker installieren.«

Vachiecky und die Dahlmann riefen gleichzeitig: »Unmöglich!«

»Aber wieso?«, beharrte Schweetzke. »Wir haben Fachleute und Programmierer und ...«

»Die Überwachung darf nur durch die Bundestagspolizei erfolgen!«

Die Dahlmann grinste wie ein Honigkuchenpferd und klopfte den Stapel ihrer Drucksachen auf den Tisch, als sei die Sitzung beendet. »Na supi, dann überweisen wir die Angelegenheit an den Haushaltsausschuss.«

Er spürte, wie die Säure in seinem Magen hochkochte. Immer das Gleiche: Hatte man den Fisch endlich im Boot, mäkelte irgendein Trottel an der Größe herum, und alles ging von vorn los.

»Munin erleichtert Ihnen die Arbeit, Herr Vachiecky, Sie müssten Feuer und Flamme sein.« Der Ärger ging mit ihm durch. »Wenn Sie lieber mit Zinnsoldaten spielen wollen, rate ich zu einem Kuraufenthalt im Kindergarten! Kommen Sie wieder raus, wenn die Präsidentin weg ist! Im Übrigen ist die Entschlussfindung ausschließlich Sache der Abgeordneten.«

Vachiecky machte ein Geräusch, als presse man einem Frosch die Luft aus. Im Saal war es still bis auf das Rauschen der Lüftung.

»Wir stimmen jetzt ab und Schluss.«

Er musste froh sein, dass die Auszählung den üblichen, vermaledeiten Gleichstand von Ja- und Neinstimmen ergab und seine Stimme, die als Ausschussvorsitzender doppelt zählte, das Ergebnis rettete. Die Schlagzeile war abzusehen: »Regierung schlingert weiter auf Messers Schneide«. Eigentlich konnte man so nicht regieren, aber die Umfragewerte der Koalition waren so schlecht, dass niemand sich zu Neuwahlen aufraffen konnte.

»Wer ist eigentlich auf diesen Namen Munin gekommen?«, hörte er die Dahlmann seufzen und den Stabschef antworten: »Munin ist einer der beiden Raben des germanischen Gottes Odin. Er schickt sie jeden Morgen in die Welt, und am Abend berichten sie ihm, was sie gesehen haben.«

»Ja, so einen Scheiß hatte ich vermutet.«

Auf dem Weg zu seinem Büro blieb er an dem wandhohen Fenster stehen und schaute hinunter. Die Strahlen der Abendsonne spiegelten sich im Lüders-Haus und ließen das Algengrün der Spree glitzern. Möwen schaukelten auf den kurzen Wellen.

Die Fahrgäste an Deck eines Ausflugsdampfers froren im Abendwind und rafften ihre Mäntel. Alle zugleich wandten ihre Köpfe nach rechts, denn wie immer sprachen an dieser Stelle die Stadtbilderklärer von der »Treppe der Demokratie«. Dann gingen die Köpfe nach links und schauten zu ihm herauf. Er trat zurück.

Ein unangenehmer Kopfschmerz puckerte hinter seiner Stirn, an der Stelle, wo er gegen die Frontscheibe geprallt war. Das Telefon vibrierte in seiner Jackentasche. Er schaute aufs Display. Eine SMS von Steiner: »Koffner will dich sprechen.« Na, das ging ja schnell.

Im Büro des Präsidenten roch es nach Kaffee und Apfelsinen. Koffners Bass dröhnte. »Ich liebe dich, Kleine!« Seine Tochter arbeitete als Ärztin in Accra, wo er sie mindestens einmal täglich anrief.

Jost Sattler kannte ihn seit ihrer gemeinsamen Studienzeit, sie hatten sich aus Krisen geholfen und aßen zwei- oder dreimal die Woche gemeinsam in der Kantine. Er mochte den mächtigen Mann mit der tiefen Stimme und dem dröhnenden Lachen.

Koffner legte das Telefon auf und reichte ihm die Hand. »Unsere liberale Walküre hat mich im Ton höchster Entrüstung angerufen, Jost. Du würdest Vachiecky demontieren und so weiter. Die sägt an deinem Stuhl.«

»Das ist ihr Job.«

Koffner schaute ihn aufmerksam an. »Es gibt viele im Haus, die den Amerikanern Grenzen zeigen wollen. Sie könnten den Sack hauen, wenn sie den Esel meinen.«

Sattler zwang sich zu einem Lächeln. »Ich werde mich bei Vachiecky entschuldigen. Wir sind immer gut miteinander ausgekommen.«

»Schön, dass wir darüber gesprochen haben!«, dröhnte Koffner und zeigte auf die Sessel am Fenster. »Du fliegst nach Moskau?«

»Montag, ja. Warum?«

»Die Amerikaner überlegen, ob sie nicht von London direkt nach Moskau fliegen sollen.«

Er hob überrascht das Kinn. »So kurzfristig? Das würde uns blamieren.«

Koffner seufzte. »Vielleicht möchte die Frau Präsidentin ihre Rede lieber an einem Ort halten, an dem es keine Proteste gibt.« Koffner drückte einen Knopf am Telefon, und das Klingeln hörte auf.

»Die Proteste können wir nicht abstellen.«

»Natürlich nicht. Die Russen selbst müssen signalisieren, dass sie nicht vorgezogen werden wollen. Deshalb schlägt das Kanzleramt vor, ihnen, sozusagen als Belohnung, eine Kooperation bei der Datenauswertung ihrer Satelliten anzubieten.«

»Munin? Klingt so, als könnten wir damit mehr als eine Fliege erschlagen. Aber vielleicht sollte jemand vom Kanzleramt ...«

»Die Sache eilt. Du kennst die Drahtzieher in Moskau und musst nicht erst den protokollarischen Parcours absolvieren. Außerdem ...«, Koffner machte eine komische Geste am Auge, »hat jemand ganz weit oben deinen Namen ins Spiel gebracht.«

Er verstand. Es gab seit einiger Zeit Gerüchte, der jetzige Innenminister könnte zum Bauernopfer werden, um die Koalition zu stabilisieren. Koffner stand auf und reichte ihm die Hand.

Henryk Steiner wartete schon im Büro, das Gesicht in Sorgenfalten. Sein persönlicher Referent war Ende dreißig und litt unter der Befürchtung, trotz aller Klugheit zu nüchtern zu sein, um jemals aus der zweiten Reihe zu treten. Sattler schaute auf die Uhr: Nach der Besprechung mit Steiner würde niemand mehr in der Schule sein. Er bat die Leszinsky, Kaffee für

Steiner und einen Kamillentee für ihn zu beschaffen, suchte Abramowitschs Nummer im Handy und rief an.

»Wessen Auto hat er diesmal mit seinen Blümchen voll gesprüht?«

»Wenn er mal was gesprüht hätte!«, seufzte der Direktor am anderen Ende der Leitung, »aber man sieht Arthur kaum noch. Mal eine, mal zwei Stunden, mal einen ganzen Tag kommt er, dann wieder nicht. Wie er will.«

»Seit wann ist das so?«

»Wochen, einen Monat schon.«

»Warum hast du mich nicht gleich angerufen?«

»Die Jugendlichen machen in diesem Alter eine schwierige Zeit durch.«

Er verdrehte die Augen. Vor lauter Güte ließen sie die Kinder ins offene Messer rennen, statt Grenzen zu setzen und sie an Konsequenzen zu gewöhnen.

Aber Raissa hatte Abramowitsch gemocht und Arthur stets verteidigt, und er war zu müde zum Streiten.

»Was schlägst du vor?«

»Die Sozialarbeiterin will mit dir reden und fragt, ob du nächsten Montag Zeit für ein Gespräch hast.«

»Ja, natürlich …«, dann fiel ihm Moskau ein, und er korrigierte sich: »Nein, geht nicht, vermutlich bin ich erst Mittwoch aus Moskau zurück! Ich sag meiner Büroleiterin, dass sie einen Termin vereinbaren soll.«

Er parkte seinen Wagen hinter dem Kanzleramt und rief den Fahrdienst an, um sich nach Hause bringen zu lassen.

Im Westen des Himmels leuchteten die Wolken noch hell, als sie die bereits im Abendschatten liegende Potsdamer Straße nach Süden zuckelten. Gegen seine sonstige Gewohnheit nutzte er die Zeit nicht, um Papiere durchzusehen. Er starrte nach draußen in die scheinwerferblitzende Dämmerung und dachte an Frau Grimme, die in seiner Erinnerung immer noch neben ihrem verbeulten Auto stand und ihn mit aufmerksamen, beinah forschenden Augen ansah.

Eigentlich erstaunlich, wie gefasst sie geblieben war. Kein Zeichen von Panik.

Er würde ihr einen Blumenstrauß als Dank für ihr Verständnis schicken lassen. Oder selbst vorbeifahren, das war persönlicher. Vielleicht hatte Steiner schon ermittelt, wo sie wohnte.

Schon komisch, wie völlig Fremde in Metallboxen umeinander herum fuhren, von durchsichtigen Scheiben getrennt – bis ein Moment der Unaufmerksamkeit zwei Welten zusammenkrachen ließ.

Das letzte Rot am Himmel war verschwunden, und die Platanenallee lag im gelben Farbnebel der Straßenlaternen, als er sich beim Fahrer bedankte und bat, ihn am nächsten Morgen um sechs Uhr abzuholen.

Er betrat das Grundstück durch die Gartenpforte und ging um das Haus herum. Der Weg war zugewuchert, hier musste gemäht werden. Leilas Zielscheiben lagen auf dem Boden, krumm geweicht und schmutzig. Wann hatte sie die zum letzten Mal benutzt?

Er stieg die beiden Treppenstufen, die von der Wiese zur Terrasse führten, empor und stieß mit dem Schuh an einen Gegenstand, der über die Fliesen schepperte. Im Licht der hohen Fenster krochen weiß leuchtende Maden aus Oskas Futternapf. Er hörte Stimmen aus dem Haus und trat durch die Flügeltür in die Halle.

Leila hatte Freundinnen zu Besuch, die er nicht kannte. Zu viert saßen sie um den Tisch und starrten in einen Katalog. Oska hob den schlanken Kopf, schlug mit dem Schwanz auf den Boden, blieb aber liegen.

Wie ein Fremder im eigenen Haus durchquerte er die Halle und öffnete die Tür zum Gartenzimmer. Sein Vater schlief. Der Luftzug ließ die Gardinen ins Zimmer wehen. Er löschte das Licht und schloss die Tür leise wieder.

Der Anrufbeantworter auf dem Buffet blinkte und signalisierte »Speicher voll«. Wie ärgerlich. Hatte er nicht die Kinder gebeten, die Bewerbungen nach ihrem Eindruck vorzusortieren? Wenn man sie schon mal einbeziehen wollte.

Er fuhr Leila an, die ihre Freundinnen verabschiedet hatte und von der Haustür zurückkam. »Warum hört ihr den AB nicht ab, wenn er voll ist?«

»Warum pflaumst du mich an? Bin ich die Einzige, die hier wohnt? Warum fragst du Arthur nicht?«

»Ist er oben?«

»Riecht so.«

Es tat ihm Leid, dass ihr Gespräch feindselig wurde, also lenkte er ein. »Trainierst du nur noch im Club? Ich habe die Bogenscheiben im Gras liegen sehen.«

»Ich geh da nicht mehr hin.«

»Wieso? Was ist passiert?«

»Keine Lust.« Sie schickte sich an, nach oben zu gehen.

»›Keine Lust‹ ist kein Grund, sondern ein Problem. Bleib hier, wenn ich mit dir rede!«

Sie antwortete nicht und verschränkte die Arme vor der Brust.

Er unternahm einen neuen Anlauf. »Tut mir Leid, ich bin ein wenig gereizt.«

»Wie immer.«

»Hast du schon gegessen?«

»Haushaltsgeld ist alle.«

»Ich habe euch letzte Woche fünfhundert Euro gegeben!«

»Frag Arthur.«

Er schaute in die Küche: Töpfe mit Essensresten standen auf dem Herd, auf den Tellern lagen harte Spaghetti und Pizzaränder. Fruchtfliegen schwirrten um die leeren Joghurtbecher. Mit lautem Scheppern fiel ein Deckel zu Boden, unter dem ein vergorener Rest Brühe vor sich hin stank.

Leila rief aus der Halle: »Das ist nicht von mir!« Ihre Schritte knarrten auf der Treppe.

»Seit wann waschen wir in dieser Familie nur ab, was wir selbst benutzt haben?«, rief er zurück.

»Was denn für eine Familie?«

Er sah die Post durch. Irgendeine Versicherung schickte packenweise Infobroschüren, die er gerade in den Papierkorb fallen lassen wollte, als er seinen Namen auf dem Anschreiben las. Ein Herr Dings freue sich, wenn er eine der beiliegenden Anlagemöglichkeiten nutze, falls er nicht schon anders über die Lebensversicherung seiner Frau verfügt habe. Hatten die ein Computerprogramm, das sie an das Ende des Trauerjahrs erinnerte? Wütend feuerte er den Packen in den Müll.

Der nächste Umschlag kam von einer Personalagentur und enthielt drei Bewerbungsmappen. Zwei Pflegerinnen waren Berufsanfängerinnen, die sich selbstständig machen wollten, kaum älter als Arthur, die dritte bewarb sich aus einer ungekündigten Stellung und kam höchstens längerfristig in Betracht.

Natürlich war er selbst schuld an dem Dilemma. Er hatte die zunehmenden Klagen Frau Romanowas für das Klappern gehalten, das zum Altenpflegen wie zu jedem anderen Handwerk gehörte. Letzte Woche hatte die Betreuerin seines Vaters ihren Koffer gepackt und war zu ihrer Tochter nach Krasnojarsk geflogen. Seitdem brachte sein Vater die Schwestern des Pflegedienstes zur Verzweiflung, indem er sich weigerte, Essen und Trinken von jemand anderem als seinem Sohn anzunehmen. Fremde Gesichter jagten ihm Angst ein. Er brauchte jemand, an er sich gewöhnen konnte, eine Mutter eher als eine Pflegerin.

Wenn er das Problem bis Montag nicht löste, musste er die Reise absagen. Das wäre schade. Er wollte ein paar Orte besuchen, die Patriarchenteiche, den Gorkipark, die Universität auf den Sperlingsbergen … obwohl es irrational war, natürlich, Raissa würde nicht mehr dabei sein, aber trotzdem.

Ein Geräusch aus dem Gartenzimmer beunruhigte ihn. Er ging nachsehen. Sein Vater lag auf dem Fußboden und jammerte.

Er hob den leichten Körper hoch, legte ihn aufs Bett und rückte das Kissen zurecht. »Geht das so? Kannst du atmen?«

Die Windel war trocken, vermutlich hatte er wieder zu wenig getrunken.

Er setzte ihm ein Glas Zuckerwasser an den Mund, der alte Mann schaute ihn mit trüben Augen an und bewegte die rissigen Lippen, verschluckte sich und hustete auf sein Jackett.

Er wischte den Ärmel trocken, wartete einen Moment, bis sein Vater sich beruhigte und gleichmäßig atmete, dann versuchte er es noch einmal. Endlich war das Glas leer, und sein Vater schloss erschöpft die Augen, im Halbschlaf mit dem zahnlosen Kiefer mümmelnd. Er streichelte über den kahlen Kopf. Die Haut fühlte sich an wie Pergament.

Die Unausweichlichkeit, mit der ein kultivierter Historiker und Hobbyautor dem völligen Selbstverlust entgegenstarb, deprimierte ihn. Die Krankheit radierte die Erinnerungen aus, die jüngsten zuerst. Raissa war bereits kurz nach ihrem Tod aus Heinrich Sattlers Welt verschwunden, dann das Wiedersehen mit seiner Familie nach dem Fall der Mauer, und seit einiger Zeit erzählte er auch keine Anekdoten mehr aus seiner Zeit im Staatsarchiv der DDR.

Jost Sattler klappte das Seitengitter hoch und löschte das Licht. Die Müdigkeit brannte in seinen Augen, aber die schwierigste Aufgabe des Tages stand ihm noch bevor. Er stieg die Treppe ins Obergeschoss hinauf und klopfte am Zimmer seines Sohnes. Keine Antwort.

Er drückte die Klinke, die Tür war verschlossen. Wie zum Hohn wurde drinnen die Musik so laut gestellt, dass die Bässe durch die Wände wummerten. Ein Sänger schimpfte zu harten Gitarrenklängen und sägte auf Französisch an seinen Nerven.

Aber er war ja selbst schuld. Viel zu lange hatte er sich der Trauer um Raissa ergeben und das Chaos im Haus mit Euphemismen wie »Villa Kunterbunt« schöngeredet. Das Leben ging weiter, ob er wollte oder nicht.

Arthur und Leila brauchten Grenzen, ein starkes Vorbild, einen Vater, der sich dem Alltag besonnen und in aufrechter Haltung stellte, sonst entglitten sie ihm. Was er in der Politik schaffte, musste auch zu Hause gelingen. Unordnung war Knechtschaft.

Er schlug mit der Faust gegen das Türblatt, die Musik verstummte, aber nur kurz, denn wenige Sekunden später brach sie mit Getöse von Neuem los.

Verdammter Kerl! Das war ja wohl immer noch sein Haus.

Wütend wählte er Arthurs Handynummer, doch nach drei Klingelzeichen ging die Mailbox an.

Er trat gegen das Türblatt, bis sein Fuß schmerzte.

»Hey, mal easy!« Seine Tochter stand in der offenen Tür ihres Zimmers und schüttelte den Kopf: »Wenn der richtig bekifft ist, geht dem alles am Arsch vorbei.«

Es ärgerte ihn, dass sie ihn ertappt hatte. »Wieso bekifft? Und könntest du dich wohl einer gepflegteren Sprache bedienen?«

»Mann eh, man riecht den Shit im ganzen Haus, also tu nicht so ahnungslos!«

Sie ließ die Tür hinter sich ins Schloss krachen.

Im Bad spritzte er sich Wasser ins Gesicht und sah dabei, dass die Steckdose neben dem Spiegelschrank braun verbrannt und geschmolzen war. Er hasste das Selbstmitleid, das ihn manchmal die Nerven verlieren ließ – solche Eigenschaften passten nicht zu ihm. Er war drauf und dran, seine Karriere und seine Familie zu ruinieren.

Karla Schlicht kniff die Augen zu. Auf der gegenüberliegenden Straßenseite spiegelte sich das Abendrot in den Vachiecky'schen Penthousefenstern. Sie konnte nicht sehen, ob jemand hinter der Scheibe stand, doch sie fühlte sich auch so wie eine kranke Ratte im Labor.

Sie versuchte, die Spinne auf dem Rahmen der Balkontür an einem ihrer dünnen Beine zu fassen. Stunden nach dem Unfall zitterten ihre Hände noch immer.

Warum hatte sie geglaubt, den Kampf einfach an der Stelle wieder aufnehmen zu können, an der sie ein paar Jahre zuvor schon besiegt worden war? Nicht mal erkannt hatte Sattler sie. Das war die schlimmste Demütigung überhaupt: Sie war keine Gegnerin mehr, sie war bis zur Unsichtbarkeit harmlos. Peng! Entwertet! Erst vom Stempel der Arbeitslosigkeit, dann vom Kühlergrill des Mercedes. Jetzt lag nicht nur ihr Selbstbewusstsein, sondern auch ihr Auto in Trümmern. »Im Funkenregen verglühen.« Auf so eine blödsinnige Idee konnte auch nur sie kommen.

Sie warf die zappelnde Spinne auf ein Blatt der Venusfliegenfalle. Blitzschnell klappten die Blätter zu.

Im Bad betrachtete sie ihr Spiegelbild und fuhr sich mit den Fingern durch die Haare. Ihre Nägel waren rissig und die Haut ihrer Hände trocken von Bücherstaub. Die Morgenkälte des Flohmarkts ließ feine Äderchen auf den Handrücken hervortreten. Nach der Institutsschließung hatte sie aufgehört, sich jeden Morgen zu schminken und graue Haare auszuzupfen. Um Mund und Augen zog sich ein Netz kleiner Fältchen, aber Runzeln sah man nur, wenn sie heftig lachte –

und zum Lachen gab es schon seit Jahren keinen Grund mehr.

Es war einfach gemein, sie nicht zu erkennen.

Im Flur klingelte das Telefon. Sie nahm ab, in Gedanken versunken, doch als sie die Stimme erkannte, blieb ihr die Luft weg. Sofort war sie putzmunter.

Es war Sattler, der da frisch und wohlgelaunt aus dem Hörer klang. Verdammt, er musste eines von diesen neumodischen Dingern haben wie Rosalie, die sich alle Nummern merkten. Mit Mühe produzierte sie ein beiläufiges »Hallo«. Wenn man an den Teufel dachte.

»Guten Abend. Jost Sattler hier. Ich habe Ihre Nummer auf meinem Display. Sie hatten bei uns angerufen wegen der Stelle?«

»Kleinen Moment bitte!« hauchte sie, hielt die Sprechmuschel zu und überlegte. Sollte sie sich verstellen, auflegen oder ohnmächtig umfallen?

Sie atmete tief durch.

»Haben Sie Sattler gesagt? Sie sind aber nicht der Herr, mit dem ich heute einen Unfall hatte, oder?« Am anderen Ende der Leitung stockte Sattlers Atem, bevor er ungläubig zurückfragte: »Das ist ja ein Zufall. Sind Sie die Fahrerin des Mitsubishi?«

»Ja.«

»Das nenne ich Glück.«

»Na ja. Kommt auf die Perspektive an.«

»Natürlich ... hoffentlich sind Sie rechtzeitig zu Ihrem Vorstellungsgespräch ... ach ... jetzt verstehe ich. Deshalb haben Sie angerufen! Sie sind ja auf Stellensuche.«

Sie markierte einen Hustenanfall. Gedanken wirbelten durch ihren Kopf. Eine Stelle. Eine Stelle. Was suchte er? Putzfrau? Sekretärin? Kindermädchen? Ihr Herz begann zu rasen, als sie begriff, welche Chance ihr der Zufall eröffnete.

»Leider bin ich wegen des Unfalls zu spät gekommen.«

»O Gott, das tut mir so Leid. Aber vielleicht kann ich das wiedergutmachen. Ich suche eine Hauswirtschafterin.

Wir sind vier Personen, zwei Kinder, mein Vater ist pflegebedürftig.«

Sie fragte nach der Krankheit seines Vaters, tat professionell und bemühte sich, wie jemand zu wirken, der Ahnung hat.

Während er berichtete, wie ihre Vorgängerin gearbeitet hatte, biss sie auf ihre Handknöchel, um nicht zu kreischen. Putzfrau bei Sattler, das war doch völlig verrückt. Aber andererseits: Die Uni Hongkong hatte ihre Bewerbung abgelehnt, und im Arbeitsamt klang das Seufzen hinter dem Computerbildschirm von Mal zu Mal betrübter. Was hatte sie zu verlieren?

»Äh … ja. Klingt interessant. Wie ist die Bezahlung?«

»Ich dachte an BAT vier, ungefähr, wir können auch Stundenhonorare vereinbaren mit Zulagen für Nacht und Wochenende. Darf ich fragen, welche Ausbildung Sie haben?«

»Hauswirtschaft«, riet sie auf's Geratewohl, »eine Hauswirtschaftsschule. Mit Auszeichnung, wenn ich mir diesen Zusatz erlauben darf. Ich war die Beste meines Jahrgangs, und meine Arbeitgeber waren bisher stets zufrieden.«

Ihre Finger umklammerten das Telefon. Wie gut, dass er ihr Gesicht jetzt nicht sehen konnte.

»Können Sie gleich morgen zu einem Gespräch vorbeikommen? Die Sache ist etwas eilig. Natürlich sind Sie die Erste, die ich einlade.«

Sie ließ sich die Adresse geben und wiederholte dabei, als schreibe sie sehr langsam: »Zwölf Uhr. Pla-tanen-allee ein-und-zwanzig.«

Dann legte sie auf und atmete durch. Ihre Stirn fühlte sich heiß an wie vom Fieber. Wahnsinn!

Plötzlich erschrak sie. War sie eigentlich bescheuert? Sie wusste doch gar nichts von Küchenarbeit und Altenpflege. Niemand würde ihr die Rolle der staubwischenden Hausfrau glauben! Morgen schon! Nicht mal mehr genug Zeit, um ein Lehrbuch zu beschaffen.

Beim Unfall war Sattler durcheinander gewesen, aber was würde er mit ihr anstellen, wenn er sie bei genauerer Betrachtung doch wieder erkannte?! Sie war ihm zwar nur einmal persönlich begegnet, bei der Anhörung zur Institutsschließung nämlich, aber das vermaledeite Foto vom Runden Tisch war in Schulbüchern abgedruckt, und wenn seine Kinder gerade in die entsprechende Klasse gingen … Sie wollte sich die Blamage lieber nicht vorstellen.

Nein, sie musste absagen. Der Aufstieg vom Tellerwäscher zum Millionär war schon schwierig genug, die Verwandlung einer Prenzlberger Intellektuellen in eine Putze schier unmöglich.

Andererseits … Die Luxemburg hatte im Zuchthaus ihre besten Sachen geschrieben.

Vielleicht sollte sie es wenigstens versuchen? Die Vorstellung, in der Verkleidung des Hausweibleins in Sattlers Haus ein und aus zu gehen, als eine von der Sorte, der ein konservativer Knochen wie er am wenigsten zutraute, war das Risiko wert.

Sie kramte den »Lippozom« aus dem Schminktäschchen. Er war eingetrocknet, färbte aber rot und wirkte billig. Ein blauer Lidschatten und ein brutales Maskara verstärkten den Eindruck nicht zu kaschierender Ausgelaugtheit. Wie schrecklich, dass es so herum so einfach war.

Sie begann, sich in ihrer Rolle wohl zu fühlen, und stolzierte breitbeinig durch den Flur. »Tach, ich bin die Grimme. Ick soll hier putzen.«

Der Putzfrauen-Schritt fiel ihr schwer, den musste sie noch üben. »Zwei Pfund Leberwurst, und dann nehme ick noch ne Scheibe von dem Kassler. Ach wat'se nich sachen. Det is mit Nitrat jepökelt?« Nein, nicht zu viel Berlinerisch. Sie war ja keine Klofrau.

Karim steckte sein Gesicht aus dem Zimmer.

»Tach, Jungchen.«

Er lächelte verwirrt und verschwand wieder.

»Kleine Schritte, keine Spuren«, mahnte sie sich. Faye Dunaway hatte nur einen Schritt gebraucht, um zu Warren Beatty in den Wagen und in ein anderes Leben zu steigen.

Natürlich musste man aufpassen, dass man vor dem Happy End nicht vom Kugelhagel zersiebt wurde.

Sie musterte den Inhalt ihres Kleiderschranks: komplett anarchoschwarz. Das einzige Bunte war der Küchenkittel aus Dederon, den sie Rosalie eigentlich zur Hochzeit hatte schenken wollen. Sie kleidete sich um. Dezente Blümchen, gerader Schnitt, passt auf jede Hüfte, und tanzte mit dem Besen durch die Wohnung. Frau Grimme lächelte gefährlich in den Flurspiegel. Sie würde belauschen, mit welchem Politiker Jost Sattler kungelte, wie er die Presseleute um den Finger wickelte. Wenn er fremdging, würde sie das mitkriegen. Einen Fotoapparat musste sie besorgen, am besten auch ein Mikrofon mit Rekorder!

Sie würde Jost Sattler mit seinen eigenen Waffen schlagen. Er war kein leichter Gegner. Er war eine Herausforderung.

Endlich hatte sie eine originelle Antwort auf Rosalies »Was ist aus dir geworden, Mutti?« gefunden, und auch Günter konnte sich einsargen lassen mit seinem ganzen Gaja-Kram.

In dieser Nacht schlief sie wunderbar. Merkwürdigerweise träumte sie von einer Modenschau, bei der sie mit einer geblümten Tapete, einem Fischernetz und einem Fuchspelz (der stammte von Frau Grimme) über den Laufsteg balancierte. Der Saal war leer, nur Sattler saß wie ein Fleischgroßhändler auf einem Stuhl, rauchte Zigarre und kaufte alles, was sie am Leibe trug. Sie wusste, dass nur noch wenige Kostüme in ihrer Garderobe hingen, aber sie ließ sich nichts anmerken und drehte sich mit ausdruckslosem Pokerface.

Sie erwachte mit einem Gefühl wie vor einer wichtigen und schwierigen Prüfung. In der Küche saß Karim am gedeckten Frühstückstisch. Er goss kochendes Wasser auf die Nanaminze und verbrannte sich die Finger, als er sie sah.

*

Der fast leere Bus hielt in der Platanenallee, die Türen öffneten sich.

Karla war die Einzige, die ausstieg.

Über den Zehlendorfer Vororthäuschen wölbte sich ein ländlich weiter Himmel. Feuchtigkeit lag in der Luft, ein Duft nach Gärten und Blüten und Schilf. Der Bus verschwand hinter einer Straßenecke. Es wurde still. So still, wie sie die Großstadt Berlin noch nie erlebt hatte.

Im Glas des Bushäuschens spiegelte sich Petra Grimme, die Putzfrau. Sie stöpselte die Kopfhörer des Players in die Ohren. In der Vergangenheit hatte sie das Gerät nur als Flashspeicher genutzt oder um Artikel in die Redaktionen zu tragen, aber jetzt war die »sozio-hermeneutische Analyse segregierter Informationssysteme« gelöscht und durch Musik ersetzt. Die »Backstreet Boys« verliehen ihrem Gang einen neuen Swing. Sie knickste und lächelte ihrem Spiegelbild zu, schlenkerte ihren Rucksack und wiegte sich in den Hüften. Eine Perle!

Perfekt!

Die Platanenallee Nummer 21 war ein Gutshaus mit Ziegeldach und einer Sonnenuhr im Giebel, unter der die Jahreszahl MDCCCLXXXVIII prangte. Vom Tor, einem Meisterwerk aus kunstgeschmiedeten Blumen und Efeukränzen, führte ein gepflasterter Weg mit Palmen in Kübeln zum säulengeschmückten Eingang. So also wohnte das alte Westberlin.

Sie legte den Finger auf den Klingelknopf aus angelaufenem Messing. Die Pforte neben dem Tor öffnete sich mit einem wohlhabenden Klick.

Sattler trug ein graues Hemd mit weißen Streifen unter einer dunkelgrauen Weste und hielt sich sehr gerade. Die Schramme oberhalb der Schläfe erinnerte an den Unfall.

Er ging voraus und führte sie in eine Halle, die mit ihren Spitzbogenfenstern und Glastüren wie eine Kapelle wirkte. Draußen sah man die Bäume und Sträucher eines reichlich verwilderten Gartens. Karla warf berufsmäßige Blicke um sich, die vorgaben, die zu entstaubenden Flächen und zu saugenden Teppichmeter zu messen. Äußerlich eine bescheidene Magd am ersten Arbeitstag, prägte sie sich wie ein Soldat auf

Erkundungsmission den Grundriss ein. Kleine Schritte. Keine Spuren!

Eine Tür ging links in die Küche ab, gleich neben dem Eingang führte eine geschwungene Treppe ins Obergeschoss. Ein riesiger Tisch und ein Flügel beherrschten den Raum, Buffet und Sofa waren überladen mit Papieren, Kartons und Kleidung. Gemälde bedeckten die Wände, eine Standuhr gongte, und es roch nach alten Möbeln und Medizin. Die Szenerie erinnerte sie entfernt an einen Hitchcock-Film. »Mord im Schloss« oder so. Nur die Ritterrüstungen fehlten. Hörte sie einen Hilferuf aus dem Folterkeller? Nein, ihre Nerven waren überreizt.

Sattler zeigte auf die angelehnte Flügeltür auf der rechten Seite der Halle: »Wir haben das Gartenzimmer zur Krankenstation umfunktioniert. Kennen Sie sich aus mit Demenzpatienten?«

Wer war »wir«?, fragte sie sich, während sie nickte, »Ja, natürlich. Ich habe eine demente Dame gepflegt, in der Schweiz.« Sie dachte an Frau Grimme, die nach ihrem Schlaganfall plötzlich angefangen hatte, Käse und Wurst in allen Ecken der Wohnung zu verstecken und dabei »wegen die Russen, die Brüder« zu flüstern. Karla fand, dass ihr Seufzen sehr glaubhaft nach Mühe und Trauer klang. Und Sattler wohl auch.

Sie betraten das Gartenzimmer. Auch hier führten doppelte Flügeltüren auf die Terrasse. Durchscheinende, wie nach einem Menzel-Gemälde geschneiderte Vorhänge wehten ins Zimmer. Sattler senior saß, mager und mit gelblicher Haut, in einem verstellbaren Krankenbett mit hochgeklappten Gitterwänden. Die Bettdecke war mit zerrissenen Zeitungsseiten bedeckt.

»Ich möchte dir die neue Pflegerin vorstellen, Vater, Frau Grimme. Bitte … Das ist mein Vater, Heinrich Sattler.«

Sie trat an sein Bett. Der alte Mann zog die Decke hoch, als fürchte er sich vor ihr. Er fauchte: »Ich bleibe hier!«

»Ja, natürlich. Das ist die neue Pflegerin, Vater.«

Die Augen des Greises wandten sich ab, er sah verlegen aus, als versuche er, sich an weit zurückliegende Bekanntschaften zu erinnern. Plötzlich hob er den Kopf und lächelte zahnlos. »Kometgrütze!«

»Ja, bekommst du gleich.« Jost Sattler erklärte. »Irgendso ein Ersatzzeug aus dem Osten, von dem er manchmal schwärmt.«

Beinah hätte sie ihn korrigiert, aber rechtzeitig fiel ihr ein, dass er sie für eine aus dem Westen halten musste. Sie hatte eine Haushaltsschule angegeben – und Mägde und Lakaien waren im Arbeiter-und-Bauern-Staat nicht ausgebildet worden.

»Verstehe …«, sie wies auf den Fernseher, in dem stumm eine Kindersendung lief. »Verwirren ihn die Nachrichten aus der schönen neuen Welt nicht?«

»Er mag es, wenn sich Bilder bewegen. Ich habe oft versucht, ihm die Zusammenhänge zu erklären. Immerhin bin ich oft in diesem Kasten zu sehen. Er versteht es nicht. Diese ganze Welt ist ihm fremd.«

Das machte ihr Sattlers Vater auf Anhieb sympathisch. Hinter dem Rücken des Sohnes lächelte sie ihm zu. Der alte Mann merkte auf. Sie zwinkerte. Er grinste zahnlos.

»Das Problem ist …«, erklärte Sattler unterdessen und senkte die Stimme noch mehr, »dass er auch die Leute nicht erkennt, wenn er nicht versteht, in welcher Zeit er lebt. Er bringt Namen und Personen durcheinander. Von Fremden lässt er sich nicht füttern. Wir haben versucht, ihn an die Tagespflege im Seniorenheim am Tegeler See zu gewöhnen … aber er schreit vor Angst und Einsamkeit … Ich hoffe, das bleibt Ihnen erspart.«

Jost Sattler zeigte ihr Windeln, Plastikgeschirr und Leibwäsche, ging die Medikamente durch und bat sie, ein Tagebuch zu führen. »Die Nachtschwestern kommen jeden Tag von zwanzig Uhr bis acht Uhr, die Hausärztin einmal pro Woche. Das Füttern ist Ihre wichtigste Aufgabe. Und wenn Sie Hilfe brauchen: Auf dem Buffet liegt ein in Leder gebundenes Büchlein mit Telefonnummern.«

Er führte sie durch das Haus. In der Küche fiel ihr Blick auf einen Futternapf, der deutlich zu groß war für eine Katze. Auch das noch.

»Mögen Sie Hunde?«, fragte Sattler.

»O ja. Natürlich!«, log sie mit gespielter Begeisterung. »Wo ist das gute Tier?«

»Oska ist eine Berber-Windhündin, eine Azawakh. Vermutlich hat Arthur sie mitgenommen.«

»Ich hatte mal 'nen Spitz, der hieß Rhabarber«, plauderte Frau Grimme leutselig. Oma Willems Hund lag seit vierzig Jahren unter einem Apfelbaum in Klein-Trolleroda, Thüringen, begraben.

In der oberen Etage befanden sich die Privaträume, unter anderem eine traumhaft große Bibliothek, in der sein Schreibtisch stand, und die Zimmer der Kinder. An einer der Türen ging er vorbei, ohne ein Wort zu verlieren, und die beiden Seiten des Doppelbetts in seinem Schlafzimmer waren mit unterschiedlicher Wäsche bezogen – deutliche Spuren der Abwesenheit einer Frau Sattler.

Schließlich stellte er die Frage, auf die sie sich vorbereitet hatte: »Haben Sie Ihren Sozialversicherungsausweis mit?«

Sie redete sich mit ihrer letzten Arbeitsstelle in der Schweiz heraus, Beurteilungen und Versicherungspapiere seien noch dort. »Ich hoffe, ich bekomme sie in Kürze zurück.«

Er schien ihr zu glauben. Dann schaute er auf die Uhr. »Eigentlich hatte ich gehofft, die Kinder würden zu Hause sein …«

›Keine Ahnung hat er!‹ dachte sie und sagte laut: »Ich kann gleich hierbleiben und mich um Ihren Vater kümmern, wenn Sie wollen.«

Er zögerte. »Es ist mir sehr unangenehm …«

«Das verstehe ich. Sie wollen sicher erst noch andere Bewerberinnen anschauen.«

»Nein, nein, das meinte ich nicht, sondern dass ich es schon wieder so eilig habe. Sie müssen ja denken, ich nähme nichts ernst. Aber seit dem Tod meiner Frau ist alles ein bisschen durcheinander … tut mir leid.«

Gestorben also. Sie murmelte »herzliches Beileid« und zog ihren Kittel aus dem Rucksack. »Ich hab schon alles mit zum Probeputzen. Das wollen die Herrschaften manchmal.«

»Herrschaften müssen Sie zu uns aber nicht sagen.« Er zeigte erleichtert in Richtung Telefon: »Sie können mich jederzeit auf dem Handy anrufen oder, falls ich nicht erreichbar bin, eine Nachricht bei Frau Leszinsky hinterlassen. Das ist meine Büroleiterin im Bundestag, die weiß immer, wo ich bin.«

Während Sattler Tasche und Mantel raffte, band sie die bunte Kittelschürze um ihren Leib, inspizierte die Putzgeräte in der Kammer neben der Küche und klapperte laut mit dem Eimer. Angesichts des Berges schmutziger Tassen und Töpfe, der die Spüle blockierte, rief sie mit mühsam vorgetäuschter Lustigkeit – aber so laut, dass er sie hörte: »Macht der Dreck sich breit und wichtich, kommt Frau Grimme grade richtich!«.

Er reichte ihr einen Schlüsselbund. »Ich vertraue Ihnen also hiermit mein Haus an.«

Sie nickte geehrt und hob den Wischmopp wie ein Tambourmajor: »Kein Zittern und kein Zagen, dem Schmutz geht's an den Kragen!« Sattler lächelte nachsichtig, drehte sich um und ging zur Tür.

Sie konnte seine Gedanken hören: Schlichtes Volk. Sollte er sie nur unterschätzen. Ab heute wurde zurückgelächelt.

Die Tür fiel ins Schloss. In der Halle tickte die Standuhr, in der Küche summte die Spülmaschine, und im Krankenzimmer begann Heinrich Sattler zu schreien. »Hilfe! Hilfe!« Er hatte sich aufgedeckt und schnalzte mit der Zunge wie ein schmutziger Lüstling. Der Scheißegeruch stach scharf in ihre Nase. Sie zog Einweghandschuhe über, öffnete seine Windel und hielt die Luft an. Kein Vergleich mit Rosalies Babykacke. Er zappelte, während sie seinen Unterleib säuberte und mit Bodylotion einrieb.

»Sie müssen mal stillhalten, Herr Sattler. Sonst kann ich Sie nicht saubermachen!« Er schien sie nicht zu hören, sondern grinste und klopfte mit den Armen auf die Matratze.

»Hallo, Herr Sattler!«

Er warf den Kopf hin und her und juchzte. Jedes Mal wenn sie »Herr Sattler« sagte, griente er wie Rumpelstilzchen, das beim falschen Namen genannt wurde, und zappelte noch wilder.

»Vater« und »Heinrich« hatten den gleichen Effekt, auch »Genosse« funktionierte nicht, aber als sie »Heini« probierte, war der Kopf sofort still. Er starrte sie mit zusammengekniffenen Augen an.

»Heini muss brav sein.«

Speichel floss ihm aus dem Mundwinkel, als er lächelte und sagte: »Mama!«

Im Garten atmete sie tief durch und stopfte die gebrauchte Windel in einen Plastiksack. Alles halb so schlimm, dachte sie. Eine Mission ließ Scheiße duften, wer wusste das besser als eine gescheiterte Sozialistin.

Mit der echten Frau Grimme war sie weniger gut zurechtgekommen, vielleicht auch, weil die Nachbarin ihrer Begabung zur Pflege nicht traute. Sie hatte die alte Frau im besten Pflegeheim der Umgebung untergebracht, mit Skrupeln, weil es sich dabei ausgerechnet um das katholische St.-Hedwigs-Heim handelte – aber die Ordensschwestern retten die verlorene Seele mit so viel Liebe, dass Frau Grimme bei ihnen die glücklichsten, wenn auch letzten Monate ihres Lebens verbrachte.

Sie klemmte den Wischmopp als Alibi unter den Arm und merkte sich, welche Stufen der hölzernen Treppe ins Obergeschoss knarrten.

Ein dicker Florteppich in Sattlers Arbeitszimmer dämpfte die Geräusche des Hauses, die Wände waren rings mit grüner Seide bespannt. Gegenüber vom Kamin führte eine Tür ins Schlafzimmer, neben der rechts ein antiker Bücherschrank mit Glastüren thronte. Auf der linken Seite stand ein Teetisch mit zwei Sesseln. Darauf lag eine »Festschrift zum fünfzigsten Geburtstag von Jost Karl Otto Friedrich Wilhelm Sattler«, eine Art bebilderter Familienchronik. Mit den Kaisernamen hatten ihm die Eltern eine schwere monarchische Hypothek aufgehalst. Jahrgang 1953. Kaum zu glauben.

Der Kamin war echt, er lag voller Asche und halb verbrannter Holzscheite. Über dem Sims aus Marmor befanden sich vier Bronzetafeln, darüber protzte eine Art Burschenschaftsfahne mit schwarz-weiß-roter Borte und dem gestickten Spruch: »Die wirklich Vornehmen gehorchen dem Gefühl der Pflicht.« Fontane, der alte Märker, würde im Grab rotieren, wenn er sehen könnte, wie Sattler sein Preußenpathos verhunzte.

Der Computer auf dem schweren Schreibtisch, der ansonsten bis auf eine Lampe mit grünem Glasschirm und eine Schreibunterlage aus Leder leer war, wirkte wie ein Fremdkörper. Sie durchsuchte die Schubladen, Bürokram, Schreibmaschinenpapier, Briefumschläge mit und ohne Bundesadler, alles sehr ordentlich und sortiert. Sie lüpfte die Fahne, tastete die Wand hinter den Bronzetafeln und Gemälde ab, klopfte auf die Seidenbespannung, aber nichts wies auf einen Safe oder ein Geheimfach hin.

Sie sah sich um. Wo würde sie vertrauliche Dokumente verstecken, wenn sie Sattler wäre? Hinter den Büchern natürlich. Wofür sonst hatte einer wie er so viele davon?

In den Regalen drängten sich Kommentare und juristische Wälzer, vom Palandt über den Staudinger bis zur Rechtsprechung des Bundesverfassungsgerichts, ledergebundene Werkzeugkästen voller Herrschaftswissen.

Oberhalb des Teetischs standen die politischen Schriften. Sie überflog die Buchrücken und stellte fest, dass sie nie zuvor eine so konservative Bibliothek gesehen hatte. Die Autorennamen lasen sich wie die Enrollierungsliste einer Armee der Reaktion: De Maistres »Considérations sur la France« marschierten in derselben Schützenreihe wie Edmund Burkes Londoner Werkausgabe von 1887, Adam Müllers »Elemente der Staatskunst« und Metternichs Lieblingszensor Friedrich Gentz.

Zeig mir deine Bücher, und ich sage dir, wer du bist, es juckte sie in den Fingern, eines herauszunehmen, aber sie riss sich zusammen. Vorbei die Zeit feingeschliffen-historischer Reminiszenzen, jetzt wurde gehobelt.

Unten in der Halle polterte etwas, und Vater Sattler begann wieder zu schreien. »Lasse bläken, det kräftigt die Lungen«, hatte die echte Grimme ihr geraten, als Rosalie noch klein war und jede Nacht schrie, aber Heinrich lärmte so laut, dass sie die Ankunft der Kinder nicht rechtzeitig hören würde. »Hilfe … Hilfe«, immer nur dieses Wort. Sie musste etwas dagegen tun.

Als sie die Tür zum Krankenzimmer öffnete, verstummte er.

»Heini muss brav sein.«

Er verfolgte jede ihrer Bewegungen mit den Augen. Kaum drehte sie sich um, rief er »Hilfehilfehilfe«, leise zwar, aber wie ein Roboter und schneller werdend, je weiter sie sich entfernte. Vielleicht hatte er Hunger.

In der Küche las sie den Ernährungsplan: 13 Uhr waren 650 ml »enterale Diät« zu verabreichen. Die Plastikflasche trug die Aufschrift »Sondennahrung. Enthält alle erforderlichen Nahrungs- und Ergänzungsstoffe. Zur Dauerernährung geeignet.« Sie kostete davon. Die salzlose Plärre schmeckte widerlich; kein Wunder, dass eine Art Spritze benutzt werden musste, um sie an den Geschmackszellen vorbeizumogeln.

Beim Anblick des Instruments versuchte Heinrich sofort den Kopf wegzudrehen, doch seine Muskeln waren so schwach, dass sie keine Schwierigkeiten hatte, ihn festzuhalten. Sie steckte ihm die Tülle mit sanftem Druck in den Mund. Er gurgelte wie ein Ertrinkender, fuchtelte mit den Händen und schlug nach ihr. Die Flüssigkeit quoll in Blasen aus seinem Mund und lief am Kinn herunter. Als er zu röcheln begann und ihr ins Gesicht prustete, gab sie auf. Sie fragte sich, wie Frau Romanowa ihn wohl gefüttert hatte. Das war doch eine Schinderei.

In der Küche fand sie Haferflocken, Rosinen und Zucker. Sie mixte die Zutaten mit der Sondennahrung und erwärmte die Pampe anschließend in der Mikrowelle. Das Ergebnis schmeckte wie Rosalies Babybrei, war jetzt aber zu dick, um es mit der Spritze zu applizieren. Sie versuchte, Heinrich Sattler mit einem Löffel zu füttern, aber er schlug ihr die Schüssel aus der Hand. Wenn sie seine Hände festhielt, presste er die Lippen aufeinander, und bald ähnelte sein Bett einem Schlachtfeld. Sie versuchte es mit einem Trick. »Heini. Jetzt kommt Kometgrütze.«

Er stutzte, und die Anspannung einer Lippen ließ nach. Kaum jedoch sah er den Löffel, machte er wieder dicht.

Drehte sie ihm den Rücken zu und verließ das Zimmer, fing er an zu schreien. »Hilfehilfehilfe.«

Altenpflege war definitiv nicht ihr Traumberuf.

Sie versteckte den gehäuften Löffel hinter ihrem Rücken und setzte sich auf die Bettkante. Sie reihte alle Worte aneinander, die irgendwas mit der DDR zu tun hatten: »Kometgrütze, Konsummarken, Marx-Engels-Forum, Pittiplatsch und Schnatterinchen, Christa Wolf, Palast der Republik, Kessel Buntes, Frank Schöbel und Rolf Herricht.«

Er lauschte ihrem Singsang und öffnete den Mund. Schnell löffelte sie einen Klecks Babypamps hinein und hielt ihm mit der anderen Hand den Mund zu. Er mümmelte und blies die Backen rund, wurde rot wie ein Puter – und schluckte.

Sie stand auf, aber sofort fing er an wieder an zu rufen. »Hilfehilfehilfe!«

Sie probierte es mehrfach aus, immer funktionierte der Mechanismus wie eine Dressurnummer im Zirkus. Das brachte sie auf eine Idee.

Sobald er anfing, um Hilfe zu schreien, kam eine Ladung Brei. Ein Klecks in den Mund, zuhalten, schlucken, aufstehen und gehen. Ein Schrei – ein Löffel Pamps. Es dauerte nicht lange, bis er den Zusammenhang begriffen hatte. Als die Schüssel leer war, gab sie ihm zur Belohnung einen Kuss auf die Stirn.

Von wegen ›isst nicht‹.

Sie ging zur Tür. Er sah ihr nach und blinzelte schläfrig. Sie wartete, bis er die Augen schloss und gleichmäßig schnaufte, dann stieg sie wieder nach oben. Den Wischmopp lehnte sie so gegen die Tür des Arbeitszimmers, dass er umfallen musste, wenn jemand hereinkam.

Im Haus war es jetzt still, sie hörte eine Fliege gegen das Fenster susseln und die Standuhr unten in der Halle ticken.

An die Arbeit.

Der Schlüssel des Bücherschranks steckte. Bevor sie ihn umdrehte, zog sie ein Paar dünne Latexhandschuhe über. Vielleicht hielt Sattler nach Fingerabdrücken Ausschau, besser, sie war vorsichtig. Kleine Schritte, keine Spuren.

Im untersten Fach, wo das Scheibenglas endete, stand eine halbleere Flasche russischer Wodka neben ein paar benutzten Gläsern. Trank er heimlich?

Hinter der Flasche entdeckte sie, was sie gesucht hatte: Einen eingebauten Safe. Sie verbog mehrere Büroklammern bei dem Versuch, das Schloss zu öffnen. Sie gab auf. Dafür brauchte sie einen Dietrich.

Sie schaltete den Computer ein und wartete, bis er hochfuhr. Auf dem Bildschirm wechselte die Sanduhr zu einem Abfragefeld. »Geben Sie das Passwort ein.«

Sie fühlte unter der Tischplatte und untersuchte die Rückseite der Tastatur. Die meisten ihrer Kollegen im Institut hatten ihre Passwörter auf Klebezetteln irgendwo in der Nähe des Computers notiert. Sattler nicht.

Sie probierte »1234«.

»Plong«, sagte das Gerät. Wie viele Kombinationen gab es, wenn sie annahm, dass es sich bei den zehn Zeichen sowohl um Zahlen als auch um Buchstaben handeln konnte? 26 plus 9 und das hoch 10!

Blieb also nur der umgekehrte Weg. Sie musste sich in Sattlers Kopf hineinversetzen. Die Namen der Kinder? »Arthur«? ... »Plong.«

»Leila«? ... »Plong.«

Wie hieß seine gestorbene Frau?

Sie blätterte durch die Festschrift. Familienweihnacht, Abiturklassen und Siegerehrungen, in der Mitte fand sie ein Hochzeitsfoto.

Jost Sattler stand, kaum dreißigjährig, neben einem blonden Püppchen, das mit angstkleinen Augen aus einem Brautkleidkokon plinste. Im Hintergrund die Kaiser-Wilhelm-Gedächtniskirche. Sie las die Namen: »Barbara Niedernolte und Jost Sattler 1985.«

Der Name ließ bei ihr den Groschen klingeln. Ein Niedernolte war mit Bauskandalen berühmt geworden. Sie suchte auf dem Foto, und richtig: Goldklunker, Höhensonne, genauso sah der Sumpf aus, den der stetige Subventionsregen in Westberlin verursachte. Da hatte sich der junge Sattler ja recht schlau in die Macht hineingefilzt!

Sie probierte »Barbara«, aber Sattlers Computer antwortete mit sturem »plong«. »Niedernolte« hatte einen Buchstaben zu viel.

Ein Stammbaum, gefaltet wie eine Ziehharmonika, fiel aus der Festschrift, als sie weitersuchte. Ganz oben stand ein Johannes, der 1456 von den Hohenzollern zum Verwalter des Amtsbezirks Kraetzdorff in der Mark ernannt worden. Auf der Rückseite endete die Liste mit Jost Sattler, Sohn einer Carla, geborene Kraetzdorff, und eines Heinrich Sattler. Dazwischen jede Menge Obristen, Generale und Feldmarschälle – ein Kraetzdorff hatte, wenn sie sich richtig erinnerte, zum Georgekreis gehört und war nach dem gescheiterten Attentat gegen Hitler erschossen worden.

»Kraetzdorff«? »Plong«. »George«? »Plong«. »Alfred«? »Plong«. Jetzt wurde sie aber langsam ärgerlich. Sie stand vor Ali Babas Höhle und wusste den Zauberspruch nicht.

Die nächsten Seiten zeigten Sattler mit Fraktionskollegen und dem Präsidenten des Abgeordnetenhauses. Dann wieder ein Hochzeitsfoto, diesmal der schon etwas ältere und grauere Sattler neben einer dunkellockigen Schönheit mit großen, schwarzen Augen unter den Girlanden eines Baldachins. Die roten Backsteinmauern im Hintergrund kamen ihr vertraut vor, sie hielt das Foto ins Licht und erkannte die Synagoge in der Rykestraße. Typisch mal wieder, hat er die eine Frau verschlissen, nimmt der Mann von Welt sich eine Neue. Raissa Sattler-Delianidse war deutlich jünger als ihr Bräutigam und eine schöne Frau. Fragte sich bloß, was aus der ersten geworden war.

Sie gab »Raissa« ein, und diesmal blieb das »Plong« aus. Stattdessen leuchtete der Desktop-Bildschirm. Treffer!

Die Ordner hießen »Pandämonium«, »Roter Baron«, »Koalition« und »Jungle Party«, hier ging wohl Politik und Privates bunt durcheinander. Sie überlegte noch, wo sie anfangen sollte, als plötzlich der Wischmopp umfiel und jemand in ihrem Nacken mit einer Stimme, so kalt wie ein Revolverlauf, fragte: »Darf ich wissen, was Sie hier machen?«

Sie erstarrte vor Schreck. Jetzt bloß keine Hektik. Kleine Schritte, keine Spuren. Sie klickte die Fenster weg, bevor sie sich umdrehte.

Ein groß gewachsenes, dunkelhaariges Mädchen lehnte am Türrahmen. Das musste Sattlers Tochter sein: Hohe Wangenknochen und kräftige Brauen, unter denen feindselige Augen blickten. Ihr Gesicht war gerötet und verschwitzt. Lose Strähnen fielen aus ihrem am Hinterkopf zusammengebundenen Haarschopf.

Karla fuhr mit der Hand über die Tastatur, als wische sie Staub. »Bin an irgendeine Taste gekommen. Plötzlich leuchtet das Ding, und jetzt kriege ich das nicht wieder aus. Ist das ein Computer?«

»Geben Sie sich keine Mühe! Ich beobachte Sie schon eine Weile.« Das Mädchen steckte die Hände hinter dem Rücken in den Hosenbund, genau wie Rosalie mit vierzehn. Backfische in diesem Alter waren hellsichtig und unbarmherzig – wenn man da als Erwachsener Schwäche zeigte, konnte man gleich einpacken.

Karla stand auf und gab ihrer Stimme einen strengen Klang, obwohl ihre Knie zitterten. »Ich bitte dich, in Zukunft anzuklopfen, wenn du weißt, dass ich in einem Zimmer putze. Ich will nicht wegen dir einen Herzinfarkt erleiden.« Dann lächelte sie und streckte die Hand aus: »Ka… kannst Petra zu mir sagen, Petra, die Putze, der Schrecken der Schmutze. Du bist Leila, oder?«

Das Mädchen runzelte die Brauen und verschränkte demonstrativ die Arme vor der Brust. »Hat mein Vater doch wieder einen … jemand gefunden. Schade. Aber es ist ja nicht für lange.«

Sattlers Tochter wusste gar nicht, wie recht sie hatte.

»Ich will mal eins gleich klarstellen: Ich mache das hier nicht zu meinem Vergnügen. Es ist mein Beruf. Und ehrlich gesagt, sieht eure Küche so aus, als hätte sie dringend jemand Dummen nötig. Das wolltest du doch sagen, oder?«

»Und was machen Sie … machst du dann hier oben?«

Karla ignorierte den Einwurf. »Dein Opa wird den Sommer nicht überleben, wenn er nicht regelmäßig versorgt und gepflegt wird. Siehst du das auch so?«

Sie fuhr versöhnlicher fort: »Wir könnten uns bei einer Tasse Kaffee ein bisschen kennenlernen, was meinst du?«

»Ich werd ihm sagen, dass du an seinem Computer warst.«

Die Fliege susselte an der Fensterscheibe. Dann hörte sie eine Tür schlagen. Autsch. Das war schiefgegangen.

Sie schaltete den Computer aus und überlegte, während die Fliege immer wieder gegen das kalte Nichts prallte, was sie tun sollte. Wenn sie jetzt aufgab, konnte sie nur noch von Zuckerkrümeln träumen und auf einen gnädigen Tod unter der Klatsche hoffen. Mit langsamen Bewegungen hob sie die Festschrift und schlug zu.

Dann ging sie über den Flur zu Leilas Zimmer und trat ein, ohne zu klopfen.

Das Mädchen stand am Fenster und drehte sich nicht um. »Was willst du?« Ihre Stimme klang eisig.

»Ich brauche den Job!« Karla blieb in der Tür stehen. »Meine Tochter kriegt ein Baby, und ich muss sie unterstützen ... alles ist so teuer, und dann auch noch die Miete, und das Auto muss repariert werden ... ich weiß nicht, wo mir der Kopf steht.« Ihr Klagen klang echt, fast kamen ihr selbst die Tränen. Doch Leila schüttelte den Kopf und fragte eiskalt: »Und?«

»Wenn dein Vater die Geschichte mit dem Computer in den falschen Hals kriegt, schmeißt er mich gleich wieder raus.«

Sie sah, dass Leila mit den Fingernägeln an ihrer Unterlippe knispelte. Woran dachte dieses widerborstige Kind?

Rosalie hatte immer an den Nägeln gekaut, wenn sie in Bedrängnis war. Sattlers Tochter mochte fünfzehn oder sechzehn Jahre alt sein.

Karla erinnerte sich an die Schreckenszeit von Pickeln und Bauchschmerzen, Angstschweiß und Rotwerden, in der Rosalie mal ab- und mal zunehmen wollte, sich krummbeinig und dumm oder unsportlich und plattfüßig oder alles gleichzeitig gefühlt hatte.

Sie ließ ihre Blicke schweifen. Im Bücherregal neben der Tür lehnten Bibeln in Altgriechisch, Hebräisch und Latein. Eine kommentierte Ausgabe war mit Klebezetteln bestachelt wie Igel. Sie las die Namen Samson Hirsch und Martin Buber auf den Buchrücken. Ein merkwürdiges Mädchen.

Über dem Schreibtisch hingen Urkunden gewonnener Bogenschützenwettbewerbe, das Bett war übersät mit Puppen und Plüschlöwen mit Zottelhaaren. An der Wand hing ein Plakat von »Peking-Pension« mit einem spackedürren Knaben, der an einem verregneten Strand ins Nichts glotzte. Darunter stand mit Filzstift auf der Tapete: »Du lachst, wenn ich traurig bin, und gehst, wenn ich weine.«

Nirgends ein Bild der toten Mutter. Das war doch merkwürdig: Kein Foto auf dem Nachttisch, keins an der Wand und, wie ihr jetzt auffiel, im ganzen Haus nicht!

Sie konnte sich vorstellen, dass Sattler die eigene Familie am kurzen Zügel hielt. Landsknechtsmännlichkeit dampfte wie der fettige Brodem einer Gulaschkanone in der Villa, und die Regimentsfahne dazu hing in seinem Arbeitszimmer:

Pflicht! Gehorchen! Sie hörte geradezu das barsche »Reißt euch zusammen!«

Das brachte sie auf eine Idee. Sie rief ihre Traurigkeit bei Petra Grimmes Beerdigung wach und schaffte es, ihre Stimme belegt klingen zu lassen, als sie bat: »Ich möchte lieber deine Freundin sein, nicht deine Feindin, Leila. Das Leben ist auch so schon schwer genug. Meine Mutter ist letztes Jahr gestorben und fehlt mir sehr ...«

Es wurde geradezu unheimlich still im Zimmer, als habe Leila aufgehört zu atmen. Sie wartete ein paar Herzschläge, ehe sie auf Sattlers Tochter zuging und sie sacht am Arm berührte. Leilas Augen glitzerten verdächtig. »Man wird ein bisschen schroff, wenn man sich so allein fühlt. Das tut mir Leid. Kannst du mir verzeihen?«

Leilas Schultern zuckten. Volltreffer. Sie wehrte sich nicht, als Karla den Arm um ihre Schultern legte. Das Haar roch nach Erde und Gras, ganz so, als ob ein Gletscher auftaute. Lange standen sie nebeneinander am Fenster, atmeten ruhig und schauten hinaus in den Garten, wo die Beete von Unkraut überwuchert wurden und das Gewächshaus blind von Schmutz in der Sonne stand.

Sie kam sich ein bisschen schäbig vor, aber ihr Chargieren diente einer guten Sache.

»Vermisst du sie sehr?«, fragte sie schließlich leise, aber die Warmzeit war schon wieder vorbei. Leila zog die Rotze hoch, straffte ihre Haltung und befreite sich aus ihrer Umarmung. »Also meinetwegen. Auf Papas Computer sind sowieso nur alte Spiele drauf.« Ihre Miene zeigte nicht mehr Bewegung als ein Eisberg nach dem Versenken des Schiffes.

*

Die Anwesenheit von Sattlers Tochter zwang sie, die Hausarbeit glaubhaft zu improvisieren, also setzte sie Heinrich in den Rollstuhl und bezog sein Bett neu. Sie wischte das Krankenzimmer mit Desinfektionsmittel, putzte die Küche, wusch sämtliches Geschirr ab und saugte den riesigen Paradeteppich in der Halle, aber je mehr sie räumte, wienerte und schrubbte, desto länger wurde die Liste noch zu erledigender Arbeiten. Bald schmerzte ihr Rücken wie nach zwei Wochen Workuta, und ihre Nase lief.

Als Sattlers Sohn mit dem Hund nach Hause kam, strahlte wenigstens die Küche im Glanz einer Fernsehwerbung. Oska, die Hündin, hinterließ auf den noch feuchten Küchenfliesen Tapsen aus schlammiger Gartenerde und schob mit ihrem schmalen, adlig-arroganten Kopf den Fressnapf hin und her.

»Verpiss dich«, zischte Karla wütend und stellte das Futter vor die Terrassentür. Statt zu gehorchen, schnupperte die Hündin an ihrem verschwitzten Kittel und wedelte mit dem dünnen Peitschenschwanz gegen die Stühle, während das junge Herrchen, ohne Gruß zum Kühlschrank marschierte und die Milch gleich aus der Packung trank. Sie unterdrückte ihren Ärger und sagte auch nichts, als er kleckerte. Aber warum eigentlich? Warum sollte sie sich beherrschen? Es war ja Frau Dr. Karla Schlicht, die keine Spießerin sein wollte und nie gemuckst hatte, wenn Rosalies Spielfreunde Hundescheiße und Buddelkastensand in der Wohnung verteilten. Hier dagegen herrschte Petra Grimme. Und wenn die was nicht leiden konnte, waren es offen stehende Kühlschranktüren!

»Was ist das für ein Benehmen! Hast du keinen Respekt, junger Mann?! Raus hier! Alle beide!«

Oska rannte davon, den Schwanz eingeklemmt. Sattlers Sohn starrte sie mit offenem Mund und Augen an, die rot glänzten wie von Heuschnupfen. »Aushilfe?!«

»›Aushilfe‹«, äffte sie ihn nach. »Ich werd dir gleich eins aushelfen! Ich bin Petra Grimme, und ich schätze, du wirst mich noch kennenlernen.«

Er knallte die Milchpackung auf den Küchentisch und folgte dem Hund, ohne zu antworten. Grimmig wischte sie die Tapsen weg und atmete durch. Der proletarische Wutanfall hatte sogar den Schmerz im Rücken vertrieben. Sie fühlte sich merkwürdig frei. Hätte sie vielleicht früher mal ausprobieren sollen.

Sie unternahm einen Inspektionsgang durch den Garten. Kohl und Rhabarber wucherten, unter den Obstbäumen lag

Sturmbruch. Die Blumenbeete waren kaum noch zu erkennen, aber sie entdeckte ein paar Pfingstrosen und pflückte Kugellauch, Hahnenfuß und Knabenkraut aus dem kniehohen Wiesengras.

Jost Sattler fand sein Heim duftend vor, als er zwei Stunden später endlich aufkreuzte. Leila grüßte ihn beiläufig und verließ das Haus.

»Wo willst du hin?«, rief er ihr nach.

»Freundin.«

Die Eingangstür krachte ins Schloss, dass die Kristallglasrhomben klirrten.

Er lockerte den Schlips, hängte sein Jackett an die Garderobe und zog eine Hausjacke über: »Schön, dass Sie noch da sind. Ich hatte gar nicht damit gerechnet.«

»Kein Problem. Es dauert immer ein bisschen, Grund reinzubringen.« Sie senkte bescheiden die Augenlider. Er schaute sich um und nickte zufrieden. »Sie haben ganze Arbeit geleistet.« Er lauschte. »Wie sind Sie mit meinen Vater zurechtgekommen?«

»Ich glaube, ich mag ihn gern. Er hat so was Vornehmes. Ein feiner Herr.«

Sattler blickte sie erstaunt an. »Hat er gegessen?«

»Ja. Wenn Sie nichts dagegen haben, werde ich ab morgen lieber selbst kochen. Diese Sondennahrung ist doch nichts.«

Sie nahm das Nähzeug und tat, als flicke sie den Träger an einem von Heinrichs Lätzchen. Er drehte einen Kalender in der Hand und beobachtete sie. Was wollte Sattler? Merkte er was? Unter seinen prüfenden Blicken rutschte der Faden dauernd aus der blöden Nadel.

Endlich rückte er mit seinem Anliegen heraus, und sie stach sich erleichtert in den Finger. Moskau also. Drei Tage gleich. Immer eilig unterwegs in Sachen Terrorbekämpfung, der fleißige Herr Abgeordnete. Aber gut, für sie war seine Abwesenheit ein Geschenk des Himmels, eine nicht wiederkehrende Gelegenheit!

»Sagen Sie's der Putzfrau nur, die bleibt auch gern rund um die Uhr ...«

Sattler hob die Brauen, und sie erklärte schnell: »Mein Vater hat in seiner Jugend als Stegreifclown auf Jahrmärkten gereimt ... sonst wäre ich ja auch öfter zur Schule gegangen.« Sie verstummte und nahm sich vor, ihrer Phantasie kürzere Zügel anzulegen.

Er lachte. »Schön ...«, er spielte mit dem Kalender. »Ich wüsste nicht, was ich ohne Sie machen sollte. Diese Reise ist sehr wichtig für Deutschland ... also danke!«

Für Deutschland. Jetzt musste sie erst mal an die frische Luft. Sie stand auf.

»Einen Moment noch. Wie wollen wir das mit der Bezahlung machen? Geben Sie mir Ihre Bankverbindung?«

Sie diktierte ihm Frau Grimmes Kontonummer und hoffte insgeheim, dass die Vollmacht noch galt.

»Könnte ich vielleicht gleich heute einen Vorschuss ... wenn es nicht unverschämt ist ... wegen des Autos?« Sie wollte gar zu gern ihre Tochter zu einem Einkaufsbummel einladen – der, fiel ihr zu spät ein, wegen Sattlers Reise erst nächste Woche möglich sein würde. Woran man alles denken musste, wenn man doppelt war. Hoffentlich ließ der neue Erdenbürger sich Zeit.

Sattler zählte Geldschein um Geldschein auf den Küchentisch. Wieso hatte der Mann so viel Bargeld in der Tasche?

Er füllte eine Vollmacht aus, damit sie Personal gegen Honorar beschäftigen und den Lieferservice auf Rechnung bestellen konnte, und bat sie, ihm eine Quittung zu unterschreiben. Petra Grimme klemmte die Zunge zwischen die Lippen. Das große »G« kippte ein wenig nach links, wie zaghaft und zurückgenommen.

»Und bitte, denken Sie an die Papiere!«, rief er ihr nach, als sie das Tor hinter sich schloss.

»Klar«, dachte sie »für Deutschland.«

*

Spätabends roch es im Internetcafé am Wasserturm nach Bier und Räucherstäbchen. Der junge Mann am Tresen winkte in Richtung Hinterzimmer: »Die Siebzehn.« Seine Stimme klang heiser, sein Blick erinnerte sie irgendwie an Arthurs rote Augen.

Als Erstes suchte sie »Morhof« und fand auf Wikipedia des Rätsels Lösung: Es handelte sich um den Dichter Daniel Georg Morhof. In Karims Sprachkurs war er wohl wegen seines Buches »Unterricht von der deutschen Sprache und Poesie« geraten. »Als Dichter unbedeutend«, urteilte das Lexikon. Sie verzichtete darauf, ihren eigenen Namen in die Suchmaschine einzugeben.

Mit den Suchworten »Ausweis« und »fälschen« fand sie einen »ID-Generator«, der ihre Eingaben in einen Personalausweis von verblüffender Echtheit verwandelte. Die Worte »Bunte Republik«, die auf eine Fälschung hinwiesen, waren so blass, dass sie nach zwei oder drei Kopiervorgängen unlesbar sein würden.

Sie musste nur noch »Petra Grimme« und ihre Geburtsdaten in eine Maske eintragen. Im Herbst wurde sie siebenundvierzig Jahre alt, oder besser sechsundvierzig? Also fünfundvierzig, Jahrgang 63.

Auf der Suche nach einem Porträtfoto von sich, das sie einbinden konnte, fand sie einen Artikel in der Times, der über die Verleihung der ICF-Preise für »civil courage« in London berichtete. Ihr Gesicht sah glücklich aus in jenem August 2001, den sie mit Stephen, dem Comics zeichnenden Rabbi, verbracht hatte.

Sie kopierte das Foto in ihren neuen Ausweis und zögerte, bevor sie auf Drucken klickte … 44 war eigentlich auch ein schönes Alter.

Sie surfte durch Aljoschas Guerillablog, um zu erfahren, was es an Neuem in der Welt der Schlapphüte und Paranoiker gab, aber sie kam nur ein paar Klicks weit. Ihre Augen brannten, und zu Hause wartete noch mehr Arbeit auf sie.

Der junge Mann hinter dem Tresen tanzte zum Gesang des Druckers und entnahm dem Ausgabefach mit Schwung ihre Kopien. Er betrachtete den Ausdruck und grinste: »Cool, eh! Ich kann dir das in Farbe ausdrucken, dann sieht es echter aus.« Seine Haare waren auf einer Seite kurz geschnitten und hingen auf der anderen lang und dünn über das Ohr.

»Danke«, lehnte sie ab und spürte, dass der junge Mann ihr bewundernd nachsah. Er hielt sie wohl für ausgebufft.

Zu Hause betrachtete sie ihren Sozialversicherungsausweis im Licht der Schreibtischlampe. Der Name »Dr. Karla Schlicht« war in einer Type geschrieben, die dem Schriftbild alter Schreibmaschinen ähnelte, das konnte sie mit ihrer »Erika« nachmachen. Sie kramte den Glasfaser-Radierer heraus, mit dem Rosalie in der Zwölften die Halbjahresnote in Geschichte von einer Vier in eine Zwei verwandelt hatte, und rieb vorsichtig über die Buchstaben. Mit angehaltenem Atem klopfte sie die winzigen Glas- und Papierspäne ab und hielt den Ausweis hoch. Leider waren die Schnörkel verschwunden, die dem Papier einen Anschein von Banknotensolidität gegeben hatten, und das Licht fiel an der radierten Stelle etwas heller durch. Mit einem Rotstift, den sie nach jeder Linie neu spitzte, malte sie Bögen und Linien. Ihre Augen tränten von der ungewohnten Anstrengung, erst jetzt lernte sie Rosalies Meisterschaft schätzen.

Endlich spannte sie den Ausweis in die »Erika« und tippte »Petra Grimme«. Das Ergebnis war leidlich brauchbar. Sie konnte hoffen, dass die verräterischen Details nach etlichen Kopiervorgängen in der gleichen schlechten Qualität untergingen wie die der anderen Ausdrucke.

Und weiter? Sattler würde sie mit diesem Ausweis bei den Kassen anmelden, im ungünstigsten Fall sofort nach seiner Dienstreise. Bis der Apparat in Bewegung kam, bis ein Sachbearbeiter den Fehler entdeckte und rückfragte, konnten zwei, drei Wochen ins Land gehen. Besser noch, sie telefonierte hinterher und verwirrte die Zuständigen mit Korrekturen. Ein Zahlendreher beim Geburtsdatum konnte die Bürokratie ganz schön durcheinanderbringen.

Und wenn sie ertappt wurde? Nun, dann würde sie einfach behaupten, ihr Arbeitgeber sei schuld. Sollte er der Presse doch mal erklären, welches Interesse eine Putzfrau hatte, nicht versichert zu sein. Sattler wäre nicht der Erste, der über eine Schwarzarbeiteraffäre stolperte.

Sie legte die Beine hoch und verschränkte die Arme hinter dem Nacken. Erschöpft war sie, keine Frage, aber das war eine andere Mattigkeit als nach einem Tag am Bücherstand oder in der Einsamkeit einer Bibliothek. Sie war zufrieden. Und Karla Schlicht auch.

Gero Schweetzke klatschte in die Hände, aber die Mitarbeiter im zentralen Lageraum des Bunkers schauten nur kurz auf, als er verkündete, dass am Morgen zwei Terabyte Speicher zusätzlich für die Datensicherung in Betrieb gegangen seien.

Fünfunddreißig Männer und Frauen in zwei Reihen beobachteten die Bildschirme auf den Schreibtischen vor ihnen, telefonierten oder unterhielten sich leise. Er schlenderte mit den Händen auf dem Rücken den Gang entlang: Gero Schweetzke, Polizeidirektor des BKA und Stabschef des »Gemeinsamen Zentrums zur Vorbereitung des Staatsbesuchs«.

Freiwillig, so viel war klar, bezogen die Verbindungsoffiziere ihn nicht in ihre Arbeit ein. Der Föderalismus sorgte dafür, dass jeder der mehr als dreißig Sicherheitsdienste der Bundesrepublik sein eigenes Süppchen kochte. Der Titel »Stabschef« klang vielleicht wichtig, doch im Sicherheitsalltag war er nur ein besserer Hausmeister, verantwortlich für Schreibtische, Radiergummis und die stolperfreie Verlegung von Datenleitungen.

Noch. Denn er arbeitete daran, das zu ändern. Mit äußerlich unbewegtem Gesicht zählte er sich die Erfolge der letzten Wochen vor. Er verwaltete jetzt die Verschlüsselungscodes, die elektronische Einlasskontrolle an den Eingängen des Bunkers und die Passwörter für den Zugang zu den Datenbanken. Alles zusammen gab ihm die faktische Macht, zu entscheiden, wer in den Bunker und damit, wer in der Terrorabwehr mitarbeiten durfte. Er konnte die Mitarbeiter ein- und ausschalten wie Maschinen. Drin oder dumm. So dicht wie jetzt hatte er noch nie an der Quelle gesessen. Und die Greise in den Chefetagen glaubten, wenn sie »Wissen ist Macht« hörten, noch immer, das »Große Latinum« oder die Marmorbüsten auf ihren Bechsteinflügeln seien gemeint.

Der Einzige, der einen Schimmer von Ahnung hatte und ihm dauernd in die Quere kam, war dieser widerliche Fettwanst von Vachiecky. Erst zeterte der Bürokrat wegen der Durchsuchung seines Reichstagsgebäudes, jetzt wollte er das Kontrollpaneel von Munin im Wachlokal installieren. Hinz und Kunz gingen dort ein und aus, einmal im Jahr gab es sogar einen Tag der offenen Tür. Da konnte er auch gleich Terroristen davorsetzen.

Schweetzke war klar, dass der Polizist trickste, um Munin auf eine Sandbank laufen zu lassen. Das war ärgerlich. Ärgerlich. *Ärgerlich*. Seine Pläne gerieten in Gefahr: Munin hätte die gesamte Personenüberwachung innerhalb der Bannmeile des Bundestags revolutionieren können, und später – wenn das System sich während des Staatsbesuchs bewährt hätte – wäre das Sicherungsnetz über das gesamte Regierungsviertel geworfen worden, Kanzleramt, Schloss Bellevue, Ministerien … und er, Gero Schweetzke, wäre der Einzige gewesen, der Erfahrungen damit hätte. Aber die sammelte er natürlich nur, wenn das Kontrollpaneel im Bunker stand.

Wäre. Hätte. Könnte.

O ja, er ärgerte sich. Vachiecky würde noch erfahren, wie unangenehm das werden konnte.

Er schlenderte weiter auf der unsichtbaren Demarkationslinie zwischen den Geheimdiensten links und der Polizei rechts. Sollten die Verfassungsrechtler ruhig von »informationeller Trennung« faseln, er hatte die Schreibtische an den Wänden aufstellen lassen, sodass die Verbindungsoffiziere mit dem Rücken zum Gang saßen. Eine reine Einrichtungsfrage, aber dadurch konnten sich die beiden Seiten auf die Bildschirme blicken, und auch er selbst sah immer, was vorging.

Manchmal blieb er hinter einem der Mitarbeiter stehen, sagte nichts, stand nur da und wartete ab, bis die Unsicherheit des Beobachteten an einem Fingertrommeln oder einem sinnlosen Herumklicken mit der Maus spürbar wurde. Manche drehten sich plötzlich um und sahen ihn fragend an, dann lächelte er bescheiden und ging wortlos weiter.

Bei den Uniformierten machte das besonders viel Spaß, aber auch die Zivilisten bekamen hektische Flecken im müdigkeitsgrauen Gesicht. Er wusste selbst nicht genau, *wie* das funktionierte, aber es funktionierte.

Auf dem Bildschirm der Straßenüberwachung blinkte die B 96, ein Stau unmittelbar vor der Tunneleinfahrt hinter dem Hamburger Bahnhof, beinahe in Sichtweite des Regierungsviertels.

»Unfall?«, fragte er und zeigte auf die Markierung.

Der junge Mann im modischen Polohemd über sonnengebräunten Oberarmmuskeln zögerte unwillig. »Sieht so aus.«

»Was heißt ›sieht so aus‹?« Schweetzke gab ein bisschen mehr Druck auf seine Stimmbänder. »Wollen Sie nicht die Leitstelle der Polizei befragen? Was glauben Sie, wer außer Ihnen noch vor einem Display mit solchen Informationen sitzt?«

Die langsame Steigerung der Lautstärke wirkte intensiver, als wenn er sofort volle Pulle brüllte. Im Augenwinkel sah er, wie die Köpfe sich hoben. Die Mitarbeiter mochten Abwechslung.

»Wieso? Was soll das schon sein?«

Oh, oh, eine wunderbare Antwort! Die Suche nach Sicherheitslücken war eine ständige Aufgabe für jeden Mitarbeiter im Bunker. So stand es im »Leitbild«, einer Art Grundgesetz für den Bunker, auf das sich die Innenminister geeinigt hatten. Er klatschte sofort in die Hände und rief: »Alle mal herhören. Die Verkehrsüberwachung will wissen, welche Gefahren mit Anomalien im Tunnel verbunden sein können.«

Er registrierte genau, welche Verbindungsoffiziere mit den Augen rollten und welche näher kamen, um sich zu beteiligen.

»Dös könnt' an' provozierter Stau sein!« Der Kollege vom

Landeskriminalamt aus München bekam auf Schweetzkes geheimer Liste eine doppelte Punktzahl für die Eröffnung.

»Wieso? Wozu denn provoziert?« Ein Offizier vom Verteidigungsministerium schüttelte den Kopf.

»Um e Lastware voll Schprengschtoff zu dischloziere!«

»Gloobsch ni.« Der Sachse, sonst eher zurückhaltend. »De Exblosion würde 'n Tunnel leerfechen, und des war's denne.« Etliche nickten.

»Wenn oalles zug'staut is? E poar Lastware mit hohe Offbauten wär 'ne perfekte Dämmung.«

Schweetzke legte dem jungen Mann die Hand auf die Schulter. Das widerwillige »Hm« quittierte er mit einem leichten Klopfen. Ein beschädigter Chip im Dienstausweis, Verspätungen im entscheidenden Moment ... da würde wohl eine Versetzung ins Verkehrsarchiv demnächst unausweichlich werden.

»Entwickeln Sie doch bitte ein Standardprozedere für einen Stau im Tunnel während des Staatsbesuchs.« Es oblag ihm zwar nicht, Aufträge zu erteilen, aber irgendwann würde die Gewohnheit sich einschleifen, so wie sich auch in London die Erfordernisse der alltäglichen Arbeit gegen die Bedenken der Politiker durchgesetzt hatten.

Im Laufe der nächsten Stunden ergaben sich noch mehrfach Diskussionen über Sicherheitslücken. Die Kontrollen am Reichstag verhinderten zwar, dass Giftgas – wie beim Anschlag der Aum Shinrikyo in der Tokioter U-Bahn – in einem luftdicht verschweißten Plastikbeutel transportiert wurde, aber die Terroristen konnten ein ferngesteuertes Modellflugzeug gegen einen Lüftungsschlitz steuern. Am besten gefiel ihm der Vorschlag des Verfassungsschutzmanns aus Thüringen, der giftgasgefüllte Bubblefolie verwenden wollte, die dann unter einem Fußabtreter von den Tritten Bläschen für Bläschen ausgedrückt wurde. Kaum aufspür-, aber denkbar. Und was denkbar war, musste verhindert werden.

»Was machen wir eigentlich, wenn die Terroristen eine

elektromagnetische Bombe einsetzen?«, fragte ein Nachrichtenoffizier.

Er klatschte in die Hände, obwohl er keine Ahnung hatte, was eine elektromagnetische Bombe sein sollte. Er ließ die Fachleute diskutieren und führte sorgfältig Protokoll. Ein Wort wiederholte sich: Kontrollen. Kontrollen. Kontrollen. Koffner würde unterschreiben, und Vachieckys Leute fluchen – so einfach war das.

Vor seinem geistigen Auge sah er die Schlangen an den Pforten des Reichstags so lang werden wie die Gesichter der Besucher, die von Kopf bis Fuß gefilzt wurden. Vachiecky bestand darauf, dass seine »Schweizergarde« allein für die Bewachung des Bundestags zuständig sei – und wer Munin boykottierte, musste die Folgen aushalten.

Am Schreibtisch des Verbindungsoffiziers zum BND ertönte leises Gelächter. Hatten die nichts zu tun? Borowski erzählte zwei Kollegen vom Verfassungsschutz Witze. »Kennst du den schon? Ein Terrorist kommt in München zur Zollkontrolle. Er ist so aufgeregt, dass er die Zahlenkombination vom Koffer vergessen hat. Der Zöllner wird ungeduldig und fragt: ›Jo, wos is jetzat? Hamas?‹ Der erschrockene Terrorist antwortet: ›Dschihad!‹ Und der Zöllner antwortet: ›G'sundheit!‹«

Minuspunkt. Er griff nach der Fernbedienung und schaltete den Ton der Nachrichten lauter.

Im Westjordanland gab es Schießereien. Das klang nicht gerade weltbewegend, aber er hatte gelernt, dass es in der globalisierten Welt kein Ereignis gab, das ihn nicht erreichen konnte. Der sprichwörtliche Sack Reis konnte einen Karriereschub bedeuten, wenn er einem Terroristen auf die Füße fiel.

Vorausdenken, stets einen Schritt schneller sein! Wer die Zusammenhänge vorhersah, konnte sich an den Platz stellen, den die Scheinwerfer beleuchteten.

Er war jetzt vierzig Jahre alt, Absolvent der Führungsakademie des Bundeskriminalamts und Deutschlands einziger Polizist, der während der Londoner Anschläge in Heathrow gewesen war. Man konnte es einen Zufall nennen, dass er sich genau für diesen Zeitpunkt um eine Hospitation im britischen Antiterror-Koordinationszentrum bemüht hatte, aber er wusste es besser: Er hatte den Instinkt – dieses Gefühl, das dem Kribbeln in der Leiste vor einem Orgasmus ähnelte.

In Heathrow hatte er aus nächster Nähe beobachten können, wie die Ermittlungen in den Stunden des Chaos abliefen. Die Videobilder der Überwachungskameras waren mit allen verfügbaren Datenbanken von Scotland Yard, den Einreisebehörden und Meldestellen abgeglichen worden – und niemand wollte sich hinterher, nachdem die Terroristen tatsächlich aufgespürt worden waren, an die Verstöße gegen Gesetze und Ausführungsvorschriften erinnern. So musste man das machen: Fakten schaffen.

Aber natürlich hatte es auch Dilettantismus, Bürokratie und Bequemlichkeit gegeben. Ein Unbeteiligter war erschossen worden, weil Polizisten Rambo spielten. Ihm absolut unverständlich war, dass manche der Führungskräfte auf pünktlichem Feierabend bestanden. Er selbst hatte im Heathrower Bunker keine Bequemlichkeit vermisst: Die Schlafräume waren ruhig, die Duschen sauber, das Essen in der Kantine fettarm, und im Fitnessraum konnte man sich müde radeln.

Wenn man nach oben wollte, durfte man sich nicht abhängig machen. Seine Freundin saß in ihrem Kosmetikstudio in Meckenheim. Wenn er sie besuchte, drückte sie ihm die Pickel aus, wenn er in Berlin arbeitete, drückte sie die Daumen für seine Karriere. Irgendwann würde seine Versetzung in die Hauptstadt endgültig sein. Dann, hatte er ihr versprochen, würden sie ins Häuschen ihrer Eltern im Norden Berlins ziehen, das jetzt leer stand und vor sich hin zerfiel. Clarissa schwärmte davon, ihre Kräuter selbst anzubauen, und er träumte von sauberem Geschlechtsverkehr ohne Bezahlung. Sie passten gut zusammen.

Wenn es mit der Versetzung klappte. Sonst endete seine Abkommandierung eine Woche nach dem Besuch der amerikanischen Präsidentin, und Clarissa würde mit versteinertem Gesicht »Migräne« spielen.

Er schlenderte zurück zur jenseitigen Stirnseite, wo auf zwei meterhohen Bildschirmen die Programme von CNN und Al Djazeera flimmerten. Sein Schreibtisch war von Glaswänden umstellt, die von manchen »Aquarium« genannt wurden.

Der Arbeitsplatz neben dem Stabspult war leer. Er sah auf die Uhr. Die merkwürdige Programmiererin, die während der Implementierung von Munin kaum ein Wort mit ihm gesprochen hatte, war zum ersten Mal unpünktlich. Vielleicht ahnte sie, dass ihre Tage gezählt waren, denn wenn das Kontrollterminal im Wachraum aufgebaut würde, war sie raus aus dem Spiel. Die Systemtechniker des Bundestags verlangten stets den vollen Zugriff. Man wusste ja, wie die arbeiteten. Pfründe sichern, Fremde rausbeißen.

Komische Type, die Frau. Er wusste nach all den Wochen nicht einmal, welche Augenfarbe sie hatte.

Tina Franke hielt sich an den Streckenplan, den sie zu Hause am Computer entworfen hatte. Von der alten Tischlerei am Plänterwald, in der sie wohnte, fuhr sie einen Umweg stadtauswärts, dann auf dem Adlergestell nach Südosten und unter den Schienen der S-Bahn hindurch. Sie vermied Baustellen mit rot-weißen Warnzeichen und ziegelrote Gebäude. An rot leuchtenden Ampeln lenkte sie sich mit Zahlenakrobatik ab: Der Quotient aus Uhrzeit und Kilometerstand ergab eine Zahl, die mit der Anzahl der Fahrzeuge korrespondierte, zumindest im Hexadezimalsystem. Außerdem half ihre Brille, deren blaue Gläser die Rottöne ins Violette verschoben.

Unter einer Brücke arbeiteten Männer in grellroten Overalls an den Straßenbahnschienen, ließen rot-gelbe Schweißfunken auf die Fahrbahn regnen und ihren Puls rasen. Zum Glück fand sie einen Caravan, hinter dem sie sich vorbeimogeln konnte. Sie gab Gas, fuhr nach Waltersdorf und von dort über die Stadtautobahn zurück nach Westen.

Das nächste Malheur erwischte sie völlig unvorbereitet auf dem Tempelhofer Damm. Wo gestern auf dem Mittelstreifen Büsche in lichtem Grün gestanden hatten, blühten jetzt auf einmal blutige Rosen.

Ihr Herz schlug wie ein Dampfhammer. Der Karosserieboden knirschte und kreischte über die Bordsteinkante, als sie sich rückwärts auf einen Schrottplatz rettete. Ihre Hände waren eiskalt und zitterten. Hinter sich hörte sie das Kreischen von Bremsen und Hupen.

»Es sind nur Pflanzen«, sagte sie sich, »sie bluten nicht«, doch ihr Verstand war machtlos gegen die Ängste, die aus der Tiefe ihres Unterbewusstseins stiegen.

Sie verschloss den Wagen und zwängte sich durch eine Lücke im Drahtzaun auf das Nachbargrundstück, von wo aus sie die nächste Seitenstraße erreichte. Ihr Zeitplan geriet durcheinander. Ein Taxi war keine Alternative zum eigenen Auto, denn in jedem klebten die roten Nichtraucherkreuze an den Fenstern, aber unter der Autobahnbrücke lag die nächste Busstation, wo der Achtundsechziger jeweils 12, 22, 32 fuhr. Sie machte sich auf den Weg.

Warum halfen die Tabletten nicht mehr? In ihrer Studienzeit war die Rotphobie noch nicht so schlimm gewesen, sonst hätte sie kaum zweimal täglich die zinnober lackierten Stahlfiguren vor dem Eingang der Technischen Hochschule passieren können. Auch zu Beginn der Arbeit an Munin vor sieben Jahren hatte sie noch ohne Bedenken die übliche Alarmfarbe programmiert.

Ihre Tochter Marie war zum Glück ein gesundes und lustiges Kind und schien keine der Macken ihrer Mutter geerbt zu haben. Sie wohnte bei ihrer Oma, ging mittlerweile in die zweite Klasse und hatte sogar einen Freund Igor, der aus Kiew stammte. Täglich tippte sie sehnsüchtige SMS. Wenigstens Marie würde sich freuen, wenn die Mama mehr freie Zeit hätte.

Einen anderen Job würde sie vermutlich kaum je wieder bekommen – sie traute sich nicht mal zu den Einstellungstests, wo die Fragebögen meist in roten Mappen lagen.

Sie hob den Kopf und blieb wie angewurzelt stehen. An der Brücke hing eine riesige Coca-Cola-Werbung. Ihr Magen krampfte sich zusammen, und ihr wurde übel. Eine Frau mit Hundchen blieb stehen. »Geht es Ihnen nicht gut?«

Das Tier trug eine rote Schleife im Stirnfell.

Sie machte kehrt und ging in die entgegengesetzte Richtung. Es gab nur noch eine Möglichkeit, halbwegs pünktlich in den Bunker zu kommen. Sie tastete in ihrer Tasche und vergewisserte sich, dass sie den Hausausweis des Bundestags dabeihatte.

Am Platz der Luftbrücke parkten mehrere Einsatzfahrzeuge

vor dem Gebäude der Polizeidirektion. Sie tauschte die blaue Brille gegen die Brille mit den schwarzen, undurchsichtigen Gläsern, suchte in ihrer Tasche nach der Blindenbinde und streifte sie über den Ärmel. Dann ging sie los, schnurstracks auf die Fahrbahn. Prompt kreischten die Bremsen.

Gero Schweetzke sah die Programmiererin an, die vorbeiging, ohne ihn zu beachten, die blaue Sonnenbrille im Haar. Ihre Augenfarbe: Rehbraun.

Vierunddreißig Jahre alt, 51 Kilo schwer, Blutgruppe AB, stand in ihrer Akte. Das BSI hatte Tina Franke überprüft und empfohlen. Im Gutachten wurde sie »unbedingt tauglich« und »beispiellos begabt« genannt und fachlich über den grünen Klee gelobt. In der Akte war aber auch ein Aufenthalt in der Psychiatrie vermerkt, allein im letzten Jahr war sie dreimal von der Polizei als »hilflose Person« aufgegriffen und nach Hause gebracht worden.

Er schnupperte in der Duftspur, die unsichtbar hinter ihr in der Luft stand. Zwischen Haargel und Deo roch er die Angst. Nanu?

Langsam und unauffällig folgte er Tina Franke zum Aquarium. Sie trug ein blaues T-Shirt, das über ihrer Brust spannte und einen schmalen Streifen nackter Haut an ihrem Bauch sehen ließ. Ihr Gesicht war noch blasser als sonst.

Dicht hinter ihrem Stuhl blieb er stehen. So vornübergebeugt, wie sie jetzt vor ihm saß und ihren Computer hochfuhr, sah er das hellgrüne Unterhöschen unter ihren Jeans und den Ansatz der Furche zwischen ihren Pobacken. Sie wirkte zerbrechlich, und er fragte sich unwillkürlich, ob sie beim Sex die Form behielt.

Nicht ablenken lassen.

Da war er wieder, der Duft der Angst.

Er setzte sich neben sie, versank scheinbar im Anblick der Zahlenkolonnen auf ihrem Display und spürte, wie sie zur Seite wich.

»Wissen Sie, was eine elektromagnetische Bombe ist?«

»Ein EMP, ja, warum?«

»Was können wir dagegen tun?«

»Wozu? Wir sitzen unter der Erde. Ein Puls müsste schon sehr stark sein, um die Recheneinheiten zu beschädigen.«

Er lachte über ihre Naivität. »Wenn ich eins gelernt habe, dann das: Nichts ist nachher schlimmer als vorher keine Maßnahmen ergriffen zu haben. Irgendwas müssen wir machen.«

»Das Militär benutzt Funkgeräte mit Röhren, die sind unempfindlicher gegen die elektromagnetischen Wirkungen von Atomwaffen.«

»Altmodische Röhren?«

»Durch den elektromagnetischen Puls werden Ströme induziert, und wenn die Drähte, in denen sie fließen, dünn genug sind – wie bei Mikrochips –, schmelzen sie.«

»Und dann stürzen hier sämtliche Computer ab?«

»Das kann passieren, aber schlimmer sind die Fehlsteuerungen, die von defekten Schaltkreisen ausgelöst werden: aus dem Ruder laufende Stromversorgungen oder beschädigte Programme, die Festplatten löschen.«

»Könnten wir nicht einfach den Strom abschalten?«

»Die Folgen wären unabsehbar.«

»Immer noch besser, als die Katastrophe sehenden Auges zu akzeptieren. Installieren Sie bitte einen Knopf, bei dem es dunkel wird, wenn man draufdrückt, so einen richtig schönen, großen, roten Knopf, wie die amerikanischen Präsidenten ihn haben!«

Ihre Augenlider begannen zu flattern und ihre Finger drehten Strähnen, als wollte sie die dünnen Haare ausreißen. Sie erinnerte ihn an eines der Männchen mit den aufgeblähten Köpfen in »Mars Attacs«. Das gefiel ihm. Das gefiel ihm beinah so gut wie der Angstgeruch, der immer deutlicher wurde – wie stets, wenn die Körpertemperatur eines Menschen stieg und der Schweiß ihm aus den Poren brach.

Er stand auf. »Soll ich eine Frau für die Leibesvisitation rufen?« Irritiert schaute sie ihn an, von der Augenbraue bis zum

Mundwinkel zuckte ein Muskel, den sie nicht beherrschen konnte.

»Ist Vorschrift. Zufallsdurchsuchungen. Sie haben das Los gezogen. Fangen wir mal mit Ihrer Umhängetasche an?«

Er leerte den Inhalt auf den Schreibtisch: Pflaster, Tabletten, Tropfen, ein Schlüsselbund. Er griff sofort nach dem Notizbuch. »Papier und Stifte sind im Bunker verboten, das wissen Sie doch.«

Er blätterte die Seiten um. Im Gewirr der Linien erkannte er den Grundriss des Reichstagsgebäudes, der Kellergeschosse einschließlich Zugangssicherungen, Standorte der Videoüberwachung und des Bunkers, in dem er jetzt gerade stand. Ein Adrenalinstoß piekte angenehm unter seinem Brustbein und ließ sein Herz schneller schlagen. »Was ist das?«, fragte er leise, obwohl er genau wusste, dass die Blaupausen des Reichstags als »Geheime Verschlusssache« galten.

Tina Franke hob die Schultern: »Eine Gedächtnisstütze. Ich musste Munin eine räumliche Vorstellung davon vermitteln, welche Kamera sich wo befindet. Ich brauch das nicht mehr. Vernichten Sie's.«

»Wann haben Sie das abgemalt?«

»Ich habe es nicht ›abgemalt‹.«

»Also kopiert?«

Sie klapperte mit den Augenlidern, rieb sich mit den Händen über die Unterarme und steckte Tabletten in ihren Mund, bevor sie antwortete. Ihre Nervosität steckte ihn beinahe an.

»Nein. Ich habe das aus dem Kopf skizziert.«

Er brauchte eine Weile und mehrere Nachfragen, bis er begriffen hatte, was sie meinte. »Hunderte Zahlen gemerkt? Ich glaube Ihnen kein Wort.«

Sie schwieg und schrieb eine Zahlenkolonne auf einen Zettel.

»Was ist das?«

»Die aktuellen Koordinaten der GPS-Satelliten … prüfen Sie's nach.«

Er überprüfte die Daten im Internet: Die Zahlen stimmten

bis auf die fünfte Stelle nach dem Komma. Verdammt, dieses Früchtchen war ein Megaspeicher in Menschengestalt. Er straffte seine Haltung, steckte die Daumen in den Gürtel und atmete tief durch.

»Was Sie da skizziert haben, Frau Franke, ist nichts weniger als eine komplette Blaupause des Gebäudes, in dem die amerikanische Präsidentin in Kürze ihre Rede halten wird. Das FBI springt im Dreieck, wenn sie davon erfahren. Und der Herr Vachiecky, der für die Geheimhaltung dieser Blaupausen zuständig ist und im Übrigen daran schuld ist, dass wir Munin nicht selbst weiterentwickeln dürfen, auch.«

Sie war seltsam gefasst und wendete den Blick nicht ab. Er hatte das sichere Gefühl, dass sie ganz genau wusste, worauf er hinauswollte.

Wolf von Vachiecky öffnete die Augen. Eben noch hatte ihm der Wirt des »Chimera« Bolognesesoße aus einer Spielzeugpistole auf die Uniform gespritzt, jetzt saß Hedwig aufrecht neben ihm im Bett, rüttelte an seiner Schulter und nörgelte: »Hörst du dein Telefon nicht?«

Der Bunker! Eilig wälzte er sich aus dem Bett und stolperte im Dunkel über seine Schuhe, bevor er das Handy in der Hosentasche seines Anzugs fand.

Schweetzke war kurz angebunden, nein, am Telefon könne er nichts sagen, er habe eine Warnung von Echelon auf dem Schirm, und »im eigenen Interesse« solle er sofort in den Bunker kommen.

Unverschämtheit. Was bildete der Kerl sich ein. Er erwog, seinen Wachhabenden anzurufen und zum Bunker zu schicken, aber Unterstellten gegenüber zeigte man sich besser nicht ahnungslos.

Auf der Straße versuchte er, sich zu erinnern, wo er das Auto zuletzt gesehen hatte. Benefizkonzert in Neuhardenberg. Vage Erinnerung an die Suche nach einem Parkplatz, spätnachts irgendwo an der Immanuelkirche. Er marschierte im Eilschritt los, die Augen auf den Karosserien am Straßenrand, aber sein dunkelbrauner Mercedes mit weinroten Lederpolstern stand weder am Wasserturm noch in der Immanuelkirchstraße. Von der frischen Nachtluft wurde ihm schwindlig. Vielleicht abgeschleppt. Ihm blieb keine Zeit zum Suchen.

Im Taxi steckte er sich ein Kaubonbon in den Mund.

Im Bunker roch es nach Ozon, Mensch und Kaffee. Ventilatoren flirrten und summten auf allen Tischen. Die Uhr über dem zentralen Kommandopult zeigte »3:30 GMT«, Vachiecky schaute auf seine Armbanduhr und las halb fünf. Als ob er durch eine Zeitpforte in eine andere Welt getreten wäre.

Er spürte den stechenden Blick, bevor er Schweetzkes Gesicht hinter der Scheibe des Aquariums entdeckte. Wie eine Hexe zeigte der Stabschef mit knöchernem Zeigefinger auf einen Bildschirm, vor dem die Franke mit blau beleuchtetem Gesicht saß.

Die junge Frau stand auf und klopfte das Sitzpolster sauber, bevor sie den Stuhl anbot. Er war ihr für die Geste dankbar und überlegte, ob jetzt der richtige Zeitpunkt war, Schweetzke klarzumachen, wer hier wem unterstellt war.

»›Sie sind ziemlich stur, Marlowe!‹

›Möglich. Aber in meinem Beruf muss man das sein. Sonst hätte ich ihn schon längst aufgeben müssen.‹«

Erst mal hören, was er wollte. »Worum geht's?«

Schweetzke lächelte scheißfreundlich und wies wortlos auf den Bildschirm. Arabische Schriftzeichen schlängelten sich über eine detailgetreue Grundrisszeichnung vom Reichstag.

Vachiecky fühlte, wie ihm das Blut in den Kopf schoss und die Adern am Hals pulsierten.

»Die Datei heißt germantarget.jpg«, erklärte Frau Franke, »und ist von Echelon auf einem Server in Fernost gefunden worden, Indonesien, genauer gesagt.«

»Wir kriegen von den Amerikanern zwar nur die Brosamen …«, seufzte Schweetzke falsch, »aber auch die können ganz schön im Hals kratzen.«

Vachiecky verstand nicht, wie so eine Skizze in die Öffentlichkeit gelangen konnte. Die Blaupausen des Reichstagsgebäudes lagen verschlossen im Safe seines Büros, er hatte sie erst am Nachmittag bei der routinemäßigen Überprüfung in der Hand gehabt. Zwar waren bei der Grundsanierung Teilkopien ausgegeben, aber anschließend wieder eingezogen worden; auch bei der Überprüfung der Bauhandwerker hatte er sich keine Nachlässigkeit vorzuwerfen.

Ein Schweißtropfen rann an der Außenseite seiner Augenbraue und kribbelte auf der Haut. Gern hätte er die Anzugjacke ausgezogen, unter der sich die Hitze staute, aber er hatte den Eindruck, dass Schweetzke nur auf ein Zeichen seiner Schwäche wartete. Er riss sich mühsam zusammen.

»Woher stammen die Pläne?«

»Ich hatte gehofft, Sie könnten mir eine Antwort geben«, lächelte der Stabschef und flötete aus seinem gespitztem Rundmund: »Sie haben doch alles unter Kontrolle, oder?«

Vachiecky bemerkte, dass Schweetzkes Atem nicht roch, weder nach Pfefferminz oder Zahnpasta noch nach einer durchwachten Nacht im Bunker. Wie gruselig.

»Was bedeuten diese Zeichen?« Er tippte auf die eigenartigen Arabesken.

»Der Übersetzer hat sie als arabische Schriftzeichen identifiziert«, antwortete Schweetzke. »›2,5 Kilogramm‹ zum Beispiel steht hier, 15 weitere Stellen sind markiert. Ein bisschen viel für Rattengift, was meinen Sie?«

Was wollte der von ihm? Er konnte doch nicht noch mal den ganzen verdammten Reichstag durchsuchen lassen. »Können wir nicht herausfinden, wer die Pläne hochgeladen hat?«

Aber Schweetzke lachte. »Aussichtslos! Die Blaupause ist im Kommentar eines Islamisten-Blogs abgelegt, Herr von Vachiecky. Die Frage ist doch, wie Sie verhindern wollen, dass jemand die Präsidentin der Vereinigten Staaten in unseren heiligen Hallen umbringt … äh, in *Ihren* heiligen Hallen natürlich.« Der Stabschef war immer lauter geworden, sodass einige Mitarbeiter die Köpfe hoben.

Vachiecky kochte innerlich. Nicht zu fassen: Der Jungspund setzte ihm die Pistole auf die Brust!

Ein neuer Schweißtropfen rann aus seinem Haar, wurde vom Jochbogen abgelenkt und kitzelte auf seiner Wange. Er widerstand dem Bedürfnis, ihn abzuwischen.

»Blöde Geschichte«, brachte er heraus.

»Ich würde Ihnen ja gern aus der Patsche helfen, lieber Kollege«, senkte der Stabschef seine Stimme, »aber wie soll ich das machen, wenn Sie mich nicht lassen?«

Es ging um Munin. Natürlich! Schweetzke hatte ihn in die Enge getrieben.

Er hörte Marlowes Stimme. »Der gesunde Menschenverstand sagt einem, geh nach Hause und vergiss das, es bringt dir nichts ein.«

Wenn er wenigstens nicht so schwitzen würde. Ein weiterer Tropfen kribbelte an seinem Auge vorbei, das war schlimmer als eine Folter durch tausend Ameisen. Schließlich hielt er es nicht mehr aus, rubbelte mit der Hand übers Gesicht und sah, dass Schweetzke die Bewegung mit einem kaum sichtbaren Lächeln quittierte.

»Was schlagen Sie vor?«

»Das Muninterminal bleibt hier im Bunker. Frau Franke unterweist Sie und zwei ausgewählte Glückliche des Bundestags-Wachschutzes in der Bedienung.«

»Und die Amerikaner?«

»Wir sagen ihnen, die Blaupause sei eine Fälschung. Die indonesischen Behörden bitten wir, den Server zu beschlagnahmen, und schon ist die Sache aus der Welt.«

Vachiecky wog seine Chancen ab. Die Vertuschung vermied endlose Untersuchungen, die weit zurückreichen mussten, denn die Skizze konnte etliche Jahre alt sein. Nach dem Staatsbesuch würde der Stab aufgelöst, und Schweetzke wäre Vergangenheit. Oder?

»Der gesunde Menschenverstand ist am Montagmorgen der Linke, der das Spiel gewonnen hätte, wenn er in der Mannschaft mitgespielt hätte«, dachte er. »Aber er spielt nie mit. Er sitzt irgendwo oben auf der Tribüne und hat einen Flachmann in der Tasche.« Ach, Marlowe! Ihm blieb ja keine Wahl.

Karim holte den Apfel, den er auf dem Weg zur Arbeit von der Auslage eines Gemüsehändlers gestohlen hatte, aus der Tasche des Arbeitskittels und stieg auf einen Holm des Klettergerüstes. Die Blase auf seinem rechten Handballen schmerzte von der ungewohnten Arbeit.

Günter und die anderen machten Pause am Eiswagen, der in italienischen Farben lackiert war. Auf den Steinstufen sitzend, sahen sie den Bocciaspielern beim Werfen der silbernen Kugeln zu.

Er hielt sich fern, weil er die dauernden Reibereien zwischen Mario und Rosalies Mann nicht mochte. Meist ging es um Politik und Krieg und Globalisierung, zu deren Opfern, soweit er das verstanden hatte, auch er selbst gehörte. Er wartete auf eine bessere Gelegenheit, Günter von seinen Plänen zu erzählen und zu bitten, ihm wenigstens so viel Lohn für das Praktikum zu zahlen wie den Aushilfskräften von der Uni.

»Lil idara« rief eine Kinderstimme in seiner Nähe auf Arabisch, »anders rum!«

Das Mädchen verfolgte einen Jungen und schlug ihn mit Plastikbausteinen, bis sie über eine Kante stolperte und hinschlug. Sie staunte über die aufgeschürfte Haut an ihrem Knie und rannte dann weiter hinter ihrem Opfer her.

Die Kinder waren anders, irgendwie weicher als die auf sich gestellten und in Horden durch die Gassen kreischenden Kinder seiner Heimatstadt. Sie fuhren teure Räder, trugen Schutzhelme und wurden von Vätern oder Müttern behütet wie kostbare Besitztümer. Wenn er auf das rot-weiße Absperrband zeigte, kehrten sie brav um oder zogen weiter zum Kinderbauernhof, der nördlich des Birkenwäldchens lag und so teuer und kunstvoll wirkte wie der ganze Park.

Er versuchte, sich diese Spielplätze in Bir Zeit vorzustellen. Zohair und er hätten ziemlich verblüfft vor der Hängebrücke aus geknüpften Seilen gestanden, die mehr gekostet hatte als die Häuser, in denen sie wohnten. Den drehbaren Holzkäfer hätten sie demontiert und die Einzelteile verkauft. Ihnen war ganz Bir Zeit ein Spielplatz gewesen, wo sie brennende Reifen durch die Straßen treiben und Verstecke inmitten müllübersäter Hügel bauen konnten. Einen Schlüssel hatte er nicht gebraucht, wenn er aus dem Haus ging. Mutter verließ ihre Küche nur selten. Auch früher, als ihre Hüfte noch besser funktionierte, war sie immer langsam gelaufen, nicht im Traum wäre ihr eingefallen, nach einem Bus zu rennen oder in der Öffentlichkeit eine Zigarette zu rauchen – oder gar sich zu betrinken wie Karla.

Er ließ den Blick über die Wiese streifen. Unter den Bäumen und auf den Hängen lagerten Menschen, die grillten, lasen oder in der Sonne schliefen, als sei das Leben ein endloser Feiertag. Punks tranken im Rund des Amphitheaters in der Mittagssonne Bier. Ihre Haare und Kleidung starrten vor Schmutz, aber sie lachten viel und warfen Stöcke, denen ihre Hunde über die Wiese nachjagten. Die Trommler erinnerten ihn an die Hochzeitsgesellschaften zu Hause, und manches dunkelhaarige Mädchen sah aus der Entfernung Fatma ähnlich.

Auf dem Hügel standen Schaukeln, mit denen man in den Himmel fliegen konnte. Die Mauer dahinter war bunt bemalt, ein Rest der Grenze und harmlos im Vergleich zu dem acht Meter hohen Wall, der Bir Zeit im Norden, Westen und Süden von der Welt abschnitt.

In der ersten Woche war er nach der Arbeit durch Berlin gestreift und hatte sich über jedes Gebäude gefreut, das er wiedererkannte: Den Wasserturm und die Cafés, die Volksbühne mit dem rostigen Rad davor, den Fernsehturm am Alexanderplatz, Ampelmännchen, Brandenburger Tor und Siegessäule – alles war da, die Wirklichkeit lag zum Greifen vor ihm. Ein Paradies.

Die Mädchen vor dem Eisstand in den Hackeschen Höfen trugen Hemden, die Schulteransatz und Bauchnabel nackt ließen. Eine fiel ihm auf, weil »Sharon« auf ihrem T-Shirt stand, obwohl sie mit ihren schulterlangen, blonden Locken nicht jüdisch aussah. Sie fotografierte ihn, und er schämte sich sofort für seine Fetlah-Jeans und das verwaschene Polohemd, bevor er merkte, dass ihr Interesse gar nicht ihm, sondern dem Gewimmel der Touristen hinter ihm galt.

Er musste lernen, cool zu bleiben und nicht rot zu werden. Neidisch dachte er an Zohair, der laut scherzte und lachte, wenn er ein Mädchen sah, das ihm gefiel.

Er wünschte, Sahid, der glaubte, es gäbe in Deutschland an jeder Ecke Sexkinos, Prostituierte und Spielhöllen, könnte das Leben hier mit eigenen Augen sehen. Bei Kaisers und in den Feinkostläden konnte man kostenlose Häppchen essen, im Park am Weinberg floss Trinkwasser aus den Brunnen und im Kino lagen Zeitungen zum Mitnehmen aus. Eine Unmenge neuer Autos, Typen darunter, die er nie zuvor gesehen hatte, parkten am Straßenrand. Die Läden in den Schönhauser Allee Arcaden dufteten. An den Ausgängen der Textilgeschäfte gab es elektronische Kontrollanlagen, aber niemand (außer ihm selbst) schien auf die Idee zu kommen, etwas zu stehlen.

Auf den Dächern der Häuser wuchsen Bäume, die Balkone waren grün von Palmen, Rankpflanzen und Kakteen. Der Regen schien auf die Völker genauso ungerecht verteilt zu sein wie Geld und Macht, aber die entscheidende Frage war, wo man sich selbst befand.

Gestern, an seinem freien Tag, hatte er Tassen und Teller aus den Schränken gesucht, auf den Küchentisch gestellt und gewartet, dass Rosalies Mutter aufstand. Aber sie hatte ihm nur in Eile verboten, ihr Arbeitszimmer zu betreten, ans Telefon zu gehen oder Besuchern die Tür zu öffnen, und war auch am Sonntag »zur Arbeit gegangen«. Eine komische Frau.

Er hatte Rosalie besucht, die im Bett bleiben musste, weil irgendwas mit dem Muttermund war; Frauendinge, die ihm Angst machten. Günter hatte versucht, ihn auf eine Demo gegen den Staatsbesuch mitzuschleppen, aber Marschieren war das Letzte, was er wollte.

Später am Nachmittag hatte er allein im Foyer des Kinos in der Schönhauser gesessen und die Deutschen beobachtet. Sie waren sonntäglich gekleidet und dufteten frisch gebadet. Ihre langsamen Bewegungen spiegelten sich im sauber gewischten Fußboden. Gerade dort, im dichtesten Gewühl, ergriff ihn plötzlich das heulende Heimweh, sogar die Uhr an seinem Handgelenk schien blauer zu leuchten.

Er musste die Tränen aus seinen Augen wischen, so intensiv stellte er sich den Rauch vor, der sommers wie winters von den brennenden Müllhalden aufstieg und durch die Gassen zog. Er dachte an Rafik, den Straßenköter, der sich aus dem Schatten erhob und über den Weg humpelte, um an seinen Schuhen zu schnüffeln, wenn er von der Uni nach Hause kam. Er sehnte sich nach dem Ölgeruch in Onkel Abdullahs Werkstatt, wo sich zerbrochene Teile altertümlicher Olivenpressen in schmutzigen Regalen türmten, und nach dem Singen der Stromleitungen im Wind. Er stellte sich vor, wie Mutter ihn ausschimpfte, weil er die Füße in Turnschuhen auf den Hocker legte.

Er schaute zum Eiswagen hinüber. Jede Kugel 60 Cent, Schokolade und Kirsch also 1,20. Nein, er konnte sich kein Eis leisten.

Ob Zohair seiner Mutter inzwischen das Video gebracht hatte? Vermutlich würde sie ihm erst mal Tee anbieten und ihn bewundern, wie geschickt er die Knöpfe bediente. Falls es Strom gab. Sahid würde nicht wagen, den Bruder eines Märtyrers von der Schwelle zu weisen, aber er würde mit finsterem Gesicht das Haus verlassen und vor der Tür eine Zigarette rauchen.

»He, Karim!«, rief Mario, der Vermesser des Gärtnertrupps, »kommst du mal?«

Karim seufzte, aber er rutschte vom Klettergerüst in den Sandkasten und ging hinüber zum Bocciaplatz. Aus dem Eiswagen wummerte »By the Rivers of Babylon«.

Günter sah ihm mit einem entschuldigenden Achselzucken entgegen und trank seine Wasserflasche aus.

»Wie viele Brüder hast du?«, fragte Mario.

»Einen, nein eigentlich gar keinen, oder einen halben«, antwortete er. Eigentlich meinte er »einen Halbbruder«. Die Kollegen lachten.

»Unser Spezi hier«, Mario klopfte Raul auf die Schultern, »behauptet, deine Leute würden sich aus Platznot in die Wolle kriegen.«

Raul, der Student, der als Aushilfe von den Heinzelmännchen geschickt worden war, machte sich mit einer heftigen Bewegung frei: »Verdreh nicht alles. Ich habe nur gesagt, dass es immer Stress gibt, wenn viele Kinder und Jugendliche geboren werden und keine Chance haben!«

»Sie sprengen sich in die Luft, hast du gesagt!«

»Es heißt ›youth bulge‹«, verteidigte sich Raul. »Die Gesellschaft kann ihren Nachwuchs nicht integrieren, und manche … na ja, sie suchen halt einen Sinn.« Raul sah ihn erwartungsvoll an. Die Bocciakugeln klickerten.

Warum ließen sie einen nirgends in Ruhe? Es war, als strecke dieses verfluchte Palästina seine Krakenarme nach ihm aus. »Du bist ein Palästinenser!«, schrien die Hamas-Leute zu Hause jedem ins Gesicht, der seine eigenen Wege gehen wollte, genau wie die Fatah und die Befreiungsfront und die Volksfront und die Brigaden, er war Palästinenser, mehr würde er sein ganzes Leben nicht schaffen.

Günter stieß ihn in die Seite: »Zieh nicht so ein Gesicht. Willst du nicht heute Abend zum Essen zu uns kommen? Ich koche vegetarisch.«

Dr. Karla Schlicht alias Petra Grimme saß vier Tage nach ihrem Dienstantritt am Tisch in der Sattler'schen Küche und krakelte mit ungelenker Hand, was ihr Arbeitgeber anordnete, der unruhig auf und ab lief.

»... ein Azawakh darf nicht überfüttert werden. Lassen Sie sich nicht von Oskas Betteln erweichen. Kontrollieren Sie die Arbeit der Nachtschwestern, und verschließen Sie das Eingangstor, wenn Sie abends gehen, bitte ...«

Petra Grimme nickte brav und legte ein wenig Kleineleutebesorgnis in ihre Antwort: »Ich habe alles verstanden, Herr Sattler.«

»Ich verlange viel von Ihnen, ich weiß.«

»Das bin ich gewöhnt, machen Sie sich keine Sorgen.« Sie staunte, wie leicht die Worte der Entfremdung über ihre Lippen kamen. Als Seminarleiterin hatte sie Zwang und Abhängigkeiten stets angeprangert und ihre Kursteilnehmer zur Gegenwehr ermutigt.

»Lassen Sie sich kein Geld von den Kindern abschwatzen. Leila weiß, dass ich keine Partys dulde. Und wenn Arthur Ihnen auf der Nase herumtanzt ... warten Sie, ich gebe Ihnen die Nummer der Sozialarbeiterin.«

»Er ist ja nun kein Delinquent«, widersprach sie, und schnell, weil sie nicht sicher war, ob »Delinquent« zum Wortschatz einer Putzfrau gehörte, fügte sie hinzu: »Oder wie das heißt. Nein. Das wird nicht nötig sein.«

Er ließ sein Handy sinken und steckte es zurück in die Tasche, »Nein, natürlich nicht ...«

Mit einem Mal sah sein Kopf grau und leblos aus wie der einer verwitterten Clownsmaske. Minutenlang stand er so. Die Wandlung war erschreckend, als habe sein Herz aufgehört zu schlagen, und in seinen Adern stocke das Blut. Sie hätte viel dafür gegeben, zu wissen, woran er in diesem Augenblick dachte.

Auf der Straße hupte ein Auto. Sofort erwachte Sattler aus seiner Absence, blickte auf die Uhr, der Blick wurde hart, und die Farbe kehrte in sein Gesicht zurück. Man hörte geradezu, wie er innerlich die Hacken zusammenknallte: Ein unsichtbarer Puppenspieler riss an den Fäden, und die Marionette marschierte, ruckzuck, ins Glied zurück.

Er griff nach seiner Reisetasche. Sie ging voraus und hielt ihm die Tür auf. Am Tor blieb er noch mal stehen und wandte sich um. »Sind Sie wirklich erst vier Tage bei uns? Die Zeit kommt mir wie eine Ewigkeit vor. Sie haben in Ihrem Wesen etwas … Verlässliches.«

Sie schaute Jost Sattler nach. Nur der flüchtige Kuss zum Abschied fehlte, sonst hätte sie einem ahnungslosen Beobachter als Hausfrau und Mutter erscheinen können. Sie stellte sich vor, wie das wäre: Seit zwanzig Jahren verheiratet, nicht gerade einsam mit zwei Kindern, Hund und einem großen Haus, aber die große Leidenschaft gäbe es nur in den »Frauenromanen«, die sie verstecken würde, weil er sie verachtete.

Er nickte kurz in ihre Richtung, bevor er in den Wagen stieg. Ihr Soldat zog in den Krieg gegen Leichtsinn und Schlendrian.

Dann war er weg und hatte schon wieder einmal vergessen, nach ihren Papieren zu fragen. Drei Tage gewonnen!

Sie probierte sofort den Dietrich aus, einen stabilen Haken, der vor der Sanierung fast immer half, wenn irgendwer in ihrem Haus sich ausgesperrt hatte. Aber die Zeiten hatten sich geändert, der Safe widerstand, und nach einer Stunde vergeblichen Bemühens gab sie auf. Hier musste sie schwereres Geschütz auffahren.

Sie durchsuchte Sattlers Kleidung, aber alles was sie fand, waren Bons der Bundestagskantine und eine geprägte Visitenkarte des usbekischen Botschafters.

Ihre Suche wurde von Hilferufen aus dem Krankenzimmer unterbrochen. Heinrich Sattler hatte wohl versucht, aufzustehen, und war auf dem Kot, der aus seiner halb geöffneten Windel kleckerte, ausgerutscht. Jetzt kniete er auf dem Boden, zerrte wütend an den Stores, um damit aufzuwischen, und schimpfte, weil sie nicht nachgaben. Seine Kraft und Beweglichkeit überraschten sie. Vielleicht konnte sie ihn unter die Dusche stellen? Sie hängte ihm einen Bademantel über die Schultern und bugsierte ihn im Rollstuhl durch die Halle.

Beim Shampoonieren drückte er seine Stirn gegen ihre Hand. Vorsichtig kämmte und fönte sie seine dünnen Haare, die am Hinterkopf vom vielen Liegen abgebrochen und verfilzt waren. Als sie ihm ins frisch bezogene Bett half, glänzte und duftete er nach Bodylotion.

Und nun? Sie musste sich mit dem Gedanken anfreunden, länger zu bleiben als sie vorgehabt hatte. Und das hieß nach Adam Riese: putzen.

Zeit ihres Lebens hatte sie wenig Wert auf Häuslichkeit und Ordnung gelegt und sich – sehr zu Rosalies Ärger – geweigert, das Auto zu waschen, Möbel mit Läufern zu »verzieren« oder gar mit »Hussen« zu schonen. Sie studierte lieber einen Essay über die »Entwicklung von Bazillenfurcht und Hysterie im 18. Jahrhundert« als Rezepte und Pflegehinweise. Im Märchen hätte sie die ganze Wagenladung Pflaumen gegen den Staub unter ihren Schränken eintauschen können.

Karla schlüpfte in Petra Grimmes Rolle. Ihr Ehrgeiz war geweckt. Bis zu Jost Sattlers Rückkehr würde sie das Haus auf Hochglanz bringen.

Lassen.

Sie nahm das Adressbüchlein, das, wie sie den im Umschlag steckenden Visitenkarten entnehmen konnte, noch von Frau Sattler stammte: »Prof. Raissa Sattler, Pädiatrische Onkologie der Charité«. Von wegen gelangweilte Hausfrau. Im Geiste entschuldigte sie sich.

Das Büchlein war voll mit Telefonnummern jeglicher Art Haushaltshelfer. Etliche Einträge waren mit »plus« oder »minus« bewertet, andere mit Anmerkungen versehen (»raucht« oder »faul! nie wieder!«), und noch etwas fiel ihr auf: Frauennamen dominierten, sogar bei Sparten wie »Dachdecker« und »Heizung«. Diese Raissa wurde ihr mehr und mehr sympathisch.

Petra Grimme griff zum Telefon, und kurze Zeit später wimmelten Haus und Garten von bunten Schürzen, Arbeitskitteln und Latzhosen. Sie stand in der Flügeltür wie auf einem Feldherrinnenhügel, schaute zu, kontrollierte, gab Hinweise. In der Tasche ihres großgeblümten Dederonkittels klimperte der Schlüsselbund.

Die Frauen schwatzten und lachten während der Arbeit, denn die meisten kannten sich von früher. Eine Brigade Heinzelweibchen beim Subbotnik.

Zwei junge Frauen lichteten die Johannisbeerbüsche und jagten das vertrocknete Gestrüpp durch einen Schredder. An der Gartenfassade reckte sich die Fensterputzerin auf einer Trittleiter und wienerte das Glas in den Spitzbögen. Auf dem Wiesenstück zwischen Haus und Beeten schwitzten und keuchten die beiden Arbeiterinnen einer Teppichreinigungsfirma und klopften Ketchup, Zigarettenasche und Altmännergemüffel aus Persern und Schabracken.

Frau Zabel (»Sternbild Zwilling, raucht«) schrubbte die Böden. Frau Mirabeau (»null problemo«) reparierte in der Küche den tropfenden Wasseranschluss des Gartenschlauchs. Petra Grimme zeigte ihr die kaputte Steckdose im oberen Bad, nur um ihr Gelegenheit zu geben, mit den Veilchenaugen zu strahlen und »null problemo« zu sagen.

Alle Nase lang klingelte es an der Eingangstür.

Sie zeigte den Lieferanten, wohin sie die Bestellungen getragen haben wollte. Körbe mit frischem Obst und Gemüse, Kisten mit Tiefkühlkost und Getränke wanderten in die Vorratsschränke und Eistruhen. Neugierig inspizierte sie die Lieferungen des Feinkostladens aus Dahlem. Zwischen den

Pasteten, Gewürzen und Spezereien waren solche, von denen sie bisher nur in Büchern gelesen hatte.

Zur vorgeschriebenen Zeit fütterte sie Heinrich mit seinem Mittagsbrei und zog den Vorhang zu, damit er in Ruhe sein Schläfchen halten konnte, aber – vielleicht lag es am Lärm, vielleicht an der hell ins Zimmer scheinenden Sonne – von Ruhe wollte er nichts wissen. Er schrie und deckte sich auf und warf das Wasserglas gegen die Tür.

Der Chartreuse Jaune, der in einer der Kisten des Feinkostladens steckte, schmeckte süß und trotz seiner 55 Prozent Alkohol mild. Sie führte Vater Sattlers Hand und stieß mit ihm an. Bald begannen seine Augen zu schwimmen, er schmatzte versonnen, und schließlich schnarchte er mit offenem Mund. Sie blieb ein paar Minuten neben seinem Bett sitzen und betrachtete sein Gesicht, weil er so glücklich aussah.

Zum Mittag gönnte sie sich und den Frauen Papa Negra auf frischem Baguette und Endiviensalat. Sie saßen um den großen Tisch und redeten über Motorradausflüge, Kinder und die Zukunft der Arktis. Wenigstens herrschte in »ihrem« Haus das Kapital mit menschlichem Antlitz.

Nach dem Essen war die obere Etage dran. Sie inspizierte Leilas Zimmer. In der untersten Schublade des Kleiderschranks entdeckte sie Ohrclips, Broschen, Hutnadeln und ein Collier aus Rubinen, in Plastiktüten verpackt wie Beweisstücke in einer Asservatenkammer. Wahrscheinlich Raissas Schmuck. Was war nur los mit dieser Familie? Sorgfältig strich sie Leilas Kopfkissen glatt und setzte den zotteligen Plüschlöwen darauf.

Frau Zabel kam mit dem Eimer hereingeklappert, um die Fensterrahmen zu waschen.

»Nicht bei den Raucherinnen?«

»Uffjehört. Wejen Raissa.«

Die Putzfrau seufzte und wischte die Hände an ihrer Schürze trocken, dann zog sie ein Zigarettenetui aus der Hosentasche und bot Karla eine Lakritzstange an.

»Danke.« Fasziniert sah sie zu, wie Frau Zabel die Süßigkeit in ihre Zahnlücke klemmte.

»Sie haben sie lange gekannt?«

»Ein feiner Mensch, nu ja. Wir haben uns alle jesorgt, weil Herr Sattler uns nicht mehr jerufen hat seitdem. Aber er is ein Elefant, sagt mein Mann. Nu ja.« Sie wechselte das Thema. »Soll ick jetzt die Fenster …?«

Der Gestank in Arthurs Zimmer enthielt nassen Hund, Marihuana und Lösungsmittel in einer Konzentration wie in einer Autolackiererei. Neben dem Bett stand ein Teller mit abgenagten Hühnerbeinen, im Papierkorb häuften sich die leeren Getränke- und Sprühlackdosen, Flecken undefinierbaren Ursprungs bedeckten den Teppich. Kleiderschrank, Nachttisch und Bett, sogar die Stereoanlage waren mit bunten Blümchen bemalt. Die Bettwäsche schien schon länger nicht gewechselt worden zu sein, das Kopfkissen starrte von Haargel, und unter der Decke krümelten die Reste von Taschentüchern.

An der Tapete waren Bleistiftskizzen mit Klebestreifen befestigt: Arthurs Gesicht von links, von rechts, die Nase einzeln, das Ohr, der nackte Oberkörper, der nackte Unterkörper, alles zweifellos talentiert, aber von schamloser Ichbezogenheit. Wie zum Hohn lag »Verwirrung der Gefühle« auf dem Nachttisch.

Sie klappte das aufgespreizte Buch zu und rief die Arbeiterinnen der Teppichreinigung nach oben. Mit Frau Zabels Hilfe rollten die Frauen den bekleckerten Teppich zusammen und entsorgten Essensreste, Geschirr und Schmutzwäsche. Die Gummistiefel, die hinter der Tür standen, waren an den Nähten eingerissen und von einer Schlammkruste bedeckt. »Nehmen Sie das bitte auch gleich mit …«, sie zeigte auf die Glaszylinder auf dem Hängeregal, die an ein chemisches Labor erinnerten. Die Flüssigkeit darin gluckerte trübe und schimmlig.

In dem fast leeren Zimmer schepperte der Schall, als Oska hereinstürmte und bellte.

»Jottchen, hab' ick mir erschrocken«, Frau Zabel hielt sich die Ohren zu.

Karla nahm die Hündin fest am Halsband.

Hinter ihr fragte eine betrunkene Stimme: »Entlausung, oder was? Wollte schon immer mal wissen, wie's im KZ ist.« Arthur lehnte im Türrahmen. Seine Augen glänzten rot, die Haare standen vom Kopf ab wie ein Sägeblatt. Seine Hose klebte vor Nässe an den Beinen, die Lippen schimmerten blau.

»Wo kommst du her?«

Er verstellte seine Stimme. »Von der anderen Seite, aus dem Dunkel.«

»Wenn Sie uns mal bitte einen Moment allein lassen, Frau Zabel … und den Hund mit nach unten nehmen?«

»Was soll das? Wird's jetzt intim?«

Er zog sein Hemd über den Kopf und schlenkerte es ihr wie ein Striptänzer ins Gesicht. Sie roch den Schweiß und knüllte es zusammen.

Sie hatte nicht die geringste Ahnung, wie sie reagieren sollte, also tat sie erst mal cool, verschränkte die Arme und trommelte mit den Fingern auf dem Ärmel ihrer Kittelschürze.

Er ließ seine Hose auf den Boden rutschen und stand blass und dürr in viel zu großen Shorts vor ihr. Seine Schultern ragten eckig in die Luft. Die schmutzige Magerkeit passte überhaupt nicht zum Sohn eines wohlhabenden Politikers.

»Die übrigen Sachen auch noch, bitte. Ich setze gerade eine Maschine Buntes an.«

Er fuhr mit den Daumen in den Bund seiner Unterhose und zog sie ein Stück nach unten.

»Cool« war vielleicht doch nicht die richtige Methode.

Plötzlich hielt er inne, das Grinsen wich aus seinem Gesicht. Er starrte auf die Wand neben der Tür und stammelte »Meine Bongs! Was hast du damit gemacht? Eh, bist du blöd? Und meine Gummistiefel …«

»Was hast du von einer blöden Putzfrau erwartet?«

»Du weißt doch überhaupt nichts.« Er ging in die Knie, um seine Hose hochzuziehen, verhedderte sich aber in den Hosenbeinen. Sein Gesicht verzerrte sich, er brüllte: »Eh, verflucht! Ich mach dich platt!« Dabei verlor er das Gleichgewicht und kippte um.

Sie tastete sich erschrocken rückwärts, zog mit fliegenden Fingern den Zimmerschlüssel ab, knallte die Tür zu und drehte ihn im Schloss. Drinnen wummerte Arthur gegen die Füllung und fluchte: »Verdammte Nazischlampe! Ich hasse dich!«

Ihr Herz klopfte, als sie die Mülltüten, die noch vor der Haustür standen, durchsuchte. Sie fand die Gummistiefel und drehte sie um. Ein in Alufolie gewickeltes Päckchen fiel heraus. Es enthielt eine harte, aromatische Substanz, die aussah wie grüne Schokolade und roch wie die Räucherstäbchen im Internetcafé. Die Tafel krümelte zwischen ihren Fingern wie altes Bakelit. War das Rauschgift? Haschisch? Marihuana? Wie sagte man dazu? Vorsichtig probierte sie mit der Zunge: bitter bis tief in den Rachen, ein wenig klebrig.

In dem anderen Stiefel steckte ein Plastikbeutel voller Heu, auf dem »Zero« stand. Sie löste den Klebestreifen und steckte die Nase hinein. Der gleiche Geruch nach Harz und Gewürzen.

Ein Schauer lief über ihren Rücken. Wie viel war das? Ein Kilo? Jedenfalls ging die Menge weit über das hinaus, was legal sein konnte. Kein Wunder, dass Arthur tobte.

Sie schaute sich um. Niemand beobachtete sie, nur Oska sprang um ihre Beine und schnappte nach dem Päckchen. Karla wickelte die Beute in ein Tuch, verpackte sie luftdicht in Alufolie und mehrere Plastiktüten, verschnürte das Paket gründlich mit Tesafilm und versteckte es hinter dem Notenstapel im Buffet. Dann packte sie Oska am Halsband und zog sie hinaus in den Garten.

Die Gärtnerinnen hatten das Gewächshaus entrümpelt und die zum Haus hin gelegene Glaswand durch ein Zaungitterfeld ersetzt. Zwei von Schraubzwingen zusammengehaltene Gartentische bildeten eine Höhle und boten Schutz vor der Sonne, die in den frisch geputzten Scheiben blinkte. Oska drehte sich in ihrem neuen Zuhause und bellte freiheitsberaubt. Mit einem Knochen aus trockener Tierhaut wurde sie über den ersten Ärger hinweggetröstet.

Karlas Hände zitterten noch immer vor Aufregung, als sie zurück zum Haus ging. Sie sortierte die Wäsche, hell und dunkel, 40 und 60 Grad, und versuchte sich zu konzentrieren. So etwas wie Drogen war genau, was sie gesucht hatte.

Ob Sattler wusste, dass sein Sohn mit Rauschgift dealte? Sie erinnerte sich an die merkwürdige Verwandlung seines Gesichts, als sie über den »Delinquenten« gesprochen hatten. Wie lange deckte Mister »Weißer Riese« die dunklen Geschäfte seines Sohnes schon? Gab es Mitwisser? Bestochene Polizisten?

Die Vorstellung, Sattler zu erpressen, ließ ihr Herz höher schlagen. Hatte sie nicht immer nach einem Hebel gesucht, mit dem sie dem Rad der Geschichte in die Speichen fahren konnte? Wenn sie sein Abstimmverhalten beeinflussen konnte, verfügte sie über mehr politischen Einfluss, als Dr. Karla Schlicht jemals mit Kasuistik und sophistischen Spitzfindigkeiten hätte ausüben können. Bei der knappen Sitzverteilung im Bundestag wäre Sattler ihr Zünglein an der Waage und würde singen, wie sie ihm befahl. Faszinierend! Kaum eine Woche im Einsatz und schon erfolgreich!

»Unschuldige Halbwaise« warnte eine Stimme in ihr, mütterlich und besorgt wie die von Petra Grimme.

Ach was! Sie musste keine Skrupel haben. Letztlich war es ja Jost Sattlers Entscheidung, ob der Drogenhandel seines Sohnes an die Öffentlichkeit kam.

»Alles in Ordnung?«

Frau Zabel zeigte auf ihre Hände, und sie erschrak: Jetzt hatte sie doch tatsächlich alle Socken zusammengeworfen. Ein Lakritzstangerestchen flutschte in Frau Zabels Mund: »Machense sich ma keene Sorgen. Jungs in dem Alter. Det wächst sich aus.«

Eine opportunistische Theorie, dachte Karla, ins Private gewendeter Fortschrittsglauben. »Det wächst sich aus.« Klang aber tröstlich.

Ein Schrei gellte aus Richtung Garten. Die Gärtnerinnen standen auf der Wiese und schauten mit erhobenen Köpfen zum First des Hauses, wo Arthur sich an einem Blitzableiter festkrallte. Vier Meter bis zum Boden, schätzte sie. Hoch genug, um sich den Hals zu brechen.

Sie raste nach oben, nestelte den Schlüssel aus ihrer Kittelschürze und schickte Stoßgebete zum Himmel.

Arthurs Fingerknöchel waren weiß von der Anstrengung. Er keuchte, machte aber keine Anstalten, ihre Hand zu ergreifen, sondern lehnte den Kopf an die Hauswand und jammerte. »Die bringen mich um.«

»Erzähl keinen Quatsch.« Ihre Stimme klang nicht sehr überzeugend. Sie hatte Angst und versuchte, ihn am Handgelenk zu greifen, aber er wich aus und verlor beinah den Halt.

»Meine Stiefel! Ich will meine Stiefel!«

»Das geht nicht …«, fieberhaft suchte sie nach einer Begründung. »Die Stiefel sind schon weg … vom Müllwagen abgeholt.«

»Ich stürze mich runter!«

»Weiter runter geht's doch gar nicht. Du bettelst wie der letzte Junkie.«

Sein Blick funkelte wütend, aber er suchte mit dem Fuß nach festerem Halt. »Ich nehm kein Heroin, nur dass das klar ist.«

Sie interpretierte das als gutes Zeichen und reichte ihm erneut die Hand. Er hielt sich fest. »Ich bring dich um, wenn du meinem Vater davon erzählst.«

»Schon klar.«

Er ließ sich von ihr ins Zimmer zerren, stieg ohne Umstände mit schmutzigen Füßen ins frisch bezogene Bett und zog die Decke über den Kopf.

»Ich lasse die Tür auf«, sagte sie laut, um sicherzugehen, dass er sie hörte. »Alles klar?«

Die blauen Elefanten auf der Bettdecke hoben und senkten sich. Wenigstens atmete er.

Sie genehmigte sich einen Schluck Chartreuse auf den Schreck und goss sich gleich noch mal nach, denn schließlich war sie ja zu zweit.

Beschwingt nahm sie den Telefonhörer auf, als es klingelte: »Bei Sattel, Grimmler, hallo, hallo?«

Sie hörte Sattlers Stimme: »Ich bin in Moskau.«

»Oh … toll!« Ihre Begeisterung klang übertrieben, Frau Grimme war ja schließlich auch schon mal auf Malle gewesen, also besser sachliche Neugier: »Ist es so kalt, wie man immer denkt?«

»Ja, es ist ein bisschen regnerisch, aber der Flug war pünktlich. Ich habe gerade mein Gepäck in der Botschaft abgestellt und in ein paar Minuten die nächste Besprechung … Alles in Ordnung bei Ihnen?«

»Doch, doch. Alles paletti.« Sie hielt den Hörer ein wenig entfernt, als könne Sattler sonst riechen, dass sie aus seinem Fläschlein getrunken hatte.

Er fuhr fort: »Mir ist eingefallen, dass die Heizung noch im Winterbetrieb läuft. Sie können ja mal schauen, ob Sie mit der Steuerung im Keller zurechtkommen.«

Sie merkte, dass sie wie beim Befehlsempfang strammstand, und setzte sich auf das Sofa. Was wollte Sattler eigentlich? Rief er an, um sie zu kontrollieren?

»Es sieht so aus, als ob ich mit meinen Gesprächen ganz gut vorankommen werde, die russischen Kollegen sind sehr interessiert an einer engeren Zusammenarbeit in technologischen Fragen. Wir können da historisch anknüpfen … und ich, äh …«.

»Wie schön …«

»Ich will sagen, dass es gut vorangeht und ich vielleicht nicht so lange brauche, wie ich dachte. Ich melde mich noch mal, wenn ich weiß, mit welchem Flieger ich zurückkomme.«

»Ja, gut.«

»Also dann.«

»Also dann.«

»Wiederhören.«

»Wiederhören.«

Er hatte nicht nach Arthur gefragt und nicht nach Heinrich. Nur »ich« und »mein« und »mir«.

Herzloses Ungeheuer!, regte sich die Frau Grimme in ihr auf.

Genau!, bestätigte Karla Schlicht. Den großen Selbstdarsteller interessierte Kleinvieh wie der eigene Sohn nicht! Der Übervater behielt die Nation im Blick, Deutschland, Deutschland über alles! Auf sein Gefolge warf er höchstens Schatten.

Kurz vor acht kam die Nachtwache. Sie erklärte der jungen Frau das Nötigste, versprach, am nächsten Morgen pünktlich zu sein, und konnte kaum noch stehen vor Erschöpfung, als sie endlich ihren Rucksack über die Schulter warf und das Haus verließ.

Im Bus legte sie die Beine hoch und döste in wohliger Erschöpfung, bis ihr der Fahrer an der Endhaltestelle auf ihre Schulter tippte.

»Harter Tag, was?«, fragte er.

»Kann man so sagen.« Sie nickte zufrieden.

Am S-Bahnhof hielt ein bärtiger Obdachloser ihr seinen letzten »Straßenfeger« entgegen. Kleingeld hatte sie nicht, aber sie griff in eine ihrer Tüten und reichte ihm ein Gläschen Sevruga-Malossol vom Dahlemer Feinkostladen.

»Wass' das denn?«

»Kaviar. Russisch.«

Er hielt zweifelnd den Kopf schief, drehte den Deckel auf und steckte den Finger hinein. »Scheiße, is det salzig!«

Sie lachte und holte eine der beiden Rotweinflaschen aus ihrer Tüte.

»Ich hoffe, Sie haben einen Korkenzieher dabei?«

Die Zehlendorfer Witwe auf dem Bahnsteig wackelte angesichts der zuschanden gehenden Welt mit dem lilagrauen Kopf.

Der Mann entblößte mit breitem Grinsen seine braunen Zahnstummel. Er zog einen seiner abgelatschten Schuhe aus und schlug ein paarmal kräftig auf den nach innen gewölbten Boden der Flasche. Der Korken rutschte Stück um Stück heraus.

»Madame zuerst.« Er reichte ihr die offene Flasche mit einer Verbeugung.

Als sie ein paar Minuten später in die S-Bahn einstieg, rief der Bärtige mit erhobener Buddel: »Einen Furz Latour auf die edle Spenderin!« Empört klirrte der Ohrschmuck am lilagrauen Kopf.

Sie fühlte sich aufs Angenehmste erheitert.

*

Zu Hause wartete eine Enttäuschung: Die Wohnung war leer. Sie hatte gehofft, ihre Kochkünste an Karim ausprobieren zu können, bevor sie sich bei Familie Sattler blamierte. Aber das war kein Beinbruch, im Kühlschrank hielten sich die mitgebrachten Châteaustücke bis morgen, und sie hatte sowieso noch eine wichtige Aufgabe zu erledigen.

Sie schaltete das Telefon auf »stumm«, um nicht gestört zu werden, und streifte die Haushaltshandschuhe über.

Nach einer Viertelstunde hatte sie gerade mal die Buchstaben für »Ihr Sohn ist ein Dealer« ausgeschnitten, aber die Übung machte sie schneller. »Wer wir sind, tut nichts zur Sache« – wir! war gut, sie war eine Bande. Ihre Phantasie schlug mit den Flügeln. »Arthur kommt ins Gefengnis wenn Sie nicht unsere Forderung erfühlen.« Ein wenig kryptische Orthographie erhöhte die Glaubwürdigkeit. Doch welche Forderungen? »Stoppen Sie die Videoüberwachung von Drogenumschlagplätzen«? Klang logisch, aber zu vernünftig.

Sie versuchte, sich Sattlers Reaktion auf das Erpresserschreiben vorzustellen. Wenn er cool war, ignorierte er den Brief und wartete, was passierte.

Aber war er wirklich cool? Nach seinem Anruf aus Moskau hatte sie eher den Eindruck, dass er seine »Starker-Mann«-Rolle nur spielte, weil er Angst hatte – vor seinen Kindern, vor der Einsamkeit des Schlafzimmers, vielleicht sogar vor der Öffentlichkeit. Zack – und Hacken zusammen, das war angepasstes Verhalten in autoritären Gesellschaften. Im Privaten, wenn er sich unbeobachtet und in Sicherheit wähnte, wie am Morgen seiner Abreise, brach die Fassade zusammen.

Sie würde die Schwelle niedrig legen und eine leicht erfüllbare Forderung stellen. Sollte Sattler erst mal auf seiner Webseite eine kritische Stimme, die nicht auf Parteilinie lag, zitieren. Sie konnte leicht überprüfen, ob er diese Forderung erfüllte. Wenn sie recht hatte und er den Weg des geringsten Widerstands ging, würde sie sofort eine zweite Forderung hinterherschicken, die Schraube langsam und schrittweise anziehen. Kleine Schritte, keine Spuren. Irgendwann erpresste ihn dann seine eigene Erpressbarkeit.

Auf keinen Fall den Umschlag anlecken, sondern mit Leitungswasser zukleben. Keine Fingerabdrücke. Ab in die Tüte.

Sie malte sich aus, wie die Abstimmungsergebnisse bekannt gegeben wurden: Antiterror-Gesetz gekippt. Die Fristen für Geheimdienstbefugnisse nicht verlängert. Online-Durchsuchungen abgelehnt. Entsetzen auf den Gesichtern! Sie würde den Bogen nicht überspannen, niemand sollte etwas merken. Nur bei geheimen Abstimmungen durfte sie Forderungen stellen, damit er keinen Ärger mit seinen Parteifreunden bekam. Sie musste ihn gut pflegen. Niemand würde vermuten, dass Sattler der Verräter war.

Ein neuer Gedanke ließ sie lächeln. Vielleicht war sie nicht die einzige Hausangestellte, die ihren Abgeordneten erpresste? Ließen in Wirklichkeit Chauffeure, Butler und Putzfrauen die Großen dieser Republik wie Marionetten auf der politischen Bühne zappeln?

Aber vielleicht dachte Sattler gar nicht daran, seinen Sohn

zu decken, und forderte stattdessen schärfere Kontrollen auf den Schulhöfen? Rief seine Freunde bei der Polizei an?

Ihre Gedanken wurden unterbrochen. Ein Schlüssel klapperte im Schloss. Sie hob den Kopf und lauschte. Schritte knackten im Flur, dann steckte Karim seinen Kopf ins Zimmer und zeigte sein weißes Riesenzahnlachen.

»Wie geht's?«, fragte sie ihn.

»Es ist ein Junge … Dreitausenddreihundert Gramm!«

Au verdammt. Sie sprang auf. Im Flur sah sie das rote Blinkern des Anrufbeantworters. Günters Stimme teilte mit, dass die »Wä'hen« eingesetzt hätten und Rosalie im Kreißsaal sei. Sein zweiter Anruf klang schon giftiger. Mutter und Kind seien gesund, der Junge heiße Leon, und die Besuchszeit ende um 22.00 Uhr. Der dritte Anruf war von Rosalie selbst und von postnatalem Schniefen unterbrochen: »Du bist jetzt Großmutter, falls es dich interessiert … herzlichen Glückwunsch.«

Sie biss sich auf die Lippen. Die Uhr zeigte Mitternacht. Jetzt konnte sie höchstens Günter anrufen, und was der ihr geigen würde, konnte sie sich vorstellen. Zum ersten Mal Oma und gleich verpatzt. Es sah beinah so aus, als mache sie immer alles falsch.

Sie schaute Karim an: »Willst du essen?«

Er schüttelte den Kopf. Ihr selbst war der Appetit auch vergangen.

Jost Sattler saß allein in der Honoratioren-Lounge des Flughafens in Tegel und starrte auf das Display seines Mobiltelefons. Da er die Leszinsky gebeten hatte, jede Nachricht von zu Hause sofort weiterzuleiten, konnte das Schweigen nur heißen, dass die neue Hauswirtschafterin zurechtkam. Eigentlich müsste er zufrieden sein.

Er nahm den Finger von der Kurzwahltaste. Es sah nach Misstrauen aus, wenn er anrief. Schade, dass er ausgerechnet jetzt nach Moskau musste. Die Geschichten, die Petra Grimme erzählte, waren zum Neidischwerden abenteuerlich, etwas übertrieben vielleicht, aber Phantasie war ja bei einer Hauswirtschafterin kein Fehler. Vater Stegreifclown hatte sein Talent vererbt, ihre Reimerei erinnerte ihn ein bisschen an Raissa.

Er fühlte sich in ihrer Nähe wohl. Petra Grimme war ein froher Mensch, jemand, der Räume heller machte, gerade, direkt und von einer volkstümlichen Klugheit. Je älter ein Mensch wurde, desto deutlicher trug er seinen Charakter auf dem Gesicht. Er musste ob der Binsenweisheit lächeln. Trotz aller Attraktivität war sie seine Putzfrau. Komische Gedanken schossen ihm heute durch den Kopf.

Die Stewardess, deren Schritte er auf dem weichen Teppich nicht gehört hatte, beugte sich zu ihm und teilte mit, dass die Maschine fertig sei. Er griff nach seiner Aktentasche, schaute noch mal auf das Display und schaltete mit leichtem Bedauern das Handy aus. Während des Fluges arbeitete er schnell und konzentriert die Beschlussvorlagen für die Sitzungswoche durch. Die Innenminister der Länder wollten ihre Verfassungsschützer in das Netz der internationalen Geheimdienstkooperationen einbinden und Stufe drei entsprechend nachbessern. Endlich entfaltete sich die Eigendynamik: Niemand mochte draußen bleiben, wenn die anderen Bescheid wussten.

Am Flughafen in Moskau-Scheremetjewo erwartete ihn Raissas alter Freund Wladimir Kostinskij. Dem wenigstens musste er nicht erklären, warum er so lange weggeblieben war und allein kam. Der Professor am Internationalen Institut spielte zwei Sekunden lang das Empfangskomitee des Außenministeriums und begrüßte ihn dann mit einer langen Umarmung. »Lass uns ins ›Mama Soja‹ gehen und auf die alten Zeiten trinken!«

Im Fond des Wagens seufzte Kostinskij und zeigte hinaus auf die Kolonne, von der sie überholt wurden. »Der Ölpreis macht uns kaputt.« Vier militärisch wirkende Jeeps rasten den Kutusowski Prospekt entlang Richtung City und spritzten das Wasser der Pfützen in breitem Schwall auf die Fußgänger.

»Wie meinst du das?«

»Ich denke algebraisch. Bei zwanzig Dollar pro Barrel gab es Freiheit. Nicht viel, nu, vielleicht für russische Verhältnisse doch viel. Aber bei achtzig Dollar, was braucht der Präsident Parteien oder Pressevielfalt? Er kann das ganze Volk kaufen. Und wie wird Russland bei hundert Dollar aussehen?«

Das »Mama Soja« war trotz der frühen Stunde gerammelt voll und offensichtlich kein Geheimtipp mehr wie vor drei Jahren, als Raissa das georgische Restaurant bei einem Streifzug durch Moskauer Innenstadtgassen entdeckt hatte. Jetzt herrschte in den Zimmern Hochbetrieb, und die Atmosphäre aus Rauch, Gesang und Gläserklirren, die Raissa so geliebt hatte, war dem aufdringlichen Prahlen von Goldschmuck und Handyklingeln gewichen.

Wladimir sprach mit dem Geschäftsführer, und sie bekamen den frei werdenden Tisch in einer ruhigeren Ecke. Beim Essen erzählte der Professor, was er in der Gerüchteküche des Kreml erfahren hatte: »Wir haben Satelliten, Radar und schöne Raketen und sitzen vor Daten wie Katze vor Flasche mit Schlagsahne. Die Amerikaner geben Software nicht, weil sie furchten, das Know-how fließt durch uns wie durch lochriger Topf.«

Nach dem Essen bestellte Wladimir eine Literkaraffe Wodka und forderte: »Du musst mehr lachen!« Wenigstens das Saufritual war gleich geblieben. Sie kippten den Schnaps herunter wie Wasser, bissen auf Zwiebelscheiben und brachten mit Tränen in den Augen Trinksprüche auf Raissa und die gute alte Zeit aus. Zwischendurch ging Jost Sattler aufs Klo, steckte den Finger in den Hals und übergab sich, um nicht zu schnell betrunken zu werden.

Als er zurückkam, goss Wladimir erneut die Gläser voll. »Jetzt erzähle ich dir Witz, der hat Raissa gefallen. Also Schmulik ist ein Schlamassel, und alles geht ihm schief. Wenn er hat eine Firma gegrundet, sie geht pleite. Wenn er heiratet, die Frau lauft ihm weg. Und wenn ist das Stetl uberschwemmt, das Haus von Schmulik brennt ab.«

Jost Sattler sah Raissa vor sich, wie sie mit offenem Mund zuhörte, die Hände an der Tischkante und bereit, vor Lachen zu explodieren. Die beiden hatten es geliebt, abwechselnd Witze zu erzählen und keine Rücksicht auf die übrigen Gäste zu nehmen. Eine merkwürdige Traurigkeit lähmte ihn. Die Welt veränderte sich, und Raissa war nicht mehr dabei.

»Eines Tages, Schmulik sitzt allein beim Fruhstjuck und schmiert ein Bulotschka, da fallt es ihm herunter und – ja, was sagt man dazu – nicht auf die Seite mit Butter. Nein. Sie fallt auf die andere Seite, und Schmulik freut sich: ›Eine Gljucksträhne!‹ Hocherfreut lauft er zum Rabbi und zeigt das Bulotschka als Beweis. ›Was mache ich zuerst?‹, fragt er, ›soll ich eine Firma grunden oder heiraten oder ein Haus bauen?‹

Der Rabbi studiert das Bulotschka von allen Seiten, hält es hoch und dreht es um, aber schweigt und wiegt den Kopf wie große Sorgen. Schmulik ist ungeduldig. ›Nu, was ist?‹ Schließlich der Rabbi seufzt: ›Ach, Schmulik, du Schlamassel. Du hast die Butter auf die falsche Seite geschmiert!‹«

Jost Sattler fühlte sich schwer betrunken, als er in der Uliza Mosfilmowskaja die Tür zu seinem Bungalow aufschloss. Die Stille summte in seinen Ohren.

Raissa und er hatten vor einigen Jahren einmal zwei Nächte in den Gästezimmern der Botschaft verbracht, auf der Rückreise von Susdal, weil Leila Fieber hatte. Die Zimmer rochen wie damals nach gedämpftem Buchweizen. Das blau karierte Tischtuch aus grobem Leinen und die irdenen Schüsseln hätten eher in eine Bauernkate gepasst.

Er ging ins Bad, um zu pinkeln, und plötzlich glaubte er, den Duft von Raissas Badeöl in der Nase zu haben. Er schloss die Augen und roch die Feuchtigkeit, die von ihren Haaren aufstieg, wenn sie im Bademantel auf dem oberen Treppenabsatz wartete, ihm die Tasche aus der Hand nahm und »willkommen auf der Erde« flüsterte, mit ihrem rollenden, gurrenden »r«, das am Ohr kitzelte.

Er ließ sich auf das Bett fallen und presste Mund und Nase ins Kissen, bis bunte Kreise vor seinen Augen tanzten. Die Sonne flirrte, er sah das Gelb des reifen Rapsfelds, über dem eine Lerche stand und sang. Er roch den Duft der Wiesen und spürte die Wärme, die von den Steinen des Feldwegs zurückstrahlte. Raissa trat in die Pedale, dass ihr altes Fahrrad ächzte, obwohl er es gründlich geölt und alle Schrauben angezogen hatte. Er rief, doch sie winkte ab, ohne sich umzudrehen, und verschwand in einem Nebel aus Neonlicht und Desinfektionsmittel.

Die Wände schwankten, das Zimmer drehte sich, und plötzlich überfiel ihn die Sehnsucht so heftig, dass es ihm den Atem nahm. Er fühlte sich wie ein Ertrinkender.

Er schaute auf die Uhr. In Berlin war es zwei Stunden früher. Er rief seine Nummer zu Hause an. Frau Grimme klang fröhlich und unbefangen, Vater ginge es gut, alles in Ordnung. Ein Rettungsring.

Er wusste nicht, was er sagen sollte, am liebsten hätte er einfach geschwiegen und ihrem Atmen zugehört, aber natürlich ging das nicht. Sie war die Hauswirtschafterin und er ihr

Arbeitgeber, da hielt man sich nicht einfach fest. Er riss sich zusammen, erzählte irgendwas vom Wetter in Moskau und von einem früheren Flug, den er kriegen könne, und legte schließlich auf. Trotzdem fühlte er sich besser.

Er nahm sich vor, ihr ein Geschenk mitzubringen. Eine Matrjoschka-Puppe würde ihr gefallen.

Karla Schlicht erwachte mit klopfendem Herzen. In ihren Ohren klirrten die Scherben einer wertvollen roten Chinavase aus Rosa Luxemburgs Privatbesitz, die Rosalie ihr vor die Füße geworfen hatte. Sie drückte den Wecker aus.

Im Traum hatte sie mit Rosalie wegen des Namens gestritten. Leon, warum ausgerechnet Leon? Wie der Auftragsmörder? Oder wie der Benediktinermönch?

Leise schlich sie in Rosalies Zimmer. Karim schlief noch. Die schmale Hand auf der Bettdecke rührte sie. Sie legte einen Geldschein auf seinen Nachttisch.

Im Spielzeugschrank suchte sie nach dem Plüschkaninchen, das einst ihrer Tochter liebstes Spielzeug gewesen war. Die Gitarre gab einen verstimmten Ton von sich, Karim schaute kurz auf, drehte sich um und schlief weiter.

Dann fand sie, was sie suchte. Das Stofftier stiebte beim Ausklopfen, als ob es zerfallen wolle. Sie würde Frau Mirabeau bitten müssen, den Balg mit Stoffresten neu zu füllen, bevor sie es verschenken konnte. 15 Uhr wartete Günter am Krankenhaus, um ihre Tochter und das Baby abzuholen.

Während der S-Bahn-Fahrt nach Zehlendorf versuchte sie, sich mit dem Namen anzufreunden. »Leon« also. Léon. Oder León? Ja, so klang es heißblütiger. Oma bringt dem kleinen Löwen sein erstes Kaninchen. Sie würde schon dafür sorgen, dass er kein Vegetarier wurde wie Papa Günter ohne h.

Am Bahnhof Zoo stieg sie kurz aus und schubste den Erpresserbrief direkt aus der Plastiktüte in den Schlitz des Briefkastens. Ein Junkie beobachtete sie dabei und hielt die Hand auf. Sie gab ihm einen Euro.

In der Platanenallee wummerte sie zuerst an Arthurs Zimmertür, die zu ihrer Überraschung nachgab. Ihr Blick fiel auf sein leeres, ordentlich zurückgeschlagenes Bett. Sogar das Fenster war zum Lüften angelehnt. Im Garten bellte Oska ihren leeren Futternapf an.

»Morgen«, gähnte Leila, die im Schlafanzug aus dem Bad kam.

»Warum bist du nicht angezogen? Du kommst zu spät in die Schule!«

»Heute ist Sportfest, das ist öde. Da gehe ich nicht hin.«

»Dir hamse wohl mit'm Klammersack jepudert!« Der Tonfall Petra Grimmes ging ihr inzwischen leicht von der Zunge. »Ab ins Bad … und flinke Füße!«

»Nur weil ich ein Mädchen bin! Warum regt sich bei Arthur keiner auf?« Bockig verschränkte Leila die Arme. Ausgerechnet heute!

»Dein Bruder *ist* in der Schule, wie es scheint.«

»Niemals! Kannst ja gucken, ob sein Angeber-Anzug im Schrank hängt, der mit den grauen Streifen. Ohne den geht er nicht in die Schule, weil er denkt, er sieht darin wie Rudolfo Valentino aus.«

Während Karla noch überlegte, wie Frau Grimme formulieren würde, dass Emanzipation nicht genauso-blöd-wie-Männer-sein bedeutete, sah sie, dass Leila mit den Fingernägeln an der Unterlippe knispelte.

Sie hielt die Hand fest. »Was ist? Du hast doch einen Grund, warum du nicht zum Sport gehen willst?«

»Ach was.«

»Na, komm. Sag's mir. Vielleicht lass ich dich dann zu Hause bleiben.«

Leila schlang die Arme um den Körper als würde sie frieren.

»Pickel? Periode? Schweißfüße? Was ist es?«

Leila lachte. »Nein, aber ich sehe aus wie eine Amazone. Von dem blöden Bogenschießen sind meine Brüste schief geworden …«

»Glaub ich nicht!«

Leila zögerte kurz, dann streifte sie das Schlafanzughemd über den Kopf und entblößte zwei der schönsten Titten, die Karla jemals gesehen hatte.

»Wer hat dir diesen Unfug eingeredet? ›Amazone‹, dass ich nicht lache!« Die Empörung ging mit ihr durch. »Bloß Männer denken, eine Frau, die kämpft, müsste amputiert sein. Auf griechischen Vasen sind die immer mit zwei Brüsten dargestellt. In Wirklichkeit kommt das Wort ›Amazone‹ nämlich von griechisch, »wohl gegürtet …«

Leila staunte mit größer werdenden Augen. Karla wechselte die Pferde im Galopp und fuhr so gleichmütig wie möglich fort: »Jedenfalls hat das ein Schlaumeier gestern Abend bei ›Wer wird Millionär‹ erzählt.«

»Echt?«

»Also, wer ist der Typ? Dein Freund? Raus mit der Sprache.«

Leila wurde rot und druckste etwas, das klang wie »Arthur«.

»Dein Bruder? Du meinst diesen Casanova mit der Hühnerbrust?«

Wie in einem Spiegel wurde das Grinsen auf Leilas Gesicht breiter. Schließlich prusteten sie los und gackerten wie alberne Teenager, dass ihnen die Luft knapp wurde. Sie wischte mit der Kittelschürze die Lachtränen aus ihren Augen und passte auf, dass Leila ins Bad ging.

Karla schaute in Arthurs Kleiderschrank nach und stellte fest, dass tatsächlich der gestreifte Anzug fehlte. Sie war so in Gedanken, dass es einen Moment dauerte, bis sie sich über das Klirren und Splittern von Glas wunderte. Kam das aus der Halle?

Ein Schwall heißen Rauchs nahm ihr den Atem, als sie zur Treppe lief. Sie erschrak und blieb stehen: Auf dem Boden der Halle breitete sich eine brennende Flüssigkeit aus. Flammen züngelten über Tisch und Buffet, der Gestank von Benzin und verschmortem Gummi stieg in ihre Nase.

Durch Tränen und Qualm sah sie, wie die Tür zum Krankenzimmer im Luftzug aufschlug und das Feuer wie in einem

Kamin aufloderte. Im Nu hoben sich Zeitungen aus der Ablage und flogen brennend durch die Halle, der Teppich fing Feuer und brannte mit rot sprühendem Knistern. Ein Inferno brach los. Heinrich schrie um Hilfe.

Fieberhaft überlegte sie. Für die Feuerwehr blieb keine Zeit, irgendwie musste sie den Luftzug stoppen. Sie rannte zum Bad zurück, riss Leila das Frotteetuch aus der Hand und stellte sich unter die Dusche. Mit dem Handtuch über dem Kopf eilte sie in die Halle, rutschte auf der Treppe aus, biss die Zähne zusammen und rappelte sich wieder hoch. Sie sprang mit wenigen Sätzen über den brennenden Teppich und zum Krankenzimmer und schlug die Tür hinter sich zu. Heinrich hustete und schaute ihr mit tränenden Augen entgegen.

»Alles gut. Komme gleich wieder«, keuchte sie, rannte auf die Terrasse und durch die Flügeltüren wieder in die Halle. Sie schloss die Tür hinter sich. Heißer Rauch biss in ihren Rachen, und sie musste den Atem anhalten, obwohl heftiger Hustenreiz sie würgte. In der Küche war die Luft noch durchsichtig. Zum Glück hatte »null problemo« den Hahn repariert. Sie rollte den Gartenschlauch aus und spritzte Möbel und Wände nass. Der Wasserstrahl fegte die Nippes vom Buffet und trieb das Feuer zusammen.

Ein paar Minuten später waberte nur noch stinkender Dampf durch die Halle. Auf der schwarzen Brühe, die über den Boden floss, schwammen Reste von Hausschuhen und Zeitungspapier.

In Sattlers Gartenstiefeln stapfte sie durch den schwarzen Matsch, der einmal ein Teppich gewesen war, und schlug die letzten blauen Flämmchen aus.

Sie riss die Türen auf. Heinrich hustete und atmete schwer, aber sonst schien er unverletzt. Sie schob ihn samt Bett auf die Terrasse, an die frische Luft. »Mama kommt wieder«, krächzte er.

Sie hörte Leila ihren Namen rufen. Das Mädchen stand auf der Treppe und tastete nach dem Geländer. Ihr Gesicht war blass, das Telefon in ihrer Hand zitterte.

»Keine Angst. Das Feuer ist aus. Geh raus in den Garten und warte, bis ich komme!«

Braune Splitter einer zerbrochenen Flasche und die Reste von Kristallrhomben lagen auf den Fliesen hinter der Eingangstür. Es sah aus, als habe jemand einen Brandsatz durch das kleine Guckfenster geworfen.

Angst hatte sie nicht, ihr war nur übel, das Bein schmerzte vom Sturz auf der Treppe, und ihr Hals kratzte wie bei einer schweren Erkältung. Garderobe, Wände und Türen drehten sich und ihr Herz holperte unangenehm. Gedanken an Terroristen und Attentäter schossen durch ihren Kopf. Vielleicht hatte Sattler recht mit seinen Warnungen, und sie war eine bornierte Ignorantin?

Plötzlich erklangen Sirenen, die rasch lauter wurden. Die Feuerwehr.

Der Erpresserbrief fiel ihr ein! Und Arthurs Drogen! Was gestern noch ein Spiel war, geriet jetzt in einen verbrecherischen Zusammenhang. Sie sprang auf und patschte durch die Teppichreste. Sie rüttelte und zerrte an den Griffen der Buffettür, doch das Holz war aufgequollen und klemmte.

Sie hörte, wie die Sirenen vor dem Haus erstarben. Schon näherten sich schwere Männerschritte auf dem Kies der Einfahrt. Sie warf sich mit der Schulter gegen die Seite des Büfetts, und endlich sprang die Tür auf. Hinter den Notenheften, die zu ihrem Erstaunen völlig trocken geblieben waren, tastete sie nach dem Päckchen und rannte, als sie es gefunden hatte, in die Küche. Während sie das Plüschkaninchen aus ihrer Tasche wühlte, ihm den Bauch aufriss und die Beutel hineinstopfte, knirschten die Schritte bereits durch die Splitter hinter der Eingangstür. Sie hatte kaum die Fusseln des Bauchfells über dem Schlitz zusammengeknotet, als die Feuerwehrleute wie Monster in Helm und Gasmaske in die Küche marschierten.

Sie ließ das Kuscheltier in ihrem Rucksack verschwinden, beugte sich über die Spüle und kotzte.

Eine Stunde später wimmelte es im Haus, im Garten und auf der Platanenallee von Männern in grünen Overalls. Kriminaltechniker mit dem Schriftzug »BKA« auf der Brust pinselten an Türgriffen, fotografierten Details und tippten ihre Erkenntnisse in Laptops.

Ein Mann mit wässrigen Augen reichte ihr einen Plastikbecher mit Kaffee. Vor seiner Brust baumelte eine Plastikkarte mit seinem Foto.

»Bundeskriminalamt. Staatsschutz, Winzer mein Name. Sind Sie ok?«

Er sah ihr mit unangenehmer Aufmerksamkeit ins Gesicht. Der Schweiß brach ihr aus. Aber jeder Gedanke an Flucht war ausgeschlossen. Rings um das Grundstück suchten Beamte mit Metalldetektoren und Kameras nach Spuren.

Sie räusperte sich. »Ich … äh, der Rauch … bin …«

»Möchten Sie vielleicht mit unserer Psychologin sprechen?«

Bloß nicht! Petra Grimme presste heiser heraus: »Drei Tage jeputzt und jewienert, und wie sieht det jetzt aus?«

Herr Winzer lachte.

Seinen Fragen entnahm sie, dass er nicht nur keinen Verdacht gegen sie hegte, sondern der Meinung war, sie habe das Haus und seine Bewohner gerettet. Er lobte sie sogar für ihr beherztes Eingreifen.

Sie trank ein paar Schlucke Kaffee. Langsam beruhigte sich ihr Herzschlag, und die Halsschmerzen ließen nach. Vielleicht war die Behörde dermaßen gewachsen, dass die linke Hand nicht mehr wusste, was die rechte tat. So hatte alles auch seine guten Seiten.

Frau Dr. Suslowa untersuchte Heinrich und zog ein besorgtes Gesicht. »Der Rauch hat die Schleimhäute gereizt, aber ich bin mir nicht sicher, ob sein Gesamtzustand eine Inhalationsbehandlung verträgt. Am liebsten würde ich Heinrich zur Beobachtung mitnehmen. Ein paar Tage nur, wir checken die Lungenfunktion, den Stoffwechsel und stellen die Medikamentierung optimal ein.«

Karla äußerte ihre Bedenken. »Es macht ihn unglücklich, wenn er allein ist.«

»Ich kann doch mitgehen«, mischte Leila sich ein. »Ich ziehe einfach für zwei, drei Tage ins Krankenhaus ... Du musst mir nur eine Entschuldigung schreiben!«

Hinter den Platanen leuchtete das Abendrot, als die Polizisten die Gitter vom Bürgersteig räumten und das Absperrband zusammenrollten.

Herr Winzer verabschiedete sich: »Ich lasse eine Streife vor dem Haus. Sie müssen also keine Angst haben!«

Na, da fühlte man sich doch gleich viel sicherer!

Er reichte ihr seine Visitenkarte. »Rufen Sie mich an, wenn irgendwas ist. Wegen Ihrer verbrannten Papiere verweisen Sie einfach auf mich, dann geht die Ersatzausstellung schneller. Die Beweissicherung ist abgeschlossen, sie können aufräumen ... na ja, so weit das möglich ist.«

Sie dankte mit dem Augenaufschlag der Schicksalsgeprüften und ging zurück ins Haus. Die Dämmerung senkte einen gnädigen Schleier aus Grau und Halbschatten über das Chaos, aber der feuchte Rauchgestank blieb.

Der Strom in der Halle funktionierte nicht, wegen der nassen Wände hatte die Feuerwehr die Sicherungen rausgedreht. Gleich morgen würde sie eine Baufirma mit den Reparaturen beauftragen müssen.

Ein Kälteschauer lief über ihren Rücken, als sie sich klarmachte, welches Glück sie gehabt hatte: Sie war mit ihrem falschen Namen und Haschisch im Plüschtier davongekommen. Und alles nur, weil sie nicht in Herrn Winzers Feindschema passte. Sie war eine Frau. Eine Putzfrau. Bisschen Stulle. Das Böse sah anders aus. Es war männlich, trug einen schwarzen Bart, brabbelte Koransuren und sprengte sich bei erstbester Gelegenheit in die Luft.

Sie zündete ein paar Kerzen an und fing an, aufzuräumen. Als sie in der Küche angekommen war und die letzten schwarzen

Pfützen aufwischte, fiel ihr Blick auf das Kaninchen, und sie musste lachen. Jetzt hatte sie, indem sie die Drogen versteckte, doch tatsächlich den Arsch des Abgeordneten gerettet!

Verdammt, und sie hatte ihre Tochter vergessen! Wie spät war das? Die Standuhr zeigte elf Uhr. Sollte sie versuchen, sich zu entschuldigen? Von Sattlers Anschluss aus? Den durften sie wohl nicht überwachen, schließlich gab es so was wie eine Immunität von Abgeordneten.

Es dauerte lang, bis Rosalies Telefon abgenommen wurde. »Ruf bitte morgen wieder an!«, plauzte Günter gleich heraus und weigerte sich, seine Frau zu holen.

»Ich muss aber dringend mit ihr reden.«

»Sehe ich auch so. Aber nicht jetzt.«

Ihre Ohren wurden heiß vor Ärger. Im Hintergrund vernahm sie ihre Tochter, deren Stimme näher kam. Sie klang verschlafen: »Was ist passiert?«

»Tut mir sehr leid, hier ist was dazwischengekommen. Ich konnte nicht weg. Große Katastrophe. Wie geht's dir denn?«

»Na super, meine arbeitslose Mutter ist ja soooo von Terminen gehetzt, dass sie mich nach Mitternacht aus dem Bett holen muss, um mir von ihrem Stress zu erzählen ...«

Nach Mitternacht? Sie sah zum Zifferblatt. Das blöde Ding musste sich verstellt haben.

»...Wieso falle ich eigentlich immer wieder auf deine Versprechen herein? Ich muss doch blöd sein!« Ihre Ohren klingelten, als ihre Tochter plötzlich verstummte. Sie entschloss sich, ihr die Wahrheit zu erzählen, wenigstens ein Zipfelchen, denn schließlich war sie nicht aus eigensüchtigen Motiven ausgeblieben, aber in diesem Moment hörte sie ein Schlüsselklappern und sah den Schattenriss von Arthur in der Eingangstür.

»Du, ich muss Schluss machen. Morgen kann ich dir alles erklären ...«

»Ok, ok. Verstehe. Jetzt reicht es. Eben dachte ich wirklich noch: Na schön, lieber spät nach ihrem Enkel gefragt als gar nicht, meine Mutter ist halt bisschen verrückt. Aber nein, sie will nur fix ihr Gewissen beruhigen und peng.«

Im Hintergrund fing das Baby an zu schreien, und dann war mit einem Mal Stille in der Leitung. Verdammter Mist.

Sie versuchte, in die Rolle der Petra Grimme zurückzuschlüpfen, bevor sie sich umdrehte, aber das Schuldgefühl klebte wie Kleister an ihr. Sie verstand ihre Tochter. Wenn sie Rosalie wäre, würde sie ihre Mutter auch hassen.

»War ziemlich was los hier, wie? Leila hat mir schon alles erzählt.«

Arthur trug ein weißes Hemd zum Anzug, seine Haare waren mit Gel gestylt, und er hatte eine Schultasche unter den Arm geklemmt. Ganz der junge Herr Sattler und gut gelaunt wie nach einer schönen Reise.

»Wo hast du gesteckt?«

»Sportfest. Ich musste die ganzen Urkunden malen und ausfüllen. Konnte nicht weg.«

Plötzlich dachte sie, dass Sattlers Sohn derjenige war, der genau wusste, wer den Brandsatz geworfen hatte. Warum sonst war er plötzlich wieder in seine Hochsicherheitsschule gegangen, wenn nicht, weil er einen Racheakt vorhersah? »Die bringen mich um!« – seine Worte! Arthur hatte Leila und Heinrich und sie kaltblütig ausgeliefert!

Langsam dämmerte ihr, dass sie nicht die Einzige war, die im Hause Sattler ein Geheimnis hütete. Die Haare in ihrem Nacken richteten sich auf, und sie ballte die Fäuste, um Sattler junior die Meinung zu sagen.

Nein, halt! Sie schluckte. Sie war Petra Grimme und hatte keine Ahnung von seinen Drogen. Sie konnte ihm nicht einmal den Kopf waschen.

Die Ereignisse bekamen eine unangenehme Eigendynamik. »Mitgefangen, mitgehangen« sang ein Chor in ihrem Kopf. Aus dem mit leichter Hand hingeworfenen Erpresserbrief wurde ein schwerer, schwerer Mühlstein an ihrem Hals. Sie räusperte sich.

»Du hast das Beste verpasst.«

Seine Blicke glitten über die rußgeschwärzten und mit seltsamen Tropf- und Wasserspuren gemusterten Wände.

»Tut mir Leid … ehrlich.«

»Ich mache uns was zu essen!« Sie nahm ihm die Tasche ab. Er ging in den Garten, öffnete die Gittertür und umarmte den Hund. Hinter den Platanen entdeckte sie am Zaun einen Beamten, der gleichmütig herübersah.

Sie wärmte eine Suppe auf und füllte seine Schüssel. Beim Essen klingelte das Telefon. Jost Sattler fragte, ohne sich mit Höflichkeitsfloskeln aufzuhalten: »Warum haben Sie meinen Vater ins Krankenhaus abgeschoben?«

»Ich bin froh, dass Ihr Vater jetzt nicht hier sein muss. Es stinkt noch ziemlich. Frau Dr. Suslowa hat empfohlen …«

Er unterbrach sie. »Es interessiert mich nicht, welche Errungenschaften der Intensivmedizin Frau Suslowa anpreist. Sie wissen, wie er sich aufregt, wenn niemand da ist, den er kennt und dem er vertraut.«

Sie ärgerte sich über seinen strengen Ton, aber sie fühlte Arthurs Blicke auf ihrem Gesicht und antwortete kurz. »Leila ist bei ihm.«

Er stieg darauf ein, als habe er nur auf das Stichwort gewartet. »Meine Tochter ist mit dieser Aufgabe überfordert, außerdem geht es darum nicht. Frau Grimme, ich habe Ihnen vertraut.«

Was sollte jetzt die moralische Tour? Wütend stemmte sie die freie Hand in die Hüfte: »Sie wissen ja gar nicht, was Sie da reden, Sie auf Ihrem hohen Ross in Moskau! Immer in der Weltgeschichte und dann von unterwegs herumkommandieren!«

»Bitte? Wie reden Sie mit mir?«

Arthur setzte sich gerade hin, um keins ihrer Worte zu verpassen.

»Ihr Vater wird im Krankenhaus untersucht, und das ist richtig so. Wenn Sie anders entscheiden wollen, müssen Sie herkommen. Seien Sie froh, dass er noch lebt! Und dass ich nicht auf der Stelle kündige!«

Sie wartete einen Moment, hörte seinen stockenden Atem am anderen Ende der Leitung, dann drückte sie die rote Taste.

Manchmal war es doch sehr schade, dass man diese neumodischen Hörer nicht auf eine Gabel knallen konnte.

Sekunden später klingelte es wieder, und sie legte das Telefon vor Arthur auf den Küchentisch. Er sah sie an, lächelte und regte sich nicht, bis das Telefon endlich verstummte.

Die Standuhr gongte mit trotziger Westminstersturheit falsch, und plötzlich lastete die Müdigkeit wie Blei auf ihr. Nachdenklich stellte sie die Zeiger richtig. Der weite Weg nach Hause schreckte sie. Sattler war nicht da, also konnte sie genauso gut über Nacht bleiben.

Seine Bettseite duftete nach Rasierwasser. Sie schlüpfte in einen von Sattlers Schlafanzügen und schaute sich im Zimmer um. Die Stores am Fenster waren pastellfarben, die Kleiderschränke aus solider Eiche, ein dicker Teppich dämpfte die Geräusche. Hätte nicht Brandgeruch in der Luft gelegen, würde sie sich fühlen wie im Inneren einer mit Seide gefütterten Vitrine. Eine wertvolle Perle in einer heilen Welt, eine Frau vom Mann. Ob er wegen des Telefongesprächs mit ihr schimpfen würde?

Vor dem Einschlafen blätterte sie in Sattlers Festschrift. Eines der ersten Fotos zeigte Heinrich mit einem Baby auf dem Arm. Obwohl ein halbes Jahrhundert jünger als der Greis, den sie kannte, war das Verschmitzte seiner Haltung unverkennbar.

Auf der nächsten Seite buddelte Klein-Sattler unter einem grauen Seehimmel im Sand. Im ersten Moment dachte sie an Ostsee, aber im Hintergrund führte ein dunkelhäutiger Mann ein Kamel am Wasser entlang.

In jedem Schulseptember hatte sie beim Aufsatz »Mein schönstes Ferienerlebnis« vom immergleichen Kuchenbacken, Falläpfelsammeln und den kleinen Ferkeln schreiben müssen, weil in Klein-Trolleroda nichts passierte. Bis heute war ihre Abenteuerlust nicht gestillt. Welche Sehnsüchte waren in Sattlers Kindheit gewachsen, dass er so nach Ordnung und Sicherheit gierte?

Auf den nächsten Seiten: Vaterfiguren, Alte Herren, Patina. Sattler junior in Frack und Fliege am Klavier, den Kopf leicht vorgeneigt, um zu hören, was ein weißhaariger Herr ihm ins Ohr raunte. Wie hatte Marx im Manifest geschrieben? »Die Bourgeoisie, wo sie zur Herrschaft gekommen, hat alle feudalen, patriarchalischen, idyllischen Verhältnisse zerstört.« Von wegen!

1972 lachte Sattler mit bloßem Oberkörper im Gurkenfeld von Bir Shalom. Nett anzusehen. 1973 posierte er in blütenweißer Uniform unter den Stars and Stripes des Westpoint-Banners. Nicht so nett. Im selben Jahr war sie mit der Singegruppe »Canto libre« auf den Weltfestspielen in Berlin gewesen, mit fünfzehn zum ersten Mal raus aus ihrem Dorf hinter'm Berg. Es war das Jahr des Pinochet-Putsches. »El pueblo unido jamas sera vencido!« Wäre sie ihm damals begegnet, hätte sie ihm die Larve zerkratzt.

Sie ließ die Festschrift sinken und lächelte. Ihr Leben war definitiv aufregender geworden in den letzten Wochen. Sie lag im damastbezogenen Bett ihres Leibfeindes. Näher konnte eine Feldforscherin ihrem Gegenstand nicht kommen. Sie musste sich alles genau merken, denn eines Tages würde sie darüber schreiben. »Ganz drin« statt »ganz unten«.

Sie blähte die Nasenflügel, schnupperte und nahm Sattlers Kissen in den Arm. Feierabend für heute. Sie löschte das Licht und gab sich ihren Träumen hin.

Jost Sattler war überrascht, als er am Morgen des übernächsten Tages in der Platanenallee eintraf. Er hatte sich das Haus brandgeschwärzt vorgestellt, eine Ruine, aber es stand friedlich und weiß im Zehlendorfer Mittagslicht wie immer. Von außen sah man nur einen dunklen Rand über der Eingangstür.

Das Hochzeitsgeschenk von Barbaras Eltern, der ebenso protzige wie teure Gabbeh, war verschwunden. Die Eichendielen schimmerten im Licht, das durch den Garten in die Halle fiel. Die Wände waren frisch gemalert, der grünliche Ton gefiel ihm. In der Luft lag ein würziger Duft, der eher an ein harziges Lagerfeuer als an einen Wohnungsbrand erinnerte.

Petra Grimme griff nach seiner Aktentasche, als habe sie bereits ungeduldig auf ihn gewartet. Keine Spur von Ärger über das Telefongespräch.

»Sie können sich nicht vorstellen, was hier los war. Polizei, Feuerwehr und Florensiker. Puh …«, sie legte die Hände auf die Brust und schüttelte den Kopf. »Ich wusste gar nicht, dass es so was gibt.«

»Forensiker«, verbesserte er sie. »Das sind Kriminalisten.« Er nahm ihr seine Tasche wieder aus der Hand.

»Genau. Und ein Versicherungsfritze war hier, pardon, ein Herr Müller. Der wollte die Ölgemälde wegbringen … Ach, entschuldigen Sie, ich rede und rede und lasse Sie gar nicht zu Wort kommen. Sie müssen ja erst mal frühstücken.«

»Ich habe keinen Hunger.«

»Keine Widerrede. Setzen Sie sich auf die Terrasse, und atmen Sie durch, hier drinnen ist die Luft noch feucht … Nun geben Sie schon her!« Sie griff erneut nach seiner Aktentasche und nötigte ihn nach draußen, wo Gartenmöbel auf der Terrasse standen, die er noch nicht kannte.

Die Luft roch nach Schilf, eine Rohrdommel schrie in der Ferne. Der Rasen am Haus war niedergetrampelt von vielen Füßen, aber weiter hinten erkannte er die Hand des Gärtners. Die Büsche waren von trockenen Zweigen befreit, die Bäume entästet, Laub geharkt und die Beete bepflanzt.

Er musste lächeln. Es war schon seltsam, wie schnell und gründlich Frau Grimme die Herrschaft übernommen hatte. Sie tat, als höre sie auf seine Anweisungen und spielte die Naive, aber in Wirklichkeit machte sie, was sie wollte.

Er beklagte sich nicht. Im Gegenteil. Auf diese Weise hatte er den Rücken frei und konnte sich, nach der Verzögerung des Moskaubesuchs, endlich in die Vorbereitung der Sitzungswoche stürzen. Es gab mehr als reichlich zu tun, wenn er im Windschatten des Staatsbesuchs das für ihn wichtigste Projekt der Legislaturperiode durchbringen wollte. So ein Fehler wie im Ausschuss durfte ihm nicht noch einmal passieren.

Er bemerkte, dass sie beim Gehen hinkte.

»Sind Sie verletzt?«

Sie wendete sich nur kurz um und rief über die Schulter: »Ach, nicht der Rede wert.«

»Warten Sie, ich brauche mein Notebook.«

Sie blieb stehen und drehte sich langsam um. Ein trotziger Schatten lag auf ihrem Gesicht, aber nur einen Moment, dann lächelte sie und brachte ihm die Aktentasche zurück.

Die Suppe schmeckte rauchig, wie angebrannt. Er spürte ein schmerzhaftes Stechen im Magen. Vielleicht sollte er seine Aversion gegen Ärzte überwinden und sich untersuchen lassen.

Im oberen Bad war die defekte Steckdose repariert. Er wusch sein Gesicht mit kaltem Wasser, bis die Haut sich rötete, und zog ein frisches Hemd an.

Unten in der Küche klapperte Frau Grimme mit dem Geschirr. Er fühlte sich auf angenehme Art zu Hause. Wenigstens im Privaten war er nicht mehr aufs Uhrwerk geflochten wie ein Verbrecher aufs Rad.

Sobald er den Bundestag betreten hatte, funktionierte er wie immer, ein Politprofi, dessen Lächel-Schild hochfuhr, wenn ein Journalistenblick oder ein Scheinwerferstrahl ihn traf. Er parlierte auf dem Flur, sprach mit Fraktionskollegen über die Sitzungswoche und aß mit Koffner in der Kantine zu Mittag. Sogar sein Magen verhielt sich ruhig. Ein gesunder Hamster im Laufrad.

Nach dem Essen arbeitete er Steiners Material in seine Rede ein. Die Argumente, die sein Referent zusammengetragen hatte, um Stufe drei zu begründen, waren richtig und doch irgendwie blutleer. Sie zielten auf den Verstand von Fachleuten und Politprofis. Aber was, wenn es bald Neuwahlen gab? Dann zählten Argumente, die bei Lieschen Müller und Otto Normalverbraucher ankamen. Wusste beispielsweise eine Hauswirtschafterin ohne Abitur, was Biometrie war?

Vermutlich doch, dachte er überrascht. Zumindest Petra Grimme. Sie war neugierig und ging mit wachen Augen umher. Er hatte ein Lehrbuch »Diätetik« hinter dem Besteckkasten entdeckt und wurde den Verdacht nicht los, dass sie heimlich in seiner Bibliothek las.

Ob sie sich für Oper interessierte? Operette vielleicht eher, er musste mal nachsehen, ob sie »My fair Lady« irgendwo spielten, das wäre doch witzig.

Das Telefon unterbrach seine Gedanken. Vachiecky wollte ihn sprechen. Er ließ ihn bitten.

Die Hand des Polizisten war kalt. »Sie sehen blass aus, hoffentlich sind Sie nicht krank?«

»Wegen Munin komme ich kaum noch raus aus dem Bunker. Aber Ende Juni habe ich Urlaub, dann fahre ich irgendwohin, wo die Sonne nicht untergeht und es keine Mauern gibt.« Vachiecky seufzte und reichte eine Plastiktüte über den Tisch, in der sich ein Briefumschlag befand.

Sattler betrachtete das Blatt mit den kreuz und quer geklebten Buchstaben. Ein Erpresserbrief. »So was ist dauernd in meiner Post. Wir vernichten das normalerweise.«

Vachiecky schüttelte seinen dicken Kopf. »Frau Leszinsky hat das vor dem Hintergrund des Brandanschlags anders gesehen. Völlig zu Recht, wie ich finde. Ähm …« Er zögerte und wischte sich mit dem Taschentuch über die Glatze. »Ich muss Sie fragen, ob Ihr Sohn vielleicht wirklich mit Drogen …«

»Nein, das müssen Sie nicht, Herr Vachiecky.« Sattler stand auf, um das Gespräch zu beenden. »Der Tatbestand der Erpressung ist unabhängig davon, ob die Behauptungen des Erpressers den Tatsachen entsprechen. Das wissen Sie doch.« Er merkte selbst, dass seine Worte nach Ausflucht klangen, und setzte hinzu: »Ich will meinen Sohn nicht mit Spekulationen in Schwierigkeiten bringen.«

»Verstehe.« Vachiecky breitete die Arme aus und seufzte mit einer Ergebenheit, als habe er nichts anderes erwartet. »Sie sollten wenigstens Anzeige erstatten. Sie wissen ja, sonst kann ich diese Erpressungssache nicht ans BKA weitergeben.«

Sattler überlegte einen Moment, dann entschied er: »Behalten Sie die Ermittlungen in der Hand. Vorerst.«

»Aber die kriminaltechnische Untersuchung …«

» …lassen Sie weiterlaufen. Informieren Sie mich über die Ergebnisse.«

»Und erweiterten Personenschutz?«

»Wenn der Präsident das genehmigt. Was schlagen Sie vor?«

»Die Streife um Ihr Haus bleibt und für Ihre Dienstfahrten eine gepanzerte Limousine.«

»Also gut. Bis zum Staatsbesuch, länger nicht …« Vielleicht würde Arthur die Anwesenheit von Uniformierten eine Mahnung sein.

Auf dem Weg zur Pforte blieb er kurz an der Fensterfront stehen. Am jenseitigen Spreeufer hielten Demonstranten Schilder hoch, auf denen stand: »Terror gegen Terror?« und »Freiheit stirbt mit Sicherheit«.

Solche Parolen waren wohlfeil, wenn man sicher unter dem Schirm saß. Zerfetzte erst irgendwo eine Bombe Unschuldige, Kinder gar, waren diese Wichtigtuer die Ersten, die Versäumnisse beklagten und Köpfe forderten.

Vor der Tür erwartete ihn eine Überraschung. Der Fahrdienst hatte eine der großen, gepanzerten Limousinen, die für den Staatsbesuch bereits mit Standarten geschmückt waren, geschickt.

»Soll ich abmachen?«, fragte der Chauffeur, als er seinen Blick sah.

»Nein, sparen Sie sich die Mühe.« Er stellte sich Frau Grimmes Gesicht vor, wenn er in diesem Wagen nach Hause kam, und stieg mit kindlicher Vorfreude ein.

Der Pförtner an der Einfahrt zum Klinikgelände öffnete die Schranke und griff zum Telefon. Eine Minute später, als sie an der Station vorfuhren, wartete der Chefarzt bereits, um ihn zu begrüßen. Vom Gang zwischen den Krankenzimmern quäkste ihnen der »Ritt der Walküre« aus einem Kofferradio entgegen. Ein elektrischer Rollstuhl fuhr im Kreis, darin saß ein alter Mann im schwarzen Anzug mit weißem Hemd und dirigierte.

»Ihr Vater hat ein provisorisches Hörgerät bekommen«, erklärte der Arzt, »das kann er erst mal mitnehmen.«

Jost Sattler erkannte seinen Vater kaum wieder. Mit großer Geste rief Heinrich »Hojotoho!« und strahlte vor Freude, als er ihn umarmte.

»Wir haben die Antidementiva neu eingestellt und behandeln ihn zusätzlich mit Memantin. Körperlich ist er ja sehr fit: Leberwerte und Blutdruck wie ein Fünfzigjähriger.«

Er mochte es nicht, wenn Ärzte selbstverliebt von ihrer Arbeit sprachen. Einmal hatte er miterlebt, wie stolz sie darauf waren, dass ein Mensch durch Psychopillen zu einem fremden und gleichgültigen Wesen wurde, das reichte. »Diese Pillen, von denen Sie sprachen …«, er sah zu seinem Vater, der sich im Kreis drehte und dirigierte, »sie schalten ihn auf ›Fröhlich‹?«

»Ihrem Vater geht es mit diesen Medikamenten besser als ohne, und die Nebenwirkungen halten sich in Grenzen. Frau Doktor Suslowa wird das im Auge behalten. Den Arztbrief habe ich Ihrer Frau bereits mitgegeben.«

»Meiner Tochter«, korrigierte er.

»Ihre Frau war hier, um Ihrer Tochter einen Pullover zu bringen. Ein kluges Mädchen übrigens. Leila wollte sich mit mir auf Latein unterhalten, und ich musste passen.«

»Heini kann singen!«

Jost Sattler zuckte zusammen. Das alberne Gehabe seines Vater ließ ihm Gruselschauer über den Rücken laufen. Weißhaarig und benahm sich wie ein Erstklässler.

Der Arzt bemerkte seine Bewegung. »Das oder Ähnliches steht uns allen bevor, Herr Sattler. Wir haben das Wissen um die natürlichen Grenzen verdrängt. Nun kommt uns jede Berührung mit dem Unvermeidlichen wie ein Unfall vor.« Er zögerte und putzte seine Brille, bevor er weitersprach. »Sie wissen, dass bei Morbus Alzheimer Erbfaktoren eine Rolle spielen?«

»Sie meinen: Ich bin der Nächste?«

»Nein, ich meine: Sie können vorbeugen. Bewegung, gesunde Ernährung, Verzicht auf Nikotin und Alkohol. Geistige Tätigkeit muss ich Ihnen ja nicht empfehlen. Und bei so einer hübschen Frau kommt sicher auch die Liebe nicht zu kurz.«

»Hojotoho!«, rief sein Vater und drehte sich weiter im Kreis.

Karla Schlicht hetzte den Bahnsteig entlang, der Zug fuhr bereits an. Sie keuchte, im letzten Moment sprang sie in eine offene Tür. Professor Caresse half ihr, die schwere Büchertasche im Abteil zu verstauen. Draußen zogen Felder vorbei, und sie schloss die Augen, um sich zu erholen. Plötzlich fiel ihr ein, dass sie Rosalie vergessen hatte: Ihre Tochter lag zu Hause im Kinderbett, drei Jahre alt, mit Masern, allein und ohne Essen. Wie hatte das passieren können? Das schlechte Gewissen drückte auf ihr Herz.

Sie wollte aussteigen, aber der Zug brauste durch die Bahnhöfe, ohne zu halten. Die anderen Passagiere tuschelten. Sie wollte die Notbremse ziehen, aber Caresse fiel ihr in den Arm und bot eine gemeinsame Buchveröffentlichung im Westen an. Er habe schon immer viel von ihr gehalten, und wenn sie stillhielte, wären sie bald drüben. Der Zug fuhr immer schneller und entgleiste schließlich. Mit klopfendem Herzen erwachte sie neben dem Sofa in ihrem Wohnzimmer. Sie setzte sich und trank ein Glas Milch. Auf dem Balkon atmete sie tief durch.

Sie fragte sich, woher dieses Schuldgefühl kam. War ihr »die Sache« wichtiger gewesen als die Tochter? Zugegeben, statt am heimischen Herd zu versauern, hatte sie lieber mit Freunden im »Hackepeter« oder im »Metzer Eck« diskutiert, wo Franky Pfannkuchen für Rosalie buk, die nicht auf der Speisekarte standen – aber ihre Tochter war von ihren Mitschülerinnen für die Freiheit beneidet worden, in der sie aufwuchs. Wer sonst konnte den Namen der eigenen Mutter schwarz auf weiß in der Zeitung lesen, oder neben dem Direktor sitzen, wenn sie beim Schulfest die Ansprache hielt? Den pädagogischen Zeigefinger hob Frau Grimme schon hoch genug: »Erst kommt die Arbeit, dann das Vergnügen« oder »Früh krümmt sich, was ein Häkchen werden will.« Karla hatte der Nachbarin selbst dann nicht dreingeredet, als ihre Tochter anfing, mit Kartoffelschäler, Gemüsepfanne und Gewürzen »Hausfrau« zu spielen und aussah wie Oma Willem. Erst als ihre Tochter mitten im Studium auf der Strecke blieb wie ein müder Gaul – obwohl sie ihr Hausarbeiten geschrieben hatte, die als Dissertationen durchgegangen wären –, merkte sie, dass da etwas ganz grundsätzlich schiefgelaufen war.

Sie griff mehrfach zum Telefon, legte wieder auf, wählte dann doch die Nummer und wartete das Klingelzeichen nicht ab. Sie quälte sich ein paar Stunden, bevor sie sich eingestand, dass sie Angst vor dem Besuch bei ihrer Tochter hatte. Je mehr Tage seit Leons Geburt vergingen, desto höher wurde die Schwelle, über die sie springen musste.

*

Sattlers Haushalt ließ ihr zum Glück kaum Zeit zum Grübeln. Heinrich musste rund um die Uhr beaufsichtigt werden, sie hatte Einkäufe zu organisieren, das Personal bei Laune zu halten und die Reparaturen am Dach und an der Heizung zu kontrollieren. Der Garten machte Spaß, aber auch viel Mühe. Außerdem fuhr sie jeden Tag zwei Stunden mit der S-Bahn, zwang sich am Abend zu gründlichem Tagebuchschreiben und studierte in den Nachtstunden im Internetcafé Gesetzestexte, Hintergründe und Berichte über angebliche Erfolge im Kampf gegen den Terror.

Mit Karim kommunizierte sie nur noch über Zettel, denn er schlief, wenn sie das Haus verließ, und lag bereits im Bett, wenn sie von der Arbeit kam.

Um ihrer Kochkunst auf die Sprünge zu helfen, suchte sie nach Oma Willems Küchenheft. Sie musste in Rosalies Schrank lange kramen, bevor sie das Bündel aus karierten Blättern fand. Das Heft enthielt Rezepte für Thüringer Klöße, Schlachtfestsuppe, Rostbrätel, alles in säuberlicher Sütterlin notiert, dazu Anmerkungen, wie man Mayonnaise selber machte, Fleisch ersetzte oder einem anderen Mangel abhalf. Der Duft nach Braten ließ Erinnerungen aufsteigen.

In Klein-Trolleroda hatte Oma Willem nicht nur für die Bauern und Angestellten der LPG gekocht, sondern auch Politik gemacht– sehr viel erfolgreicher als die imaginäre Köchin in Lenins »Staat und Revolution.« Sie war es, die dafür gesorgt hatte, dass am Sportplatz Umkleiden gebaut und Fliesen für die Großküche geliefert wurden. Es verstand sich fast von selbst, dass der Kreissekretär, für dessen Geburtstagsfeste sie jedes Jahr große Mengen Blechkuchen buk, mit dem Schulrat ein privates Wort sprach, denn Oma Willem hatte einen Traum. Jeder im Dorf wusste, dass sie »Willem« und nicht »Wilma« gerufen wurde, weil ihr Vater sie anstelle des nie gezeugten Sohnes am Kaisergeburtstag mit einem Holzgewehr auf dem Dorfanger hatte paradieren lassen. Später zwang er sie, die Schule abzubrechen.

Ihre Enkelin sollte es besser haben, auf die EOS gehen und selbst über ihr Leben bestimmen können. Karla konnte nur hoffen, dass Oma Willem nicht enttäuscht wäre, wenn sie sehen könnte, wie sie sich jetzt durch die Seiten kochte. Nur Omas ungefähre, völlig unwissenschaftliche Mengenangaben und Geschmacksbeschreibungen brachten sie manchmal zur Verzweiflung.

Die Morgenstunden des Alleinseins nutzte sie, um die Festplatte von Sattlers Computer im Arbeitszimmer gründlich zu durchsuchen. Was sie fand, war wenig spektakulär: private Briefe, Haushalt, Abrechnungen. Er sammelte Spendengelder, um die Aula des Gymnasiums mit theatertauglichen Scheinwerfern auszustatten, und führte einen Kleinkrieg mit dem Grundbuchamt wegen irgendwelcher Fehleintragungen im Liegenschaftskataster.

Sie vermutete, dass die wirklich brisanten Dokumente auf dem Notebook gespeichert waren, das er wie seinen Augapfel hütete und ständig in einer Aktentasche bei sich trug. Er nahm das Gerät sogar nachts mit ins Schlafzimmer.

Viel seltener, als sie gehofft hatte, empfing Jost Sattler in seinem Haus Besucher oder politische Freunde. Manchmal holte Henryk Steiner ihn zu einem Termin ab, einmal lief ein Minister, den sie aus dem Fernsehen kannte, fünf Minuten mit Jost Sattler durch den Garten, ansonsten war sein Heim eine eher feste Burg.

Kaum zu Hause, schloss er die Fenster, schaltete den Fernseher aus und schimpfte mit Oska, wenn sie bellte. Leila nannte die Stimmung »Friedhofsruhe«, und Arthur schlug vor, zum Zeichen der Anwesenheit seines Vaters eine schwarze Fahne auf dem Dach zu hissen.

Manchmal, wenn er telefonierte, gelang es ihr, sich unter dem Vorwand einer Hausarbeit in seiner Nähe aufzuhalten und zu lauschen. Da sie nur die Hälfte der Gespräche hörte, blieb ihr der Zusammenhang unklar, etwa wenn er von der Verschiebung des Staatsbesuchs sprach. Immer wieder fiel der Name »Munin«. Sie machte sich Notizen und sammelte die Zettel unter den Putzlappen in der Küche, um sie abends mit zu Karl ins Internetcafé zu nehmen und Worte wie »Falschakzeptanzrate« und »ICAO-Standards« zu googeln. Sie staunte über die Freizügigkeit, mit der die Ministerien ihre Dokumente im World Wide Web veröffentlichten; die Überfülle erinnerte sie an den Kristallpalast.

Bei »Munin« schien es sich um ein mehr oder weniger geheimes Projekt zu handeln, das die dritte Stufe des Antiterror-Gesetzes in die Praxis umsetzen sollte: Mithilfe von Überwachungskameras wurden vollautomatisch bestimmte Personen in der Menge identifiziert. In der Zeitung las sie von einem Pilotprojekt am Mainzer Hauptbahnhof, das so ähnlich funktionierte – oder nicht funktionierte: Das Innenministerium behauptete, es sei gescheitert und abgebrochen worden, aber ihr kamen Zweifel. Wurde die Öffentlichkeit bewusst belogen, um Widerstand zu umgehen?

Bei ihren nächtlichen Recherchen lernte sie eine Menge über Sattlers politische Manöver. Er war ein Vieh auf der Geige, wenn's um die Medien ging: Er sprach in den winzigen Momenten, in denen der Nachrichtenwind für einen Moment nachließ und das Blätterrauschen verstummte. Journalisten liebten seine Fähigkeit, druckreif zu sprechen, so konnten sie ihn ohne große Mühe zitieren. Dass das Wesentliche seiner Aussagen meist in »Verschärfung«, »Warnungen« und der Forderung nach mehr »Sicherheit« gipfelte, kam gut an.

Die Vorstellung allein gruselte sie und widersprach allem, was sie über Vernunft und Aufklärung gelernt hatte, aber es schien, als befriedige Sattler damit eine Art Panikbedarf seiner Wähler, die aus wohlversorgten Schichten stammten und doch der Idylle misstrauten.

Gedanken schossen durch ihren Kopf, die sie früher als revisionistisch sofort zensiert hätte: Vielleicht hatten die Menschen in ihrer ökologischen Nische eine Grundwachsamkeit erworben, die sie gerade dann in Alarm versetzte, wenn alles friedlich schien? Ruhe konnte bedeuten, dass die Horde weitergezogen war oder ein Raubtier sich anschlich. Sattlers Wähler sahen Gespenster, und er nahm die Verängstigten bei der Hand, verbrannte für sie die Hexen und trieb die Teufel aus. Die Moderne mit ihren unsichtbaren Gefahren wie Umweltgiften, Strahlung, Klimaerwärmung und Terroristen, die aussahen wie gute Nachbarn, spielte ihm in die Hand.

An einem Sonntag gelang es ihr endlich, Jost Sattler zu einem Entspannungsbad zu überreden. Während er in der Wanne lag, schlich sie in sein Arbeitszimmer und vergewisserte sich, dass Arthur und Leila im Garten Federball spielten. Aufmerksam betrachtete sie das Notebook, das auf dem Schreibtisch stand, von allen Seiten, entdeckte aber keine versteckten Sicherungen. Dann schaltete sie es ein und wartete, bis eine Meldung erschien. Sie sollte sich mit ihrem Fingerabdruck identifizieren. Na prima: Biometrie im Haushalt. Sollte sie ihm einen Finger abschneiden?

Diese Nuss war härter, als sie geglaubt hatte, aber Sattlers Vertrauen in technischen Schnickschnack forderte ihren Ehrgeiz heraus.

In der Canarisstraße gab es ein Geschäft mit dem Namen »Spy-Shop«. Sie folgte den Hinweisschildern in die Hofdurchfahrt und trat durch die automatische Tür. Vor ihr öffnete sich ein riesiger, in Neonlicht getauchter Supermarkt. In den Regalen lagen Minikameras, die man als Knopf an die Bluse nähen, und Richtmikrofone, mit denen man ein »Flüstern auf 500 Meter hören« konnte. Spionagetechnik, so weit das Auge reichte. Ihr lief das kalte Grauen über den Rücken. Es gab winzige, rasierklingenscharfe »Fingermesser« mit schwarzer Beschichtung »gegen Lichtreflexe« und Reizgas für das Abendtäschchen der Dame. Im Bücherregal, das sie aus alter Gewohnheit ansteuerte, standen Lehr-Comics über »Hinterhalte und Faustkämpfe« – wohl, damit auch die Analphabeten unter den Gangstern die hohe Kunst von Mord und Totschlag lernen konnten. Neben den »Kontaktlinsen mit Iris« fand sie ein »Komplettset Fingermasken«, mit dessen Hilfe man angeblich »kinderleicht« Fingerabdrücke fälschen können sollte. Den »Elektropick mit Batterien – kein Schloss kann sich dem Klick entziehen« nahm sie auch gleich mit. Den gab es im Sonderangebot.

Jetzt brauchte sie mir noch einen Fingerabdruck. Am nächsten Tag brachte sie beim Abendessen, nachdem die Pflegeschwester Heinrich gefüttert und ins Bad gebracht hatte, das Gespräch auf Arthur.

»Ich finde, Ihr Sohn malt sehr talentiert. Haben Sie die Skizzen in seinem Zimmer gesehen?«

»Arthur?« Er schaute sie überrascht an.

Sie tat verlegen und entschuldigte sich. »Also, ich kenne mich da nicht aus. Vielleicht ist es keine Kunst.«

»Nein, nein, wenn es Ihnen gefällt. Ich denke nur, dass er weniger malen und mehr lernen sollte.«

»Sie trauen ihm nicht viel zu.«

»Im Gegenteil, ich fordere ihn.«

»Sie meinen mit Latein und Mathe und was er noch alles hat?«

»Ein Abitur ist nun mal die Voraussetzung fürs Studium.«

»Aber Malen kann man auch ohne Abitur studieren, glaube ich.«

Sattler sah aus, als habe er Zahnschmerzen. Das Thema schlug ihm wie erwartet auf den Magen. »Es wäre falsch, ihm eine Aufgabe zu erlassen, nur weil er Mühe damit hat. So ist das Leben nun mal. Es ist kein Makel, wenn man sich anstrengen muss, um ein Ziel zu erreichen.«

»Na, wenn Sie meinen … Was ist mit Ihrem Magen? Immerzu reiben Sie über Ihren Bauch.«

»Ich bin nur nervös. Machen Sie sich keine Sorgen.«

»O doch. Zum Sorgenmachen bin ich da. Sie denken wohl, ich weiß nicht, dass Sie Schmerzen haben? Ich koche Ihnen einen Magentee! Keine Widerrede!«

Er lächelte, gerührt von ihrer Fürsorge.

Sie wollte sicher sein, dass er nur einmal zugriff und nicht seine eigenen Fingerabdrücke zermanschte, also kühlte sie den Tee, bis er lauwarm war, und balancierte das Glas auf einem Tablett nach oben.

»Pfefferminze, Fenchel und Kümmel.«

Er hob das Glas zum Mund und trank es unter ihren Krankenschwesterblicken aus. Dann hielt sie ihm das Tablett hin, und er stellte es brav ab.

Zu Hause tropfte sie, wie die Anleitung vorschrieb, eine nach Sekundenkleber riechende Flüssigkeit in einen Flaschenverschluss, stülpte ihn über den Fingerabdruck und zählte bis zehn. Die Papillarleisten wurden vom Lösungsmittel mit einer Plastikkruste überzuckert, die sich schön weiß vor der Tischplatte abhob. Jetzt kam der schwierigere Teil: Sie brauchte einen Kopierer und einen Helfer.

Der junge Mann im Internetcafé entspannte sich, als er Karla erkannte, und holte seinen Joint wieder unter dem Tresen hervor. Die großen Augen in seinem schmalen Gesicht waren gerötet. Mittlerweile kannte sie die Symptome.

Er hörte sich an, was sie vorhatte, schien nicht im Geringsten verwundert und ging mit ihr zu einem Laserkopierer, der etwas versteckt hinter einem Mauervorsprung stand. Er nahm das Papier aus dem Vorrat und legte stattdessen Plastikfolie ein, dann kopierte er den Fingerabdruck mehrfach auf die gleiche Stelle, bis ein dreidimensionales Gebilde aus Tonerpulver das Negativ von Sattlers Fingerabdruck formte.

»Und das hält?«

Er schnipste mit dem Finger gegen die Folie. »Festgebrannt.«

Die schöne neue Welt war so leicht zu betrügen.

»Prima. Was bin ich schuldig?«

Der junge Mann sog seinen Joint glutrot, stützte sich auf den Tresen und glänzte sie mit seinen Augen an: »Ich hab hier bis sechs Uhr Schicht.«

Himmel!, dachte Karla. Bisher hatte sie in einer Welt gelebt, in der Urkundenfälschung, Diebstahl und Drogenhandel nicht vorkamen, und jetzt wurde sie um Mitternacht von einem Milchgesicht angebaggert.

»Ich heiße Karl.«

»Karla.«

Er hielt ihr seinen Joint hin, und sie nahm den ersten Zug ihres Lebens. Der Rauch schmeckte aromatisch, ein wenig bitter. Seine Augen leuchteten.

Plötzlich kam ihr eine Idee.

»Ich habe ›Zero‹. Jedenfalls steht das auf dem Päckchen. Kennst du jemanden, der sich dafür interessiert?«

»Cool!«, antwortete Karl und beäugte sie aus nächster Nähe wie die Amsel eine reife Kirsche.

»Nein, im Ernst. Ich möchte Ma… Marihuana verkaufen.«

»Ja ja, hab schon verstanden. Wie viel?«

»Ungefähr ein halbes Kilo.«

»Boah … Wie viel soll das kosten?«

»Neunhundertfünfzig?«

Sie sah seiner Miene an, dass der Preis zu niedrig war, aber so viel hätte der gestohlene Bakunin einbringen sollen.

Schließlich blies Karl Rauch aus der Nase und nickte. »Bring mal mit.«

Sie verabredeten sich für den nächsten Abend, und er versprach, das Geld zu beschaffen.

Bilderschnellzüge flitzten durch ihr Gehirn. Sie schwebte über das Trottoir und lauschte dem Brausen, Flüstern und Tuscheln in ihrem Kopf. Parallel zueinander entwarf sie ihre Habilitation zum Thema »Soziale Utopien«, stellte den Einkaufszettel für die nächste Woche zusammen und schrieb einen herzzerreißenden Brief an Rosalie. Jugendliche Nachtschwärmer lächelten ihr entgegen. Ihre Wohnung frohlockte knackend, als sie nach Hause kam.

Sie mischte Holzleim mit ein paar Tropfen Glyzerin und verteilte die zähe Flüssigkeit vorsichtig auf dem Negativ des Fingerabdrucks. Sie wiederholte den Vorgang, bis sie nach dem Trocknen ein Häutchen abziehen konnte, das exakt Sattlers Fingerabdruck entsprach. Mit ein bisschen Hautcreme heftete es auf ihren Zeigefinger. Ihr Wecker zeigte drei Uhr, als sie endlich das Licht ausschaltete und in der Wolke versank, die durch ihren Kopf zog.

*

Leider passte Jost Sattler gut auf sein Notebook auf und weigerte sich, in die Wanne zu steigen. »Ich glaube, ich kriege schon Schwimmhäute zwischen den Fingern.«

Den »Elektropick« probierte sie am Safe in Sattlers Arbeitszimmer aus. Man sollte die Metallspitze ins Schloss stecken, den Schalter drücken und leicht hin- und herrütteln. Das Klackern ähnelte einem Trommelwirbel im Zirkus, nach wenigen Sekunden schwang die Metalltür wie von Zauberhand geöffnet auf.

Vornan lagen eine Pistole und eine Pappschachtel Munition. Sie wickelte ein Staubtuch um die Waffe und nahm sie vorsichtig heraus. »HK P8« war auf der Seite eingraviert und »9mm«. Sie wog schwerer, als sie erwartet hatte, und roch nach Maschinenöl. In den Fächern dahinter fand sie Geldscheine verschiedener Währungen und ein Bündel Briefe: Rosa Briefpapier, Seife eher als Parfüm, eigenwillige Handschrift, der unterste Brief von Weihnachten 1991, der letzte ein Jahr später.

Raissa berichtete vom Arbeitsalltag in der Kinderchirurgie und von einsamen Nächten in einem Wohnheim. Sie hatte Sattler, so schien es, bei einer Spendenaktion für Tschernobylkinder getroffen, lernte Deutsch und schrieb Liebesgedichte im Heine-Stil auf Nächte, die der »große Mann« bei ihr im Apartment verbracht hatte. »Die ganze Welt ist ausgeleert, weil mein Grammatik steht verkehrt.«

Der Nachmittag verging, und Karla vergaß die Zeit über demLesen. Eine großartige Frau! Sie wurde direkt ein bisschen neidisch auf das anstrengende Leben einer jungen Ärztin.

Erst als unten in der Halle eine Tür klappte und Oskas Krallen auf der Treppe klickten, schrak sie auf. Eilig räumte sie den Inhalt in den Safe zurück und schloss die Tür.

An den folgenden Tagen stellte sie fest, dass die Lektüre der Briefe ihren Blick auf Sattler verändert hatte.

Vielleicht dachte er an Raissa, wenn er auf das Pendel der Standuhr starrte, als wolle er die Zeit hypnotisieren? Ihr fiel auf, dass er beim Essen manchmal minutenlang auf einem Stück Fleisch herumkaute und dann wieder schlang, als müsste er einen Wettbewerb gewinnen. Gingen Erinnerungen in seinem Kopf herum, wenn er wie ein Automat mit Kinderstubenfunktion Konversation trieb? Häufig stellte er die gleichen Fragen zweimal und vergaß, bei welchem Gang er war.

Er tat ihr Leid, wenn er im Nieselregen zwischen den frisch umgegrabenen Beeten im Garten stand und die Hand auf den Magen presste, zumal sie den Verdacht nicht loswurde, dass ihre Kochkünste einen Anteil an seinen Schmerzen hatten. Die Schultern seines Sakkos färbten sich dunkel vor Nässe. Oska fiepte in der offenen Flügeltür, machte Ansätze, hinauszulaufen und scheute vor dem Regen zurück.

In seinem Spiegelschrankfach stand Candesartan gegen Bluthochdruck, und in Taschen seiner Jacketts fand sie neben Magentabletten auch leere Aspirinhüllen. Die Triebunterdrückung erklärte manche seiner politischen Aggressionen, aber gesund war das nicht. Er wirkte immerzu angespannt.

Ihre Versuche, ihm Ausflüge mit den Kindern schmackhaft zu machen oder ihn wenigstens zu einem Sonnenbad im Garten zu überreden, schlugen fehl. Angeblich hatte er zu tun, aber an den Wochenenden senkte sich der Wodkaspiegel in seiner Bücherschrankflasche noch schneller als sonst.

Auf seinem Nachttisch lagen die »Selbstbetrachtungen« des Mark Aurel. Sie öffnete das Buch an der Stelle, an der die Seiten ein schmale Lücke bildeten: »Ohne Anfechtung kannst du in höchster Seelenruhe leben, wenn auch alle Menschen nach Herzenslust ein Geschrei wider dich erheben und wenn auch wilde Tiere die schwachen Glieder deiner Körperhülle zerfleischen sollten.« Der böse Wolf salbte seine Seele heimlich mit Stoa! Funktionierte bloß nicht.

Aber das konnte ihr eigentlich egal sein. Sie musste sich vor zu viel Einfühlung hüten, denn Sattler war der Feind.

*

Auch in der nächsten Woche wartete sie vergeblich auf eine Möglichkeit, an Sattlers Notebook heranzukommen. Mit jedem Tag wurde ihre Tarnung fadenscheiniger, im wahrsten Sinne des Wortes. Frau Grimme brauchte neue Kleider.

Im Laden für »Anziehsachen« am Wasserturm zog ein verwaschener Hauch Regenbogen über die Ständer, auf denen Kleider nach Farben sortiert waren.

Petra Grimme wählte einen Nicki mit Silberstickerei, dazu eine Jacke im Tigerlook und sportliche Sneaker mit Metallicbeschichtung, knatschbunte Pullover, Leggins, eine hübsche Schürze und für die Gartenarbeit einen Strohhut. In der Herrenabteilung suchte sie zwei sommerliche Hemden für Karim aus.

Verkleidet trat sie vor den Spiegel und musste lachen: Die Wölfin sah aus wie ein Schaf mit grünen Beinen und pinkfarben-flauschigem Kunstfell.

Sie drehte sich und hob den Pullover. Ihre Beine waren

schlank und ihr Hintern knackig. Wenigstens hatten die Hungerjahre sie vor Wohlstandspolstern bewahrt.

Sie hängte sich einen federgeschmückten Grizzly-Zahn aus Plastik ins Ohr. Ach ja, die Erinnerung an Dingsda am Strand auf Malle. Man freut sich ja über jedes bissel Liebe, das einem den Rücken runterläuft.

Sattler schluckte, als er sie in ihrem neuen Outfit sah, sagte aber nichts.

Gemeinsam mit Henry, dem Weinhändler, den Raissa mit der Bleistiftnotiz »brilliant« ausgezeichnet hatte, verkostete sie die Lieferung. Sie war reichlich beschwipst, bevor sie begriff, was einen schweren von einem leichten Körper unterschied, aber auch überzeugt, dass teurer Rotwein weniger Kater verursachte als der billige.

Sie kaufte Zeitschriften für die »Gesunde Küche« und paukte die Rezepte während der S-Bahn-Fahrten auswendig, denn als »studierte Hauswirtschafterin« durfte sie sich in Sattlers Küche nicht mit Spickzetteln erwischen lassen.

Sie lernte alles über Garzeiten und die Anatomie der Nutztiere, doch immer wieder verbrannte sie teure Filets und versalzte Suppen. Ihr Lehrgeld bezahlte natürlich Jost Sattler, der zum Glück die horrenden Kosten seines Haushaltes nicht zu bemerken schien. Auch gelang es ihr nicht, die Kinder mit ihren Kochkünsten zu überzeugen. Leila schob die Escargots, in mühsamer Fitzelarbeit geputzt und fünf Stunden »bei gleichem Flüssigkeitsstand« gekocht, mit angeekeltem Gesicht beiseite. In Arthurs Zimmer fand sie beim Entleeren des Papierkorbs eine Burgertüte.

Der Einzige, der sich wirklich auf die tägliche »Fütterung« freute, war Heinrich, und für den musste sie jede Mahlzeit zu einem unkenntlichen Brei pürieren.

Nachdem die wunden Stellen, Spuren des Fütterns mit der Spritze, geheilt waren, setzte sie ihm versuchsweise das Gebiss ein. Zwar kaute er auch jetzt nicht, sondern schluckte nur gierig, aber er zeigte seine Zähne und lächelte jeden an, der vorbeikam.

Am Abend schüttelte er den Kopf wie ein störrisches Kind, presste die Lippen zusammen und ließ sich das Gebiss weder mit guten Worten noch mit List entlocken. Sie musste ihn erst mit einem zusätzlichen Glas Chartreuse beduseln und das Licht ausschalten, dann durfte sie die Zähne herausnehmen und in einem Glas mit Reinigungsflüssigkeit versenken.

Probleme bekam sie von einer ganz unvorhergesehenen Seite her, nämlich mit ihrer falschen Westidentität.

»Kann ich dich interviewen? Wir müssen was Historisches erkunden«, fragte Leila eines Tages und zeigte auf ihren Schreibblock: »Wo warst du, als die Mauer gebaut wurde?«

Sie antwortete, »Berlin«, eingedenk der großstädtischen Abkunft der echten Petra Grimme und fügte nach eiligem Rechnen hinzu: »Aber da war ich noch gar nicht geboren.«

»Haben Deine Eltern protestiert oder so?«

»Wie denn? Demonstrieren war ja verboten.«

»Wieso verboten? Wie im Osten?«

Eine verflixte Falle. Sie murmelte etwas von »alliierter Status« und lenkte auf ein anderes Thema.

Sie musste ernsthafte Anstrengungen unternehmen, sich eine glaubhafte Westbiografie zuzulegen, nachdem Leila sie gebeten hatte, ihr ein Namensschild ins Milly-T-Shirt zu nähen. Angesichts der vielen »niedlichen« Mäuschen und Glubschäuglein im Kleiderschrank wurde ihr klar, wie sehr sich Ost- und Westsozialisierungen unterschieden. Die Märchen der Gebrüder Grimm gehörten natürlich zum deutsch-deutschen Kanon, auch Andersen, Hauff, und die Sagengestalten der Kinderlieder waren in Ost und West bekannt – aber sie wollte auch wissen, was Arthur mit »Geh doch ins Eis, wenn du depressiv bist« meinte oder warum Leila prustete, weil er »Scherfs« zu den Algen in der Misosuppe sagte.

Sie las sich rückwärts in die Kinderjahre eines Westberliner Mädchens namens Petra und staunte über die Welt, die sich ihr auftat. Während der S-Bahnfahrt verschlang sie »Konrad« und »Die Brüder Löwenherz«. Sie entdeckte Peter Pan, Pu, den Bären und die Hobbits. Die Mitreisenden in der S-Bahn schauten auf die Titel der Bücher und lächelten wie bei einer schönen Erinnerung.

Kaum hatte sie die eine Blöße bedeckt, rutschte ihre Aufmerksamkeit wie eine zu kurze Decke von einer anderen. Eines Sonntagabends kam Arthur in die Küche, sah sie mit der Nase über dem brodelnden Topf und lachte. »Hi Pythia, wo ist mein weißes Sportdress?«

»Auf'm Parnass«, antwortete sie und biss sich auf die Lippen. Unter dem Kittel brach ihr der Schweiß aus.

Sie erdachte einen Kurs in »Kunst putzen« an der »Hauswirtschaftsschule«, um ihre Vertrautheit mit dem Delphischen Orakel zu erklären und ein Praktikum »in Zimmerservice und Werkstoffpflege«, das sie angeblich bei der berühmten Moneypenny in Windsor absolviert hatte, aber zu viel Erklärung lenkte erst recht Arthurs Aufmerksamkeit auf ihre Talente und Sprachkenntnisse. Manchmal stellte er seltsame Fragen:

»Wann, sagtest du, war dein Abschluss an der Hauswirtschaftsschule?«, etwa, oder: »Wenn deine Tochter jetzt 27 ist, musst Du ja total jung gewesen sein bei der Geburt. Leben deine Eltern in Berlin? Woran ist dein Mann gestorben?«

Sie tat beschäftigt, eine Maske jovialer Freundlichkeit, stets zu Diensten, bei Grimme is am cleansten, aber sie fühlte sich so falsch wie eine Fastfünfzigerin nur irgend sein konnte.

Am Abend von Heinrichs 77. Geburtstag deckte sie den großen runden Tisch, den Frau Mirabeau inzwischen restauriert hatte. Sie legte eine Damastdecke auf, polierte das Silberbesteck und bestückte die Leuchter mit frischen Kerzen.

In der Küche erwischte sie Arthur beim Naschen.

»Finger weg! Wir essen gleich.«

»Hab keinen Hunger.« Sprach's und schluckte.

»Nichts da. Heute wird gemeinsam gegessen oder gar nicht.«

Er zog sein »Sie-wollen-dass-ich-mitschuldig-werde«-Gesicht und verdrehte die Augen. Sie schob ihn in Richtung

Halle. »Na los, mach Opa die Freude. Es ist vielleicht sein letzter Geburtstag.«

Frau Zabel half in der Küche, und die Pflegerin zog Heinrich um, sodass alles fertig war, als Jost Sattler nach Hause kam. Er entkorkte eine Flasche Riesling, während sie den Rollstuhl mit Holzkeilen blockierte, damit Heinrich, der vor Aufregung zappelte, nicht wegrollte.

Als Amuse-Gueule servierte sie eine Rigatone mit Kaviarfüllung, dann folgte eine Consommé im lange schon nicht mehr benutzten Meißener Porzellan. Das Ritual sollte Arthur und Sattler über ihre Befangenheit hinweg helfen. Beim Hauptgang starrte Sattler verblüfft auf den bunten Schleim in seiner Schüssel und dann auf die Teller von Leila und Arthur, auf denen Scheiben von Lammbraten mit Chilibutter und Orangeneis lagen.

»Tut mir Leid.« Sie reichte ihm das Körbchen mit dem Kürbis-Knäckebrot. »Sie kriegen Diät. Was wir essen, ist ein bisschen zu scharf für Ihren Magen.«

Er kostete und lächelte freundlich. »Schmeckt sehr … gesund.«

»Gestoßener Leinsamen und frische Kräuter.«

»Danke, dass sie ähm … um mein Wohl besorgt sind. Salz darf da nicht dran, oder?«

Sie reichte ihm den Streuer »Gut ist das nicht. Wenn Sie einen Magendurchbruch kriegen, lachen die Terroristen sich ins Fäustchen.«

Arthur grinste auf seinen Teller, aber Sattler starrte plötzlich mit erhobenen Augenbrauen ins Nichts. Sie fürchtete schon, ihn verärgert zu haben und versuchte einen Scherz. »Huh … Da kriegt man ja Angst! Wenn Sie nicht mal lachen, hilft der beste Schleim nicht!«

Er räusperte sich. »Haben Sie eigentlich im Fernsehen mal was über Biometrie gehört?«

»Ich?« Seine Frage alarmierte sie. Zum Glück missverstand er ihren erschrockenen Blick.

»Biometrie bedeutet, dass Körpermerkmale vermessen werden. Fingerabdruck, Scan der Iris, Stimmerkennung.«

»›Willkommen an Bord! Wie lauten Ihre Befehle?‹« imitierte sie einen Roboter und wurde rot. »Sie meinen Opas Lieblingsserie, wenn der Bordcomputer den Kapitän an der Stimme erkennt?«

»Gut!«, lobte er. »Und wie steht es um Videoüberwachung, zum Beispiel auf S-Bahnhöfen? Halten Sie das für sinnvoll?«

Der König fragte sein Volk, neugierig, nicht misstrauisch.

»Ich dachte immer, die müssten sich irgendwie vorstellen, also die auf der anderen Seite der Kamera. Zum Beispiel mit einem Schild: Heute erfreut sich Herr Heinz Pimpelhuber am Anblick Ihrer Beine. Vielen Dank und gute Weiterfahrt.«

Arthur machte Geräusche, als quelle ihm das Essen in der Kehle.

»Ah, das ist interessant ...«, nickte Sattler. »Ein gutes Argument. Sie haben völlig recht. In Zukunft wird da kein Mann mehr sitzen, sondern das wird vollautomatisch verarbeitet. Das ist eben Biometrie.«

»Und wozu?«, fragte sie mit größtmöglicher Einfalt.

»So können gesuchte Terroristen gefunden werden, auch andere Straftäter, zum Beispiel Kinderschänder.«

Sie ließ ihre Gabel sinken. Er beleidigte sie mit seinen populistischen Volten. Nichts hätte sie jetzt lieber getan, als ihn an seine zurechtgebogenen Statistiken von Handtaschendiebstählen und Jugendkriminalität zu erinnern, aber sie bemerkte Arthurs wachsamen Blick und riss sich zusammen.

»Und Schwarzfahrer?«, fragte sie beiläufig.

»Das wäre eine Idee. Bei der Bahn könnte man viel Personal einsparen.«

»Und da wäre ich dann vorbestraft, bloß weil ich schwarzgefahren bin?«

»Nein, natürlich nicht.« Sattler wurde unsicher. Vielleicht hatte auch er bemerkt, dass sein Sohn ganz lauernde Aufmerksamkeit war. Was war mit dem los? Der ließ sich doch sonst keine Gelegenheit zum Spotten entgehen.

»Die Polizei würde das mit anderen Datenbanken abgleichen und feststellen, dass Sie eine fleißige Hauswirtschafterin und eine sehr äh ... vielseitige Köchin sind.«

Sie ging nicht auf Sattlers Witz ein. »Die könnten aber auch feststellen, dass ich mal auf einer Demo war. Die filmen doch da, oder?«

Er lachte, als ob ihn die Vorstellung belustige, aber Frau Grimme entgegnete mit einer Heftigkeit, die sehr authentisch wirkte: »Ich war schon mal auf einer Demo, was dachten Sie denn? Gegen den Irak-Krieg.« Sie begann, die Teller abzuräumen.

Sattler entschuldigte sich. »Ich wollte nicht bezweifeln, dass Sie politisch engagiert sind. Natürlich. Das ist gut so.«

»Ich dachte nur, wenn mal zufällig auf dem Weg zur Demo mein Fahrschein kontrolliert wird und ich dann festgehalten werde, könnte ich glatt denken, dass die ganze Demokratie im Eimer ist wegen dieser Dings, dieser Biometrie.«

Arthur stand auf. »Ich helfe dir.« Er sah dermaßen zufrieden aus, als sei ein Boxkampf vorbei, und er habe die Wette gewonnen.

*

Es war ein Glück, dass Jost so auf seinen Sohn fixiert war, denn das lenkte ihn wirksamer von den Seltsamkeiten seiner Putzfrau ab als all ihre Manöver.

Arthur ließ aber auch keine Gelegenheit aus, seinen Vater zu provozieren. Er schmückte sich jeden Tag anders, mal flocht er Perlen in die Strähnen neben dem Ohr, mal band er nach der Art von Seeräubern ein Tuch um die Stirn, mal ging er pünktlich zur Schule, mal zu spät. Wenn Sattler ihn ansprach, setzte er die Kopfhörer des Walkman nicht ab, verriet seinem Vater aber auch nicht, dass er von den Lippen lesen konnte, ein hochbegabter Tausendsassa, der nicht normal auf einem Stuhl sitzen konnte und sein Leben als kippligen Balanceakt liebte.

Sattlers Tage dagegen verliefen in einem starren Gerüst. Er stand 7:00 Uhr auf, turnte am offenen Fenster und duschte eiskalt. Beim Frühstück hörte er Nachrichten, um 7:30 Uhr rief er im Büro an und fragte die Leszinsky nach seinem Terminkalender. Punkt 7:45 Uhr verließ er, auf jeweils die gleiche

Weise geschniegelt, das Haus. Weder dringende Fragen noch Oskas Fiepen hielten ihn auf, Störungen akzeptierte er nicht.

Die beiden definierten sich als Gegenteil des jeweils anderen. Aus jeder Begegnung saugten sie die Energie, noch weiter auseinanderzudriften, ganz wie der Schwarze Block und die Polizei bei einer 1.-Mai-Demo in Kreuzberg. Arthur pflegte seinen Freiheitsdrang, und Jost verstand ihn als Infragestellung seiner Grundsätze. Sie waren in einer schmerzhaften Symbiose zusammengewachsen.

Normalerweise ließ die Größe der Villa Platz zwischen Vater und Sohn, und die Streithähne gingen sich aus dem Weg, aber eines Abends, sie war gerade dabei, in der Küche die Spülmaschine auszuräumen, hörte sie, wie Sattler in der Halle laut wurde.

»Sieh mich an! Du sollst meine Frage beantworten!«

»Was willst du denn? Ich gehe in die Schule. Jeden Tag. Das wolltest du doch!«

»Aber nicht so!«

Sie lauschte und stellte leise eine Schüssel ab. Hoffentlich hatte sich ihre Stimme beim Streiten mit ihrer Tochter Rosalie nicht so angehört an wie jetzt die von Sattler, eine Kakophonie aus Müdigkeit, Verzweiflung und Ungeduld.

Arthur lispelte mit gespielter Naivität. »Ich bin brav, ein tleines Schaf.«

Sattler schien in der Halle nervös hin und herzulaufen. »Sämtliche Schüler, bei denen die Durchsuchung Haschisch zutage gefördert hat, behaupten, bei dir gekauft zu haben.«

»Bei mir haben sie nichts gefunden. Ich bin sauber.«

»Das macht die Sache in meinen Augen eher noch schlimmer.«

Arthur klang genervt. »Keiner von denen hatte mehr als zwei Gramm, das ist nicht illegal. Du hast das Gesetz gemacht. Wozu der Aufstand?«

»Weil Abramowitsch dir ein Schulverbot erteilt hat. Und du weißt, dass er sich sonst lieber ein Bein abhackt, als seinen Lieblingen Grenzen zu setzen.«

Gefährliche Stille lastete auf dem Haus. Dann fuhr Jost Sattler leiser fort: »Woher weißt du so genau, wie viel Gramm jeder hatte?«

Ihr Erscheinen in der Küchentür unterbrach die Streithähne nicht.

»Der Handel mit Haschisch ist nämlich keineswegs legal«, erklärte Sattler in ihre Richtung, als sei sie die Richterin.

Sie hob die Hände zum Zeichen, dass sie sich nicht einmischen wolle. »Arthur muss jetzt mit Opa raus, sonst kriegt der heute gar keine frische Luft in die Nase!«

»Wir bereden eine wichtige Sache.«

Arthur lachte unfroh. »Wozu? Du glaubst mir ja sowieso nicht.«

Sattler rief aufgebracht: »Behauptest du, dass dein Direktor lügt?!«

»Hu … ein Sakrileg! Aber nein, wenn's dich beruhigt: Er phantasiert bloß.«

Sie unterbrach ihn. »Schuhe anziehen, Arthur! Ich mache inzwischen Opa ausgehfertig!«

»Zu Befehl!« Arthur verzog sich nach oben. Sattler blieb unzufrieden zurück, setzte sich an den Flügel und spielte ein Nocturne, das schrecklich klang, weil nach dem Brand noch kein Klavierstimmer sich an das feuchte Instrument gewagt hatte. Am liebsten hätte sie ihm den Klavierdeckel auf die Finger geschlagen, aber sie musste Heinrich beruhigen, der den Kopf nervös herumwarf.

Oben drehte Arthur die Stereoanlage auf. Ein Punk mit rauchiger Stimme schimpfte auf Französisch. Sattler antwortete, indem er von Chopin zu Mussorgskis Triumphmarsch und dann zur Fähnrichspolka wechselte, aber er kam gegen das immer lauter werdende Dröhnen der Bassboxen nicht an.

Heinrich wand sich und rutschte unter dem Leibgurt durch.

Sie brüllte: »Hört auf!«, aber sie hätte genauso gut einen Wattebausch zwischen zwei wütende Stiere werfen können. Leila kam die Treppe herunter und starrte schreckensbleich auf ihren Vater, der schon gar nicht mehr spielte, sondern auf die Tasten hämmerte.

Schließlich drückte Karla die Sicherung heraus. Arthurs Anlage verstummte, und ein paar Fausthiebe danach gab auch Sattler auf. Er saß mit hängenden Armen vor dem Klavier, keuchte, der Schweiß lief aus seinen Haaren in den Hemdkragen. Dann wischte er sich übers Gesicht, stand auf, drückte den Rücken durch und stieg mit ruhigen Schritten, als sei nichts vorgefallen, an Leila vorbei nach oben. Seine Arbeitszimmertür fiel geräuschgedämmt ins Schloss. »Zackig« war nicht das richtige Wort für diese geisterhafte Performance. Es war gruselig.

Am nächsten Morgen lag Arthur, als sie ihn wecken wollte, nicht in seinem Bett. Sie suchte bei Leila, in Raissas Zimmer und bei Heinrich. Kein Paar seiner Schuhe fehlte, die Schultasche stand hinter der Tür.

Erst als sie Oska aufgeregt im hinteren Teil des Gartens bellen hörte, ahnte sie, wo er war. Sie lief durch das morgennasse Gras. Im Geäst einer breit ausladenden Platane schwebte in geringer Höhe ein Kinderbaumhaus, wie sie einst in Apfelbaum Nummer sieben selbst eins gebaut hatte, nur viel bunter, eine bunt bemalte Kajüte, ein gestrandetes Narrenschiff.

Ein Fuß ragte aus der Tür des Bretterverschlags. Sie kletterte auf der wackligen Leiter zwei Sprossen empor und schaute hinein: Arthurs Gesicht war blass, er schwitzte unter der Kapuze, eine Schnecke glitt mit vorgestreckten Fühlern über den Schlafsack.

Sie ging zurück zum Haus und trug die Morgenmilch in den Garten. Er fuhr hoch und verdrehte die Augen, als er sie erkannte. »Mann eh, nirgends hat man Ruhe …«

»Danke, heißt das.«

»Kümmer dich um deinen eigenen Scheiß!« Vorbei war es mit der unschuldigen Knabenschönheit.

»Der übt für seine Survivaltour«, erklärte Leila.

»Seine was?«

»Das ist, wenn man ohne Hilfsmittel überleben will.«

»Hartz vier?«, tat sie naiv und Leila lachte.

»Ich hab ein schlechtes Gewissen«, gestand Leila, während sie gemeinsam in der Küche Saatgut-Tütchen mit abgelaufenem Haltbarkeitsdatum aussortierten.

»Warum?«, fragte sie und warf die »Schlafmützchen« in den Müll.

»Ich bin letzte Nacht aufgewacht, und es war so still. Opa hat gar nicht geschrien wie sonst. Da hab' ich gedacht, er wäre tot. Und eigentlich …« Sie starrte das »Rittersporn«-Tütchen an. »Ich weiß nicht, ob es richtig ist, aber ich dachte, es ist vielleicht gut für ihn, wenn er im Schlaf stirbt, oder? Weil er's nicht merkt.«

»Ja, das wäre ein schöner Tod.«

»Aber vielleicht muss man wach sein, um …« Leilas Blick verlor sich, während sie an ihren Lippen knispelte. »Glaubst du, dass es ein Leben nach dem Tod gibt? Ich meine, dass die Seele weiterlebt, wenn ein Mensch stirbt?«

Karla hätte das Mädchen küssen können.

Zwei Jahrzehnte hatte sie ihre Tochter vergeblich bearbeitet, hatte ihr Bücher über den Sinn des Lebens geschenkt, war mit ihr ins Theater, in Vorlesungen, ins Kino gegangen – ohne bei Rosalie das geringste Interesse für Philosophie wecken zu können. Das Pendel war in die entgegengesetzte Richtung ausgeschlagen, in demonstrativen Pragmat-ismus nämlich. Auf das Geburtstagsgeschenk zu ihrem vierzigsten Geburtstag, eine CD mit Brecht-Liedern, hatte ihre Tochter ein Weigel-Zitat geschrieben: »Was schert mich alle Liebe zur Menschheit, ich kümmere mich um Leute.«

So viele Antworten auf Leilas Frage, so vieles an Zitaten und Denkansätzen der Philosophiegeschichte fiel ihr gleichzeitig ein, dass sie schier zu platzen glaubte. Und doch musste sie schweigen, weil sie jetzt, da jemand endlich die große Frage nach der Seele, dem Universum und allem stellte, in der Rolle der Putzfrau gefangen war! Zum Mäusemelken!

Verwirrt stand sie auf und tat, als habe sie Heinrich von nebenan rufen hören. Er war in seinem Sessel eingeschlafen und schnarchte.

Sie hatte nicht vergessen, was Professor Caresse in der Einführungsvorlesung als Mission der Philosophie bezeichnet hatte. Drei Fragen sollten die Studenten der geschundenen Menschheit beantworten: Wer bin ich? Wozu lebe ich? Wie kann ich glücklich werden? Sie hatte begeistert mitgeschrieben und gedacht, dass sie genau das Richtige studierte. Die Menschheit glücklicher machen, die Welt verbessern, was konnte es Wichtigeres geben?

Und hier schlief nun ein alter Mann, den nicht Erkenntnisse glücklich machten, sondern die Nähe seiner Familie und die Erzeugnisse der pharmazeutischen Industrie.

Heinrich saß tagsüber mit einem Gurt um den Bauch in der Halle und benahm sich wie die Königin aus Alices Wunderland. Er kreischte böse, wenn jemand hinter seinem Rücken telefonierte, und begann zu weinen, wenn er allein gelassen wurde. Seine Gedanken waren erfüllt von Erinnerungsbruchstücken, sein Bewusstsein sprang herum wie bei einem Senderwechsel. Im einen Moment führte er kichernd Selbstgespräche und schluchzte im nächsten hemmungslos. Abends schlief er wie nach harter Arbeit erschöpft ein.

Alles, was man tun konnte, wenn sein Gedächtnisfilm traurig wurde, war ihn zu trösten, die glücklichen Stellen zu wiederholen und »Kometgrütze« zu sagen.

Jost Sattler hatte versucht, seinem Vater die Namen zu den Personen in der Festschrift einzuprägen, gab sich aber nicht zufrieden mit den Erinnerungsresten, sondern korrigierte, wiederholte und fragte ab wie ein Oberlehrer. Heinrich, der merkte, dass die Zusammenhänge fehlten, wurde traurig und schließlich wütend und warf mit allem, was er fassen konnte. Er behauptete, Jost sei nicht sein Sohn, sondern von der Stasi geschickt und solle verschwinden.

Sein Gehirn funktionierte nur noch halb, aber die Würde wahrte ihren Stammplatz noch im letzten Funken seines verwirrten Geistes.

Natürlich war er verrückt, aber was machte das schon? Sie selbst hätte sich gern einmal wieder so gehen lassen.

Sie putzte ihm den Speichel vom Kinn und ging zurück in die Küche.

»Ich weiß nicht, ob es ein Leben nach dem Tod gibt«, nahm sie den Faden wieder auf. »Niemand weiß das, glaube ich. Aber ich weiß, dass es mir nicht gefallen würde.«

»Wieso nicht gefallen?«

»Ich will nicht in so einer Art Versuchsanordnung leben, wo ich die ganze Zeit beobachtet werde wie eine Laborratte, und nachher gibt's die Belohnung. Mir gefällt die Vorstellung besser, dass es kein Später, kein Jenseits, keine Götter gibt.«

»Aber wozu sind wir da? Was für einen Sinn hat dann alles?«

»Wir kommen einfach an wie in einer fremden Stadt. Man guckt sich um und macht das Beste daraus.«

»Klingt einsam.«

»Nein. Wir kümmern uns um Opa, solange er noch da ist. Das klingt vielleicht nicht gerade wie eine großartige Sache, aber sie macht Sinn.«

Leila nickte, und dann passierte etwas, das sie mehr erschreckte als rührte: Sattlers Tochter umarmte sie.

*

Langsam, aber sicher durchlöcherte der Alltag ihren früher so unerbittlichen Gegensatz zu Sattler, in ihre Prinzipien schummelten sich lauter kleine Ausnahmen und »Vielleichts«. Gesetzt, der Mensch war wirklich das kurzsichtige Wesen, von dem Sattler auszugehen schien, konnte die Aufklärung nicht funktionieren. Er schien zu glauben, dass seine Pflicht darin bestand, Wölfe und schlechte Hirten von der Herde fernzuhalten, rieb sich für seine Überzeugungen auf und tat, was aus seiner Sicht getan werden musste.

Revisionistin!, schimpfte Dr. Karla Schlicht. Petra Grimme zog vorsichtig den Kopf ein.

Doch sie spürte, wie Familie und Haushalt sie unaufhaltsam

assimilierten. Früher hatte sie sich stets lustig gemacht über das alberne Fernsehgewäsch biederer Hausfrauen, die mit weichgezeichneten Sorgenfalten von strahlendem Weiß und blitzendem Scheiß bramarbasierten. Jetzt dagegen löste der Muffelgeruch der Wäsche in ihr familiäre und heimische Gefühle aus. So riecht das Opium fürs Volk, dachte sie, davon hat die Jenny ihrem Marx nichts verraten.

Sie liebte es, den Gärtnerinnen beim Jäten, Gießen und Sträucherverschneiden zu helfen. Von der Arbeit in frischer Luft wurde ihre Haut brauner, sie sah gesünder aus. Die Sekunden vor dem Spiegel im Bad waren wie ein Blick in ein anderes Leben, aber wer betrachtete wen?

Ihre Handflächen bekamen Schwielen. Meist klebte ein Pflaster um einen ihrer Finger und verbarg einen Schnitt, den sie sich beim Zwiebelschneiden oder Apfelschälen zugezogen hatte.

Sie fragte sich mit einiger Sorge, aus welcher Quelle ihr Nestpflegetalent floss.

Sogar ihr Weltbild wurde umso schwarz-weißer, je mehr sie sich daran gewöhnte, alles in die Kategorien Schmutz und Sauberkeit einzuteilen.

Wenn die Angst, dümmer zu werden, sie packte, flüchtete sie zu Sattlers Büchern und las im Mark Aurel oder in der deutsch-griechischen Dünndruckausgabe des Epiktet.

An einem Sonntagmorgen zog sie ihre schwärzesten Klamotten an und ging in die Nationalgalerie. Magisch wurde sie von den glatten Oberflächen der Marmorstatuen, die weiß leuchteten wie frisch geschrubbt, angezogen. Am liebsten hätte sie mit einem weichen Staublappen über die Popos gestreichelt.

*

Lange durfte die Warterei auf eine Gelegenheit zum Ausspionieren des Notebooks nicht mehr dauern. Von dem Rollenwechsel bekam sie Kopfschmerzen. Ihr Gehirn flackerte und kam nicht zur Ruhe. Die Angst vor der Entlarvung verfolgte sie bis in die Nächte und ließ sie schlecht schlafen.

Eines Morgens erwachte sie aus wilden Träumen. Erst hatte Rosalie eine Fehlgeburt gehabt, weil sie versehentlich von den Drogen in der Keksdose gekostet hatte, dann machte ihr die Hausgemeinschaft im Wohnzimmer den Prozess. Während der Verhandlung musste sie Frau Grimmes Haarteil tragen, das ihr dauernd ins Gesicht rutschte und sie so quälte, dass sie noch vor der Urteilsverkündung aus dem Fenster sprang.

Als sie erwachte, war es draußen hell. Sie wusste, dass sie verschlafen hatte, konnte ihre Zehen bewegen, auch ihre Finger funktionierten, trotzdem spürte sie nicht den geringsten Impuls, sich zu erheben.

Welche ihrer Persönlichkeiten sollte sie anziehen? Petra Grimme? Karla Schlicht? Jede der beiden wehrte sich gegen die andere. Frau Doktor Schlicht empörte sich, weil Petra Grimme wie ein Gewicht an ihrem Arm hing und den Griff nach den Sternen behinderte. Petra Grimme verachtete die Mission, die zu nichts nutze sein konnte, als Unfrieden zu stiften.

Die schmerzhaften Folgen bekam sie täglich am eigenen Leib zu spüren. Beim Abwaschen zum Beispiel stellte Petra Grimme sich vor, dass Sattler sie bei seiner Rückkehr mit einem Kuss in den Nacken überraschte, und träumte seine Lippen so intensiv, als berühre er sie tatsächlich. Ein Schauer lief über ihren Körper und ließ ihr die feinen Härchen auf Armen und Beinen zu Berge stehen. In dem Moment, in dem Karla Schlicht sich einmischte und zu vernünftiger Kühle mahnte, durchzuckte ein glühender Schmerz ihren Finger, weil sie sich an einem der Messer im Spülwasser geschnitten hatte. Gefühle in einer Doppelrolle waren gefährlich.

Lange lauschte sie an diesem Morgen gelähmt in sich hinein. Vielleicht war sie weder noch, keine von beiden, ein gesichtsloses Nichts.

Sie sann auf Hilfsmittel und begann, ihren Tag ähnlich streng zu strukturieren wie Jost Sattler den seinen. Auf dem Bücherflohmarkt erstand sie einen Stapel Romanhefte von

Muriel Eigentat mit Titeln wie »Ruf der Liebe« und »Das Glück in deinen Armen«. Wann immer sie im Laufe eines Arbeitstages aus der Rolle zu fallen drohte, injizierte sie sich paar Zeilen Dienstmädchenprosa. Das half sofort, und sie konnte wieder fröhlich zum Takt der Backstreet Boys durch die Zimmer swingen.

Zum Feierabend las sie Nietzsche, Kant und Kierkegaard und blätterte sogar wieder in den hochfliegenden Plänen zu einem Buchprojekt über Utopien, mit dem sie sich nach der Institutsschließung getröstet hatte.

In ihrem Tagebuch notierte sie minutiös die Beobachtungen des Tages. An der leeren Wand ihres Arbeitszimmers skizzierte sie die Beziehungsstruktur. Sie stand lange vor dem Schema und überlegte, bevor sie Petra Grimme einfügte. Eine Therapeutin bei der Familiendiagnose konnte nicht seriöser arbeiten. Sattlers Familie wurde ihr bald vertrauter als ihre eigene.

*

Eines Tages traf mit der Post ein schwerer Umschlag, abgestempelt in Baden-Baden, ein. Als Absender war die »Sinon GmbH« angegeben. Sie erinnerte sich, den Namen bei einem Telefonat Sattlers erlauscht zu haben. Wer nannte eine Firma nach einem Verräter? Sinon, der Cousin des Odysseus, hatte die Trojaner überzeugt, das Verderben bringende Pferd der Griechen als Geschenk anzunehmen.

Sie öffnete den Umschlag über Wasserdampf. Er enthielt die Jahresbilanz einer Firma, die laut Briefkopf Barbara und Arthur Sattler gehörte. Unter der fehlenden Unterschrift stand jedoch »Jost Sattler, Vertreter mit Generalvollmacht«.

Bei einem Jahresumsatz von 57 Millionen erwirtschaftete die Sinon GmbH einen Gewinn von 8 Millionen Euro. Größere Auszahlungen gingen an die »Kurklinik Professor Senner, Bad Herrenalb« im Schwarzwald »für Apanage und Pflege von Barbara Sattler« und auf das Treuhandkonto einer »Arthur-Sattler-Vermögensverwaltung« mit Sitz in der Platanenallee in Berlin-Zehlendorf.

Sattler hatte diese Einkünfte nicht veröffentlicht, aber sie zweifelte, ob das für einen Skandal reichte. Formal verstieß er nicht gegen den Verhaltenskodex der Abgeordneten, weil das Geld nicht ihm, sondern seiner Exfrau und seinem minderjährigen Sohn zufloss. Faktisch konnte er damit wahrscheinlich machen, was er wollte.

Sie blätterte den Katalog durch. Auf prächtigen Hochglanzfotos wurden Infrarotdetektoren, Bewegungsmelder und Fingerabdruckscanner angepriesen.

Sie spürte ein Prickeln in der Magengegend. Das sah ja beinah so aus, als wirtschaftete er in die eigene Tasche. Sie dachte an die Gerüchte über Sattlers Verstrickungen in Rüstungsgeschäfte, die bisher nie hatten bewiesen werden können. Hier ging es um die Maschinengewehre des 21. Jahrhunderts. Wenn sie herausfand, dass die Beschlüsse, die er als Ausschussvorsitzender mitverantwortete, indirekt ihm und seiner Firma nützten, brach sie ihm das Genick.

Sie musste herausfinden, wen die Firma belieferte. Gab es Aufträge der öffentlichen Hand? Rüstungsgeschäfte mit der Bundeswehr, der Polizei oder irgendeinem Geheimdienst? Nach Lage der Dinge gab es nur einen Menschen, den sie fragen konnte.

Es war schwül und warm, als Karla aus dem S-Bahnhof Bellevue trat und hinter der Akademie der Künste den Englischen Garten passierte. Die Absperrbänder am Großen Stern knatterten in den Windböen, Laub und Papier wirbelten über die Straße. Dunkle Wolkenhaufen und blaue Flecke jagten sich am Himmel, die Stimmung wechselte zwischen Tropengewitter und Sonnentag an der See. In den Polizeitransportern schliefen die Besatzungen.

Sie folgte den Anweisungen, die Aljoscha ihr gegeben hatte, und lief im Zickzack durch den Tiergarten. Am Rand der Tuntenwiese blieb sie stehen und tat, als beobachte sie die Fußballspieler. Niemand schien ihr zu folgen.

Gegenüber vom Eingang des Cafés Am Neuen See entdeckte sie einen amerikanischen Touristen, der in kurzen Hosen, mit Sonnenbrille und einem »US-Airforce«-Basecap eine nicht sehr begeisterte Polizistin zu einer Fotopose zu überreden versuchte. »Please laugh!«, rief er, »my ancestors were killed by yours!«

Aljoscha war sauber rasiert, kaute Kaugummi und nahm sie in den Sucher. »Very nice Frollein.« Er flüsterte. »Spiel ein bisschen mit. Lach mal! Werd rot. Wir lernen uns gerade kennen.«

Sie verdrehte die Augen. Wann wurde dieser Mensch endlich erwachsen?

Sie spazierten um den See, bis sie allein auf dem Weg waren. Aljoscha entschuldigte sich. »Die haben mitgekriegt, dass wir an einer Software arbeiten, mit der User Online-Durchsuchungen blockieren können.«

»Wer ist ›die‹? Wieder mal der Staatsschutz?«

»Nein, eher das BSI.« Er knipste die Enten, die im flachen Wasser gründelten.

»BSI? Nie gehört.«

»Gibt es noch nicht so lange. ›Bundesinstitut für Sicherheit in der Informationstechnik‹. Hacker im Staatsauftrag. Ich habe alle Hände voll zu tun, die von unserer Datenbank fernzuhalten.« Er ließ die Kamera sinken und strahlte sie an. »Aber jetzt erzähl von Sattler. Ich kann es nicht fassen: Karla Schlicht undercover. Wie lange bist du schon bei ihm?«

Sie schilderte den Autounfall und seine Folgen. Erleichtert, endlich jemanden ins Vertrauen ziehen können, erzählte sie auch von ihren Ängsten und staunte, wie filmreif ihr Bericht vom Hausfrauendasein klang – obwohl sie Arthurs Haschischhandel ebenso ausließ wie den Erpresserbrief.

»Wie machst du das? Ich meine, jemand anderen zu spielen und nicht gleich rauszuplatzen mit dem, was Karla Schlicht denkt?«

Irgendwas in seiner Stimme verriet ihr, dass in dem Kompliment eine Kritik steckte. »Wie meinst du das?«

»Diplomatie war nie deine Stärke.«

Sie schwieg verblüfft. Seit ihrer Leitung des Instituts hatte sich niemand beschwert, im Gegenteil. Sie hatte es immer für

Charakterstärke gehalten, die Wahrheit laut und vernehmlich auszusprechen – egal, ob die Gelegenheit opportun war oder nicht.

»Und Sattler, wie ist er so?«, unterbrach Aljoscha ihre Überlegungen.

»Ich werde noch nicht schlau aus ihm. Einerseits hat er einen kranken Vater, macht sich Sorgen um die Kinder. Letztes Jahr ist seine Frau gestorben, das scheint ihm Knüppel zwischen die Beine geworfen zu haben. Das Haus ist beinah verwaist, leider, das schränkt meine Möglichkeiten ziemlich ein.«

»Und andererseits?«

»Wie andererseits?«

»Das war die Version der Putzfrau. Was ist mit der von Karla Schlicht?«

Sie seufzte. »Ich warte seit Wochen auf eine Gelegenheit, sein Notebook zu knacken. Alles ist vorbereitet. Aber Jost lässt es nicht aus den Augen, er nimmt es sogar nachts mit ins Schlafzimmer.«

»›Jost‹, hm?«

»Jost Sattler, ja. Bist du eifersüchtig?«

»Ich habe nichts dergleichen gesagt.« Er hob die Hände, aber seine Augen waren schmal.

»Mach dich nicht lächerlich. Ich versuche nur, objektiv zu sein. Was hast du über diese Firma rausgekriegt?«

»Sinon …« Er wandte den Blick von ihrem Gesicht. »Es heißt, das sei eine Art Geldwäscherei, um Schmiergelder für Sattlers Kriegskasse zu tarnen.«

»Eine Scheinfirma?«

»Nein. Die Firma existiert tatsächlich, mit Büros, Werkstätten und einer echten Forschungsvereinbarung mit der Uni in Aachen. Aber die Geschäfte, die sie macht, sind möglicherweise abgekartet: Überbezahlte Aufträge, feste Gewinnmargen, schwer nachzuweisen natürlich …«

»Du meinst: zugunsten der Sinon? Warum sollten die Geschäftspartner einen Konkurrenten durchfüttern?«

»Damit Sattler mit dem Geld Pressearbeit machen kann.

Offiziell sind das Werbeausgaben für die Sinon, aber als guter Anzeigenkunde kann er die Berichterstattung zu allen Sicherheitsthemen beeinflussen. Natürlich haben die Kollegen Sattler nicht umsonst nach oben geschoben. Jetzt schüttelt er für sie wie Goldmarie die Wolken.«

Karla bezweifelte, dass Aljoscha mit seiner Vermutung richtig lag. Jost Sattler war viel zu stolz, um sich auf diese Weise abhängig zu machen oder gar Befehle geben zu lassen – was ihr, wie sie in diesem Augenblick bemerkte, gar nicht sehr unsympathisch war.

»Hat er mal was von Munin gesagt?« fragte Aljoscha.

»Ja, er redet manchmal am Telefon darüber.«

»Erzähl!« Er hob seine Augenbrauen und reckte die Nase vor.

Sie schilderte ihm das wenige, was sie erfahren hatte. Sein Gesichtsausdruck verriet Besorgnis. »Sie sind also schon in der ›Pilotphase‹ …«

»Du weißt davon?«

Er schaute sich um, bevor er weitersprach, und senkte seine Stimme. »Dieses Munin wird ein System, mit dem sie ganz Europa überwachen können. Sie verknüpfen Passkontrollen, Mautsystem, Überwachungskameras und alles Mögliche mit biometrischer Erkennung. Im Ergebnis kann niemand mehr sich unbeobachtet bewegen oder äußern.«

»Das wäre absolut illegal.«

»Nicht mehr, wenn die dritte Stufe des Antiterror-Gesetzes durch ist! Wir müssen handeln, bevor es Tote gibt.«

Ihr blieb die Luft weg. »Tote?«

Er senkte die Stimme. »Die spielen in ihrem Antiterror-Bunker schon alle möglichen Szenarien für einen Anschlag durch, von der Kofferbombe über elektromagnetische Impulse bis zur Giftgaswolke! Und überall hat Sattler die Finger drin … Wir brauchen Informationen, Karla. Uns läuft die Zeit davon. Wenn die dritte Stufe der Antiterror-Gesetze erst mal in Kraft ist, können wir uns nicht mehr einfach so treffen. Dann sehen die uns überall!«

»Du müsstest dich reden hören, Aljoscha. ›Die sehen uns

überall‹, ›Big Brother is watching me!‹ Das ist doch paranoid!«

«Ach ja? Was passiert denn, wenn die Geheimdienste wie geplant auf jede Überwachungskamera zugreifen können? Der Linse siehst du nicht an, wohin das Kabel führt und wer zuschaut! Die Kameras können heute schon so winzig sein, dass du sie nicht mehr bemerkst. Karla! Diese dritte Stufe verschafft Big Brother Augen, ob du's wahrhaben willst oder nicht.«

Sie versuchte, sich über das eigenartige Gefühl klar zu werden, von dem sie beschlichen wurde. Angst war dabei, aber nicht nur die vor finsteren Gestalten, die in einem Bunker Mordkomplotte schmiedeten, sondern auch vor Aljoscha und seinem ominösen »*Wir*«. Sie beobachtete ihren ehemaligen Kollegen mit unauffälligen Seitenblicken. Er unterstrich seine Sätze mit dringlichen Gesten. »Die Sattlers haben längst das Deutungsmonopol in Sachen Terrorismus. Sie finden Koffer mit Gasflaschenbomben in einem Zug, und auf diversen Zetteln natürlich die passenden arabischen Schriftzeichen, und simsalabim – schon gibt es einige tausend Überwachungskameras mehr. Sie schließen die Flughäfen während der Urlaubszeit wegen diffuser Attentatsgerüchte, und schon nickt eine Mehrheit ihre Antiterror-Gesetze ab. Sie fordern die vorbeugende Erschießung von Terrorismusverdächtigen, es gibt einen kurzen Protest, und die Öffentlichkeit findet sich erleichtert mit ihrer Inhaftierung ab. Immer sind gerade irgendwelche Ermittlungen im Gange, weshalb die Sattlers nicht Auskunft geben können. Sie entscheiden, was geheim ist. Notfalls kooperieren sie international – dann ist sogar das Parlament von der Kontrolle ausgeschlossen.«

»Du musst mich nicht instruieren, Aljoscha.«

»Tut mir leid. Aber sie verschärfen die Lage Schritt um Schritt. Wie viele Stufen kommen nach der dritten noch?«

»Ich frage mich, welche Rolle Sattler dabei spielt, welche Rolle überhaupt ein Einzelner spielen kann.«

»Das sind theoretische Erwägungen. ›Die Rolle der Persönlichkeit in der Geschichte‹ ... Warum hast du dich als Putzfrau in Sattlers Haus eingeschlichen, wenn du nicht daran glaubst?«

Sie verstummte. Aljoscha hatte den Finger auf die wunde Stelle gelegt. Warum hatte sie die Drogen nicht an die Polizei ausgeliefert? Warum brachte sie sein Haus in Ordnung und sorgte dafür, dass er Zeit für eine Politik hatte, die sie für falsch hielt? Glaubte sie überhaupt noch an ihre Mission?

Aljoscha setzte nach. »Du erinnerst dich hoffentlich, was Nero mit Seneca gemacht hat?«

»Vielleicht will ich mich nur nicht verpflichtet fühlen, kritiklos deine Meinung über Sattler zu teilen.«

»*Meine* Meinung? Pass auf, dass du dich nicht verliebst.«

Am liebsten hätte sie ihm eine gescheuert, aber in ihrer Nähe stocherte ein junger Mann mit der Fußspitze im Gras am Seeufer. Er trug einen Regenmantel und hob den Kopf, als sie ihn passierten. Seine stechenden Augen blickten sie an.

Sie hakte sich bei Aljoscha unter und zog ihn zum Café zurück. »Lass uns nicht streiten, mein Lieber. Ich mache einfach wie immer, was ich will.«

Beim Abschied flüsterte er ihr ins Ohr »Wenn du untertauchen musst, ruf von einer Telefonzelle aus bei mir an, aber sag deinen Namen nicht. Du kannst leider unseren Termin um so und so viel Uhr nicht wahrnehmen, weil deine Mutter sich einen Knöchel verstaucht hat. Dann weiß ich, dass wir uns am folgenden Tag dreißig Minuten vor der genannten Uhrzeit treffen. Ich warte hier im Café am Neuen See auf dich, am letzten Tisch, ganz hinten, unter den Kastanien.«

*

Sie war bestürzter, als sie Aljoscha gegenüber eingestanden hatte, und wurde das Gefühl, beobachtet zu werden, nicht mehr los. Warum parkte ständig ein Streifenwagen der Polizei mit zwei Beamten vor dem Haus, zusätzlich zu der Streife, die noch immer um die Außengrenzen des Grundstücks patrouillierte? Sie erschrak schon, wenn Oska ihr plötzlich in den Weg lief, und misstraute Arthurs Klavierlehrer, der jeden Dienstag eine Stunde lang in ihrer Küche herumsaß, weil sein Schüler nicht üben, er aber auch nicht auf das Honorar verzichten wollte. Warum huschten die Augen von Sattlers Referent Steiner im Schutz seiner Brillengläser durch die Halle, wenn er unangemeldet in der Platanenallee auftauchte, angeblich, um Unterlagen aus dem Arbeitszimmer zu holen?

Selbst am Kollwitzplatz fühlte sie sich nicht mehr sicher. Waren die grauhaarigen Männer, die mit Kinderwagen um den Spielplatz patrouillierten, nicht viel zu alt, um Papis zu sein? Die Angst durchlöcherte ihr Nervenkostüm.

Albträume weckten sie aus unruhigem Schlaf. Sie sah Barbara Sattler mit trüben Augen im ausgezehrten Gesicht, die Haare wirr in der schweißnassen Stirn, eine Kanüle im lila geschwollenen Arm, die Hände an ein Bett gefesselt.

Verhielt Sattler sich nicht wie ein Missetäter, dem Banquos Geist im Nacken saß? Vielleicht wurden seine Magenschmerzen vom schlechten Gewissen verursacht. Und Raissa! War sie beseitigt worden, weil sie zu viel wusste?

Karla versuchte, sich zu beruhigen. Sattler war kein König Blaubart, die angebliche »Kriegskasse« deshalb so schwer nachzuweisen, weil es sie nicht gab, und »Sinon« einfach nur die Art und Weise, wie ein Neureicher in den Achtzigern den Namen »Sicherheit Niedernolte« abkürzte.

Aljoschas Paranoia war nichts anderes als Starrsinn und der Wunsch, irgendeinen Feind zu personifizieren, wo die Verhältnisse schwer zu ändern waren. Darüber sollte sie mal einen Artikel schreiben: Den Ritualen der Macht entsprachen spiegelbildliche Rituale der Machtlosigkeit, als da waren: Verstecken und Verhuschen, das Eindreschen auf Gespenster oder die Belastung alter Freundschaften mit hanebüchenen Unterstellungen.

Ihre Albträume entsprangen dem schlechten Gewissen, das zwischen zwei gegenläufigen Rollen gezwirbelt wurde.

Eigentlich gab es nur einen Ausweg: Sie musste ihre Mission aufgeben. Aber verriet sie damit nicht endgültig ihre Ideale?

»Was ist aus dir geworden?!«, hallte in ihrem Kopf, und die vorwurfsvollen Augen dazu waren die von Aljoscha.

Sie erwog, eine Krankheit oder eine familiäre Katastrophe vorzuschützen, um ihren Rückzug zu decken. Doch sie verschob ihren Vorsatz von Tag zu Tag, denn jedes Mal, wenn sie in die Platanenallee fuhr, um ihren Abschied vorzubereiten, kam etwas dazwischen. Vor allem Heinrich schien zu spüren, was sie vorhatte. Plötzlich ging es ihm nicht gut, er hielt ihre Hand fest, und sie brachte es nicht fertig, ihn einfach in seinem Rollstuhl sitzen zu lassen. Ihr Herz hing an dem alten Mann mehr als an ihrem eigenen Vater – ein Gedanke, der sie erschreckte, kaum dass sie ihn gedacht hatte.

*

An einem dieser unentschiedenen Abende saß sie, in Kissen und Decken eingemummelt, neben Heinrich auf der Terrasse und schaute in den Garten. Der Regen wusch die Kontraste aus den Bäumen. An den Zweigen der Sträucher nickten die unreifen Beeren.

Beinahe hätte sie das Telefon nicht gehört. Er musste schreien, um das Donnern des Gewitters im Hintergrund zu übertönen, vielleicht klang seine Stimme deshalb so fremd und verstört. Er sage nur Bescheid, damit sie nicht etwa umsonst mit dem Essen auf Arthur oder ihn warte, es werde später. Sie könne Feierabend machen, wenn die Pflegeschwester eingetroffen sei. Mehr wolle er nicht sagen und müsse wieder in die Sitzung.

Der Anruf weckte in ihr Neugier und vor allem Sorge. Hatte Arthur was angestellt? Waren seine Drogenhändler ihm doch auf die Schliche gekommen? Andererseits … warum rief Sattler überhaupt an? Wollte er sich vergewissern, dass sie an ihrem Platz war, wenn die Häscher kamen?

Ab und zu leuchtete ein Blitz hinter den Platanen. Heinrich begrüßte jeden Donnerschlag mit »Oho! Daneben!« und vergewisserte sich: »Wir gehen nicht in den Keller?«

»Nein, wir gehen nicht ihn den Keller!«, versprach sie.

Das Gewittergrau ging in Abenddämmerung über. Der Rollstuhl, mit dem die Nachtschwester Heinrich ins Krankenzimmer schob, hinterließ zwei nasse Spuren.

Endlich kam Jost Sattler nach Hause. Er zog den Regenmantel aus, schüttelte die Tropfen ab und fragte, nicht gerade erfreut: »Sie sind noch da?«

Ihr fiel seine Blässe auf: »Was ist passiert?«

»Arthur ist verhaftet.«

»Ach, du Schreck.«

Die Standuhr gongte zwischen zwei Donnerschlägen.

»Er hat das Hausverbot missachtet. Ein Lehrer hat die Polizei gerufen, es gab eine Rangelei, die Tür ging zu Bruch, und ein Beamter wurde verletzt ...« Er hob die Arme. Seine Hilflosigkeit rührte sie.

Sie holte ein Handtuch für seine nassen Haare. »Die schießen mit Kanonen nach Spatzen, wie? Wo ist er jetzt?«

»Im Sicherungsgewahrsam.«

»Das klingt ja schrecklich. Wie geht es ihm?«

»Gut, nehme ich an.«

»Die haben Sie nicht zu ihm gelassen? Arthur ist doch nicht mal achtzehn.«

»Eine Nacht in Haft wird ihm nicht schaden. Vielleicht ist es ihm eine Lehre.«

Ihr verschlug es die Sprache.

»Eine Lehre wird ihm das sein?« Sie stemmte die Arme in die Seite wie eine richtige Grimme. »Intelligent genug ist Arthur, der lernt schnell. Vielleicht kann ein Zuhälter aus ihm werden. Oder gleich ein Bandenchef? Sie werden stolz auf ihn sein können!«

Er verschränkte die Arme vor der Brust, wie er das im Fernsehen machte, wenn ihm eine Frage ungelegen kam. »Ihre Vorwürfe können Sie sich sparen, Frau Grimme. Sie sind ja wohl mit Ihrem Latein genau so am Ende wie ich.«

»Sie klingen, als käme Ihnen die Verhaftung gerade recht!« Sie verschränkte ebenfalls die Arme vor der Brust. Sollte er nur merken, dass er mit ihr so nicht reden konnte.

»Wenn Sie's ganz deutlich hören wollen: Ja! Ich bin nämlich der Meinung, dass er das Hausverbot der Schule verdient hat. Man handelt in diesem Land nicht ungestraft mit Marihuana! Auch und gerade nicht als Sohn eines Bundestagsabgeordneten. Arthur glaubt, er sei geschützt, aber Gesetze gelten für alle.« Dabei schien er zu wachsen. Typisch Alpha-Männchen: Streckt den Rücken und pumpt Luft in die Lungen. Sie verdrehte im Dunkel der Halle die Augen. »Meine Güte, er ist doch trotzdem Ihr Sohn.«

»Ich kann keine Vergünstigung gewähren, wenn ich sie nicht zum allgemeinen Maßstab machen will.« Kant und amen!, dachte sie, die Sattlers spinnen. Seine Arroganz machte sie richtig wütend.

»Sie reiten auf Ihren Prinzipien wie Graf Koks auf dem Eimer. Vielleicht haben Sie bloß Angst vor Ihren eigenen Gefühlen ...«

Er blieb auf halber Treppe stehen.

»Niemandem ist geholfen, wenn Sie tiefenpsychologisieren, Frau Grimme. Aber ich will mich nicht streiten. Mir platzt gleich der Kopf.«

Draußen rauschte der Regen, Gewitterblitze tauchten die Halle in grünes Licht.

Sie hörte das Knarren der obersten Treppenstufen, dann fiel seine Arbeitszimmertür ins Schloss. Ihre Majestät verließ die Niederungen und zog sich in die Gemächer zurück. Die Aktentasche mit dem Notebook hatte er natürlich mit raufgenommen.

»Da siehst du mal«, sagte Petra Grimme, deren Putzfrauenherzchen bibberte.

»Was soll ich sehen?«

»Rosalie wollte auch nicht Abitur machen, sondern Köchin werden! Und du hast sie gezwungen!«

Unverschämtheit! »Das war in der DDR. Ohne Bildung wäre sie nie über den Tellerrand hinausgekommen.«

»Ich sage nur: Angst vor Gefühlen!«

»Besserwessi!«

»Zonengabi!«

Sie war froh, als sie endlich die Eingangstür hinter sich schloss und ihre Schritte auf die nasse Platanenallee lenkte. Wenn sie nicht aufpasste, wurde sie noch schizophren. Eine Hand mit dem Stift in den Sternen, die andere mit dem Scheuerlappen am Boden, der Spagat würde sie noch mal zerreißen.

Die Einsamkeit ihrer Wohnung bedrückte sie. Wozu hatte Rosalie ihr einen Untermieter in den Pelz gesetzt, wenn sie ihn dann ganz für sich beanspruchte? Sie hätte Karim nach Leon fragen können. Einfach bei ihrer Tochter anzurufen wagte sie schon gar nicht mehr.

In Karims Zimmer hob sie ein paar Socken auf und sammelte die schmutzige Wäsche ein. Etliche der erdfarbenen Ökohosen und -hemden von Günter erkannte sie wieder. Unter einem Poloshirt lag ein angefangener Brief auf Arabisch, den sie nicht lesen konnte.

Sie nahm sich vor, gleich am nächsten Morgen einen Abstecher zur Sparkasse zu machen und das Geld von Karl in einem Sparbrief anzulegen, der Leon ein Stipendium garantieren sollte. Vielleicht würde Rosalie wenigstens nach ihrem Ableben erfahren, dass ihre Mutter nicht so verantwortungslos war, wie sie schien.

Wolf von Vachiecky zuckte unter dem Donnerschlag zusammen, der im Reichstag widerhallte. Er sah sein käsiges Spiegelbild in der Scheibe des Bürofensters. Seine Kopfhaut glänzte feucht, die Hände zitterten, und sein Herz beruhigte sich nur langsam.

Er wollte nicht zurück in den Bunker. Sollten sie ihn doch für klaustrophobisch halten. Zwölf Stunden pro Tag, das machte den stärksten Mann fertig. Unter der meterdicken Decke kam einem das Gefühl für die Wirklichkeit abhanden, man vergaß die Sonne, den Himmel, Vögel, Bäume und Wetter, es gab nur noch Daten und Scans, 35 Fingerabdrucktableaus und 280 hochauflösende Kameras.

Er sehnte sich nach früher, als er noch unter normalen Menschen gearbeitet hatte, durch die luftigen und lichten Bundestagsgebäude spazieren, mit diesem und jenem Wachmann plaudern oder die Kollegen im Bereitschaftsraum besuchen konnte.

Schweetzke saß ihm ständig im Nacken, terrorisierte ihn mit Warnungen vor ominösen Magnetbomben, und wenn er in die Hände klatschte, klang es wie ein Schuss. »Tut gut, so'n frischer Wind, Herr Vachiecky, was?!« Er bekam Migräne von der Zugluft der Klimaanlage.

Warum bloß musste die Polizeiarbeit mit jeder technischen Erfindung unangenehmer werden? Zu Marlowes Zeiten waren die Guten wie die Bösen aus Fleisch und Blut. Verbrecher und Polizei waren von menschlichem Format. Es gab weder Satelliten noch Internet, noch Mobiltelefon, und alles blieb innerhalb vernünftiger Grenzen.

Damals musste man noch mit eigenen Augen beobachten

und auf eigenen Füßen verfolgen. »Für eine ganz gewöhnliche Beschattung an einem überschaubaren Ort braucht man als äußerstes Minimum sechs Leute und keinen einzigen Mann weniger. In einer richtigen Großstadt braucht man ein Dutzend. Ein Detektiv muss essen und schlafen und auch mal sein Hemd wechseln. Wenn er mit dem Auto arbeitet, muss er wen bei sich haben, den er absetzen kann, denn er muss ja einen Parkplatz finden. Kaufhäuser und Hotels haben mitunter ein halbes Dutzend Eingänge.«

Heute dagegen brauchte man nur noch dieses verfluchte Munin, um einen riesigen Gebäudekomplex wie den Bundestag zu, überwachen. Seine Beamten waren Staffage, eine Reminiszenz an vergangene Zeiten. Er selbst saß im Bunker und sah zu, wie nichts passierte. Die Zeit verrann. Tick. Tack. Spätestens nach einer halben Stunde wurde ihm elend. Tick. Tack. Er war nutzlos. Tick. Tack. Ein Pappkamerad. Sein Leben war leer und sinnlos. Tick. Tack. Vorbei. Vorbei. Vorbei.

Er dachte an Hedwigs Witz, dass die Erde eines Tages komplett durchrationalisiert und wieder menschenleer sein würde wie vor der Schöpfung. Sie wusste gar nicht, wie recht sie hatte. Er musste raus aus dem Bunker, sonst ging er vor die Hunde.

Regen prasselte gegen die Fensterscheibe, auf dem Fensterbrett tanzten kleine weiße Graupelkörner. Sein Herz schlug jetzt wieder regelmäßig.

Er blätterte durch die Ermittlungsakte »Sattler / unbekannt« und betrachtete die Fotos vom Tatort, die dem Bericht des Kriminaltechnischen Instituts angehängt waren. Früher, als Raissa noch lebte, waren Hedwig und er zu den Gartenfesten eingeladen worden, jetzt erkannte er die Villa Sattler kaum wieder: Die Halle ähnelte einer Tropfsteinhöhle, obwohl der Brandsatz selbst weniger Schaden angerichtet zu haben schien als das Löschwasser.

Die Glasflasche des Molotow-Cocktails war laut Bericht eine Pfandflasche, wie man sie in jedem deutschen Supermarkt kaufen konnte, das Benzin kam nach Zusammensetzung und Qualität höchstwahrscheinlich aus der Raffinerie in Schwedt. Leider hatten Feuer und Wasser brauchbare Fingerabdrücke an den Flaschenscherben vernichtet. Kein Nachbar hatte den Attentäter gesehen, und die einzigen Fußspuren im Vorgarten, die nicht zu Familie oder Personal gehörten, stammten von Gummistiefeln, wie sie in jedem Baumarkt zu haben waren. Summa summarum wusste er über den Angreifer nicht mehr als die Schuhgröße und dass er aus einer Entfernung von sieben Metern ein ziemlich kleines Türfenster mit einer halbkiloschweren Flasche treffen konnte. Er schaute sich noch einmal das Foto der Frontseite der Villa an: Warum hatte der Werfer nicht eines der größeren Fenster im Obergeschoss als Ziel gewählt? Dort wäre der Schaden vermutlich größer gewesen. Kannte er sich am Tatort aus? War der Anschlag nur als Drohung gemeint?

Er griff nach dem zweiten Bericht des Instituts. Im Staub auf der Innenseite des Kuverts hatten die Kriminaltechniker Hautpartikel gefunden, leider ohne Übereinstimmung mit irgendeinem Muster der DNA-Datenbank. Eine Frau jedenfalls. Nichtraucherin. Neben der menschlichen enthielt der Erpresserbrief auch exotische Pflanzen-DNA und den typischen Feinstaub der Berliner Luft. Das Papier des Briefes war alt, mindestens zehn Jahre, der Klebstoff unter den Buchstaben stammte von einem inländischen Fabrikat, der Poststempel von der Briefzentrale am Zoo.

Irgendwie passten diese Indizien nicht zu den üblichen Täterprofilen des Drogenmilieus, aus dem der Brief zu stammen vorgab. Wollte jemand, dass er auf einer falschen Spur ermittelte?

Er versuchte zum wiederholten Male, Sattler telefonisch zu erreichen, aber erneut ging nur die Mailbox ran.

Er verstand, dass der Abgeordnete die Ermittlungen nicht an die große Glocke hängen wollte. Erst der Tod von Raissa, nun geriet der Sohn auf die schiefe Bahn … verständlich, dass ihm die Einschaltung des BKA unangenehm war. Ein großer Apparat, man wusste nie, wer was erfuhr.

Aber eigentlich tat Sattler ihm nicht leid. Der einstige Liebling seiner Frau war mittlerweile zum Kotzbrocken und Karrierist geworden. Die Macht hatte ihn hart und autoritär gemacht. Wann immer sich eine Gelegenheit ergab, führte Sattler die »preußischen Tugenden« im Mund und konnte doch – wie sein Ausraster im Ausschuss bewies – nicht einmal sich selbst beherrschen.

Aber wozu auch? Groß gewachsene Jungs aus gutem Hause bekamen bei der Geburt einen Freifahrtschein, sausten auf der Überholspur durchs Leben, und wenn sie einen Raum betraten, wurden alle Gespräche leiser. Die waren seit Marlowe gleich geblieben. »Wo immer er auch hinging, er würde der Besitzer sein.«

Die kleine Uhr auf seinem Computerbildschirm zeigte 18:24. Draußen wurde es heller, nur wenige Tropfen nieselten noch gegen die Scheiben. Er schaltete den Computer aus und übergab an den Diensthabenden der Wache. Die Ermittlungsakte legte er in den Safe und vergewisserte sich, dass auch die Blaupausen des Reichstags an ihrem Platz lagen.

Ein Zettel, den er sich auf den Bildschirm des Computers klebte, würde ihn am Montag gleich als Erstes an das Telefonat mit Jost Sattler erinnern.

Er grüßte Rimmer, der vor dem Portal den rasch am Himmel ziehenden Wolken zusah. Auf dem Vorplatz, wo sonst die Limousinen des Fahrdienstes warteten, stand ein Panzerwagen mit abgedeckter Bewaffnung. An der Spreeseite wölbten sich metergroße Parabolantennen in den Himmel, die Absperrgitter waren vorgerückt bis zum Brandenburger Tor.

Er überquerte die Wilhelmstraße und steuerte die Bushaltestelle an der russischen Botschaft an. Im überfüllten 100er drängte er sich nach hinten durch. Die Luft war feucht und stickig. Während der Busfahrer ruppig anfuhr, stellte er sich auf die Zehen, um eine der Haltestangen zu erreichen, klammerte sich mit beiden Händen fest und verlor den Boden unter den Füßen. Wie ein Sandsack pendelte er gegen seinen

Nachbarn, einen jungen Mann, der pikiert eine Hand vor seinen Unterleib hielt.

Vachiecky nahm sich vor, am Montag mit Koffner über seinen Einsatz im Bunker zu sprechen. Ein schmaler Hoffnungsstreif tauchte am Horizont auf: Schließlich war der Chef der Bundestagspolizei für die gesamte Sicherheit verantwortlich, dazu gehörte mehr als die technische Seite, nämlich auch ein Fingerspitzengefühl für die Stimmung im Haus – und das ging im Bunker verloren. Außerdem konnte er mit Sattlers Fall argumentieren: Wenn der Abgeordnete keine Anzeige erstattete, durfte der Staatsschutz nicht ermitteln – blieb also nur er selbst, um die nötigen Befragungen durchzuführen, und wie sollte das gehen, wenn er im Bunker festsaß?

Schweetzke würde grinsen, aber das bisschen Gesichtsverlust war leichter zu ertragen als eine einzige weitere Stunde im Keller.

Karim bog am S-Bahnhof Schönhauser in die Gleimstraße und lief Richtung Mauerpark. Das Gewitter hatte den Staub von den Farben gewaschen, die Scheinwerfer der Autos strahlten in der sauberen, nach Nässe riechenden Luft. Kleine Äste lagen auf der Fahrbahn.

Wie ein Missetäter den Ort seines Verbrechens, umkreiste er die Kopenhagener Straße, wo sich die Ladenwohnung von Rosalie und Günter befand. Das schlechte Gewissen peinigte ihn. Längst tat es ihm leid, dass er sie zu Anfang so eifrig belogen und ihr eine Großfamilie vorgegaukelt hatte. Rosalie wollte seine Mutter nach Berlin einladen und plante eine Reise nach Bir Zeit, sobald Leon alt genug war. Von Tag zu Tag wurde es schwieriger, das Thema zu umschiffen.

Dabei waren sie in den letzten Wochen wie richtige Geschwister geworden, so miteinander vertraut und liebevoll, wie er das an Zohair und Fatma beneidet hatte. Seit Leons Geburt verbrachte er die meisten Tage in der Familie seiner angeblichen Schwester. Sie hatte seine Zukunftspläne begutachtet und ihm geraten, als ihr Bruder eine Aufenthaltserlaubnis zu beantragen. Ab und zu wurde ein Ausbildungsplatz bei Günter frei, mit Vergütung sogar, nebenbei konnte er sich um Leon kümmern. Sie schlug sogar vor, er solle doch gleich ganz in die Kopenhagener Straße einziehen. Er würde kein eigenes Zimmer haben, aber die Familie mit den vielen Freunden war allemal angenehmer als die Einsamkeit am Kollwitzplatz.

Er bog in die Cantianstraße ein, lief am Zaun des Sportgeländes zur Schönhauser zurück, durch die Kastanienallee zur Oderberger und durch den Mauerpark wieder an der

Kopenhagener vorbei, ruhelos, voller Zweifel. Sich eine Einladung zu erschwindeln war die eine Sache, vielleicht noch zu rechtfertigen mit seiner Chancenlosigkeit in Bir Zeit. Einen Antrag auf Aufenthaltspapiere zu stellen, der Behörde eine Verwandtschaft in die Feder zu lügen, eine andere. Was, wenn Geburtsurkunden verlangt wurden?

Es bedurfte schon abenteuerlicher Phantasie, um sich eine Möglichkeit ausmalen, bei der Mahmud während seines Aufenthalts in Ostberlin heimlich nach Amman gereist sein konnte. Dort hätte er innerhalb weniger Tage seine Mutter, die Witwe eines Mitkämpfers, geheiratet und ihn gezeugt haben müssen.

Außerdem stimmte der Name nicht.

Vor allem aber hätte Mahmud seinen Charakter jedes Mal völlig ändern müssen. Der Sahar in Amman war ein egoistischer Hallodri, Rosalies Vater dagegen war fleißig, hatte studiert und einen richtigen Beruf. Rosalies grau-weiße Fotos halfen nicht weiter, denn auf dem einen stand ihr Vater überbelichtet in Badehose am Ufer eines Sees, auf dem anderen saß er weit entfernt im Präsidium eines Friedenskongresses in Moskau, und Karim fehlte die Möglichkeit zum Vergleich: Er kannte das Gesicht seines Vaters nur von einem Medaillon seiner Mutter, das von den Jahren vergilbt und kaum noch zu erkennen war.

Seine Schritte wurden immer langsamer. Er setzte sich auf die Bank des Spielplatzes an der Ecke. Die Holzwippen und Rutschen stammten aus Günters Werkstatt. Aus der Perspektive seiner Beobachterposition tauchte auf der Rutsche vor ihm immer abwechselnd ein Kinderkopf und der eines Erwachsenen auf, mal ein Vater, mal eine Mutter.

Hierher war er oft allein mit dem Kinderwagen gefahren, wenn Rosalie sich in der Mittagspause ausruhte. Es war leicht, mit den anderen Vätern und Müttern ins Gespräch zu kommen. »Die Augen! Ganz der Papa!« Nicht immer klärte er den Irrtum auf.

Die Verwandtschaft mit Rosalie war eine einmalige Chance,

aber er musste wohl die Wahrheit gestehen. Ein Jammer. Schweren Herzens stand er auf und ging die paar Häuser weiter zum Büro von Günters Firma. Rosalie erschrak über sein trauriges Gesicht, und ihr Mitgefühl wiederum rührte ihn so, dass er in Tränen ausbrach. Er hätte wirklich gern eine Schwester wie sie gehabt.

Zögernd gestand er, wie er sie belogen, sich zu ihrem Bruder gemacht und sein Familienuniversum mit erfundenen Verwandten bevölkert hatte, aber sie reagierte ganz anders, als er befürchtet hatte. Sie nahm ihn in die Arme und klopfte auf seine Schulter, bis er sich beruhigte.

»Ich hatte lange Zeit Zweifel an deinen Geschichten, deswegen habe ich nur Günter davon erzählt. Aber als ich dich auf dem Flughafen gesehen habe …«, sie zog ihn vor den Spiegel. »Ich meine: Sieh uns doch an!«

Er nahm das Taschentuch, das sie ihm reichte, und wischte seine Tränen vom Gesicht.

»Und was machen wir jetzt?«

»Es gibt nur einen Menschen, der diese Widersprüche aufklären kann. Wir gehen zu meiner Mutter.« Er sah im Spiegel, dass sie trotzig die Unterlippe nach vorne schob.

Karla musste die Nummer ihrer Eltern im Telefonbuch nachschlagen.

Die Stimme ihres Vaters klang heiser. »Nanu« sagte er bloß und »warte mal«. Lange Pause, leises Geflüster.

Sie stellte sich vor, wie ihre Mutter das Strickzeug aus der Hand legte und mit zögernden Schritten zu dem kleinen Nähtisch neben der Tür schlurfte.

Telefonieren war Männersache, ebenso Autofahren, Politik und das Kartenspielen in der Dorfkneipe. Nur die Küche gehörte ihrer Mutter so unbestritten wie der Tempel den Levitern. Zwischen Herd und Komposthaufen folgte sie den Spuren, die schon Oma Willems Füße in Linoleum und Fliesen gelaufen hatten.

»Nu komm, Karla is dran«, hörte sie ihren Vater ungeduldig flüstern. Die beiden waren jetzt fast siebzig, so alt wie Oma Willem, als sie in der Großküche der LPG umgefallen war.

Aber dann plauderte Mutter unbefangen drauflos. Das Wetter sei zu warm für die Jahreszeit und der Schweinebraten, den sie zum Mittag hatten, ein wenig zu scharf geraten, was kein Wunder sei bei diesen Magerstücken, die sie jetzt züchteten, und wie froh Vater sei, nicht mehr in der Mastanlage arbeiten zu müssen, wo den Schweinen vorn und hinten reingeschoben wurde, was man gar nicht alles benennen konnte und was nicht mehr lange gut gehen würde, denn die neue Genossenschaft habe schon die ganze Anlage zugrunde gewirtschaftet, Vater habe es ja gleich gewusst.

Ihre Mutter redete verzweifelt wie eine Schwimmerin, die gegen das Ertrinken kämpft, und Karla hörte zu, wie immer. Wieder stand sie in der kleinen Welt voller Schweinegestank und nassem Dreck, roch den Duft der wespenumschwirrten

Falläpfel und den des pfuhlen Lochs im Hainwald, wo nur die Mutigsten badeten, weil der Geist einer Kindsmörderin im Mondlicht Windeln wusch. Seit mehr als zwanzig Jahren war sie nicht mehr zu Hause gewesen, nachdem sie ihren Kinderwagen stolz erhobenen Kopfes zur Bushaltestelle geschoben hatte, die Worte ihres Vater im Ohr: »Araberbalg« und »Bastard« und »nicht in meinem Haus«. Nie mehr wieder hatte sie zu tun haben wollen mit der Welt, in der Artvermischung mit dem Tode bestraft wurde und erbkranke Frischlinge auf dem Misthaufen landeten.

Endlich wurde ihre Mutter langsamer. Ihr Redestrom läpperte aus. »Ja, na ja, so ist das bei uns, immer das Gleiche, und wie geht's bei dir so? Warst du inzwischen mal bei Leon?«

Karla konnte sich kaum verabschieden, so eng war ihre Kehle plötzlich.

Beinahe wäre ihr das Klappern des Schlüssels an der Wohnungstür entgangen. Die Stimmen von Karim und Rosalie kamen im Flur näher.

Verdammt! Sie hielt die Luft an. Ausgerechnet heute hatte sie sich nach der Arbeit nicht gleich umgekleidet und trug noch immer die Maske der Petra Grimme!

Ins Bad konnte sie nicht mehr, also rannte sie ins Arbeitszimmer, rieb sie in fliegender Eile mit Zeitungspapier Tränen und Schminke vom Gesicht, riss den billigen Plastikschmuck aus den Ohren, zog den Pullover aus und stopfte ihn in den Papierkorb. Sie stützte am Schreibtisch ihren Kopf auf beide Hände und tat überrascht, als die Tür ohne Anklopfen aufgerissen wurde. Ihr Gesicht brannte.

Rosalie blieb im Türspalt stehen und sah sie erschrocken an. »Um Gottes willen! Wie siehst du denn aus?«

»Hab euch gar nicht gehört. Kommt doch rein …«

»Du bist völlig verschmiert im Gesicht.«

»Bin an der Arbeit, Du weißt ja, da vergesse ich alles.«

»Du lügst. Wir waren vorhin schon mal da.«

»Äh … ich hab ja nicht gesagt, dass ich zu Hause gearbeitet habe.«

»Und? Was ist das, was Du schreibst? Neue Lügen über Mahmud Sachar, den Revolutionär?« Der Gesichtsausdruck ihrer Tochter sagte ihr, dass die nächste halbe Stunde sehr unangenehm werden würde.

Sie entdeckte Karim hinter ihrer Tochter. Der Junge wand sich vor unangenehmer Berührtheit. Das trug nicht zu ihrer Beruhigung bei.

Sie entschuldigte sich einen Moment und drängte sich wortlos an ihren Besuchern vorbei. Im Bad versteckte sie Henna und Schminkzeug in der Waschmaschine. Sie wusch ihr Gesicht und warf einen Blick auf das Spiegelbild der Verurteilten, dann atmete sie tief durch und schritt erhobenen Hauptes zu ihrer Hinrichtung.

Eine Stunde nach ihrem Überfall knallte Rosalie die Tür hinter sich zu. Karim versteckte sich in seinem Zimmer, und sie stand allein im Wohnzimmer und kaute an der Innenseite ihrer Lippe herum. Natürlich hatten die beiden denselben Vater. Die Ähnlichkeit sprang Karim aus dem Gesicht.

Und nun war er tot. Umgebracht von den eigenen Leuten, vor achtzehn Jahren schon. Sie malte sich lieber nicht aus, wie das vor sich gegangen war. Mahmud war ein Luftikus, aber das hatte er nicht verdient. Sein Bild stand vor ihr, jung, wie er damals war, mit dunklen Augen und diesen schwarzen Haaren, die lockig wurden, wenn er sie wachsen ließ.

Die Trauer legte sich schwer auf ihre Schulter. Da hatte sie geglaubt, Mahmud längst abgetan und vergessen zu haben, und plötzlich entpuppte sich alles als Verdrängung. Natürlich hatte sie ihn geliebt. Mahmud trug den Duft nach großer weiter Welt in den Haaren, und sie war ein schüchternes Landei, das von ihm wach geküsst wurde. Als er ging, nahm er auf seinen gepolsterten Anzugschultern ihre Kleinmädchengläubigkeit mit.

Ihr Liebeskummer war mit den Jahren verblasst, und irgendwann hatte sie nicht mehr mit brennenden Augen auf die Fernsehbilder von demonstrierenden Palästinensern geglotzt, nur weil manchmal ein Mann dabei war, der ihm entfernt ähnelte. Es war ja auch völlig aussichtslos, ihm jemals wieder zu begegnen, wenn er nicht wollte. Die Mauer war hoch und stand für immer, daran gab es keinen Zweifel. Auf der anderen Seite lag die Welt, die seine und nicht ihre war. Er hatte mehr als nur seine Tochter verraten, Mission hin, Mission her. Der Letzte macht das Licht aus.

Erst nach dem Mauerfall fragte sie sich manchmal, warum er nicht die Gelegenheit nutzte, nach ihr zu suchen. Wenigstens nach seiner Tochter. Sie hatte sich das triumphierende Gefühl ausgemalt, mit der sie ihm präsentieren würde, was aus dem Baby auch ohne ihn geworden war, was sie geschafft und wie wie sie ihn all die Jahre nicht gebraucht hatte. Sie hatte oft mit Rosalie »des Holzfällers Frau« gespielt. »Drei Wünsche hast du frei!« Ein Vater war nie dabei gewesen.

Und jetzt zürnte ihre Tochter, als sei sie betrogen worden. Dabei war der Heldentod, den sie für Mahmud erfunden hatte, mehr Ehre, als sein feiges Davonschleichen verdiente.

Gut, sie hatte im Laufe der Jahre dem wenigen, das sie über Mahmud wusste, ein bisschen Futter hinzugefügt, ein paar Anekdoten, geflügelte Worte, eine angebliche Gedenktafel in Beirut. Was sollte sie einem sechsjährigen Mädchen, das sich über seine schwarzen Haare und Scheherazade-Augen wunderte, mit den Apologien einer sitzen gelassenen Philosophin kommen?

Ihre Tochter machte sich keine Vorstellung, wie demütigend es gewesen war, Mahmuds Freunde, in deren Mackeraugen die Schadenfreude lachte, nach seinem Verbleib zu fragen. Angeblich hatten Arafat und die PLO-Zentrale ihn auf eine geheime Mission abkommandiert, aber wenn sie sich einsam fühle, könne sie sich gern mit einem von ihnen verabreden, hoho.

Sie stieg auf einen Stuhl und holte den Pappkoffer vom Aktenschrank herunter. Staubflusen wehten ihr nach, sie musste niesen, als sie den Deckel öffnete.

Die Fotos waren zerknittert. Bekannte Gesichter blickten

ihr entgegen wie Partygäste, die lange auf das Geburtstagskind gewartet haben.

Sie erkannte sich selbst, wie sie auf Mahmuds Schultern im Getümmel des Pfingsttreffens balancierte und ein Spruchband hochhielt: »Chile Resistencia« stand darauf. Auf einem anderen Foto posierte sie in gewagt knappem Bikini zwischen Mahmud und Carlos am Strand des Weißen Sees. Sie lehnte an der Bar im Palast der Republik, im Spiegel die verwunderten Gesichter einer Brigade sächsischer Bergarbeiter. Sie stand nach ihrer erfolgreichen Verteidigung in der Mitte einer Gruppe mit Professor Kock und den Assistenten – traurig, erschöpft und kein bisschen froh. Da war Mahmud schon weg.

Schon wieder wurden ihre Augen feucht.

Es war so unfair von Rosalie, ihr Vorwürfe zu machen. Sie hätte ja auch, statt allein mit einem plärrenden Balg im Kinderwagen um die Pfützen des Lebens zu kurven, einen Bonzen wie Rakowski heiraten können, der sie auf Händen getragen und seine Stieftochter an der kurzen Leine geführt hätte. Ein bisschen »Speck auf die Rippen«, wie Frau Grimme das nannte, wäre ihr sicher gewesen, und heute würden keine vier Mahmud-Augen sie vorwurfsvoll anglotzen.

Sie wischte sich übers Gesicht, denn in der Tür zum Flur tauchten Karims schwarze Locken auf.

»Entschuldige … ist alles in Ordnung?«

Sie nickte. Abgesehen von ein bisschen Schizophrenie und Gefühlsverwirrung, einer beleidigten Tochter, der drohenden Entlarvung durch ihren Arbeitgeber und ihren Gewissensqualen war eigentlich alles nicht so schlimm. Wenigstens konnte es nicht schlimmer kommen – aber irgendwie ahnte sie schon, dass sie auch darin irrte.

Sie setzte sich mit Karim auf den Balkon und zeigte ihm die Fotos. Der Namensunterschied war leicht zu erklären. Mahmud hatte seine Papiere in Moskau erneuern lassen. Die

Russen sprachen das »h« wie »ch« aus und hatten aus »Sahar« einen »Sachar« gemacht, ein Zückerchen. Mahmud, der kein Russisch sprach, hatte das nicht bemerkt. Sie erinnerte sich, wie schockiert sie über Mahmuds Reaktion gewesen war, der sich weniger über die unmännliche Süße als vielmehr über den vermeintlich jüdischen Klang geärgert hatte, mit dem seine Genossen ihn nach der Rückkehr aufzogen.

Karim tippte auf ein Foto, das Mahmud und sie in festlicher Kleidung vor dem Eingang zur Aula zeigte. »Ist das die Hochzeit?«

»Nein. Das ist der Abschlussball seines Jahrgangs.« Sie hätte ihn höchstens im allerhöchsten Parteiauftrag heiraten können, den NSW-Ausländer und Exoten, aber das wäre zu spießig gewesen.

»Wie habt ihr euch kennengelernt?«

»In der Bibliothek ...«, sie lächelte bei der Erinnerung. Der schwarzlockige Soli-Student, der seit einem halben Jahr immer die gleichen Bücher verlängerte, war ihr wegen seines verzweifelten Gesichtsausdrucks aufgefallen. Mahmud schrieb an seiner Diplomarbeit »Auseinandersetzungen um den Klassenbegriff innerhalb der antiimperialistischen Kräfte des palästinensischen Volkes« und war in der Einleitung hängen geblieben. Auf mehr als zweihundert Seiten versuchte er zu klären, ob sein Untersuchungszeitraum nach der leninistischen Terminologie einer »Epoche«, einer »Phase« oder einer »Etappe« entsprach. Sie war gerührt von seiner Ehrfurcht vor den Klassikern, strich die scholastischen Spitzfindigkeiten und erdachte eine neue Gliederung. Während sie in seiner Studentenbude am Schreibtisch saß, bediente er sie mit Tee und Kaffee, massierte ihre Schultern und kochte zum Abendessen Couscous. Wenn es spät wurde, blieb sie über Nacht. An den Abschlussball, auf dem das Foto entstand, erinnerte sie sich gut. Er war der Einzige unter pickligen und dauernd mit ihren NVA-Erlebnissen prahlenden Kommilitonen, der eine Fliege zum dunklen Anzug trug und Walzer tanzte. Sie war stolz auf ihren arabischen Prinzen.

Nach der Verleihung des Diploms wurde Mahmud in die palästinensische Vertretung nach Berlin berufen, um die Soli-Hilfen zu koordinieren. Dank seiner Beziehungen gelang ihr der Wechsel an die Humboldt-Uni. Sie wohnten auf der Fischerinsel in einem Diplomatenapartment mit Blick auf die Spree, gemeinsam mit dem Chilenen Carlos, Eugene vom ANC und Natascha aus Kiew. An der Tür prangten Soli-Plakate und Sowjetsterne. Auf den Matratzen im Wohnzimmer übernachteten Kubanerinnen, die auf dem Weg an die angolanische Front waren, und vietnamesische Offiziere, die gerade eben noch im Dschungel gegen die Chinesen gekämpft hatten und jetzt Landwirtschaft in Neubrandenburg studieren sollten. Sie wirkten wie kleine Jungs. Mahmud und sie spielten das alte Ehepaar, trösteten bei Heimweh und bekochten die Gäste. Zwischen ihnen entwickelte sich die Vertrautheit einer verschworenen Gemeinschaft, bildete sie sich zumindest ein. Bei Empanadas, Tabikh und Wodka redeten sie sich in langen Nächten die Köpfe heiß, feierten die Erfolge der Sandinisten, diskutierten den Sinn von Waffenhilfe für Kambodscha oder wogen die politische Zuverlässigkeit Bischof Tutus. Oft sangen sie zur Gitarre und tranken Reisschnaps, bis die Sonne aufging und die Spießer aus den Nachbarwohnungen zur Schicht gingen.

»Tutu?«, unterbrach Karim ihre Erinnerungen. Sie schrak auf.

»Ja. Der aus Südafrika!«

»Entschuldige bitte, ich habe die Namen nicht verstanden. Und das mit der Verschwörung auch nicht. Warum hat mein Vater da mitgemacht?«

»Nein, keine Verschwörung.« So schwer war das doch nicht zu verstehen. Sie waren Teil einer weltumspannenden Befreiungsbewegung gewesen, die künftigen Herrscher der Erde, die Vorkämpfer eines besseren Morgen.

Karim riss die Augen auf, als spräche sie in fremden Zungen.

»Und mein Vater hat auch so viel getrunken?«

»Ich bitte dich, Karim! Dein Vater, also wir, wir haben für

die Freiheit der Palästinenser gekämpft. Das war eine große Sache.«

»Hinter der Mauer?«

»Natürlich wir. Was glaubst du denn? Himmelherrgott noch mal. Dein Volk war unterdrückt. Ist es immer noch.«

»Ja. Deswegen bin ich hier. Wegen der Freiheit.«

Es war vergeblich. Seine Augen glänzten, und er hielt den Stapel Fotos in den Händen, als wolle er sie nie mehr hergeben. Sie reichte ihm die Aufnahme, auf der Mahmud in der noch leeren Wohnung am Kollwitzplatz stand, die Haare militärisch kurz und im grauen Anzug, dem unmissverständlichen Zeichen seines Aufstiegs. Warum hatte sie damals die Verkleidung für einen Ausdruck von Erwachsenwerden gehalten? Vielleicht hoffte sie, mit dem Kind im Bauch, dass er vernünftiger, verlässlicher wurde? Dann hatte sie sich geirrt, denn nach dem Umzug verkehrte er in Diplomatenkreisen, spielte in der Yucca-Bar den Scheichsohn und erzählte nur noch bei Pflichtauftritten vor andächtig lauschenden FDJlern von der Armut des palästinensischen Volkes. Er fing an, Witze über den Trabi zu machen, den sie mithilfe von Frau Grimmes VdN-Ausweis beschafft hatte.

»Zuletzt hat ihn jemand gesehen am Grenzübergang Friedrichstraße«, erzählte sie Karim. Da war sie im siebten Monat schwanger.

»In dem Tränenpalast?« Karims Augen leuchteten. Ihr wurde bewusst, dass sie nicht die Einzige war, die von Mahmud verlassen worden war. Der Tränenpalast, ein Ort zum Anfassen, existierte tatsächlich.

Wie vielen Frauen auf dem Globus mochte Mahmud Kinder gemacht haben? Vielleicht hatten Rosalie und Karim eine Großfamilie, von der sie nichts wussten, lauter Sheherazades und Saladins, mit schwarzen Locken und glühenden Wüstenaugen, eine weltumspannende Gemeinde in Moskau, Berlin, Ramallah und Amman.

»War er …« Karim holte Luft, »War mein Vater verächtlich?«

Das Glitzern in seinen Augen schmerzte sie. Was sollte sie

ihm sagen? Kam es auf die Wahrheit an? Tot war Mahmud so oder so. Und wie konnte sie glauben, ihn wirklich gekannt zu haben?

»Er war schön und lustig, ein wenig leichtsinnig vielleicht, aber verächtlich? Nein. Man musste ihn lieb haben.« Sollte wenigstens Karim stolz sein auf den gut frisierten Papa im grauen Zwirn. Sie schenkte ihm die Fotos, die er in der Hand hielt.

*

Sie war gerade dabei, den Wecker eine Stunde später zu stellen, um wenigstens noch ein paar Stunden Schlaf zu bekommen, als es schon wieder klingelte. In der Hoffnung, Rosalie tue der schroffe Abschied Leid und sie sei zurückgekehrt, sprang sie vom Sofa.

Umso überraschter war sie, Arthurs Gesicht im Display der Haussprechanlage zu sehen.

»Was willst du?«

Er sang mit bekiffter Stimme. »Lass mich ra-ha-hain, sonst erfährt es die ganze Stra-ha-ße.«

Sie wartete in der Tür und blockierte den Eingang zur Wohnung.

»Was willst du?«

Er beugte den Oberkörper und las vor, was an der Klingel stand: »Dr. Karla Schlicht.« Seine Augen waren rot und glänzten.

»Eine Bekannte. Ich wohne hier zur Untermiete.« Sie sah, dass er ihr nicht glaubte.

»Ist das krass, eh!«

»Wie hast du mich gefunden?«

»Sie haben mich aus der Wache rausgeworfen, weil ich das Grundgesetz gesungen habe. Wusste selbst nicht, dass ich das auswendig kann.«

Sie hasste seine Art, nie auf ihre Fragen zu antworten, aber sie trat beiseite.

Sattlers Sohn spazierte ins Wohnzimmer und schaute sich um.

»Wozu das Theater? Willst du dir meinen Vater krallen?«

Sein Verdacht war eigentlich eine gute Erklärung. »Bitte sag es ihm nicht. Ich hab mich wirklich verliebt ...«

Arthur lachte: »War nur ein Scherz. Lehrbuch Geschichte der 13. Klasse. 1989. Runder Tisch. Du sitzt am Rand und lachst, als ob der Fotograf einen Witz gemacht hätte. Ich fand dich damals schon sexy und hab dir ein Bärtchen aufgemalt.«

»Weiß dein Vater, wo du bist?«

»Kann ich hierbleiben?«

»Nein.«

»Warum nicht?«

»Weil hier niemand ist, der dir den Kram nachräumt, der dich weckt und dafür sorgt, dass du nicht abstürzt. Vögelchen wie du überleben nur in goldenen Käfigen.«

Das Lachen verschwand von seinem Gesicht. »Du blöde ...« Er verschluckte, was er hatte sagen wollen. Sein Blick ging an ihr vorbei: »Hallo.«

»Hi!«, antwortete Karim. Arthur reichte ihm wohlerzogen seine Hand und deutete sogar eine leichte Verbeugung an. Sein Gesicht wirkte auf einmal freundlich und zuvorkommend – zack, eine andere Maske, auch er ein echter Sattler.

Aus dem Mundwinkel flüsterte sie ihm zu: »Ich bring dich um, wenn du mich verrätst!« Ihm gefiel die Heimlichtuerei.

Sie überließ ihm das Sofa und klappte für sich selbst die Gästematratze im Arbeitszimmer auf. Mit offenen Augen lag sie auf dem Rücken und fragte sich, wie viele Jahre der Kaugummi schon an der Unterseite der Schreibtischplatte klebte.

Einmal aufgerührt, tauchten die Erinnerungen aus ihrem Gedächtnis; bunte Gespenster darunter, die ihr den Schamschweiß auf die Stirn trieben. Wie blauäugig sie gewesen war.

Sie erinnerte sich an Mahmuds Schimpfen über Ra-kowski, der im Soli-Komittee die »ausländischen Kämpfer«

in Versorgungsklassen einteilte: Vietnamesen rangierten am Ende der Skala, Kinder sowjetischer Funktionäre in der Mitte und Araber aus wohlhabenden Familien an der Spitze.

Und was hatte sie gesagt? »Die Beulen am Helm des Klassenkämpfers stammen nicht alle vom Feind.« Agitproplyrik.

Unruhig wälzte sie sich auf die andere Seite und stieß gegen ein Schreibtischbein. Die Gästematratze war unbequem und knarrte.

Nein, Schluss. In ein paar Stunden musste sie aufstehen und zur Arbeit gehen. Besser, sie dachte an was Schönes.

Ein Ausflug. Merkwürdigerweise sah sie sich mit Sattler am Strand liegen. Seine Hand lag kühl auf ihrem, von der Sonne heißen Bauch. Mit dem Zeigefinger spielte er in ihrem Nabel … und schon war sie wieder munter.

Sie fühlte ihr Gesicht brennen – vom Zeitungspapier, mit dem sie die Schminke abgewischt hatte, oder von überreizter Müdigkeit. Der Tag würde grauenvoll werden, zumal Leila mit ihren Freundinnen irgendwelche Projekte zu Hause besprechen wollte.

Vielleicht sollte sie frei nehmen. Das wäre das erste Mal, aber warum eigentlich nicht? Sie konnte Rosalie besuchen … und wieder war sie hellwach. Sie drehte sich um und zog die Decke über den Kopf.

Im Halbschlaf döste sie vor sich hin. Einmal hörte sie das Telefon klingeln, öffnete die Augen und sah, dass es draußen noch dunkel war. Jemand nahm den Hörer ab und sprach leise im Flur. Wie schön, nicht allein in der Wohnung zu sein.

Sie stand auf, als die Vögel im ersten Morgengrauen ihr Konzert begannen, und kleidete sich an. Leggins, Lurexpullover, die Haare ein wenig aufgetufft. Sie war so in Gedanken, dass sie, ehe sie sich versah, in Petra Grimmes Hülle steckte. Gab es Karla Schlicht überhaupt noch? Die schwarzen Kleider in ihrem Schrank rochen fremd. Sie hängte sie zum Lüften über die Balkonbrüstung. Der Wasserturm stand wie ein Scherenschnitt vor den hellen Streifen rosa Himmels. Unten auf dem Platz verließen die ersten Autos ihre Parklücken. Eine Woge Sentimentalität stieg in ihrer Kehle auf, und plötzlich wünschte sie, sie hätte ihren Besuch bei Rosalie nicht so lange vor sich her geschoben.

Beim Abendessen gelang es **Wolf von Vachiecky**, sich auf Hedwigs Berichte von den Proben zu konzentrieren, aber in der Nacht, als das röchelnde Schnarchen seiner Frau ihn weckte, flogen seine Gedanken wieder hinaus und hinüber, auf die andere Straßenseite.

»Über Abgründe des Nichts hinweg trafen sich unsere Blicke.«

Im Halbschlaf stellte er sich vor, wie Schweetzkes Leute sich mit gezogenem Knüppel auf eine Gruppe Studenten stürzten, mit denen Karla Schlicht ahnungslos diskutierte. Ein Trillerpfiff, Tränengas zischte, schon schrien die Angegriffenen und rannten auseinander. Er griff die Widerstrebende am Handgelenk, sein Dienstausweis ließ die Verfolger erstarren. In der Sicherheit eines Hauseingangs beruhigte er Karla. Sie schaute ihm in die Augen. »Ich glaube, du bist verrückt. Ich glaube, du bist der verrückteste Mann, dem ich je begegnet bin.« Er war eben nicht wie das eiskalte Bunkertier Schweetzke, sondern eher wie Philip Marlowe, der einsame Wolf mit dem großen, vielleicht sogar *zu* großen Herzen.

Als er das nächste Mal erwachte, zeigten die Leuchtzeiger des Weckers vier Uhr. Er fuhr in die Schluppen und stand auf. Trotz der stechenden Arthroseschmerzen in den Fußgelenken musste er grinsen. Wie hieß es in Playback? »Schritte in der Nacht … Ich trat leise auf beim Weggehen.«

Er humpelte aus dem Schlafzimmer und schloss behutsam die Tür. In der Küche füllte er ein Glas Milch mit warmem Wasser auf und schlurfte zur Terrasse.

Die Morgenluft war kalt und feucht, das Geländer von Tau beschlagen. Unten auf der Straße zerrte ein junger Mann seinen schweren Handwagen über den Bordstein. Das Rattern hallte in der leeren Straße wie einsames Rufen.

Brannte Licht in Karlas Wohnzimmer? Im Winter, wenn die Kastanien kahl auf dem Platz standen, war die Sicht auf das Haus gegenüber besser. Um die Fenster zu sehen, musste er sich auf die Zehenspitzen stellen und eine Lücke im Laub suchen.

Das Geäst schwankte, und er schwankte mit. Jemand lief durch Karlas Zimmer. War sie das selbst? Oder Besuch? Er reckte den Hals, ging ein paar Schritte seitwärts – und erstarrte, als er auf etwas Zerbrechendes trat.

Er schaute nach unten. Sein Fuß stand in einer aus Pappmaché geformten Neptunkrone. Die Zacken von Tintenfischtentakeln hingen am Aufschlag seiner Schlafanzughose. Er hockte sich nieder und hob die Trümmer auf. Die Bruchstücke der Krone waren bemalt mit Fischaugen, goldglänzenden Schuppen und Perlmutt, ein Draht spießte heraus wie der Knochen aus einer offenen Wunde. Hedwig würde ihn verfluchen, nachdem er ihr schon das Gebläse nicht beschafft hatte. Sie gab sich große Mühe mit dieser, nach ihren eigenen Worten laienhaften und zweitrangigen Inszenierung. Jetzt tat es ihm Leid, dass er noch immer nicht die Zeit gefunden hatte, zu einer Probe in den Wasserspeicher zu gehen.

Er schaute sich um: Neben der Terrassentür standen Farbdosen und eine Flasche Leim. Vielleicht konnte er den Schaden irgendwie kaschieren? Er bestrich die Bruchstellen mit dem Finger und presste die Pappstücke aufeinander. Sobald er losließ, rutschten sie wieder aus der Position, weil das Innenleben aus Drahtgeflecht sich verbogen hatte, also musste er sie zusammenhalten und warten, bis der Klebstoff getrocknet war.

Die Kälte der Terrassenfliesen kroch ihm in die Knie, und er keuchte, weil er in gebückter Körperhaltung schlecht atmen konnte, aber er wagte nicht, sich zu bewegen. Ein armer Sünder, der Abbitte leistet.

Die frische Luft erinnerte ihn an Zeiten, da er als junger Polizist häufig am frühen Morgen auf Streife unterwegs war, meist mit seinem besten Kumpel Coriolan. Damals war die Welt noch überschaubar, im Schutz der Mauer herrschte ein Gemeinschaftsgefühl wie in einer Kleingartenkolonie. Man wusste immer, wo die anderen waren, und nölte über die Chefs, die natürlich keine Ahnung von der Wirklichkeit hatten. Wie unbeschwert es sich ohne Verantwortung lebte!

Manchmal hatten sie »Erleuchtung!« gespielt: Mit Blaulicht und gellender Sirene waren sie an der Mauer entlanggerast, und auf jedem der drei Dutzend Wachtürme, die sie von der Chaussee- bis zur Kochstraße passierten, gingen die Scheinwerfer an.

Coriolan hatte davon geträumt, eines Tages die Friedrichstraße entlang abzukürzen, geradewegs von Wedding nach Kreuzberg, quer durch die Weltgeschichte. Damals war ihnen das so ungeheuerlich erschienen, als müsse die Erde sich erst andersherum drehen. Und jetzt war er selbst ein Chef.

Er blickte auf. Der Himmel wurde bereits heller. In den Kastanien des Kollwitzplatzes begannen die Vögel ihr morgendliches Konzert. Unten auf der Straße traten Frühaufsteher aus den Häusern, und Autos fuhren aus ihren Parklücken, die, anders als am Tage, nicht sofort wieder besetzt wurden. Sein verloren gegangener Mercedes fiel ihm ein. Man vergaß die einfachsten Dinge in diesem Bunker.

Die Antennen auf den Dächern blitzen, dann wanderte die Linie, die den Tag von der Nacht trennte, nach unten. Im Licht der Morgensonne erglühten die Gauben und Firste, wurden die Fassaden von oben nach unten mit Leuchtfarbe betupft, ziegelrot, gipsweiß, balkonpflanzengrün.

Er hielt die Neptunkrone ins Licht: Hedwig würde den kleinen Riss natürlich bemerken, aber wenigstens würde sie auch sehen, dass er sich um Schadensbegrenzung bemüht hatte. Er stand auf und fühlte, wie das Blut in seinen abgeschnürten Unterschenkeln pulste. Die Sohlen seiner Füße kribbelten so heftig, dass ihm trotz der Morgenkälte der Schweiß ausbrach.

Wenn er heute mit dem Auto fuhr und die Rückbank umklappte, konnte er das kühlschrankgroße Gerät nach Feierabend in den Wasserspeicher transportieren. Rimmer und Kahlert würden ihm sicher beim Einladen helfen. Wenn er sich bloß erinnern könnte, wo er das Auto geparkt hatte.

Jemand im knatschbunten Pullover trat auf den Balkon gegenüber. Einen Moment glaubte Vachiecky, Karla zu erkennen, aber die Kastanienblätter behinderten seinen Blick. Nein, sie trug nicht solche unmöglichen …

Er hielt die Luft an. »Es ist wie ein plötzlicher Schrei – dieser seltsame Augenblick der Klarsicht, in dem ich plötzlich etwas weiß, ohne zu wissen, woher ich es weiß.«

Die Frau in Leggins und Lurexpullover auf den Fotos von Sattlers Haus! Die Körperwendung, als wolle sie aus dem Blickfeld der Kamera fliehen. Was trieb Karla Schlicht in Sattlers Haus? Wusste der Abgeordnete, wer sie war?

Nein, das konnte nicht sein. Oder doch. Das Wissen hatte in einem Winkel seines Gehirns gesessen, abrufbereit. Die Kriminalstatistik belegte, dass Erpressungsdelikte zu einem großen Prozentsatz von Menschen aus dem familiären und beruflichen Umfeld des Opfers begangen wurden.

»Sie sah weder aus wie eine Landstreicherin noch wie eine Gaunerin. Was lediglich hieß, dass sie beides mit mehr Erfolg sein konnte, als wenn sie danach ausgesehen hätte.«

Er griff nach seinem Telefon und rief ein Taxi. Er musste sofort ins Büro und sich das Tatortfoto noch einmal genau ansehen.

Karla suchte die Telefonnummer des Pflegedienstes heraus und bat die Diensthabende, eine Schwester zusätzlich für den Tagesdienst in der Platanenallee einzuplanen. Dann stapelte sie die »Brüder Löwenherz« und all die anderen Kinderbücher und schnürte zwei Pakete.

Die Bindfäden schnitten in ihre Finger. Vor ihr liefen Schulkinder, mit hohen Ranzen bepackt wie die Reisigweiblein, und verschwanden durch das Tor der Grundschule, in die auch Rosalie gegangen war.

Am U-Bahnhof Eberswalder musste sie die Pakete abstellen. Sie suchte aus einem Papierkorb neben Konnopke ein paar Currywurstpappen als Handschuhersatz. Den Schäferhund des Punkmädchens, das neben dem Treppengeländer auf dem Pflaster hockte, ließ sie das Ketchup abschlecken.

»Gustav«, sagte das Mädchen.

»Karla«, antwortete sie und schüttelte die dargebotene Hand.

Eine neue Generation ergriff von ihrem Prenzlberg Besitz, und zum ersten Mal dachte sie, dass es in Ordnung war. Sie selbst hätte Oma Schlicht ja auch nicht um Erlaubnis gefragt.

Als sie endlich in die Kopenhagener einbog, schmerzten ihre Schultern, und die Hände pendelten an lang gezogenen Armen irgendwo in Kniehöhe. Die Straße hatte sich seit ihrem letzten Besuch erheblich verändert. Trotz der frühen Morgenstunde saßen junge Leute auf roten Polstersesseln vor einem kleinen Laden mit dem selbstbewussten Namen »Bar Centrale«. Gegenüber leuchtete noch immer das gelbrote Schild des Geschäftes für Spielzeugeisenbahnen.

Aus der Kohlenquelle war eine Kneipe geworden, und der

Wein, den Günter im letzten Jahr an der Fassade gepflanzt hatte, grünte schon bis zur ersten Etage.

Der Laden im Parterre war hell erleuchtet, drinnen hörten junge Leute in Arbeitskleidung Rosalie zu, die neben einem Zeichenbrett stand und Leon auf dem Arm hielt. Günter saß auf der Schreibtischkante und lutschte an einem Lolli, wohl um sich auch noch das Rauchen abzugewöhnen. Sie blieb draußen auf dem Bürgersteig und wartete. Es fiel ihr, mit Büchern und Schuldbewusstsein bepackt, nicht leicht, über ihren Schatten zu springen; und Günter war der Letzte, von dem sie sich dabei beobachten lassen wollte.

Ein paar Minuten später kam er heraus und lud mit seinen Leuten Schaufeln auf die Ladefläche eines Transporters. Sie betrat den Laden. Rosalie entblößte ihre Brust und legte das Baby an. Kein Zeichen, dass sie sich über ihren Besuch freute.

»Hier«, sie hob das Bücherpaket auf einen Stuhl, »ich habe ein paar Kinderbücher für Leon mitgebracht.«

Ihre Tochter warf einen Blick auf den Stapel und nickte. »Schön. Sobald ich hier fertig bin, kannst du ihm das Lesen beibringen.«

Karla schaute sich um. Die Zwischenwände waren entfernt, sodass sie vom Eingang durch einen Dschungel aus Palmwedeln und Orchideenblüten bis nach hinten sehen konnte, wo eine gusseiserne Wendeltreppe in die darüber liegende Etage führte. Oben lagen, wenn alles nach Rosalies Plänen umgebaut war, die Wohnräume, zwei Zimmer, Bad und Küche.

Die Fliesen strahlten im Glanz ihres Rankenmusters. Der Kakadu, den Günter aus purer Boshaftigkeit auf den Namen Karla getauft hatte, saß auf einer Stange zwischen Monsterablättern und ließ hin und wieder einen ohrenbetäubenden Schrei hören. Nirgends gab es Platz für Bücher oder eine Leseecke, trotzdem gefiel es ihr recht gut.

Sie beugte sich über das Gesichtchen, das sie zur Großmutter gemacht hatte. Neben Leons winzigem Babyohr ragte eine rote Faust aus dem Bündel. Na, wenn das kein gutes Zeichen war.

Rosalie schnürte unterdessen das Bücherpaket auf, las die Titel und hob die Augenbrauen. »Muriel Eigentat, ›Taumel der Liebe‹?«

Karla fühlte, wie ihre Ohren heiß wurden. »Ach, das muss irgendwie dazwischengeraten sein …«, sie griff nach dem Buch, aber Rosalie zog es weg. »›Taumel der Liebe‹ ist doch, wo die Klavierlehrerin sich in den Adjutanten des Generalswitwers verliebt, der aber seinerseits die Lehrerin seiner Töchter umwirbt, oder?«

Am besten ignorieren. »Sonst geht's euch gut?«

»Wir haben zwei Baustellen gleichzeitig. Da wünscht man sich vielleicht, dass eine Oma, die Zeit hat, sich kümmert, aber was soll's …«

Sie sah ihre Tochter an der Lippe knispeln und merkte, wie ihre Gefühle ins Rutschen kamen. »Tut mir leid, dass ich dir nicht immer die Mutter war, die du dir gewünscht hast.«

Rosalie schaute erstaunt auf. »Wieso das?«

»Ich hab in letzter Zeit viel nachgedacht. Wahrscheinlich habe ich dich mit meinen Ansprüchen überfordert und dir die Kindheit verdorben …«

Rosalie unterbrach sie empört. »O nein, Mutti. Du hast es versucht, aber ich hatte eine schöne Kindheit. Du warst nur einfach nicht dabei.«

»Wieso war ich nicht dabei, ich …«

»Du musstest die Welt verbessern, wie solltest du da einen Blick für dieses unwichtige Wesen haben, das um deine Füße herumwuselt.«

Karla erschrak. Wer hatte das doch neulich über wen gedacht?

Schweigen lastete im Raum, selbst der Kakadu wagte nicht, sich zu mucksen. Ihre Tochter sortierte Papiere auf dem Schreibtisch, dann sagte sie über die Schulter: »Ich muss mal für kleine Mädchen. Bleibst du so lange hier?«

Sie nickte, nahm das Baby aus dem Wagen und wiegte es auf dem Arm. Leon seufzte in ihrem Arm und räkelte sich. Er öffnete die Augen, große dunkle Mahmud-Augen. Sein Blick suchte einen Punkt an ihrer Stirn. Plötzlich runzelte er die Brauen und pupste.

Sie fand ein Paket Einwegwindeln und staunte beim Wechsel, wie dünn die Höschen heutzutage waren. Bei Rosalie hatte sie noch Windeln gekocht, die ihre Tochter vierzehn Jahre später bunt färben und um den Hals tragen konnte.

Mit dem Puderduft stiegen Omagefühle in ihre Nase. Der kleine Mann brachte mit seiner bloßen Anwesenheit so was wie Ordnung in ihre Welt. Sie wiegte Leon auf dem Arm und trug ihn durchs Büro.

Vor der Wand mit den vergilbten Zeichnungen vom Mauerpark blieb sie stehen. Günter hatte vor etlichen Jahren eine Parkvariante ohne Wege entworfen, weil er meinte, man könne nicht vorhersehen, wo die Spaziergänger entlangwanderten. Daraus war eine Grundsatzdebatte über die Frage geworden, ob die Gesellschaft sich chaotisch oder gesetzmäßig veränderte. Sie bestand auf der Fähigkeit der Menschheit, sich ihre eigene Vergesellschaftung untertan zu machen; er pries die Freiheit des Spaziergängers, sich seinen Weg selbst zu trampeln. Sie hatte unterstellt, dass er nur zu faul war, sich Gedanken zu machen, und er hatte gelacht, weil ihre Wirklichkeit namens »DDR« sich gerade ganz und gar vorhersagewidrig verdünnisierte.

In Wirklichkeit hatte sie ihn gehasst, weil er im Osten eine Firma aufbaute, während ihr die Wendeverluste das Herz abdrückten. Er war das Gegenteil von dem Intellektuellen, den sie sich als Schwiegersohn für Rosalie gewünscht hatte.

Inzwischen hatte sie einsehen müssen, dass es keine geraden Wege gab, im Park so wenig wie im Hause Sattler. Das Gute würde niemals siegen, jedenfalls nicht so wie im Märchen. Es gab kein Ende, der Kampf hörte nie auf, und sie musste sich entscheiden, nicht nur einmal, sondern immer wieder. Das war kompliziert, das war nervig, und sie verstand sogar, dass eine Menge Leute lieber einem Jost Sattler hinterherliefen.

Als sie aufsah, lehnte Rosalie in der Tür und fragte: »Woran denkst du?«

»Wie wir im Sommer manchmal aufs Teerpappendach gestiegen sind und ins Abendrot geschaut haben. Weißt du noch?«

»Ja, klar. Du hast behauptet, es wären die Türme der Herz-Jesu-Kirche, die man am Horizont sah.«

»Und?«

»Ich habe gesagt, es sei die Segenskirche. Und ich hatte recht, ich bin extra hingelaufen.«

»Warum hast du mir das nicht gesagt?«

Rosalie hob die Schultern und schwieg. Schließlich fragte sie: »Bleibst du zum Essen?«

Sie konnte trotz ihres Kummers ein Grinsen der Vorfreude auf Rosalies Gesichtsausdruck nicht unterdrücken und antwortete: »Zeig mir die Küche.«

Jost Sattler fand im Laufe des Tages, der mit Terminen zur Vorbereitung der Sitzungswoche vollgepackt war, keine Zeit, sich über Vachieckys Enthüllung zu entsetzen. Erst am späten Abend, als er in der Platanenallee ankam und ihn anstelle Karlas die Pflegeschwester begrüßte, wurde ihm die Tragweite bewusst. Von wegen »Hauswirtschaftsschule« und »Dokumente verbrannt«. Eine heruntergekommene Intellektuelle vom Prenzlberg hatte ihn an der Nase herumgeführt.

Er wickelte eine Flasche Moskowskaja aus der Reiseverpackung und drehte den Verschluss auf, füllte ein Wasserglas und trank es in einem Zug aus.

Was sollte er jetzt machen? Strafanzeige stellen? Petra Grimme entlassen? Oder musste er Karla Schlicht feuern?

Er füllte das Glas erneut und trank einen großen Schluck. Eigentlich hätte er einen klaren Kopf gebraucht, um Entscheidungen zu treffen, aber in diesem Fall kam er mit nüchterner Vernunft nicht weiter.

Seine erste Reaktion war Schadenfreude darüber gewesen, dass jemand wie Karla ausgerechnet bei jemandem wie ihm putzen musste. Zwar konnte er sich an das Institut mit dem hochtrabenden Namen nur schwach erinnern, aber er hatte sich oft genug über die pseudowissenschaftlichen Analysen dieser »unabhängigen Wissenschaftler« geärgert, die sich von Steuergeldern und der den Deutschen so eigenen Nörgelsucht nährten.

Aber dann hatte Vachiecky ihm von ihrem langsamen Abstieg berichtet, und in ihm war die Achtung gewachsen. Welcher Selbstüberwindung bedurfte es, nach so einer Karriere zu Kreuze zu kriechen. Das hatte beinah was von Buße.

Sie hätte ja auch ihre Wende-Berühmtheit in Geld und

Karriere ummünzen können, wie andere das getan hatten. Stattdessen ignorierte sie die ausgestreckte Hand der Westparteien, schlimmer noch: Sie biss mit aller Kraft hinein. Die Renegaten unter ihren einstigen Freunden mussten sie gehasst haben.

Wer wollte ihr verdenken, dass sie nicht mit einer Visitenkarte daherkam, auf der ihr Doktortitel prangte? Vielleicht wäre sie als Raumpflegerin im Kristallpalast gelandet, wenn er nicht gerade einen Ersatz für Frau Romanowa gesucht hätte. Er musste dem Zufall, der ein Unfall gewesen war, danken.

Und wie clever sie sich verstellt, ihm eine Diät verordnet und das Personal herumgescheucht hatte, das war mehr als echt. Er dachte an den Lurex-Pullover und ihre grünen Leggins und musste lachen. Mit so einem Farbgeschmack, hatte er gedacht, konnte sie ein Maltalent nicht von einem undichten Farbeimer unterscheiden. Ein richtiges Schauspieltalent.

Andererseits war ihm natürlich nicht entgangen, wie schnell sie begriff, vor allem deshalb, weil sonst immer er derjenige war, der bei einem Witz zuerst lachte.

Der Blick fiel ihm ein, den sie ihm während seiner Ausfragerei bei Heinrichs Geburtstagsessen zugeworfen hatte: Unter leicht gehobenen Augenbrauen, schräg von unten, den Kopf ein wenig schief gelegt, wie Raissa ihn angeschaut hatte, wenn er nach Hause kam, als schwebe er auf parlamentarischen Wolken durch die Wohnungstür, und sie warte, leicht amüsiert, auf seine Landung. Man hörte die Engel singen, wenn sie so schaute. Deshalb war Petra, also Karla, ihm bekannt vorgekommen.

Überhaupt durfte er sich nicht beklagen, sie hatte seinen Vater glücklich gemacht und dafür gesorgt, dass Arthur in die Schule ging – Dinge, an denen andere, er selbst eingeschlossen, gescheitert waren.

Er hatte sie gern um sich, warum sollte er sich das nicht eingestehen? Weil sie die Haushälterin war? Er musste ja nicht gleich mit ihr ins Bett. Sie sah auf eine fröhliche Art gut aus, schlank und dabei nicht mager, blickte wach aus braunen Augen und lachte unverschämt. Dabei glitzerten ihre Blicke, und wenn sie Arthur warnte (»gleich reißt mir der Geduldsfaden«), hoben sich ihre Augenbrauen wie Drachenflügel.

Nein, statt sie zu entlassen, würde er ihr nur kräftig den Kopf waschen und einen korrekten Arbeitsvertrag mit ihr abschließen.

Er hielt die Luft an und lauschte. Unten in der Halle sprach Leila. Die Stimme, die ihr antwortete, war die der jungen Schwester, die ihre Nachtwache antrat. Schade, er hatte gehofft, Karla wäre gekommen.

Er hätte gern mit ihr über Arthur gesprochen.

Er trank einen großen Schluck Wodka. Der Schnaps wärmte seinen Kopf und beruhigte den Magen. Er fragte sich, ob sie schon wusste, dass sie entlarvt, oder ob es Zufall war, dass sie ausgerechnet heute freinahm? Irgendeine ferne Erinnerung sagte ihm, dass sie von der Schwangerschaft ihrer Tochter erzählt hatte. Warum hörte er bei privaten Dingen nie richtig zu?

Karla Schlicht. Frau Doktor Schlicht. Sehr verehrte Frau Schlicht, darf ich Sie zum Tanze führen?

Wie leicht ihm der neue Name von den Lippen ging. Vielleicht war es der Alkohol, der ihn so beschwingt machte. Egal.

Er griff nach seinem Handy und wählte die vorprogrammierte Nummer. Er nahm sich vor, nicht gleich mit der Tür ins Haus zu fallen. Erst wollte er noch mal hören, wie sie sich verstellte und die Grimme gab: »Kein Zittern und kein Zagen, dem Schmutz geht's an den Kragen!«, oder welchen Spruch auch immer sie aus der Hüfte reimte. Man merkte, dass sie einen Clown zum Vater gehabt hatte.

Es klingelte kaum zwei Sekunden, als auf der anderen Seite auch schon der Hörer aufgenommen wurde. »Hallo, bei

Grimme«, rief eine Stimme, die er kannte. Die Überraschung verschlug ihm die Sprache.

»Hallihallo, ist da jemand?« wiederholte Arthur. Seine Stimme klang so frohgelaunt, als habe er neben dem Telefon gewartet, um sich über ihn lustig zu machen.

»Ja, hier ist dein Vater. Was machst du da?«

»Weißt du, wie spät es ist?« fragte Arthur im gleichen Tonfall zurück, natürlich mal wieder bekifft. Sattler glaubte, ein unterdrücktes Glucksen und ein Geflüster zu hören, als lausche jemand im Hintergrund.

Ärger stieg in ihm auf. Die wollten ihn veräppeln! Trotzdem bemühte er sich, seiner Stimme einen sachlichen Klang zu geben.

»Haben sie dich entlassen?«

»Nein, ich bin getürmt.«

»Reiß dich bitte zusammen und beantworte meine Frage!«

»Aber wie?«

Er wurde ungeduldig. »Vielleicht fängst du damit an, wer dich rausgeholt hat und warum …«

»Nein, du musst mal zuhören. Ich wollte sagen: Wie soll ich das erklären? Wenn du ein Herz hättest, wär's leichter.«

Er fühlte sich wie ein Nichtschwimmer, der nach Luft jappst. »Kann ich bitte, äh … Frau Grimme sprechen?«

»Sorry, nein.«

Er ballte die Faust. »Ich weiß, dass sie anders heißt, also bitte!«

»Und wenn nicht? Rufst Du dann wieder die Bullen? Uh, ich fürchte mich. Uh, huhu!« Arthur quiekte wie eine Trickfilmfigur.

Sattler trank das Glas aus und stellte das Telefon beiseite. Die Trunkenheit schwappte in seinem Schädel wie lauwarmes Wasser in einer Badewanne.

Wie ärgerlich! Noch war Arthur nicht achtzehn. Die Beamten hätten ihn kaum aus eigener Initiative freigelassen. Die Grimme hatte sein Vertrauen und seinen Namen missbraucht!

Ach was, er hätte dem Dienststellenleiter klipp und klar sagen sollen, dass er seinen Sohn nicht freigelassen wissen wollte. Gleiches Recht für alle. Immer wieder machte Arthur ihm einen Strich durch die Rechnung. Das ärgerte ihn mehr als die Tatsache, dass er mit Drogen dealte – das war ein Sport, er wusste, dass Arthur das nicht nötig hatte und nur die Provokation liebte. Oh, er konnte sich vorstellen, wie die falsche Putzfrau und Arthur jetzt über ihn lachten und darauf warteten, dass er wieder anrief.

Es war nicht der Kummer, der seinen Großen verwirrte oder ein Talent, das ihn ablenkte, das schätzte Karla alias Petra ganz falsch ein. Arthur war der gleichen Lethargie und Laschheit verfallen wie seine Mutter, die eines schönen Sommerendes in ihrer Kurklinik geblieben war und seitdem in Teilnahmslosigkeit am Pool saß, sich bedienen ließ und zwölf Stunden am Tag schlief – nicht aus Verzweiflung, sondern weil sie es schön fand, ihre Ruhe zu haben. In seinen Augen war das nicht besser als Selbstmord, aber er hatte irgendwann akzeptieren müssen, dass des Menschen Wille sein Himmelreich war, oder wie dieser idiotische Spruch lautete.

Auch Arthur vernebelte sein Gehirn mit Drogen, statt mit klarem Verstand Wege zur Verwirklichung seiner Ziele zu suchen. Ach was, »Ziele«. Seiner Meinung nach ging die Welt ja so oder so in Scherben.

Sattler goss sein Glas randvoll. Der ganze Quatsch von »den eigenen Weg finden« und Kuschelpädagogik ging ihm gegen den Strich. Wie weit war Abramowitsch gekommen mit seinen »Schnupperwochen« für Schulschwänzer? Damit billigte man die Regelverletzungen, und irgendwann begannen auch andere Kinder ihren Stundenplan nach eigenem Gutdünken zusammenzustellen.

Sein einziger Sohn ein Versager! Richtig übel wurde ihm, wenn er daran dachte, dass Arthur bald Eigentümer der Sinon wurde.

Der scharfe Schnaps glühte in seiner Kehle und trieb ihm Tränen in die Augen. Er hatte gehofft, das Leben würde weitergehen. Ein Trauerjahr, sagte man, danach wird alles leichter. Aber nach dem Abebben der Trauer kam die Leere.

»Such dir eine neue Frau«, hieß es im Märchen. Aber eben nur im Märchen. Raissa hätte das nie gesagt.

Die Luft in ihrem Zimmer war stickig und roch nach Krankenhaus. Noch immer war das Bett mit bunten Tüchern verhängt. Auf dem Schreibtisch, den Arthur für Raissa bemalt hatte, lag eine dünne Staubschicht. Er betrachtete das Werk seines Sohnes. Ameisenkolonnen zogen durch einen farbenfrohen Blumendschungel. In einer Ecke hockte eine haarige Spinne mit einem roten Stern auf dem Rücken und lachte mit gelb gebleckten Zähnen. War das nun Talent oder Kitsch? Er hätte sehr gern gewusst, was im Kopf seines Sohnes vor sich ging.

Er blieb vor den »Arbeiterinnen« stehen, dem naiv sozialistischen Gemälde, das Raissa bei ihrer Arbeit in einem ukrainischen Krankenhaus zwischen Bettrosten und Schranktrümmern gefunden hatte. Die drei breitschultrigen Frauen, eine davon mit Kind auf der Hüfte, strotzten vor Gesundheit. Ein Abglanz goldener Zukunft, in der Krankheit und Tod besiegt waren, leuchtete auf ihren Gesichtern.

Solch dralle Malerei hatte sie geliebt. Sie konnte, wenn es nötig war, vierundzwanzig Stunden operieren, unbeirrt wie ein indianischer Läufer, in einem Meer aus Schweiß, Blut, Kotze und Scheiße. Sie sagte »Chartrock« und »Gutter! Mach! Ich gehe niecht kaputt!« Er hörte beinah, wie sie »Ich bin feukcht« flüsterte, während sie ihm über den Nacken strich, seine Oberarme packte und sich beim Orgasmus an ihm festkrallte, als entschwebe sie sonst in den Himmel.

Sie war ihm stets unzerstörbar erschienen. Er hatte ihre Glatze ignoriert und sich an den fremden Geruch gewöhnt, den sie ausströmte, und sie machte ja auch weiter wie immer, lud Gäste ein, veranstaltete ihren Frauensalon und gab ein großes Fest anlässlich ihres Geburtstags, zu dem Arthur und er sie auf einer Sänfte die Treppe runtertrugen wie eine Zarin.

Sie war doch die Professorin und weitgerühmte Chirurgin, wie konnte sie den Kampf gegen einen Feind, den sie so gut kannte, verlieren?

Erst nach der zweiten Chemotherapie, als ihr Gesicht wie Pergament wirkte und sie an manchen Tagen nicht mehr aufstehen konnte, hörte sie auf, Zuversicht zu heucheln. Sie organisierte ihr Nachleben mit der gleichen Präzision, mit der sie operierte, diktierte ihm Listen mit den Namen von Studenten, die ihre Fachbücher bekommen sollten, und Memoranden an die Fakultät, in denen sie ihre möglichen Nachfolger beurteilte. Sie suchte den Spruch für ihren Grabstein selbst aus und nahm den Kontakt zur jüdischen Gemeinde auf. Sie duldete keinen Widerspruch und hatte es sehr eilig. Die Blutungen in ihrer Lunge wurden häufiger, und ihr Atem ging manchmal quälend schwer. Raissa wusste, wie es aussah, wenn Patienten an ihrem eigenen Blut ertranken, und wollte sich dieses grässliche Ende ersparen. Weil sie fürchtete, dann nicht mehr aufstehen zu können, erzählte sie ihm von dem Versteck der Insulinampullen. Er hatte davon nichts wissen wollen. Erst ihre Drohung, eine Studentin einzuweihen, brachte ihn dazu, ein Versprechen abzugeben: Nein, er würde sie nicht zum Sterben ins Krankenhaus bringen. Ja, wenn sie danach verlangte, würde er ihr das Insulin ans Bett bringen.

Er stieß mit dem Fuß gegen einen Karton. Die medizinische Fachliteratur hatte er verpackt, wie sie das verlangt hatte, es dann aber nicht mehr fertiggebracht, bei den Studentinnen anzurufen.

Gern hätte er sich aufgelöst, um die Erinnerungen loszuwerden, die ihn peinigten wie hohes Fieber. Er versuchte, das Bild zu verdrängen. Eine quälend weiß beleuchtete Szene, die nach Desinfektionsmittel roch.

Er stolperte über den Karton, rannte aus Raissas Zimmer und schlug die Tür hinter sich zu, aber die Gespenster verfolgten ihn weiter. Im Arbeitszimmer trank er den Rest der

Flasche aus. Er keuchte, sein Atem malte einen Nebelkreis auf das Glas der Fensterscheibe. Kühle Nachtluft und der vertraute Duft des Gartens strömten herein, als er das Fenster öffnete.

Der letzte Versuch, Raissas Grab zu besuchen, war am Friedhofstor gescheitert, weil ihm ein Trauerzug entgegen gekommen war und der Geruch nach Laub und Moder ihm die Kehle abgeschnürt hatte.

Er ging zur Treppe und lauschte. Es war dunkel in der Halle, aus dem Gartenzimmer fiel Licht durch einen Türspalt. Leise, um die Nachtschwester nicht zu erschrecken, tappte er die Stufen nach unten. Oska war die Einzige, die bemerkte, dass er das Haus verließ. Er bückte sich in der Einfahrt und steckte einen Kiesel in die Sakkotasche.

Mit einem Taxi fuhr er nach Weißensee und ließ sich in einer dunklen Seitenstraße unweit des Haupteingangs absetzen. Er klappte den Kragen hoch und schätzte die Höhe der Friedhofsmauer. Verdammt lang her, dass er in Westpoint mit kurzem Anlauf über die Eskaladierwand geflankt war. Damals wog er zehn Kilo weniger.

Er plumpste schwer auf der anderen Seite herunter und stieß mit dem Knie gegen die Kante einer Schubkarre. Der Schmerz ernüchterte ihn.

Ein Käuzchen rief, sonst hörte er nur das Rauschen der Bäume. Er humpelte in die mondbeschienene Wildnis des Jüdischen Friedhofs. Wenn er den Rundplatz fand, kannte er von dort aus den Weg zum neuen Gräberfeld.

Raissa war nie besonders religiös gewesen und hatte sich lustig gemacht über die bekehrten Ex-Marxisten, die nach ihrer Ankunft in Deutschland vom »Sohn zum Großvater« übergelaufen waren, von Karl zu Marx Levy, dem Rabbiner. Nur den russischen Verwandten zuliebe hatten sie die Hochzeitsrituale durchgespielt. »Durch diesen Ring bist du mir angelobt nach dem Gesetz Moses und Israels« hatte er gesagt, und Raissa hatte vor aller Augen einen Ring aus dem Dekolleté gezogen und nach seiner Hand gegriffen: »Du mirrr auch!«

Sie brachte gern Dinge durcheinander: »Das chält Denken frrrisch!«

Erst kurz vor ihrem Tod hatte sie plötzlich gewünscht, auf dem Jüdischen Friedhof beigesetzt zu werden. Leila hatte die Organisation übernommen, seine Unkenntnis des Rituals, seine Unwilligkeit auch, sich dem Gedanken an ihren Tod zu stellen, schloss ihn von den Vorbereitungen aus. Er war hinter dem Sarg hergelaufen wie ein Fremder – aber es waren nicht die Lebenden, die ihn zurückwiesen, sondern die Tote.

Im Halbmondlicht blitzte die Schrift auf den marmornen Grabmahlen der Jaffés, Goldbergs und Rubinskys. Er stolperte über Wegbegrenzungen und folgte am Rundplatz dem ausgestreckten Arm einer weiß schimmernden Marmorstatue.

Auf der kurz gemähten Wiese waren mittlerweile zahlreiche Reihen belegt. Raissas Sandsteinblock ragte grau über die anderen Gräber. Er las im fahlen Mondlicht ihren Namen und einen Satz in Hebräisch, an dessen er Bedeutung er sich nicht erinnerte. Er holte den Kiesel aus seiner Jackentasche, legte ihn auf den Stein und gab den Erinnerungen nach.

Sie hatte eine schwere Nacht mit Erstickungsanfällen und Schmerzen verbracht, als sie eines Morgens das Insulin verlangte. Er zögerte, ihren Wunsch zu erfüllen. Mit Sonnenaufgang ging es ihr besser, und einer der ersten warmen Frühlingstage belohnte sie für das Durchhalten. Einen Tag noch, sagte er sich. Am Abend. Dann am nächsten Morgen. Noch einen Tag.

Sie versuchte aufzustehen und das Insulin selbst zu holen, doch ihm war es ein Leichtes, ihren geschwächten Körper zurück auf die Polster zu drücken. Raissa weinte vor Wut. Schließlich versuchte sie, ihn zu erpressen, indem sie sich weigerte, die Morphiumtabletten zu nehmen. Als die Schmerzen unerträglich wurden, schrie sie mit ihrer jämmerlich dünn gewordenen Stimme, hustete Blut und stinkenden Schleim, doch sie biss die Zähne zusammen.

Der tagelange Kampf, die Schlaflosigkeit, die Verzweiflung

machten ihn mürbe und aggressiv. Schließlich hielt er die Anspannung nicht mehr aus und rief den Rettungswagen.

Auf der Fahrt ins Krankenhaus entzog sie ihm ihre Hand.

Die Ärzte in der Charité legten ihr eine Morphiumpumpe. Sie wurde ruhiger. Er stand vor der Beobachtungsscheibe der Intensivstation und sah Raissa im kalten Neonlicht der Intensivstation. Schläuche verschwanden in ihrer spitz gewordenen Nase. Die Scheibe beschlug von seinem Atem, als weigere sie sich, die Ratlosigkeit in seinem Gesicht zu spiegeln. Raissa hob mit Mühe den Kopf und sah ihn fragend an, sein Herz schlug bis zum Hals, und er fühlte die Muskeln hart werden, als er zum Zeichen seiner Ratlosigkeit die Schultern hob. Sie fiel zurück ins Kissen. Ihre knochige Hand winkte ab, und dann drehte sie sich weg. Er wollte rufen, aber da war die Scheibe. Wen hätte er jetzt noch um Hilfe bitten können, ein Abgeordneter, dem Gesetz verpflichtet, mit einer Doppelpackung Insulin in der Aktentasche?

Sie weigerte sich, ihn noch einmal zu sehen. Zwei Tage später war sie tot – hinter einer Glasscheibe gestorben, zwangsbeatmet, von Kanülen durchbohrt und mit Betäubungsmitteln vollgepumpt, so wie er ihr versprochen hatte, dass sie nie würde sterben müssen.

Wieder und wieder sah er die gleiche Szene. Ihr fragender Blick, sein Ausweichen, ihr Abwinken. Ihre Augen, sein Achselzucken, ihre Hand, und aus. Der Film war eingebrannt in seinem Gehirn und schmerzte bei jeder Wiederholung wie eine entzündete Wunde.

Er hatte geglaubt, sich an ein Gesetz halten zu müssen, an seine Art Gesetze, die für alle gleich galten und die er für das Höchste hielt, weil ihre Unverletzlichkeit ihm der einzige Schutz gegen das Chaos zu sein schien, aber er hatte ein höheres Prinzip zu spüren bekommen, Gewissen, Liebe, Barmherzigkeit oder wie immer man das nennen wollte.

Er legte sich auf das Grab. Der Nachthimmel wölbte sich hell über dem Dunkel des Friedhofs, nur wenige Sterne waren zu sehen. Die Bäume hoben sich als schwarzgrüne Silhouetten vor den Wolken ab und raschelten leise. Ihre Blätter nahmen am Tag das Licht auf und ihre Wurzeln in der Nacht die Leiber in den Gräbern. Raissa mochte solche Vorstellungen.

Er drehte sich um. Die Erde roch würzig, das Gras kitzelte ihn kühl an den Wangen.

»Verzeih mir«, flüsterte er in die Tiefe.

Karla genoss ihren ersten Tag als Oma. Sie hatte nach dem Mittagessen einen langen Spaziergang mit Leon gemacht, Babysachen gewaschen und nebenbei Rosalies Küche geputzt. Ihre Tochter nahm das erst verblüfft, dann amüsiert und schließlich genervt zur Kenntnis. »Bist du ganz sicher, dass du nicht noch irgendwas Schlimmes gestehen möchtest?«

»Hast du Lorbeerblätter?«

»Setz dich endlich auf deine vier Buchstaben und gib Ruhe!«

»Keine Sorge, nach dem Essen mache ich mich vom Acker.«

»So war das nicht gemeint.«

Es war schon spät, als Günter die Treppe heraufstieg, frisch geduscht und in eine Filzjacke gekleidet. Rosalie reichte ihm das schlafende Baby und tauschte Blicke, während ihre Mutter die gebackenen Pastinaken servierte.

Die beiden aßen schweigend, nur die Blicke, die sie tauschten, waren beredt.

»Schmeckt es nicht?«

»Doch, aber …«, Rosalie ließ die Gabel sinken. »Das ist es ja. Du kannst nicht kochen.«

Karla lächelte. »Oma Willem hatte so einen kleinen Bilderrahmen mit einem in Tusche gemalten Spruch: Man wird alt wie 'ne Kuh und lernt immer noch dazu.«

Ihre Tochter kniff die Augen zusammen und glaubte ihr kein Wort.

»Und … was treibst du so?« Günter konnte sogar freundlich sein, wenn ihn die Neugier quälte. »Wir haben dich vermisst in den letzten Wochen.«

»Viel zu tun.« Einen Teufel würde sie tun und ausgerechnet ihm ihre Geheimnisse verraten. Sie füllte seinen Teller auf. »Wie macht sich Karim?«

»Bis gestern ganz wunderbar. Heute hat er sich noch nicht sehen lassen.«

Rosalie ergänzte. »Günter will versuchen, ihm eine Arbeitserlaubnis zu verschaffen.«

»Warum nicht einfach Familienzusammenführung? Du bist seine Schwester.«

»Hab ich versucht, aber auf meiner Geburtsurkunde steht ›Vater unbekannt‹.«

»Oh … stimmt. Tut mir leid.«

»Du musst dich nicht dauernd entschuldigen.« Rosalie strich ihre schwarzen Locken aus dem Gesicht. »Es ist gut, dass du über meinen Vater nichts Schlechtes erzählt hast. Doch, wirklich. Wenn ich gewusst hätte, dass er feige abgehauen ist, hätte ich seinen Sohn nicht kennenlernen wollen.«

Die Härchen in Karlas Nacken richteten sich auf, weil Günter Rosalies Hand nahm und ermutigend drückte. Würg.

Sie war froh, dass das Telefon klingelte und er ihre Tochter loslassen musste.

»Für dich.« Günter hielt ihr den Hörer hin.

»Weißt du, wo Papa ist?« Leila klang, als würde sie gleich in Tränen ausbrechen.

»Er wird im Garten sein, oder?«

»Ich habe alles abgesucht. Warum geht er nicht ans Telefon?«

»Ist die Nachtschwester da?« Sie sah aus dem Augenwinkel, dass Günter die Ohren spitzte.

»Kannst du nicht herkommen? Oben stinkt es nach Alkohol, sein Schlüssel hängt am Brett, seine Aktentasche ist da. Sogar seine Schuhe stehen noch hier.«

Sie wurde hellhörig.

»Papa geht nicht einfach um Mitternacht aus dem Haus, ohne Zettel, ohne Termin und Plan. Weißt du doch!«

Sie hielt die Hand vor die Sprechmuschel, damit Günter

nicht verstand, was sie antwortete. »Was sagen die Polizisten von der Streife? Stehen die nicht vor dem Haus?«

»O Gott«, stöhnte Leila. »Meinst du, er ist entführt worden oder so?«

»Leila, bitte. Dein Vater ist kein Baby. Wer soll ihn entführen wollen?«

»Terroristen!«

Armes Kind! Sie überlegte einen Moment. Wenn die Aktentasche da war, hatte er vielleicht auch sein Notebook unbeaufsichtigt gelassen. So eine Gelegenheit kam nicht wieder.

»Also pass auf, du ruft jetzt zuerst Frau Leszinsky an und bittest sie, dich zu benachrichtigen, wenn sie was erfährt. Aber mach keinen Stress, sag, dass du ihn was fragen willst, sonst ruft sie gleich die Polizei. Als Nächstes holst du dein Lehrbuch und lernst Vokabeln, bis ich komme. Du hast nächsten Donnerstag Hebräisch-Klausur!«

Günter tat überrascht, als sie ihm das Telefon zurückgab. »Noch eine Verabredung? Wie heißt er denn?«

»Bitte!«, sagte Rosalie und schaute Günter tadelnd an.

»Aber wieso?« Karla lachte. »Bin ich zu alt?« Sie amüsierte sich bei der Vorstellung, wie die beiden sich das Maul zerfetzen würden, wenn die Tür hinter ihr ins Schloss gefallen war.

*

Leila war mit dem Lehrbuch in der Hand eingeschlafen, als Karla die Halle betrat. Leise zog sie sich in ihre Arbeitskleidung um, dann schlich sie die Treppe hinauf und stieg mit einem großen Schritt über die knarrenden Stufen hinweg. In Sattlers Zimmer brannte Licht, es roch nach Wodka. Auf dem Lesetisch entdeckte sie das Notebook. Sie blieb an der Tür stehen, um zu lauschen. Von unten drang Opas leises Schnarchen herauf, die Standuhr tickte, sonst war die Stille vollkommen.

War es möglich, dass Sattler die Ereignisse der letzten Tage so misstrauisch gemacht hatten, dass er ihr eine Falle stellte? Sie drehte das Döschen mit den Fingerabdrücken in ihrer

Kitteltasche. Aber nein. Eine Falle, die Jost Sattler stellte, roch nicht nach Wodka.

Nachtluft trug den Duft des Holunders, der auf der anderen Straßenseite blühte, herein, als sie das Fenster zur Straße öffnete, damit die Motorengeräusche ankommender Wagen ihr nicht entgingen.

Jetzt oder nie. Sie schwor sich, Sattler einen Persilschein auszustellen, wenn sie in seinem Notebook nichts Illegales fand. Insgeheim drückte Frau Grimme sogar die Daumen, dass Karla vergeblich suchte.

Sie schaltete das Notebook ein, stülpte den falschen Fingerabdruck über den Zeigefinger, atmete tief durch und tippte vorsichtig auf das Sensorfeld.

Eine Warnmeldung leuchtete in blutroter Schrift auf strahlendem Weiß: »Nicht erkannt. Noch zwei von drei Versuchen möglich«.

Im Arbeitszimmer wurde es plötzlich sehr warm, und der Kragen ihres Kittels würgte sie am Hals. Der Fingerabdruck rutschte von der Kuppe, weil ihre Hände feucht wurden.

Am liebsten hätte sie die Flucht ergriffen, aber sie wusste, dass es kein Zurück gab. Sobald Sattler das Notebook einschaltete, würde er die gleiche Meldung vor sich sehen und wissen, dass jemand einzubrechen versucht hatte.

Das Motorengeräusch eines größeren Pkw, der vor dem Haus abtourte, ließ ihr Herz fast stehen bleiben, aber der Wagen fuhr weiter, und das Brummen entfernte sich.

Warum hatte sie nicht bedacht, dass der Abdruck nicht funktionieren konnte?

Sollte sie Karl anrufen? Bloß nicht. Keine Panik! Kleine Schritte, keine Spuren. Das klang jetzt wie Hohn. Sie pustete die Fingermaske sauber und hielt, bevor sie erneut auf das Sensorfeld tippte, die Luft an.

»Nicht erkannt. Noch einer von drei Versuchen möglich. Bitte wenden Sie sich an den Systemadministrator.«

Ein Eisblock rutschte ihren Nacken herunter. Sie stand auf und versuchte, ihre Glieder zu lockern. Was war das?! Sie verfluchte ihren Leichtsinn. Plötzlich fielen ihr alle möglichen Probleme ein, die sie nicht berücksichtigt hatte. Wie kam sie überhaupt darauf, dass er den rechten Zeigefinger nahm, um sich zu identifizieren? Was machte sie hier, in diesem Arbeitszimmer, in diesem Haus? Warum saß sie nicht auf dem Arbeitsamt oder hinter einem Taxilenkrad, wie sich das für eine desillusionierte Sozialwissenschaftlerin gehörte? Eine Zelle im Frauengefängnis war besser als dieses Gefühl des Versagens, von Verrat und Dummheit, das ihr den Rücken hinunterschmolz.

Ein letzter Versuch noch trennte sie vom Schafott. Sie schloss die Augen. Tippte ein wenig stärker auf das Sensorfeld und bewegte die Fingerkuppe hin und her.

Sie öffnete die Augen und sah den Explorer leuchten. Steine fielen ihr vom Herzen, eine ganze Lawine. Sie musste warten, bis ihr Puls unter hundertfünfzig gesunken war und ihre Finger nicht mehr zitterten. Nie wieder so was!

Eilig scrollte sie durch die Auflistung der Ordner und Dateien.

»Fraktion«, »Büro«, »Wahlkreis«, »Sicherheitsausschuss«, »Verschlusssache Munin« – das war, was sie suchte: Dokumente und Fotos in verschiedenen Formaten. Sie nahm den mp3-Player vom Hals, steckte ihn in den USB-Anschluss und kopierte den Munin-Ordner auf das Laufwerk.

»Speicher voll« meldete der Rechner.

Sie löschte die Backstreet Boys, um Platz zu schaffen, und erneuerte den Kopierbefehl. Plötzlich vernahm sie das Geräusch einer zuschlagenden Wagentür auf der Straße. Vorsichtig lugte sie hinaus. Der gelbe Leuchtfleck eines Taxis schwebte in den grauenden Morgen davon.

Mit fliegenden Fingern schloss sie die geöffneten Dateien, verklickte sich in der Eile mehrfach, musste erst einen versehentlich gelöschten Ordner aus dem Papierkorb zurückholen und vergeudete wertvolle Sekunden, bevor sie den Bildschirm in seinen ursprünglichen Zustand zurückversetzt und den Stick herausgezogen hatte. Sie hörte die Stimmen von Sattler, Leila und die der Nachtschwester aus der Halle und warf den

Deckel des Notebooks in dem Moment zu, in dem Sattlers Schritte auf der Treppenstufe knarrten.

Ihr blieb keine Zeit mehr, das Arbeitszimmer durch die Tür zum Flur zu verlassen. Sie eilte in Sattlers Schlafzimmer, warf sich aufs Bett und steckte schnell noch die Kopfhörer in ihre Ohren. Hoffentlich merkte er nicht, dass der Stick auf ihrer Brust keine Musik spielte.

Das Licht ging an und fiel auf ihre geschlossenen Augenlider. Gern hätte sie wenigstens ihr Gesicht weggedreht, aber es war zu spät. Sie zwang sich, regungslos liegen zu bleiben und gleichmäßig zu atmen, als sei sie über dem Warten auf ihn eingeschlafen.

Sie lauschte. Sattlers Schritte kamen näher, er zögerte, jetzt musste er sie entdeckt haben. Langsam ein- und ausatmen. Sie konzentrierte sich auf das Heben und Senken ihrer Brust. Bloß keine Hektik zeigen, auch wenn in ihrem Inneren das Herz trommelte und die Luft knapp wurde.

Plötzlich roch sie Wodka und Erde und wusste, dass er nah war, sehr nah sogar. Sie spürte seine Lippen auf ihren und musste im gleichen Moment einatmen, weil sie sonst erstickt wäre. Das klang wie tiefes Seufzen. Seine Hände fuhren unter ihren Körper als habe sie ihn ermutigt, aber plötzlich fragte er streng: »Wer sind Sie?«

»Wie bitte?«

Er nahm ihr die Ohrstöpsel heraus und wiederholte seine Frage. Sie zog ihn wieder an sich und hielt ihn fest, bis er nachgab. Seine Zunge schmeckte nach Wodka, Salz und Sattler.

Mit dieser Methode konnte sie die Antwort nicht in alle Ewigkeit hinauszögern konnte, aber sie klammerte sich an den Aufschub wie ein Schiffbrüchiger an das Brett. Es war ein Spiel. Oder nicht. Oder doch.

Sie riss an seinen Haaren, er biss in ihre Schulter. Ihre Leiber schlangen und wanden sich umeinander, ihre Hände hielten sich fest, als wüchsen sie zusammen. Im Morgengrauen lag sie erschöpft auf den zerknüllten Laken und lauschte dem

Konzert der Vögel. Seine Hand, die auf ihrem Unterarm lag, zuckte im Schlaf.

*

Sie erwachte vom Klingeln an der Haustür und hob den Kopf. Die Mittagssonne schien ins Zimmer und ließ den Staub leuchten.

Neben ihr schnarchte Jost Sattler leise. Die Haut an seinem Hals und über seinem Schlüsselbein glänzte nass und gerötet vom Abdruck ihres Kopfes.

Unten ging jemand durch die Halle und öffnete die Haustür.

Das leise Schnarchen verstummte, und Sattler öffnete die Augen. Sie fühlte, dass er sie ansah, und setzte sich auf.

»Dr. Karla Schlicht.«

Er hob fragend die Augenbrauen.

»Weil Sie gefragt haben, wer ich bin. Karla Schlicht ist mein richtiger Name.«

Er lächelte. »Institut für Sozialforschung …«

O je. »Seit wann wissen Sie das?«

»Vachiecky hat Sie auf einem Tatortfoto erkannt.«

Sollte sie Zerknirschung heucheln und um Verzeihung bitten?

»Und? Was werden Sie jetzt tun?«, fragte sie schließlich. Statt einer Antwort streifte er die Bettdecke herunter und sah sie mit zusammengekniffenen Augen an. Seine Brust war leicht behaart, in der Mitte lief ein Streifen Flaum in Richtung Bauchnabel und verbreiterte sich nach unten, wo seine Erektion wippte.

Sie fühlte den Kitzel. Es war nicht richtig, es war lüstern, unanständig und frevlerisch, aber seine Lust reizte sie wie der verbotene Apfel im Garten Eden.

Sie schlug ein Bein über seinen Bauch und presste mit ihren Oberschenkeln wie mit Schraubzwingen seine Arme an den Leib. Mit hinter dem Nacken verschränkten Armen schwebte sie auf ihm wie eine Königin auf ihrem Thron, und er wehrte sich nicht gegen ihre Machtergreifung.

Sie vergaßen die Zeit und liebten sich langsam, wider alle Vernunft und Regel, während unten Vater Sattler den Fernseher auf volle Lautstärke drehte und Leila vergeblich die Klinke der abgesperrten Tür drückte.

Als seine Bauchmuskeln sich heftig anspannten, hielt sie inne. Er öffnete die Augen und sah sie ernst, beinah erschrocken an. Ihre Blicke saugten sich aneinander fest, dann wurden ihre Bewegungen gewalttätiger, und als sie zu zucken begann, riss er die Augen auf und schrie, sodass sie ihm den Mund zuhalten musste, während er kam.

Auf dem Flur prallte sie mit Leila zusammen, die den Bademantel ihres Vaters musterte und mit finsterem Gesicht die Tür ihres Zimmers zuknallte.

Karla duschte und betrachtete ihr Spiegelbild im Bad. So also sah Judith aus, die sich in Holofernes verliebt hatte, statt ihm den Kopf abzuschlagen: Die Haare hennabraun, die Wangen frisch durchblutet, die Lippen voll.

Die Erinnerungen an ihre Mission kamen wie leises Rufen aus der Ferne. Sie seufzte und spülte die Reste von Arthurs Haargel ab, die am Wasserhahn festgetrocknet waren.

Während die Kaffeemaschine durchlief, fütterte sie Opa Heinrich und besprach den Tag mit der Pflegeschwester.

Jost Sattler sah ihr aus dem Bett entgegen, als sie das Frühstückstablett ins Schlafzimmer balancierte. Er fragte, als könne er Gedanken lesen. »Wie geht's jetzt weiter, Frau Doktor?«

Sie schob sich ein Kissen in den Rücken und setzte sich bequem. »Frühstück, duschen, mit Opa spazieren gehen.«

»Ich meinte eigentlich grundsätzlich. Kann ich weiter auf Sie als Hauswirtschafterin zählen? Vielleicht sollten wir die Entlohnung an die Qualifikation anpassen? Oder Sie nehmen sich Zeit für Ihre wissenschaftliche Arbeit? Aber vielleicht … ich stelle gerade fest, dass ich Sie erst mal kennenlernen muss. Bisher weiß ich nur, wer Petra Grimme ist … oder war.«

Der Kaffee schwappte in den Tassen. Irgendwie passte es zu ihm, ihren Verrat sportlich zu nehmen. Aber wieso Verrat? Er wusste ja nichts von Hinterhalt und Arglist. In seinen Augen hatte sie abgeschlossen mit ihrer wissenschaftlichen Karriere. Jost Sattler brauchte niemals zu erfahren, was sie vorgehabt hatte.

»Wie ging es weiter?« war genau die richtige Frage. Er würde sie ein wenig fördern, seine Ex war schließlich Professorin gewesen, da war man sich ein gewisses Niveau schuldig.

Und warum sollte sie nicht mitspielen? Ihre Mission war gescheitert. Mehr noch als die Wochen in Sattlers Haus hatte Aljoschas Besessenheit ihr gezeigt, dass sie eine Chimäre verfolgte, ein Fabelwesen aus Feindbildern, Phantasie und falsch interpretierten Tatsachen.

Im Pelz der Putzfrau war sie erfolgreicher als in der Rolle einer Weltverbessererin, also blieb sie doch am besten, was sie in Sattlers Augen war: eine gescheiterte Intellektuelle, klug und erfahren, voller Verständnis für die Fährnisse einer Karriere, aber ohne eigene Ambitionen, ein Traum von Frau für einen Macho wie Sattler. Rosalie und Günter würden sich auf die Schenkel klatschen vor Lachen: Mutter eine schreibende Hausfrau.

Er missverstand ihr langes Nachdenken. »Tut mir Leid, das mit dem Institut. Politik sollte Menschen glücklicher machen und nicht unglücklicher.«

Sie sah ihn erstaunt an. »Schön, dass Sie sich wenigstens erinnern.«

»Nein, die Ehre gebührt einem Kollegen. Wir haben in den Neunzigern eine Unmenge Altprojekte aus der Nachwendezeit geerbt, da mussten wir mit eisernen Besen kehren.«

»Ihre Partei hat eine bestimmte politische Richtung ausgetrocknet, also tun Sie nicht so sparsam.«

»Bei Systemwechseln werden Biografien gebrochen. Das war im Westen nicht anders. Trotzdem, wie gesagt, es tut mir leid.«

Vor einigen Wochen noch hätte sie ihn für so einen Spruch

erwürgt, aber jetzt? Vielleicht hatte er recht. Wer weiß, ob sie im Institut nicht eine altjüngferliche Jeanne d'Arc, die vor lauter Mission nicht mehr aus dem Fenster sieht, aus ihr geworden wäre.

Sattler streichelte sie, als wolle er sich entschuldigen. »Ich habe großen Respekt vor Idealisten, die ihre Augen nicht vor der Wirklichkeit verschließen. Es tut weh, seine Anschauungen zu revidieren, aber es hat Größe, mehr Größe jedenfalls, als sich blind und taub zu stellen.«

Sie ärgerte sich über seine Selbstgerechtigkeit, aber was sollte sie entgegnen? Ihr wurde bewusst, dass sie ihn als Karla Schlicht nicht so einfach belügen konnte wie in ihrer Rolle als Petra Grimme.

»Sie meinen, ich hätte eingesehen, dass ich auf dem falschen Dampfer war? Nein, Herr Sattler. Uns sind nur die Seminarteilnehmer ausgeblieben, sonst hätte uns nicht mal Ihre Sparattacke zum Aufgeben gebracht.«

Das war die bittere Wahrheit. Die Weltgeschichte hatte zehn Jahre nach der Wende ausgeatmet. Die Utopien waren geplatzt wie bunte Seifenblasen.

»Wir haben versucht, Geld dazuzuverdienen. Ich bin von einem Vortrag zum nächsten gehetzt, habe in der Nacht Bücher rezensiert, Dissertationen korrigiert, Artikel verfasst, alles, um Ihrem Zynismus von ›der Markt regelt alles‹ nicht das Feld zu überlassen. Okay, Sie haben gewonnen. Der Konservatismus feiert fröhliche Urständ und heiratet auch gleich noch den Neoliberalismus. Aber ›Wiederentdeckung der Werte‹. Wenn ich das schon höre …«

Er lächelte und zog sie an sich. »Ich liebe es, wenn Sie sich so erregen.«

Sie entwand sich und stand auf.

»Ich habs nicht so gemeint!«, rief er, als sie das Zimmer verließ.

Sie setzte sich zu Heinrich ins Gartenzimmer, aber die Seiten von Sattlers Festschrift zitterten in ihren Händen, und sie konnte sich schlecht konzentrieren.

»Zwischen den Stühlen« war eine verniedlichende Umschreibung ihrer Lage. Beim Jüngsten Gericht würde man sich wundern, dass die beiden Hälften, die da ganz ohne Richtschwert vom Stuhl gefallen waren, nicht zusammenpassten.

Immer wieder tippte Heinrich auf das Porträt seiner Frau und rief »Mama«. Dreimal erklärte sie ihm, dass es sich nicht um seine, sondern die Mutter seines Sohnes handle, die Frau, die er mal geliebt und geheiratet hatte, dann verlor sie die Geduld und legte das Buch beiseite. Natürlich greinte er und fing an zu schreien, als sie ging, aber sie schloss die Tür des Gartenzimmers hinter sich. Heute hatte sie keinen Nerv für seine Wehwehchen.

Sattler kam mit nassen Haaren und bloßem Oberkörper die Treppe herunter, in der Hand das Telefon. »In der Bibliothek ist eine Stelle ausgeschrieben. Ich habe mit Frau Walter gesprochen. Sie sucht jemanden für die Einarbeitung des Volkskammer-Archivs und meint, Sie sollten sich möglichst schnell bewerben.«

Ach, so war das. Er ließ seine Beziehungen spielen und simsalabim – ab ins Archiv mit dem Problem namens Karla Grimme. Sie schluckte. »Eine saubere Lösung …«

Er wirkte betroffen. »Ich dachte, das ist ein Job, in dem Sie eher machen können, was Sie wollen. Ich meine …«, er suchte nach Worten. »Ein Job, der Ihrer Qualifikation viel mehr entspricht als in meinem Haus zu putzen.«

Er war so ekelhaft vernünftig und beherrscht. Natürlich konnte sie froh sein. Er hatte recht. Ein tolles Angebot. Interessante Arbeit. Regelmäßige Bezahlung. Sie käme glimpflich aus der »Sache« heraus.

Warum saß ein Kloß in ihrer Kehle, warum stiegen auf einmal Tränen in ihre Augen? »Ich muss darüber nachdenken«, brachte sie noch heraus, dann musste sie sich abwenden, damit er ihr Gesicht nicht sah.

Jemandem, den man liebte, konnte man nicht sagen, dass er der Feind war, aber man konnte es ihm noch weniger verschweigen.

Sattler beobachtete, wie sie ihre Sachen packte. Viel hatte sie nicht mitzunehmen. In der Küche lagen die Handschuhe und ein paar Romanheftchen, ihre Arbeitsschuhe für den Garten standen zwischen Arthurs und Leilas Turnschuhen, am Garderobenhaken im Vestibül hing ihr Lurexpullover.

Sie sagte Heinrich Adieu und küsste ihn auf die kahle Stirn. Der alte Mann behielt den Daumen im Mund und nuckelte.

Oskas Bellen klang aus dem Garten, als sie das Tor hinter sich schloss.

Am Ende der Platanenallee bog der Bus um die Ecke und näherte sich schnell. Bloß nicht noch mal umdrehen. Sie beschleunigte ihre Schritte und hob den Kopf. So wie Familie Sattler. Das Zack-zack steckte an.

Beim Einsteigen lächelte der Fahrer ihr zu wie einer alten Bekannten. Der Bus fuhr an. Sie war frei. Ein Gefühl zum Heulen.

Im Heck des Busses rief ein junger Mann: »Schneller! Du schaffst das!« Einige Passagiere lachten. Sollten sie nur. Das Leben ging weiter. Sie bedauerte einen Moment, dass sie die gut gelaunte Leila-Musik von dem USB-Stick, der um ihren Hals hing, hatte löschen müssen.

Die Frau mit dem grau-lila gefärbten Dutt in der Reihe vor ihr stand auf und reckte den Hals, um nach hinten zu sehen. Der Bus wurde langsamer. Was war da los?

Sie wischte sich die Tränen aus den Augen und drehte sich um. Alle Passagiere standen in ihren Reihen und sahen durch die Heckscheibe. Ein halb nackter Mann rannte mitten auf der Fahrbahn und versuchte, den Bus einzuholen.

Sie setzte sich und rutschte auf dem Polster nach unten. Röte schoss ihr ins Gesicht.

Die Fahrgäste klatschten Beifall, als die Türen des Busses sich mit pneumatischem Ächzen öffneten.

»Soll ich weiter?«, fragte der Busfahrer und sah sie an.

Karla nahm ihr Bündel und stieg aus. Sattler stand auf der Straße und keuchte. »Ich wollte … vorschlagen … dass wir … ›Du‹ zueinander sagen.«

Sie fühlte die Blicke von einem Dutzend Passagieren in ihrem Rücken und kramte den Lurexpullover heraus. »Zieh das an. Du holst dir sonst den Tod.« Er schlüpfte brav in den Pullover. Schade, dass kein Paparazzo in der Nähe war, er hätte das Bild des Jahres geschossen.

Im Rückfenster des davonfahrenden Busses drückte sich der grau-lila gefärbte Dutt die Nase platt und verschwand in einer Abgaswolke.

Karim sah zu, wie Arthur den Lichtmast hinaufkletterte und sich mit den Beinen festklammerte. Weit vorgereckt, sprühte er ein Auge auf die Halbschale der Lampe, direkt in die Faust, die ein anderer Verrückter vor ihm dort oben hinterlassen hatte.

Die Straße lag leer, weit und breit war kein Mensch zu sehen, das Basaltpflaster glitzerte im Sonnenschein. Hier draußen wohnten die Menschen in Schlössern, die Weite der Gärten machte das Atmen leicht, und vor den Villen standen Sportwagen, die aussahen wie großes Spielzeug. Es roch nach Schilf und Wasser und Reichtum.

In den drei Tagen, die hinter ihm lagen, hatte er sich auf dem von Leila geliehenen Damenrad gemüht, Arthur kreuz und quer durch Berlin zu folgen und dessen Freiluftgalerie zu bewundern: Lachende Augen auf Signalmasten, Dachgiebeln und Brandwänden, die aussahen wie himmlische Wächter. Besonders stolz war sein Freund auf das Graffito eines Engels am Schornstein der Kulturbrauerei, es schien der Welt zu beweisen, dass er fliegen konnte. Oft radelte Arthur mitten auf der Straße zwischen den Autos, ignorierte Ampeln und Polizisten, und Karim folgte mit klopfendem Herzen.

»Hey, lass uns baden fahren!«, rief sein Freund und sprang aus zwei Metern Höhe auf das Pflaster.

Irgendwie tickten Leute, die in einer Gegend wie dieser hier aufgewachsen waren, anders. Sie taten sofort, was ihnen einfiel, und was sie wollten, konnten sie auch. Das Leben war ein Sport. Arthurs Schwester Leila war genauso, auch sie wirkte wie aus einem Märchen entsprungen.

Die Luft im Halbdunkel des Grunewalds war kühl. Mücken setzten sich auf die feuchte Haut seiner Arme. Er schlug danach und verlor beinah das Gleichgewicht. Am Wannsee kletterte Arthur über den Zaun. Er folgte ihm und war froh, endlich sein nass geschwitztes Shirt ausziehen zu können.

»Komm endlich! Was ist los? Bist du wasserscheu?« Der Freund stand nackt vor ihm und stemmte die Arme in die Hüften.

»Ich habe keine Badehose.« Er wurde rot. Unter seiner Jeans trug er eine Unterhose, die altmodisch war und löchrig. Außerdem konnte er nicht schwimmen.

Arthur lachte. »Na los! Die Leute gucken schon.«

Unter den herabhängenden Zweigen einer Weide stieg er vorsichtig ins Wasser. Die Kälte erinnerte ihn daran, dass der Sommer erst angefangen hatte. Plötzlich stürzte Arthur sich auf ihn und tauchte ihn unter Wasser. Karim zappelte und schrie, aber schließlich blieb er still stehen, um nicht noch mehr Aufmerksamkeit auf sich zu ziehen. Er spürte Arthurs Hand zwischen seinen Beinen. Braun gebrannte Männer sahen zu ihnen herüber, die meisten unbeschnitten, sogar Frauen lagen nackt auf ihren Handtüchern und streckten ungeniert ihre Brüste in die Luft.

Kleine Wellen plätscherten gegen seine Brust. Blasen perlten an seinem Bauch empor. Es war unglaublich, wie lange Arthur die Luft anhalten konnte.

Danach döste er in der Sonne und ließ seine Gedanken wandern. Er fragte sich, ob Arthurs Schwester Leila sich hier am Strand ebenfalls ausgezogen hätte.

Unwillkürlich verglich er sie mit der Schwester von Zohair. Fatma war ruhig und sanft und schweigsam. Seit dem Tod ihres Bruders ging sie nicht mehr zur Schule. Leila dagegen hatte große, neugierige Augen, die sie niemals gesenkt hielt.

Leila. Wie im Märchen die Geliebte von Madschnun. Niemals würde sie sich einsperren lassen.

Er beneidete Arthur um seinen Vater und fragte sich, ob

Mahmud ihm das Schwimmen hätte beibringen können, oder wie man ein Mädchen anspricht.

Arthur schüttelte ihn. »Hey, komm, lass uns was essen gehen.«

»Ich habe kein Geld.«

»Ich lade dich ein.«

Kurze Zeit später saßen sie mitten in einer Gruppe schwedischer Jugendlicher auf Plastikstühlen vor einem Imbiss. Arthur stopfte Pommes in den Mund und sprach gleichzeitig Englisch, sodass Karim kaum ein Wort verstand. Plötzlich lachten alle, zeigten auf den Burger, den er in der Hand hielt und hoben den Daumen zum Zeichen der Zustimmung.

Arthur beugte sich herüber und sagte auf Deutsch: »Ich habe ihnen gesagt, dass Du Muslim aus Palästina bist und ich Jude aus Russland, und dass wir uns immer zum Schweinefleisch-Essen in Deutschland treffen. Das finden sie total abgefahren. Sprich mal mit der Langhaarigen neben dir. Die ist verliebt in dich.«

Karim lächelte seiner blonden Nachbarin zu und hoffte, dass ihr das Dunklerwerden seiner Haut entging.

Die Sonne stand bereits tief, als sie die Böschung zur S-Bahn-Brücke am Dreieck Funkturm hinaufkletterten. Auf einem der Pfeiler leuchtete Arthurs lachendes Auge. Der Freund hatte ihm eine spektakuläre Aussicht angekündigt, aber nicht verraten, dass man Verbotsschilder übersehen, einen Zaun überklettern und auf einem handbreiten Geländer über die dicht befahrene Autobahn balancieren musste, bevor man zu der Raseninsel im Knick eines Gleisabzweigs kam. Seine Knie zitterten, als er sich endlich gegen eine der jungen Birken lehnen konnte.

Arthur reichte ihm den Joint weiter, den er mit den Schweden im Strandbad Wannsee gedreht hatte. Linkerhand schweifte der Blick über den Grunewald bis zum Teufelsberg, geradeaus knäuelten sich Fahrbahnen, Gleise und Grünstreifen des ICC. Auf der rechten Seite staffelten sich rote und braune Ziegeldächer bis zum Charlottenburger Schloss, unter ihren Füßen strömte der Verkehr auf drei Spuren Autobahn, und hinter ihnen ratterten in Abständen S-Bahnzüge vorbei. Karim entspannte sich.

»Und du bist echt vorher noch nie rausgekommen aus deinem Dorf?«, fragte Arthur in den blauen Dunst.

»Es ist kein Dorf.«

»Oh, sorry.«

»Es ist ein Dorf, natürlich. Aber mit einer Universität!«

Der Rauch lockerte seine Zunge, außerdem verklärte der Abstand die Erinnerung. Karim erzählte von seinem Bruder und Tante Zawah, den Leuten in der Straße und pries die Hügel und Olivenbäume seiner Heimat wie ein Hotelbesitzer. In Bir Zeit gab es das beste Öl der Westbank. Vom Gebirge kam frisches Wasser. An klaren Tagen konnte man bis zum Mittelmeer schauen. Manche Häuser standen auf Grundmauern aus römischer Zeit.

Plötzlich war er richtig ein bisschen stolz auf »seine« Stadt und »seine« Universität. Politiker hatten dort studiert, deren Namen jedes Kind in Palästina kannte, Hanan Ashrawi etwa oder Ghassan Khateeb oder Azmi Bishara. Trotz Schließungen und Belagerungen war nie ein Seminar ausgefallen. Manche Professoren fuhren sogar in die Gefängnisse, um Prüfungen abzunehmen.

»Und jetzt willst du in Deutschland studieren?«

»Geht nicht, mein Visum läuft bald aus.«

»Soll ich dir Papiere besorgen?«

Ein Geistesblitz zuckte durch seinen Kopf. »Ich heirate deine Schwester.«

»Die ist erst fünfzehn. Warum fragst du mich nicht? Ich werde in drei Wochen achtzehn. Dann machen wir ein Jahr lang Flitterwochen. Russland zu Fuß. Dann China, Indien, durch die Südsee mit dem Kanu … Amerika mit dem Motorrad, Wandern durch die Anden …«

»Und wovon willst du leben?«

»Ich male. Porträts. Auf dem Asphalt.«

Man musste wohl in Zehlendorf geboren sein, um vom Vagabundieren träumen zu können. »Die Bürgersteige sind nicht überall so breit und menschenleer wie bei euch. Warum bittest du nicht einfach deinen Vater um Geld?«

»Ich will unabhängig und frei sein.«

»Und wenn du mal krank wirst?«

»Pflegst du mich gesund. Wir leben zusammen in einer Oase in Marokko ...«

»Da komme ich doch ...« Ehe er sich versah, küsste ihn Arthur und blies ihm Haschischrauch in die Lunge, dass ihm anders wurde. Er hustete: »Ich will aber nicht herumreisen. Ich will studieren.«

»Wie bitte?« Arthur schaute ihn an, als sei er von einem anderen Stern.

»Doch. Ich will ein Haus, eine Familie, viele Kinder, einen Garten, ein Auto ...«

»Scheiße! Du bist genau der Typ, den mein Vater sich als Sohn wünscht. Voll der Spießer!«

Sie schwiegen eine Weile, und er schielte seitwärts, um zu sehen, ob sein Freund enttäuscht war. Arthur war der erste richtige Freund, den er in Deutschland gefunden hatte, und er mochte ihn gern.

Plötzlich lachte Arthur und schlug ihm auf den Rücken, dass sein Herz einen Schreckensmoment stehen blieb, weil er glaubte, abzustürzen. Er klammerte sich an den Stamm der Birke.

»Eh, du bist so ein Weichei!« Arthur reichte ihm den Joint. »Nimm noch'n Zug, dann fällst du weicher!«

Grünliches Licht drang durch die kathedralenartigen Fenster, als sie das Haus betraten. Leila kam ihnen auf der Treppe entgegen. »Hi, war's schön?« Sie blickte Karim an, dem seine Phantasterei vom Strand einfiel. Seine Ohren wurden heiß, er suchte nach einer unverfänglichen Antwort.

»Ist Papa da?«, half Arthur ihm aus der Verlegenheit.

»Ja, die sind schon wieder im Schlafzimmer.«

»O Gott, die Mumie lebt!«

»Heute Abend gehen sie ins Konzert.«

»Ist ja scharf. 'Ne neue Mutter.«

»Du erzählst einen Quatsch«, fauchte Leila wütend.

In Arthurs Zimmer probierte er Jeans und T-Shirts an. Während er sich aus- und anzog, lag Arthur auf dem Bett und gluckerte mit dem Bong. Er kam sich vor wie ein Striptänzer.

»Kann ich mal zu Hause anrufen?«

»Klar, bedien dich.«

Es dauerte eine Weile, bis die Verbindung zustanden kam, dann hörte er die Stimme seines Bruders. Schade, er hatte gehofft, mit seiner Mutter sprechen zu können.

»Wie geht es euch?«

»Die Familie ist arm und gesund, wie man so sagt. Mutter will wissen, ob dir die blauen Turnschuhe noch passen. Sie kann sie günstig an eine Nachbarin verkaufen.«

»War Zohair bei euch?«

Aber sein Bruder überhörte die Frage. »Erinnerst du dich an Thabit?«

»Der mit den Warzen?«

»Der hat meinen Posten bei der Wasserversorgung bekommen.«

»Der ist doch gar nicht Ingenieur.«

Sahid lachte bitter. »Klar, aber der Neffe vom neuen Bürgermeister. Nützt ihm bloß nichts, denn niemand von den Angestellten kriegt Lohn. Sie verkaufen schon die Computer und Stühle aus ihren Büros.«

Karim fasste sich ein Herz. »Sahid, was meinst du, vielleicht stimmt es nicht, dass mein Vater ein Verräter war?«

»Das sind alte Geschichten. Lass die Toten ruhen, Karim.«

»Ich habe hier jemanden getroffen, der ihn kannte.«

»Dein Vater hat es selbst zugegeben!«

»Du weißt doch, wie sie es machen! Ohne Gerichtsverfahren …«, aber da kam er bei Sahid an den Falschen. Sein Halbbruder polterte los:

»Wir haben keine Gerichte und Gefängnisse, verdammt,

wir haben nicht mal eine richtige Wasserbehörde! Wir sind im Krieg.«

Karim fühlte, wie die Wut in ihm aufstieg. »Seit ich klein war, höre ich die gleiche Entschuldigung: ›Wir sind im Krieg, wir sind im Krieg‹! Vielleicht sind wir der Krieg!«

»Du redest schon wie ein Deutscher. Wenn du hier gewesen wärst, hätten sie dich auch ...« Sahid verstummte, als habe er bereits zuviel verraten.

»Was meinst du damit? Sprich zu mir! Was ist passiert?«

Lange blieb die Leitung still. Endlich antwortete Sahid. »Sie haben Flugblätter abgeworfen und angekündigt, dass sie das Kulturzentrum sprengen wollen. Zohair hat sich festgekettet. Wir haben zugesehen vom Hügel aus.«

»Ist er ...«

»Nein. Sie haben ihn im Lastwagen fortgebracht. Es heißt, sie wollen ihn als Terrorist vor Gericht stellen.«

»Und Fatma?«

»Die ist mit ihrer Mutter bei den Anwälten in Ramallah.«

Plötzlich fühlte er sich wie ein Verräter, weil er bekifft und halb nackt in einem Palast in Deutschland herumlungerte. Sahid hatte recht. In Bir Zeit hätte er Zohair von unsinnigen Aktionen abhalten können. Oder nein, Zohair hätte sich nicht abhalten lassen, aber sie wären gemeinsam verhaftet worden.

Er überlegte, was er tun konnte. Günter würde, wenn er ihn bat, eine »Kampagne organisieren«, wie er das für einen ehemaligen Praktikanten, der nach seiner Rückkehr in China verhaftet worden war, getan hatte. Nützen würde das nichts. Die Israelis ließen sich von Protesten nicht beeindrucken.

»Alles in Ordnung?« Leila stand plötzlich neben ihm, als habe sie gelauscht.

Das »Nein«, klang heftiger, als er beabsichtigt hatte. Verärgert über sich selbst, verschränkte er die Arme vor der Brust und wandte sein Gesicht ab.

»Was ist denn los auf einmal?«

»Die Soldaten haben mein Dorf überfallen. Sie wollen, dass wir rennen wie die Hasen.«

»Wer hat dein Dorf überfallen?«

»Die Juden natürlich! Wer denn sonst? Mitten in der Nacht mit Panzern und einem Hubschrauber.«

Leila zupfte an ihrer Unterlippe und schaute ihn an, als habe er plötzlich ansteckenden Aussatz im Gesicht. Dann klang ihre Stimme kalt. »Ach so!«

Ihr »Ach so!« machte ihn wütend.

Wieso glaubte jeder, dass es die normalste Sache der Welt war, Palästinenser herumzuhetzen? Warum musste er entweder kuschen oder kämpfen? Er konnte nichts dafür, dass er zur falschen Zeit am falschen Ort geboren war. Auf Arabisch, weil sie ihn nicht verstehen sollte, sagte er: »Takla buk!«

Aber sie lachte. »Du hältst dich wohl für etwas sehr Besonderes, wie? Ich hoffe, du verstehst auch, was ›Kafr‹ heißt. Das bist du nämlich!«

Er ballte die Fäuste, damit sie nicht sah, wie er zitterte.

»Was ist denn mit euch los?« Arthur kam aus seinem Zimmer und hielt ihm den Joint hin.

Leila drehte sich abrupt um. »Gib ihm nichts mehr. Dein blöder Freund hat sich schon den Verstand aus der Birne gekifft.« Sie drängelte sich gewaltsam zwischen ihnen durch, verschwand in ihrem Zimmer und schlug die Tür hinter sich zu.

Spät am Abend lagen sie in den Liegestühlen auf der Terrasse, rauchten und hörten leise »Cypress Hill«. Über ihm spannte sich ein weiter Frühsommerhimmel. Er spürte den Schmerz an der Stelle, wo ihn Leilas Ellbogen in die Rippen getroffen hatte.

»Ich glaube, deine Schwester ist eifersüchtig auf uns«, sagte er deutlich genug, damit sie ihn verstehen konnte. Er wusste, dass ihr Fenster wenige Meter über ihm angelehnt war.

»Hat sie einen Grund?«, fragte Arthur mit schläfriger Stimme zurück.

Er wusste es nicht. Die Stunden mit Arthur schwammen in bunten Wolken durch seine Erinnerung, sie waren so neu und aufregend für ihn wie alles in Deutschland.

Gegenüber Zohair hatte er ein schlechtes Gewissen – nicht nur, weil es so aussah, als habe Arthur seinen bisherigen Freund abgelöst. Er fragte sich, ob Zohair vor seiner Verhaftung Zeit gefunden hatte, die albernen Stellen aus dem Video herauszuschneiden, und schämte sich gleichzeitig dafür, dass seine Angst vor der Blamage stärker war als die Sorge um den Freund.

Er stand auf und ging ins Haus. »Ich geh schlafen.«

Arthur kam nicht mit.

Karla Schlicht fühlte sich rundum zufrieden, und das machte sie misstrauisch. Wohl hatte sie in ihrem Leben schon Zeiten mit aufregendem Sex, spannenden Diskursen und frei von finanziellen Sorgen gehabt, aber doch nie alles gleichzeitig!

Drei Tage schon lebte sie in einem Roman der Muriel Eigentat, samt Gartenidylle, Klaviermusik und Mutterrolle, einem aufmerksamen Liebhaber, klugen Gesprächen und unausgesprochenen Ängsten.

Jost Sattler hatte freigenommen und übertrug seinem Referenten sämtliche Aufgaben zur Vorbereitung der Sitzungswoche.

»Musst Du den armen Mann so scheuchen?«

»Ich glaube, der war noch nie so glücklich.«

Sie schliefen lange, redeten über Gott und die Welt, liebten sich und spazierten dialogisierend durch den Garten wie griechische Philosophen durch den Hain des Akademos. Wenn ihnen ein Argument oder eine Literaturstelle fehlte, rannten sie in Sattlers Arbeitszimmer, suchten ein Zitat, blätterten im Lexikon oder googelten im Internet.

Am Abend fuhren sie zum Potsdamer Platz und sahen im Arsenal »Lockspitzel Asew«. Anschließend gingen sie in ein Weinrestaurant und palaverten über den Film, bei Kerzenschein und einem Grauburgunder »vom Feuerberg«.

Sattlers Parteinahme für die Revolutionäre überraschte sie.

»Was gefällt einem Konservativen wie dir daran?«

»Sie arbeiten sich an einem Ideal ab. Sturz des Zaren. Freiheit für das Volk. Ich weiß, dass das nicht funktioniert, aber die Naivität und die Ungeduld finde ich sehr menschlich.«

»Asew schafft als Aufrührer erst mal die Struktur, die er als Geheimpolizist dann bekämpfen kann. Der weiß genau, was läuft. Von Naivität keine Spur.«

Der Kerzenschein flackerte über sein Gesicht. »Eine tragische Figur. Die Kraft, die das Böse will und das Gute schafft.«

»Die beiden Seiten brauchen sich als Vorwand für den Terror. Das ist nicht tragisch, sondern makaber.«

Er lachte. »Wer hatte doch gleich diesen Film vorgeschlagen? Ich soll jetzt denken, dass auch wir mit dem Feindbild Terrorismus erst die Gefahr für die Demokratie schaffen, die wir dann bekämpfen können?«

Sie schaute ihn unschuldig an. »Wieso? Ich habe das nicht gesagt, aber es ist eine interessante Formulierung.«

»Die Gefahr von Anschlägen existiert tatsächlich.«

»Ich frage mich, ob die Terrorwarnungen die Gefahr nicht erst schaffen. Psychopathen gibt es in jeder Gesellschaft. Zeig ihnen die Möglichkeit, sich als Teil einer größeren Verschwörung zu fühlen, zeig ihnen, wie sie Angst verbreiten können, und du versetzt sie in flammendes Entzücken.«

»Das ist hypothetisch.«

»Denk an London und das Entsetzen darüber, dass die Täter gar keinen direkten Kontakt zu al-Qaida hatten. Wenn erst mal genug Irre ihre Kofferbomben gepackt haben, geht die Rückkopplung los. Journalisten häkeln ein dezentrales Netzwerk des Terrors, Politiker wie du profilieren sich in der Abwehr. Die Folge sind Überwachung, Preisgabe des Rechtsstaats, Diskriminierung von Muslimen – und schon haben weitere Psychopathen einen Grund, sich für die Ursache zu halten.«

Er schüttelte den Kopf, aber sie sah, dass seine Gedanken arbeiteten.

Man konnte mit Jost reden, politische Kontroversen schreckten ihn nicht. Im Gegenteil, sie hatte den Eindruck, dass er mehr von ihren Argumenten als sie von seinen profitierte. Er stand im politischen Diskurs, sie nicht.

Manchmal zog Jost sie mit ihrer erfundenen Biografie auf, und sie erzählte ihm von der echten Petra Grimme.

»Und die Geschichte vom reimenden Clown?«, fragte er. »Ist die auch erfunden?«

»Nein, Frau Grimmes Vater war wirklich Stegreifkomiker auf Jahrmärkten. In der Weltwirtschaftskrise hat sie ihn für eine Propagandatruppe der KP geworben. Später hat sie geflucht über den politischen Fanatismus, den sie da ausgelöst hatte, aber sie hat zu ihm gehalten.«

Sie begann, den Sommer zu genießen, der ein glücklicher zu werden versprach, während Jost Pläne für die Zukunft machte. Karim und Arthur ließen sich durch Berlin treiben und kamen und gingen wie es ihnen gefiel. Nur Leila schien mit der neuen Konstellation Probleme zu haben. Hinter der verschlossenen Tür ihres Zimmers sang eine elegische Knabenstimme »Du lachst, wenn ich traurig bin, und gehst, wenn ich weine«.

Eines Morgens gelang es Karla, Sattlers Tochter auf dem Weg zum Bad abzufangen.

»Nein, es ist nichts«, behauptete Leila und knispelte an ihrer Lippe.

»Du fürchtest, dein Vater könne sich mit mir trösten und deine Mutter vergessen, oder?«

»Hm.« Leila knispelte weiter.

»Weißt du, dass dein Vater neulich zum ersten Mal seit der Beerdigung auf dem Friedhof war?«

»Echt? Warum hat er nichts gesagt? Wir hätten zusammen hingehen können.«

»Er will ein guter Vater sein und glaubt, dass er Schwächen verstecken muss. Auf seine Weise ist er tapfer.«

Leila versank in Gedanken. Dann fragte sie plötzlich: »Ist Arthur da?«

»Nein, wieso?«

Leila straffte sich. »Gut, dass wir drüber gesprochen haben. Jetzt muss ich aber wirklich.« Sie ließ sie im Flur stehen und verschwand im Bad.

Zum Abendessen waren die Jungen da. Karla hoffte, Leilas Koscher-Flitz, Sattlers Diät, Arthurs Angst vor BSE, die Speisevorschriften des Koran und Heinrichs Krankenkost unter einen Hut zu bringen, indem sie eine Hühnersuppe mit Klößchen aus gehackter Gänseleber und frischen Pfefferminzblättern aus dem Garten kochte.

Während sie den Tisch deckte, rannten Arthur und Karim in einer Duftwolke aus Aftershave und Sattlers »Cool Man's Scent« zwischen dem Kleiderschrank und dem großen Spiegel in der Halle hin und her, gelten sich die Haare wie junge Gockel und kontrollierten zum Spaß gegenseitig, ob sie alles in den Taschen hatten: Geldscheine, Handy, Ausweis und – sie bogen sich vor Lachen – Kondome. Karla fragte sich, wie sie es anstellten, dass die Jeans nicht von ihren mageren Hüften rutschten.

»Kommt bitte essen!«

»Boah, eh, voll der Stress!« Arthur ließ sich auf einen Stuhl fallen.

»Wohin geht ihr heute Abend?«, fragte Leila und schaute dabei geflissentlich an Karim vorbei.

»So weit darfst du am Sabbat gar nicht laufen!«, antwortete Arthur und stieß Karim an, der jedoch nicht mitlachte.

Leila schoss giftige Blicke über den Tisch. »Du willst dir bloß mein rosa Tütü ausleihen.«

»Blöde Kuh!«

»Schwuchtel!«

»Bitte!«, mahnten Jost und Karla gleichzeitig.

»Ich glaube, es heißt ›Tanzschiff‹.« Karim löffelte seine Suppe so konzentriert, als habe er kein Wort gesagt.

Karla band Heinrich das Lätzchen um und ließ ihren Blick über die Runde schweifen. Bei Licht betrachtet, ähnelte Karim seinem Vater doch sehr. Seine Hände waren schmal, und mit den dichten Wimpern, die seine Augen geschminkt aussehen ließen, winkte er schon genauso geschickt wie Mahmud.

Auch Leila beobachtete Karim. Unbewusst synchronisierten sich die Bewegungen der beiden. Karla mochte ihre verrückte Familie … und stutzte: Hatte sie gerade »Familie« gedacht?

»Was ist?«, fragte Sattler.

»Wieso?«

»Du hast gelächelt.«

»Mama«, sagte Heinrich und sperrte den Mund auf wie ein hungriger Vogel.

Leila zielte mit dem Löffel auf Karim: »Bist du eigentlich religiös?«

»Jetzt kommt die Zionistische Zickenfront!«, warnte Arthur.
Karim antwortete, ohne den Kopf zu heben. »Ja … von Geburt bin ich Moslem, aber nicht sehr religiös.«

Jost kam ihr zuvor und versuchte, die Spannungen wegzulächeln. »Wir sind eine ziemlich gemischte Runde, oder? Arthur ist katholisch wie seine Mutter. Leila jüdisch. Ich bin protestantisch. Und Karla?«

»Ich bin nicht mal richtig atheistisch.«

»Wir könnten dich um die Wette missionieren!«, witzelte Arthur und klapperte mit den Augenlidern: »Oh, Baby. Kommst du Sonntag mit in die Kapelle? Sie haben da einen wirklich speckigen Buddha!«

Sattler wies seinen Sohn streng zurecht: »Mach niemals Witze über eine Religion, die nicht deine eigene ist!«, und wendete sich an Karim. »Hat Arthur dir Berlin gezeigt?«

»Ja, sehr liebenswert.«

»Wo wart ihr denn so?«, hakte Leila nach und schaute Karim mit Augen wie Schlitze an, während sie Frischkäse auf ihren Bagel strich.

»In der Schwulensauna«, mischte Arthur sich ein. »Nachts in der Busche. Früh bei jemand auf'm Dach irgendwo im Prenzlberg. Weiß nicht mehr. Schlimme Orgie. Wir haben auf so'nem Eisbärenfell geschlafen, bis eine Katze neben uns gekotzt hat.«

»Nein, das ist nicht wahr. Wir waren zum Tee eingeladen. Von einem russischen Schriftsteller.«

»Dreckiger Verleumder!« Arthur stieß Karim lachend in die Seite, aber dessen Lächeln wirkte müde.

»Deine Ausdrucksweise gefällt mir nicht, Arthur«, kritisierte Jost. »Ihr könntet Sinnvolleres mit eurer Zeit anfangen, als bei Fremden auf dem Bärenfell zu sitzen. Wollt ihr mich nicht mal im Bundestag besuchen? Am Montag fängt die Sitzungswoche an, da wird es richtig interessant.«

Arthur verdrehte die Augen, aber Karim nickte höflich: »Das ist sehr freundlich. Wir werden gern kommen.«

»Du bist Palästinenser, oder?« Leila gab keine Ruhe und zappelte vor Ungeduld, weil Karim nicht antwortete. »Ich habe gehört, dass die Selbstmordattentäter sich rasieren und eincremen. Sind die alle schwul?«

Karim legte den Löffel neben seinen Teller: »Warum bist du so?«

»Wie bin ich denn?«

»Böse!«

Tränen schossen in Leilas Augen, wütend sprang sie auf. Auch Karim erhob sich. Wortlos standen sie einander gegenüber und wurden rot, als wollten sie jeden Moment platzen.

Karla mahnte: »Karim und Leila, bitte setzt euch.« Aber sie hätte genauso gut zu einer Wand sprechen können. Sattler öffnete den Mund, wusste aber nichts zu sagen.

Arthur drehte sich um und stöhnte. »Meinetwegen komm halt mit und hör auf zu stressen!«

Sie fing Sattlers verblüfften Blick auf und konnte das Lachen nicht länger zurückhalten. Endlich verstand sie den Grund für Leilas Verstimmung.

Kurze Zeit später schwebte Leila im Milly-T-Shirt und weißen Jeans die Treppe herunter.

»Ein Uhr seid ihr zu Hause. Spätestens! Nehmt ein Taxi für den Rückweg.« Sattler zog Geldscheine aus seiner Börse. »Karim, ich verlasse mich auf Sie, auf dich.«

»Attur will auch Happhapp!«, schnappte Arthur nach dem Schein.

Leila zog ihn mit sich. »Wir passen auf ihn auf. Macht euch keine Sorgen!«

Beim Abräumen rückte Sattler mit seinen Sorgen heraus. Er wischte die Krümel auf dem Tisch zusammen. »Was machen wir mit Arthur?«

»Nichts.« Sie reichte ihm den leeren Brotkorb, und er ließ die Krümel hineinrieseln.

»Hast du nicht neulich das Gegenteil empfohlen? Ich erinnere an das Stichwort Malerei. Müssten wir mit ihm nicht mal über Studium oder Ausbildung reden?«

»Lass ihn seine neue Freiheit ausprobieren. Du hast genug zu tun, wenn du ihn ab und zu aus einer Haftzelle rausholst.«

»Na prima. Dass ich nicht selbst drauf gekommen bin.«

»Kümmere dich lieber um Leila.«

»Wieso? Ich bin doch immer für sie da.« Er machte ein erstauntes Gesicht. Sie musste nachhelfen: »Versetz' dich in ihre Lage: Der Vater verliebt in die Putzfrau. Der Bruder in Karim. Und sie ist fünfzehn und allein.«

»Arthur ist was?«

»Sie muss denken, dass niemand sie ernst nimmt, dass sie als kleines Mädchen abgestempelt wird. Hast du den Streit beim Essen nicht mitbekommen?«

Er hörte nicht zu. »Meinst du, sie haben ... sie machen ... Arthur und Karim?«

»Herrgott, Sattler! Reiß dich zusammen! Du bist doch keine katholische Jungfrau.«

»Er ist noch nicht mal achtzehn!«

»Weißt du was? Im Juni ist Christopher Street Day, die große Schwulen- und Lesbenparade, da gehen wir alle zusammen hin.«

Sie musste lachen über seinen entsetzten Gesichtsausdruck und zog ihn weiter auf: »Ich besorg dir eine Perücke und ein schwarzes Kleid, damit deine konservativen Parteifreunde dich nicht erkennen.«

Heinrich machte die Geräusche seiner neuen Lieblingssendung im Fernsehen nach und kommentierte ihr Gespräch mit Papageiengekreisch. Sie schob ihn auf die Terrasse, und Jost folgte ihr. Oska tollte um sie herum.

Draußen war es warm und sonnig. Jost sah zum Fenster

seines Sohnes hoch. »Ich habe nichts dagegen, wenn er auf seine Art glücklich wird, aber …«

»Aber?«

»Es ist dekadent. Das Ende Roms fing so an. Alles, was möglich war, musste ausprobiert werden.«

»Ja, man nennt es auch ›Toleranz‹.«

»Ich nenne es ›Indifferenz‹.«

»Hast du den Eindruck, dein Sohn würde indifferent, wenn du mit ihm streitest? Mir scheint eher das Gegenteil der Fall zu sein. Du bist es, der Angst vor dem Streit hat und deshalb von den guten, alten Werten schwärmt.«

Er hob einen Stock auf und warf ihn über die Büsche. Wie der Blitz rannte Oska davon. Jost sah ihr nach. Sie bewunderte das Profil seines erhobenen Kopfes, bis er endlich antwortete. »Hoffentlich rächt sich das nicht eines Tages. Haltlosigkeit kann Menschen sehr einsam machen.«

»Du weißt, wie der Spruch auf deiner Fahne weitergeht?«

»Wenn du so fragst, hast du schon nachgeschlagen.«

»›Was uns obliegt, ist nicht die Lust des Lebens, auch nicht einmal die Liebe, die wirkliche, sondern lediglich die Pflicht.‹ Klingt in meinen Ohren wie ein Rezept für ein todsicher unglückliches Leben.«

Er straffte seine Haltung. »Ich wüsste nicht, was daran falsch ist. Natürlich kommt zuerst die Pflicht, aber Lust oder Liebe sind ja nicht verboten.«

Oska tauchte unter den Zweigen eines Weißdorns auf. »Und aus!«

Brav legte die Hündin das Stöckchen vor Sattler auf den Boden. Karla wusste, dass Militärs Gehorsam erotisch fanden, aber warum eigentlich?

»Macht es Spaß zu gehorchen?«

»Kommt auf das Kommando an. Nicht wahr, Oska?« Jost hockte sich nieder und tätschelte ihr den Kopf.

»Ah, verstehe, es geht also doch nicht zuallererst um die Verbindlichkeit, sondern vor allem um die Art der Werte.«

Er stand auf. »Ich rede von einem Hund. So leicht legst du mich nicht rein.«

Sie schloss ihre Hände hinter seinem Nacken, schmiegte ihren Körper an und flüsterte ihm ins Ohr. »Ich will dich nicht reinlegen. Ich finde es nur erregend, mit dir zu streiten, solange Lust und Liebe nicht verboten sind.«

Sattler war klug, er war schön, und sie biss ihn in die Zunge, als er sie auf den Arm nahm und zum Haus trug.

In der Nacht erwachte sie von Schritten und Türenschlagen und konnte nicht wieder einschlafen. Neben ihr reckte Sattler seine Cäsarennase ins Dunkel. Die Welle der Zuneigung war so heftig, dass sie ihr die Tränen in die Augen trieb. War sie im richtigen Film? Noch nie zuvor hatte sie sich mit einem Mann so sehr eingelassen.

Sie war die Unabhängigkeit gewohnt, obwohl sie selten mehr als ein paar Monate ohne Partner gelebt hatte. Sie dachte an Feliks, den polnischen Zirkusartisten, der im Herbstwind mit bloßem Oberkörper am Klettergerüst Kunststücke für Rosalie vorgeführt hatte, und an Aljoscha, der in schlechten Zeiten bei ihr gewesen war und selbst dann nicht geklagt hatte, als sie ihn im Sturm auf seiner Insel sitzen ließ, an Caresse und an Mahmud, an kluge Männer, schöne Männer, verrückte Männer, und keiner war dabei, für den sie sich später hätte schämen müssen.

Doch niemals hatte sie mehr als Zahnbürste und Rasierapparat in ihrem Badezimmer geduldet. Eine Beziehung, in der am Morgen schlechter Geruch aus dem anderen Teil des Ehebetts drang oder Muffelsocken im Bad herumlagen, wäre ihr der Inbegriff von Entfremdung und Entscheidungsschwäche gewesen.

Die Gefahr der Langeweile war in der Beziehung mit Sattler ziemlich gering, sie hatten beide mehr Spaß am Streiten als am wortlosen Verstehen, aber was sie beunruhigte, war, dass sie sich zum ersten Mal vorstellen konnte, mit jemandem alt zu werden.

Sattler brummte im Schlaf, als rede er im Traum mit ihr. Sie legte ihren Kopf auf seinen Arm, schloss die Augen und brummte zurück.

Tina Franke trat aus dem Ruheraum und überblickte den Bunker. In den letzten Tagen waren ständig neue Mitarbeiter eingezogen und hatten ihren Weg ins »Aquarium« am anderen Ende des Bunkers zu einem Spießrutenlauf gemacht. Von der Rechenmanie in ihrem Kopf wurde sie gezwungen, auf den Grund des Primzahlenmeers zu tauchen und Faktoren zu suchen, in die sich die Anzahl von Tischen und Stühlen zerlegen ließ.

Aber der Stabschef hatte ihre Bitte erfüllt und zusätzliche Arbeitsplätze einrichten lassen. Ein Stein fiel ihr vom Herzen.

67 war eine Primzahl, auf die sie bauen konnte.

Ihr erster Blick am Munin-Terminal galt der Systemauslastung, die von einem grünen Balkendiagramm angezeigt wurde: 100 Prozent, wie vor ihrer Pause. Sie empfand das Fieber, mit dem Munin sich an seiner Leistungsgrenze quälte. In den letzten Tagen hatte sie etliche Terabyte an Speicher- und Rechenkapazitäten zugeschaltet, trotzdem hing die Gemeinsame Antiterror-Datenbank von Bund und Ländern wie ein Bleigewicht an Munins Füßen.

Der Grund war simpel: Die Angaben zu Terrorismusverdächtigen stammten von 38 verschiedenen Polizeien und Diensten und widersprachen sich häufig. Für die Risikobewertung an den Pforten standen aber nur Sekunden zur Verfügung, eine zweifelhafte Angabe konnte wie Sand im Getriebe wirken, deshalb reagierte Munin mit Rückfragen und löste jeweils hektische Aktivitäten bei den betroffenen Diensten aus. Wartezeiten, Datensperren und Sicherheitswarnungen waren die Folge, obwohl es meist nur um ein falsches

Geburtsdatum oder einen Übersetzungsfehler ging. Wenn die fehlerhaften Daten vom BND stammten, wurde es noch komplizierter, denn der bekam seine Terrorwarnungen aus Quellen rund um die Erde.

Sie fragte sich, ob es sinnvoll war, dass Munin wie ein penibler Buchhalter den Finger auf die kleinste Unkorrektheit legte. Was würde ihre Tochter Maria in solch einer Situation tun? Eine Münze werfen?

Schließlich programmierte sie einen einfachen Algorithmus. »Ene, mene, muh, und raus bist du. Raus bist du noch lange nicht, sag mir erst, wie alt du bist!«

Sie nummerierte die Quellen von GEMAD durch und verwendete die Zahl zwischen 1 und 38 anstelle des Alters. Ergab die Quersumme mit den Hundertsteln der aktuellen Systemzeit eine gerade Zahl, hatte die zweite Quelle, also diejenige, die den Widerspruch ausgelöst hatte, recht, im anderen Fall die erste.

Sie lehnte sich zurück und sah den Balken zu, die die Systemauslastung von Munin anzeigten. Jetzt arbeitete ihr Programm schnell und reibungslos. Zufrieden schob sie die Brille ins Haar.

Ihre männlichen Kollegen unter den Programmierern behandelten Computer wie Nähmaschinen, als ob der Output sich mit dem Input vollkommen erklären lassen müsse. Das war eng gedacht, denn in einem hochkomplexen System beeinflussten sich die verschiedenen Prozesse gegenseitig, die Ergebnisse wurden »ungenau« und fehlerhaft. Man konnte das nicht unterbinden, im Gegenteil, man musste das ausnutzen. Munin war nur deshalb leistungsfähiger als vergleichbare Systeme, weil es Fehler machte und daraus lernte. Es entwickelte sich weiter – und je älter es wurde, umso schneller.

Der Anblick der Balken der Systemauslastung, die sich im Rhythmus ihres eigenen Atems ausdehnten und verkürzten, erinnerte sie an einen Sonntagmorgen im Spätsommer. Draußen im Garten klapperte ihre Mutter mit dem Frühstücksgeschirr, dünne Sonnenstrahlen blitzten durch die geschlossenen Vorhänge in das halb dunkle Zimmer, in dem ihre Tochter schlief. Die Luft roch nach Milch und Kinderpups. Maria lutschte, den Kopf in der Armbeuge, am Daumen. Minutenlang hatte Tina Franke still und gerührt neben dem Bett gesessen und ihre schöne Tochter beim Atmen und Träumen beobachtet.

Was mochte Marie jetzt gerade spielen? Sicher würde sie im Garten ihrer Mutter ihr eigenes Beet anlegen, mit Gurken, Petersilie und Glockenblumen, wie letztes Jahr und das Jahr davor. Gesunde Ernährung, das lernten sie in der Schule.

Sie erschrak, weil der Stabschef plötzlich seine Hand auf ihre Schulter legte und fragte »Na, wie steht der Satellit?«

»37 Grad 46 Minuten 10 Sekunden nördliche Breite, 112, 35, 20 westliche Länge«, antwortete sie, und er lächelte, wie sie noch nie jemanden hatte lächeln sehen. So sauber, so rund, so ohne Nebengeräusche.

Dafür machte sie ihm gern »Franz, das rechnende Pferd«. Dabei war keine Zauberei im Spiel: Sie hatte sich nur die Daten eines früheren Standpunkts gemerkt und eine Uhr hing in Sichtweite an der Bunkerwand.

»Danke für den roten Knopf.«

Sie fühlte seine Blicke. Wenn sie doch wenigstens für einen Augenblick das Zucken in ihrem Gesicht unterdrücken könnte. Sie zog die Brille aus ihren Haaren auf die Nase. »Danke für die zusätzlichen Tische und Stühle.«

»Wenn die Präsidentin wieder abgereist und alles hier vorbei ist, möchte ich mit Ihnen was trinken gehen.«

»Mit mir?« Sie fühlte, wie sie rot wurde, und hasste sich dafür. Das Gesicht zerkratzen. Sich schlagen. Die Haare ausreißen, bis Blut kommt.

»Wieso nicht? Sie sind der mit Abstand erstaunlichste Mensch im Bunker!«

Er zog einen Stuhl heran, setzte sich und tat, als ob ihn die Zahlenkolonnen auf dem Systemmonitor interessierten. Ihr Puls wurde ruhiger.

Einen Augenblick lang erwog sie, ihm von Munin zu erzählen, obwohl bisher noch jeder Mann, mit dem sie über ihre Theorien diskutierte, sie für verrückt erklärt hatte. Vielleicht würde er verstehen, warum sie sich fühlte wie damals, als sie mit Marie schwanger ging und spürte, wie das Kind sich von ihrem Leib nährte und seine Glieder bewegte.

»Alles in Ordnung?«

Sie nickte, gerührt von seiner Frage.

»Hoffen wir, dass die Technik uns während des Staatsbesuchs nicht im Stich lässt. Und sorgen Sie dafür, dass Vachiecky zufrieden, ruhig und glücklich ist. Wir müssen ihn nicht gleich mit jeder kleinen Meldung behelligen. Sonst kommt er noch zu Besuch. Das wollen wir vermeiden, nicht wahr?«

Wieder dieses Lächeln. Vielleicht mochten die anderen den Stabschef nur nicht, weil er dachte wie sie selbst. Sie waren die beiden Verrückten im Bunker. Die anderen hatten keine Ahnung, wie das war.

Sie fühlte sich plötzlich geborgen wie schon lange nicht mehr. Mochten die Rosen da oben so rot blühen, wie sie wollten, hier unten gab es nur Neonlampen und fahl leuchtende Bildschirme. Der blaugraue Teppichboden mit Rhombenmuster dämpfte das Summen von Stimmen und Telefonen auf eine angenehme Lautstärke. Die wohltemperierte Luft roch gefiltert, nach Kaffee, Desinfektionsmitteln und den Elektromotoren der Lüfter. Einer der beiden Bildschirme an der Wand zeigte eine Hybridkarte »Europa Mitte«. Sie liebte diesen Anblick, weil Landkarten das Chaos reduzierten.

Es gelang ihr sogar, ihren Widerwillen zu überwinden und die 333 zu wählen. Die Ordonnanz meldete sich, und sie bestellte einen Kaffee.

Jost Sattler blinzelte, als der Wecker klingelte. Durch das angelehnte Fenster drang der Morgengesang der Vögel aus dem Garten herein. Er fühlte Karlas Körper an seiner Seite und gestattete sich, der verlockenden Alternative zur Sitzungswoche einen Augenblick länger nachzuträumen.

Dann erhob er sich leise, um sie nicht zu wecken.

Er duschte und rasierte sich, und als er fertig war, hörte er schon Karlas Stimme, die an die Türen klopfte und rief: »Frühstück in zehn Minuten im Garten. Jacken überziehen!«

Eine Viertelstunde später saß er am Tisch auf der Wiese. Oska drängelte gegen die Tischbeine. Er hielt die Hündin am Halsband fest und beruhigte sie.

»Sitz, Oska! Wo ist Arthur?«

»Die pennen noch«, wusste Leila zu vermelden.

»Die schlafen noch«, korrigierte er ihre Ausdrucksweise.

Karla mischte sich ein. »Ich wecke sie rechtzeitig. Keine Sorge. Zwölf Uhr sind sie am Bundestag.«

Leila verdrehte die Augen. Nach der Sitzungswoche, nahm er sich fest vor, würde er mit ihr gemeinsam auf den Friedhof gehen und ihr den Grund für seine Probleme mit Raissas Tod verraten. Sie würden aber auch über ihre Zukunft sprechen, über Freundinnen und Jungs ... nein, vielleicht überließ er letzteren Part doch besser Karla.

»Und was bringt der Tag bei dir?«, fragte er sie.

»Ich will Koautoren zu einer öffentlichen Diskussion einladen.«

»Ist dieses Utopie-Thema nicht ganz schön groß für den Anfang?«

»Kleiner interessiert mich aber nicht.«

»Verstehe, ein Gespenst geht um ... Pass auf, dass sich

Deine Ex-Kommunarden nicht gegenseitig an die Gurgel gehen.«

»Ich dachte eigentlich weniger an eine Wiedersehensfeier. Es könnte sein, dass ich dich einlade.«

»Mich?«

»Ja. Oder hast du Angst?«

»Im Gegenteil. Ich wundere mich, dass du dich traust.« Sie schaute ihn mit einem Ausdruck gewalttätiger Lust an, den er sehr mochte.

»Da muss ich wohl schnell eine neue Annonce aufgeben?«

»Lass mich das machen. Ich suche dir eine Haushälterin mit Wampe, Warzen und Watschelfüßen. Du musst nur versprechen, sie nicht gleich über den Haufen zu fahren.«

*

Im Büro hielt Franziska Leszinsky ihm einen Strauß Freesien entgegen.

»Womit habe ich die verdient?«

Seine Büroleiterin wies auf den Kalender. »Auf den Tag arbeiten wir heute zehn Jahre zusammen.«

Tatsächlich. Vor zehn Jahren hatte Raissa ihm die junge Doktorin empfohlen, die trotz einer mit summa cum laude verteidigten Dissertation über Hayek schon lange vergeblich auf Jobsuche gewesen war. Das »pastelle Fräulein«, wie Raissa die Leszinsky wegen der Farben ihrer Kleidung getauft hatte, wirkte durchsichtig und zerbrechlich wie eine Elfe, aber sie konnte sehr konsequent sein, wenn es darum ging, Mails und Briefe und Termine auf ein Maß, das er bewältigen konnte, zu reduzieren.

»Entschuldigen Sie bitte.« Er umarmte sie. »Man muss mich tatsächlich zu Ihnen beglückwünschen.«

Erstaunt sah sie ihn an, und er dachte, dass sie ihn in letzter Zeit wohl selten hatte lachen sehen. Kurz entschlossen lud er sie zum Gartenfest ein. »Aber kein Wort zu meinem Sohn. Die Feier soll eine Überraschung zu seinem Geburtstag werden.«

Er eilte hinüber ins Reichstagsgebäude zur Fraktionssitzung. Sein Statement zum Antiterror-Gesetz war kurz und eindeutig. Wenn die amerikanische Präsidentin am Freitag vor dem Plenum sprach, sollte der deutsche Beitrag in Sack und Tüten sein.

Danach eilte er im Laufschritt zum Ostportal des Reichstags. Es war bereits zehn Minuten vor zwölf Uhr, als die Kolonne des Innenministers um die Ecke bog und gleichzeitig sein Handy vibrierte. Das Display zeigte eine SMS von Arthur: »Attu will rein!«

Er rief ihn zurück.

»Wo seid ihr?«

»Am Besuchereingang. Hier wollen eine Million und zwei Leute zu dir.«

»Geht an der Schlange vorbei. Steiner holt euch ab und bringt euch zur Besuchertribüne. Wir treffen uns zum Essen in der Kantine. Warte mal, bleib dran …«

Er ließ das Telefon sinken und reichte dem Innenminister die Hand. »Wie haben Sie das gemacht, Herr Sattler?«, strahlte der ihn an. »Plötzlich sind die Russen ganz verrückt auf eine Zusammenarbeit. Treffen wir uns in der Mittagspause im Büro des Präsidenten?«

»Ich werde da sein.«

Der Innenminister eilte weiter.

Er hielt das Telefon wieder ans Ohr und hörte seinen Sohn schimpfen »Lass mich durch, du Komiker.« Irgendwas an dem schrillen Gekicher alarmierte ihn.

»Du bist doch nicht …äh … bekifft, oder?«

»Nein, heute ist alles rosa. Weiß der Typ hier bloß noch nicht. Weiß rosa …« Wieder dieses irre Gelächter. Er fühlte die Enttäuschung in Wut umschlagen, aber er atmete tief durch. Er konnte ja kein Fass aufmachen, mit all der Presse ringsum.

»Weißt du, was passiert, wenn jemand diese … Substanzen bei euch findet?«

»Ein Volksfest?«

»Verdammt!« Das ging zu weit. Dieser Kerl verlachte alles,

was ihm wichtig war. Nein, schlimmer noch: weil es ihm wichtig war. »Reiß dich zusammen, und red vernünftig mit mir!« fauchte er ins Telefon.

»Reg dich nicht auf, wir haben extra alles verspeist und aufgeraucht! Wir sind totalo cleanolo!« Im Hintergrund lachte jemand, vermutlich dieser Karim.

»Verschwinde und nimm deinen Freund mit! Auf keinen Fall kommt ihr mir in den Bundestag, und heute Abend werden wir das auswerten, deine Drogen und alles. Du kannst von Glück reden, dass Karla dir aus irgendeinem Grund vertraut, sonst würde ich dich jetzt gnadenlos auflaufen lassen.«

»Würdest du nicht ...« Im Hintergrund war das Piepsen der elektronischen Zugangskontrollen zu hören. Arthur keuchte. »Deine Karriäääre ist dir viel zu lieb.« Sein Sohn sprach das Wort lang gezogen aus, als ob es sich um eine Perversion handle, und prustete vor Freude über seinen Witz.

»Verlass dich nicht drauf!«, antwortete er leise, und einen Augenblick lang erwog er tatsächlich, das Einfache und Richtige zu tun.

Statt einer Antwort hörte er nur Keuchen, Schimpfen und Rufe, dann brach die Verbindung ab. Das Atmen fiel ihm auf einmal schwer. So wie Arthur konnte ihn der schlimmste Feind nicht verletzen.

Wolf von Vachiecky spazierte über die Galerie und lächelte. Durch die meterhohe Glaswand schaute er in den Sitzungssaal, wo unter dem riesigen Adler Vorlagen auf die Plätze verteilt und letzte Krümel vom blauen Teppich gesaugt wurden. Die Abgeordneten des Ältestenrats berieten am Tisch des Präsidiums.

Das Sprechfunkgerät in seiner Hand knarzte. Reihum gaben seine Gruppenleiter an den Portalen ihre Meldungen durch: »Keine besonderen Vorkommnisse.«

Er strahlte. Sonst gab es gerade am ersten Tag der Sitzungswoche Stress, weil übernächtigte Abgeordnete ihre Wut über verspätete Flieger an den Wachleuten ausließen oder weil die Personaldaten hausfremder Bodyguards mal wieder »pünktlich übermittelt« worden und nur »irgendwie hängen geblieben« waren. Dann mussten seine Leute auf diplomatischen Kohlen balancieren, um das Selbstwertgefühl der Gäste zu schonen.

Nichts davon heute. Seine Leute hatten Zeit für freundliche Worte und spielten den Wegweiser. Die Atmosphäre hatte was von Urlaub.

Er nahm alle Kritik an Munin zurück. Unsichtbar und unauffällig arbeitete das System wie ein Hausdiener, prüfte die Ausweise und Besucherkarten und ergänzte fehlende Zutrittsberechtigungen in Sekundenschnelle. Die verhassten Formulare und Papierberge schrumpelten zu einer Datenspur auf den Festplatten. Die moderne Technik war eine wunderbare Sache, wenn man nicht im Bunker sitzen und sie überwachen musste.

Er ging zügig, aber nicht zu schnell durch die Lobby und grüßte nach links und rechts. Die Abgeordneten sollten sehen, dass alles in Ordnung war, aber auch, dass es keinen Grund zu der Annahme gab, die Bundestagspolizei habe nichts zu tun.

Er sah auf die Uhr: Wider alle Gewohnheit würde die Sitzung pünktlich und ohne Stress beginnen. Vielleicht wirkte sich Munin indirekt sogar besänftigend auf die Debatten aus?

»Ich fühle mich heute richtig überflüssig«, sagte Rimmer plötzlich neben ihm und seufzte tief. Der Kollege, der als Vertreter der Wachschützer im Gesamtpersonalrat saß, tauchte gewiss nicht zufällig in einem Moment wie diesem auf.

Er lachte. »Sie brauchen das gar nicht erst versuchen. Mehr als ein paar Zulagen für Bildschirmarbeit sind nicht drin. Es handelt sich bei Munin nur um ein Pilotprojekt.«

Rimmer verzog das Gesicht, als plagten ihn Zahnschmerzen. »In den Arbeitsverträgen steht nichts von digitaler Technik. Und Sie wissen selbst, dass ein Projekt dieser Größenordnung noch nie rückgängig gemacht worden ist.«

»Ja, da mögen Sie recht haben.« Er sah zufrieden, wie der Plenarsaal sich füllte. In Gedanken suchte er nach einem freundlichen Wort, als der Ochsenkopf plötzlich zu blöken begann.

Ringsum sah er fragende Gesichter. Er hob die Hände, um sie zu beruhigen. Das konnte nur ein technisches Problem sein, sonst wäre er informiert worden. Er rechnete fest damit, dass der nervende Krach in der nächsten Sekunde verstummte. Aber das Blöken ging weiter.

Die Leute begannen zu rennen.

Was war hier los?

Im Sprechfunk knarzte eine Stimme: »Unbefugter Eindringling! Alarm Code Zweiundzwanzig.«

Seine Hände wurden kalt. Ringsum riefen die Abgeordneten ihm Fragen zu, und er konnte nur die Arme heben und tun, was in der Dienstanweisung stand. Er rief: »Folgen Sie den Fluchtplänen. Gehen Sie zu Ihren Sammelplätzen. Verlassen Sie das Haus!«

Sein Kopf arbeitete fieberhaft. Code 22 hieß »bewaffnete

Eindringlinge«, aber wo? Wie viele? Er versuchte, den Bunker anzurufen, aber weder der Stabschef noch die Franke meldeten sich.

Ein Hubschrauber direkt über der Kuppel ließ die gläsernen Wände beben. Hörte er Schüsse? Sein Herz raste, die Angst vor einem Herzinfarkt griff nach ihm. Er musste die Nerven behalten.

Während er seine Gruppenleiter an den Portalen reihum abfragte, sah er durch die Glaswand, wie die Abgeordneten des Ältestenrats vom Saaldienst in Richtung der Ausgänge gedrängt wurden. Koffner, der sich nach seiner heruntergefallenen Brille bückte, wurde umgerempelt, Radonski trat ihm auf die Hand und wurde seinerseits weitergezerrt. Der Abgeordnete Moser schlug mit seiner Krücke um sich, sein Kollege Goldt riss einem Beamten den Ärmel vom Jackett. Am Ende der Lobby stolperte der Innenminister, zwei Bodyguards missverstanden seine Bewegung und stürzten sich auf ihn. Wie bei einer Kettenreaktion folgten andere Personenschützer ihrem Beispiel und warfen ihre Schützlinge um.

Eine gewaltsame Revolution konnte nicht schlimmer aussehen. Auch in der Lobby ertönte Geschrei. Jemand rief: »Deckung«, und sofort warfen sich überall Menschen zu Boden, suchten Schutz hinter Säulen und Sitzgruppen. Manche tippten verzweifelt auf ihren Mobiltelefonen herum, die nicht funktionierten, weil bei Code 22 automatisch die Mobilfunkfrequenzen gestört wurden.

Vachieckys Nerven begannen zu flattern.

Er hörte im Lärm Journalisten »auf Sendung« schreien, Handscheinwerfer leuchteten auf, ein Kamerateam drang in die Lobby vor wie der Spähtrupp einer Invasionsarmee.

Assmann an Pforte F berichtete aufgelöst, dass zwei der gepanzerten Limousinen auf dem Vorplatz des Reichstags ineinandergefahren waren, aber an keinem der Portale gab es die geringste Spur von Eindringlingen.

Jost Sattler rannte mit langen Schritten vorbei. Vachiecky machte sich so klein wie möglich und wünschte inständig, er hätte seinen Platz im Bunker nie verlassen. Wenn ein Bedienfehler den Alarm ausgelöst hatte, dann gnade ihm Gott. Er fühlte, dass seine Füße taub wurden. Einen Augenblick dachte er, dass dies vielleicht nicht der verkehrteste Zeitpunkt zum Sterben wäre. In Ausübung seines Dienstes. In treuer Pflichterfüllung. Amen.

Er schaute zum Sitzungssaal, der sich geleert hatte. Akten lagen auf dem Boden verstreut, einzelne Blätter segelten von den Tribünen und verschwanden zwischen den Sesseln.

Der Ochsenkopf verstummte, und die plötzliche Stille legte sich wie Watte auf die Ohren. Die Menschen lauschten und sahen sich dann gegenseitig an, als erwachten sie aus einem bösen Traum. Hildegard Dahlmann hielt ihren Arm und fluchte mit derangierter Frisur und schmerzverzerrtem Gesicht. Koffner klopfte beim Gehen seinen Anzug, als verprügele er sich selbst. Ein Saaldiener reichte ihm sein verbogenes Brillengestell. Kaum hatte er es aufgesetzt, fiel sein Blick auf den Bundestagspolizisten.

»Was ist los, Vachiecky?«, dröhnte er.

Der Regisseur des in der Nähe stehenden Kamerateams wurde aufmerksam. Vachiecky senkte seine Stimme, aber so leise klang seine Auskunft noch hilfloser, wie ein Geständnis. »Tut mir Leid. Meine Leute konnten bisher keine Eindringlinge finden. Wir müssen das Haus durchsuchen, bevor wir es freigeben.« Er stockte, denn in den Augen des Präsidenten funkelte die Wut. Koffner beugte sich zu seinem Ohr herunter: »Ich will, dass Sie mit affenartiger Geschwindigkeit die Sicherheit wieder herstellen. Ich verschiebe den Sitzungsbeginn um eine Stunde. Mehr nicht. Sonst rollt Ihr Kopf.«

Gero Schweetzke verfolgte die Anzeigen auf dem Display. Ein Sektor nach dem anderen wurde überprüft und feindfrei gemeldet. Er leckte über seine plötzlich spröden Lippen und griff nervös nach der Thermostasse mit heißem Kaffee. Wieso fanden die niemanden?

Dicht an Tinas Ohr flüsterte er: »Sie haben nicht etwa irgendwas programmiert … einen Fehler … so wie ein Virusprogramm immer mal wieder einen Virus meldet, um sein wunderbares Funktionieren zu beweisen?«

Sie schnappte nach Luft. Ihre Augenlider flatterten. Nein, dachte er. Die war zu naiv für solche Tricks. Er legte ihr die Hand auf die Schulter.

»Nun mal ganz ruhig. Warum finden wir die Eindringlinge nicht?«

»Keine Ahnung. Innerhalb des Bundestags ist Munin blind.«

Diese dämlichen Liberalen und ihre halben Sachen! Er sollte ausbaden, was die Dahlmann verzapft hatte? Kam nicht infrage.

»Wir haben die Aufzeichnungen der Kameras an den Pforten. Wir könnten also sehen, wo der Alarm ausgelöst worden ist, richtig?«

»Aber in der Dienstanweisung …«

»Ich scheiße auf die Genehmigung. Zeigen Sie mir die Aufzeichnungen.«

Ihre Hände bewegten sich mit fliegenden Fingern über die Tastatur. »Hier. Code 22 und 12:14 Uhr. Kamera 54 und 55. Das ist der Besuchereingang.«

Er sah eine Menschenmenge, aus der einzelne Personen vortraten und nach dem Passieren einer Schleuse von den

Wachschützern mit elektrischen Lupen abgetastet wurden.

»Das ist X minus eine Minute.«

»Sehe ich.« Der Zeitcode lief rechts unten mit.

In der Menge entstand Bewegung. Zwei junge Männer drängten sich nach vorn und hielten sich an den Händen. Der eine, der in sein Handy lachte und torkelte, kam ihm entfernt bekannt vor, der andere, mit dunklen Locken und olivbrauner Haut, war auch nicht mehr nüchtern. Munin markierte ihre Gesichter mit einem gelben Rahmen, »check« leuchtete auf, dann wurde der Rahmen des einen grün, der des anderen rot. Auf dem zweiten Monitor erschien ein anderes Foto des jungen Mannes mit dem roten Rahmen, eines, das vom Spinnennetz biometrischer Vermessung überzogen war, sowie die Worte »red alert«.

Tina Franke las den Datenbankeintrag vor. »Person ist laut GEMAD ein gewisser Al Mujahed. Selbstmordattentäter mit Einbindung in ein islamistisches Terrornetzwerk. Das Foto stammt aus einem Märtyrervideo. Höchste Gefahrenstufe.«

»Und wohin ist der verschwunden?«

»Er ist in der Sekunde vor dem Alarm geflohen, zusammen mit dem anderen, als wären sie gewarnt worden.«

»Wir müssen die Polizeikräfte am Rand der Bannmeile informieren.« Er dachte an den vier Kilometer langen Ring aus Polizisten, der nach Einführung von Munin so dezimiert worden war, dass ein Flüchtling leicht entkommen konnte. Aber vielleicht ergab sich wenigstens eine Möglichkeit, Vachiecky die Schuld in die Schuhe zu schieben.

»Wir können das Fahndungsfoto gleich aus Munin weiterleiten.«

»Helfen Sie mir auf die Sprünge …«

»Sie müssen das mit Ihrem Passwort bestätigen. Kontextmenü, dann wählen Sie die Adressaten aus.«

Er griff nach der Maus, aber er zögerte. Sein Blick fiel auf das Gesicht mit dem grünen Rahmen. Er war beinah sicher, dass er den jungen Mann schon mal gesehen hatte, konnte sich aber beim besten Willen nicht an den Namen erinnern.

In den vergangenen Wochen waren Tausende von Fotos über seinen Bildschirm geflimmert, von Abgeordneten, Mitarbeitern, Sicherheitskräften.

»Können Sie das Gesicht von dem Begleiter mal durch den Scanner laufen lassen?«

Tina Franke musste keine Sekunde nachdenken. »Nicht nötig. Der heißt Arthur Sattler.«

»Der Sohn des Ausschussvorsitzenden?« Er hielt den Atem an und lauschte in sich hinein. Sein Herz schlug nicht mehr, in wenigen Sekunden würde er tot zu Boden stürzen. Ein leises, regelmäßiges »tock – tock – tock« wie von einer ablaufenden Lebensuhr war zu hören. Fröstelte nicht schon Leichenkälte über seine Haut?

Er zuckte von heftigem Brennen an seinem Oberschenkel zusammen und sah an sich herunter: Aus der herabhängenden Thermostasse tropfte heißer Kaffee, die feuchte Spur zeichnete sich auf seinem Hosenbein ab. Der Schmerz brachte ihn zu sich.

»Machen Sie Sattler ausfindig. Sagen Sie, er muss sofort und möglichst unauffällig in den Bunker kommen. Jede Sekunde zählt. Nein, geben Sie her.« Er nahm ihr das Telefon aus der Hand. »Ich rufe ihn selbst an.«

Karim blieb stehen, als sie die Brücke erreichten. Das Wasser blaute wie die kleine Pille, die er vor einer halben Stunde geschluckt hatte.

Auf der anderen Seite der Spree waren Fahrbahn und Gehweg von quer gestellten Polizeifahrzeugen versperrt. Beamte kontrollierten die Papiere und Taschen aller Passanten.

Er ließ sich von Arthur hinter die Sandsteinbrüstung ziehen. Das Gewicht des Himmels war im Liegen leichter zu tragen. Er fasste seinen Kopf mit den Händen und versuchte, auf die Reihe zu kriegen, was eben geschehen war.

Geschrei am Besuchereingang. Arthur hatte ihn durch das Menschengewimmel gezerrt, weil plötzlich Sirenen ertönten. Sie waren an den Absperrungen entlang bis zur roten Brücke gelaufen, die sich unter ihm bewegte, als sei sie lebendig. Der Sandsteingeneral neben ihm blickte finster drein. Die Ausflugsdampfer pusteten schwarzen Rauch in seine Nase.

Arthur stieß ihn in die Seite.

»Was ist los?«

Er antwortete nicht und schloss die Augen.

»He!« Arthur wieder. »Nicht einschlafen!«

»Mir ist übel.«

Arthur balancierte auf der Brüstung. »Hast du etwa Substanzen geschlockt?« Er imitierte seinen Vater und kippte beinah ins Wasser vor Lachen. Ein Polizist wurde aufmerksam. »He, ihr da!«

Arthur winkte dem Beamten. »Adieu, mein kleiner Gardeoffizier!« Der hob sofort sein Sprechfunkgerät.

Karim ließ sich hochziehen. Sie rannten am Fluss entlang. An der schwangeren Auster gerieten sie beinah in eine Postenkette, die in Richtung Tiergarten marschierte, und mussten sich hinter einem stinkenden Müllcontainer verstecken.

Als sie weiterliefen, hatte er das Gefühl, eine Salve könne ihn jeden Moment in den Rücken treffen, aber sie erreichten unbehelligt den Spreebogen und sanken ins Gebüsch, einzig sichtbar für den Hubschrauber, dessen durchsichtige Flügel über dem Reichstag im Blau des Himmels rührten wie ein Quirl in einem Eimer Farbe.

Eine Möwe, die auf dem Bogen über dem Fluss hockte, sah fragend herüber. Er schüttelte den Kopf, und plötzlich wand sich die Spree wie eine Schlange. Beim Zurückweichen schlug er mit dem Kopf an eine Mauer. Funken schlugen aus seinen Augen. Er rutschte das Ufer hinunter bis ins Wasser. Das Blau schnappte und fraß an ihm. Schon fehlten seine Beine unterhalb der Knie. Ein Wal mit einem lodernden Auge schob eine Welle vor sich her und kam direkt auf ihn zu. Er schrie, aber er konnte seine eigene Stimme im Geheul der Sirenen nicht hören.

»He, komm!«, rief Arthur und zerrte ihn die Böschung hinauf. Er kroch auf allen vieren hinterher und hielt sich an Disteln fest, die in seine Finger stachen.

Die Möwe verwandelte sich in einen Dschinn und flog mit ärgerlichem Krächzen davon. Karim drehte sich um, als eine Megaphonstimme »Stehen bleiben!« rief. Zwei Polizisten tänzelten auf dem schmalen Rohr hinter ihm, der vordere warf die Arme hoch und wurde, bevor er davonfliegen konnte, vom Wal verschluckt.

»Weiter!«, Arthur zog ihn zum anderen Ufer. Sie liefen vom Fluss weg in die offenstehende Eingangstür eines Mietshauses, überquerten Lagerplätze und die Höfe verlassener Fabriken, kletterten über Farbfässer und Mauern, und Karim riss die Augen auf, um den Anschluss nicht zu verlieren. Arthur schien sich in dem Labyrinth auszukennen, aber ständig tauschten Oben und Unten die Plätze, und die Mauern um ihn drehten sich wie die Sitze eines Kettenkarussells.

Sie gelangten auf eine belebte Straße. Ein verrückter Film lief ab. An dem Bahnhofsgebäude vor ihnen sang ein grünes

»S«, Passanten schwebten mit Einkaufstaschen an den Schaufenstern vorüber, und eine Rauchfahne trieb ein Moped vor sich her. Er schmeckte das süßscharfe Schokoladeneis auf seiner Zunge, an dem ein kleines Mädchen schleckte. In seinem eigenen Körper kreisten die Organe umeinander wie die Sterne am Himmel.

In der Bahn sanken sie zwischen lederbefrackten Punks zu Boden. Musik erklang. Jemand reichte eine Flasche herum, und er trank den Rest in einem Zug leer. Arthurs Haare rochen so heimatlich, dass er sich hineinwühlte. Das Gelächter war ihm gleichgültig. Die Sonne schien, der Vater seines Freundes war ein mächtiger Mann. Und er war endlich auf der anderen Seite.

Dr. Karla Schlicht rieb ihre Handgelenke, öffnete das Fenster und setzte sich auf die Fensterbank. Oska schaute kurz hoch, dann ließ sie ihren Kopf wieder auf die Pfoten sinken und schlief weiter.

Die Tomatenstauden auf Leilas Beet schossen ins Kraut. Arthurs Beet konnte man von hier nicht sehen, aber auch er hatte in der Nähe des Baumhauses ein Stück Wiese umgegraben. Hinter dem Zaun, wo ein kleiner Fußweg zum See führte, schlenderten zwei Männer in Polizeiuniformen und hielten die Sprechfunkgeräte ans Ohr.

In den wenigen Stunden des Vormittags hatte sie einen kompletten Entwurf für die »Renaissance der Utopien« getippt. Schwere Arbeit im Bergwerk verschütteter Hoffnungen, aber fünfzehn Jahre nach dem »Ende der Utopien« wurde es höchste Zeit zu träumen. Die Schwierigkeiten von Globalisierung und Klimawandel konnte man mit »Reduzierung« und »Beschränkung« nicht bewältigen, denn niemand ließ sich allein von Vernunftgründen hinter dem Ofen hervorlocken. Das immerhin hatte sie von Sattler gelernt.

Ihre Methode war nicht Angst, sondern Hoffnung, eine Utopie, die über die eigene Zeit hinauswies und Sinn stiftete.

Sie ergänzte ihren Spickzettel, der bereits mit Fragen voll geschrieben war. Sollte sie an Caresse und seine Formulierung des Gesellschaftsziels, nämlich die »allseitige Entfaltung jeder Persönlichkeit«, anknüpfen? Natürlich musste man das weiter definieren als das »pursuit of happyness« der amerikanischen Verfassung, als »Einpassung in die ökologische Nische« und – Jost Sattler würde die Augen aufreißen – unter

Berücksichtigung von Nachhilfe für diejenigen, denen der innere Antrieb fehlte.

Sie streckte sich, dass die Rückenwirbel knackten, und ging nach unten.

Der Fernseher lief stumm. Heinrich saß mit verwirrtem Gesicht in seinem Sessel und drückte auf der Fernbedienung herum. Sie wollte ihm helfen, aber auf allen Sendern flimmerten die gleichen Bilder vom Reichstag: Blaulicht, Absperrungen, Wasserwerfer. Sie schaltete den Ton ein, hörte »Bombe«, »Evakuierung«, »Alarm« und begriff plötzlich, dass von dem Ort die Rede war, an dem sich Jost Sattler, sein Sohn und Karim aufhielten.

Bitte, bitte, lass ihnen nichts passiert sein, dachte sie und musste sich zur Ruhe zwingen um zu verstehen, was die Sprecherin sagte. »Die Rede ist hier inoffiziell von sieben Verletzten, einer der Beamten wurde soeben mit einem Hubschrauber in das Universitätsklinikum geflogen, ein weiterer Polizist befindet sich in Lebensgefahr. Noch bleibt unklar, ob die Attentäter eine direkte Verbindung zu al-Qaida haben, aber ohne Zweifel kann man schon feststellen, dass Deutschland in die erste Reihe der Anschlagsziele des internationalen Terrorismus gerückt ist.«

Im Hintergrund lichterten Polizeifahrzeuge vor der Kulisse des Reichstags. Heinrich brummte und schlug nach ihr, weil sie ihm die Fernbedienung nicht zurückgab.

»Bitte!«, herrschte sie ihn an. Er zuckte zusammen. Sein Gesicht verzog sich greinend, er begann um Hilfe zu rufen und ließ sich vom Stuhl rutschen. Sie brauchte alle Kraft, um ihn hochzuziehen und wieder richtig hinzusetzen und musste dabei seine Schläge auf ihren Rücken ertragen.

»Der Sprecher der Polizei hat eben noch einmal bestätigt, dass der Sprengsatz im Reichstag nicht explodiert ist, und sprach in diesem Zusammenhang von einem kaum zu ermessenden Glücksfall. Wegen der heute beginnenden Sitzungswoche hätten sich zum Zeitpunkt des Anschlags mehrere hundert Abgeordnete und Regierungsmitglieder im Haus befunden. Er dementierte zugleich Gerüchte, wonach die

Terroristen über Informationen aus dem Inneren des Bundestags verfügt haben müssten.« Das Blondhaar der Sprecherin und ihr puschliges Mikro wurden vom Wind zerzaust.

Im rechten oberen Viertel des Bildschirms zeigte ein Bildausschnitt das Innere des Reichstags. Männer in Anzügen telefonierten, Kameras und Mikrofone wurden aufgebaut. Die Kommentatorin drückte den Ohrstöpsel fest. »Der Bundesinnenminister hat eine Pressekonferenz angekündigt, höre ich gerade … nein, erst in zwei Stunden. Offensichtlich herrscht also doch noch Unklarheit über die Lage …«

Karla tippte Nummer auf Nummer, aber weder Jost noch Arthur gingen ans Telefon, und auch bei der Leszinsky war besetzt.

Sie versuchte, sich zu beruhigen. Keine Explosion im Reichstag. Keine Toten.

Trotzdem fieberten die Bilder von verkohlten Leichen und blutüberströmten Flüchtlingen durch ihren Kopf, die oft gesehenen Schreckensszenarien, nur diesmal nicht aus dem Irak.

Irgendwann musste es ja so kommen. Sie fühlte sich schuldig und wusste nicht, warum – außer dass jedes Glück seinen Preis hatte und jede Sünde irgendwann bestraft wurde.

Wie gleichgültig sie gewesen war, wie leichtfertig sie die Zeit vertan hatte. Alles konnte so schnell vorbei sein. Lächerlich diese Grübelei über Utopien und Werte, töricht ihr missionarischer Eifer und die ganze Weltverbessererei, wo es doch eigentlich nur auf eines ankam.

Jost Sattler setzte sich auf den Stuhl, den Schweetzke ihm zugeschoben hatte. Sein Hals kratzte wie am Anfang einer Erkältung. Er lockerte seinen Schlips, fuhr mit den Fingern unter den Hemdkragen und blickte auf die Bildschirme an der Bunkerwand.

Al Djazeera zeigte das gleiche Chaos vor dem Reichstag wie alle anderen Sender, aber das war nichts gegen das Durcheinander in seinem Kopf.

Er hatte sich, nachdem Schweetzke am Telefon nicht sprechen wollte, ausgemalt, Arthur sei von den Einsatzkräften festgenommen worden, man habe Drogen bei ihm gefunden, im schlimmsten Fall vor der laufenden Kamera eines Fernsehteams.

Er starrte das Fahndungsfoto von Karim an, der mit einer Pistole vor einer grünen Fahne, auf die in Weiß arabische Schriftzeichen gestickt waren, posierte.

»Verdammt!« Er seufzte wie unter Schmerzen. »Ich dachte, es sei eine gute Idee, die Jungen in den Bundestag einzuladen.«

»Wer kommt schon darauf, sich vor den eigenen Kindern in Acht zu nehmen?« Der gütige Blick passte definitiv nicht zu Schweetzke.

»Kann es sich um eine Verwechslung handeln?«

»Kaum. Das Fahndungsfoto stammt vom 7. Mai, die dazugehörige Datenspur passt perfekt. Ausreise via Jerusalem und Einreise via Tegel am 8. Mai.«

»Warum ist der nicht bei der Einreise festgenommen worden?«

»Weil er noch nicht in der GEMAD registriert war. Die Warnung ist ganz frisch.«

Das war doch alles absurd! Er zeigte auf den Monitor. »Ich habe mit diesem jungen Mann am Frühstückstisch gesessen. Er würde schon aus Höflichkeit nicht versuchen, den Bundestag in die Luft zu sprengen.«

»Das heißt nichts. Auch Fanatiker können wohlerzogen sein, vermutlich wurde er sogar geschult, sich zu verstellen. Laut Steckbrief ist er Mitglied der Tanzim, einer Jugendorganisation, aus der sich die Märtyrerbrigaden rekrutieren.«

»Karim hat gleichmütiger über den Islam gesprochen als ein Vegetarier über Bouletten.«

»Aber ein Thema war das schon?«

Ärgerlich wehrte er ab. »Der hat das Thema nicht aufgebracht. Er hat überhaupt nicht viel gesprochen.«

»War er besonders zurückhaltend?«

»Natürlich! Er war ja Gast in einer fremden Umgebung …«

»Sprach er häufig über sich selbst? Hat er an seinen Haaren oder an seiner Kleidung gezupft oder besonderen Wert auf Körperpflege gelegt?«

»Hören Sie auf mit dem Unfug. Wenn dieser Bursche ein islamistischer Terrorist ist, fresse ich einen Besen.«

Schweetzke hob die Augenbrauen und tippte mit seinem Oberlehrerfinger in die Luft vor seiner Brust. »Ich zitiere nur aus dem Täterprofil des FBI: ›Die Ich-Bezogenheit gilt als typisch für islamistische Terroristen.‹ Ist ja auch logisch. Wenn Sie glauben, schon bald vor Ihren Gott zu treten …«

Er wurde von einem ankommenden Telefongespräch unterbrochen. Während er in seinen Ohrstöpsel lauschte, formte sein Mund den Namen des Anrufers »Vachiecky«.

Laut sagte er: »Kommen Sie zum Reichstagsufer. Einer meiner Männer ist bei dem Versuch, die Flüchtenden beim Überqueren der Spree zu stoppen, auf ein Polizeischiff gestürzt. Ich bin an der Absperrung. Bis gleich …«

Jost Sattler stützte den Kopf in die Hände. War das alles schrecklich! Ihm wurde bewusst, dass Karim Karlas Untermieter war. Und kam nicht auch der Vorschlag, ihn im Bundestag zu besuchen, ursprünglich von Karla?

Das konnte kaum ein Zufall sein. Es fiel ihm schwer, klare Gedanken zu fassen. Verschwörungspläne, Befürchtetes und tatsächlich Gesagtes schossen in seinem Schädel wild durcheinander. Als »Verwandten« hatte sie Karim bezeichnet, oder? Kein Wort jedenfalls von seiner Verbindung zu Islamisten.

Aber was durfte er glauben? Sie log doch, dass sich die Balken bogen, und er war blind, blind, blind gewesen. Warum?

Als Köchin war Karla Schlicht alias Petra Grimme eine Anfängerin, als Wirtschafterin eine finanzielle Katastrophe, für eine Putzfrau viel zu schlampig – er hatte es schon nach wenigen Tagen bemerkt und darüber hinweggesehen. Warum?

Er sah Karla vor sich, wie sie mit ihrem großen Mund lächelte und ihn mit dunklen Raissa-Augen anblinkte, wie sie sich vor ihm drehte und ihren kleinen Hintern herausstreckte. Klar: Sie gefiel ihm, und er hatte sich verführen lassen *wollen*. Aus Geilheit, aber auch, weil er froh war, dass sie ihn von quälenden Erinnerungen ablenkte. Er brauchte die Bestätigung, dass Raissa mit ihrer Verachtung nicht recht gehabt hatte, dass er kein herzloser Versager war.

Er unterdrückte ein Stöhnen. In weniger als zwei Stunden musste er vor der Pressekonferenz eine glaubhafte Story präsentieren und gleichzeitig darauf gefasst sein, dass Karla Schlicht ihre Wallraff-Nummer platzen ließ.

Er setzte sich gerade, um Luft zu bekommen. Die Vorstellung, dass jemand aus seinem engsten Umfeld ihn so hasste, schmerzte ihn schlimmer als glühende Zangen und Daumenschrauben.

»Dieser Karim, wie heißt er richtig?«

»Al Mujahed.«

»Ja, dieser Al Mujahed. Warum ist der in der GEMAD registriert? Hat er schon mal einen Anschlag verübt?«

Schweetzke wandte seinen Blick nur zögernd von der Uhr, die an der Stirnseite des Bunkers leuchtete. »Da müssen wir erst beim Mossad nachfragen. In GEMAD sind nur die Warnungen erfasst, nicht die Hintergründe … wegen Datenschutz!« Er seufzte mit tragischem Augenaufschlag.

»Vielleicht ist es ein Irrtum … Wer weiß, wie die Einträge zustande kommen? Irgendein Geheimdienst …«

»Ein Irrtum?« Schweetzke klang entsetzt.

»Die Glaubwürdigkeit dieser fremden Quellen können wir schwerlich prüfen.«

Schweetzke schluckte und schwieg.

»Die Aufzeichnungen werden gleich gelöscht, will ich nur bemerken«, unterbrach Tina Franke die Stille und zeigte auf die Uhr.

»Welche Aufzeichnungen?«

»Die vom Alarm. So schreibt es die Dienstanweisung vor: Wenn keine Speicheranweisung gegeben wird, werden die Bilder aller Überwachungskameras nach einer Stunde automatisch vom Programm gelöscht. Also in siebenundzwanzig Sekunden.«

Sattler erinnerte sich an die Forderung der Dahlmann. Starrte Schweetzke deshalb dauernd zur Uhr, weil er längst mitzählte?

»Neunzehn Sekunden!«, erinnerte Tina Franke und schaute erst ihn, dann Schweetzke unter Augenlidern an, die im Sekundentakt zuckten.

Er konnte die Löschsequenz durchlaufen lassen, indem er die Hände in den Schoß legte und wartete. Wenn die Videos gelöscht waren, würde niemand erfahren, dass Arthurs Freund den Alarm ausgelöst hatte. Ein Knistern wie von Elektrizität lag in der Luft. Die Härchen auf seinem Handrücken richteten sich auf.

Dann war die Zeit abgelaufen. Der Bildschirm zeigte ein »deleted« anstelle der grün und rot umrahmten Gesichter von Arthur und seinem Freund.

Schweetzke hob die Achseln. »Vachieckys Fehler. Er hätte an die Löschsequenz denken müssen. Schließlich untersteht Munin der Bundestagspolizei und nicht mir. Ich hätte gar nicht eingreifen *dürfen*.«

Die Freude des Stabschefs ernüchterte ihn. »In zwei Stunden ist Pressekonferenz. Was sage ich, warum der Alarm ausgelöst wurde?«

Schweetzkes Kopf wendete sich langsam zu Tina Franke. Die beiden sahen sich an, ohne die Mienen zu verziehen. Sattler lief es kalt den Rücken herunter.

Er wiederholte seine Frage. »Was sollen wir machen?«

Schweetzke antwortete ohne Zögern, als läge die Lösung klar auf der Hand. »Kollegin Franke wird einen neuen Eintrag in der GEMAD anlegen und mit den Alarmsequenzen verknüpfen.«

Entsetzt starrte Sattler den Stabschef an. »Sie wollen ein Phantom schaffen?«

»Haben Sie eine bessere Idee?«

Hatte er nicht.

»Keine Sorge. Wir machen das professionell. Ein Bild für die Großfahndung. Eine Biografie für Interpol. Je mehr Wirbel wir auslösen, desto besser.«

Er war vom Regen in die Traufe gekommen. »Aber wenn doch was dran ist? Gesetzt den Fall, es handelt sich bei Karim nicht um einen Irrtum ... dann würden wir ein Verbrechen vertuschen. Weitere Leben gefährden ...« Er hörte sich jämmerlich an und brach ab.

»Wir können ihn befragen.«

Seine Anspannung entlud sich, indem er mit der Hand auf die Tischplatte schlug. »Sie sind doch wohl von allen guten Geistern verlassen!? Wir wissen nicht einmal, wo er steckt!« Er war drauf und dran, die Nerven zu verlieren – doch Schweetzke ließ sich nicht aus der Ruhe bringen. »Kein Problem. Sofern er mit Ihrem Sohn unterwegs ist, orten wir ihn umgehend. Der hat ja sicher ein Mobiltelefon.«

Schon tippte Tina Franke die Nummer in eine Abfragemaske am Munin-Terminal, gleich darauf poppte ein Stadtplan auf und zeigte den Standort in einem grün gestrichelten Kasten am S-Bahnhof Grunewald. »Das ist die Zelle, in der das Telefon gerade erfasst ist.« Sie zeigte auf den Bildschirm. »Jetzt wechselt die Markierung ...«

»Sie fahren Richtung Süden«, fasste Schweetzke zusammen.

Sattler erhob sich. »Wenn einem der Jungen auch nur ein Haar gekrümmt wird, drehe ich Ihnen den Hals um.«

Der Stabschef nickte mild. »Keine Sorge. Ich übernehme die Sache persönlich.« Deutlicher als alle Worte sagte sein rundes Lächeln, dass ein Ausschussvorsitzender wie Jost Sattler keine Macht mehr hatte, ihn an der kurzen Leine zu führen.

Jost Sattler mied sein Büro, weil er Steiner und vor allem die Hellsichtigkeit der Leszinsky fürchtete. Im Spiegel der Maske schaute er zu, wie die verräterischen Flecken auf seinen Wangen unter dem Pinsel der Visagistin verschwanden.

Er zwang sich, nicht an Karla, sondern an die bevorstehende Pressekonferenz zu denken. Darum ging es: Informationen zuteilen und gar nicht erst zulassen, dass sie ihn ausquetschten. Schweetzke hatte recht. Je mehr Wirbel er verursachte, desto besser – und am besten war es, wenn die Journalisten auf seinen Mund starrten wie die Zirkusbesucher auf den Zylinder des Zauberers. Munin war das perfekte Kaninchen! Heute war der Tag der Enthüllung. Das löste zugleich ein anderes Problem, an das er aber jetzt nicht denken wollte.

Er würde verantwortlichen Umgang anmahnen. Keine Panik. In der Stunde der Bewährung zusammenstehen und so weiter.

Seine Augenbrauen sträubten sich angesichts des barbarischen Angriffs auf den Reichstag – das Herz der Demokratie! Er bot der Herausforderung durch perfide Terroristen eine kühle Stirn.

Puderduft kitzelte in seiner Nase, er musste niesen. Die Visagistin schaute ihn genervt an. Sah sie, dass er Angst hatte?

Im Zwingen war er sonst Meister, aber heute fürchtete er die Kameras und Mikrofone, die ihm gleich auf den Leib rücken und an ihm schnüffeln würden, um herauszufinden, was vor sich ging. Privates mischte sich in seine Arbeit. Das war, als ob beim Sturmangriff eine Reißzwecke im Stiefel stach.

Unter normalen Umständen hätte er Vachiecky angerufen und ihn gebeten, Karlas Umfeld zu checken: die Tochter und diesen Günter, dessen Firma, Freunde, Kollegen, Nachbarn. Wenn auch nur der geringste Anhaltspunkt für eine Verschwörung vorlag, musste er die Kollegen vom Staatsschutz informieren. Aber so wie die Dinge lagen, würde er nur den eigenen Kopf in die Schlinge stecken.

Das Misstrauen drehte ihn wie eine Spindel im Kreis, und mit jeder Umdrehung grub er sich tiefer in den Sumpf. Der einzige Mensch, dem er im Augenblick vertrauen konnte, war die Geltungssucht in Person und viel zu ehrgeizig für den Posten, den er innehatte.

»Och, Herr Sattler, was ist denn heute mit Ihnen?«

Die Visagistin schaute ihn im Spiegel mit vorwurfsvoll erhobenem Puderquast an.

»Ziehen Sie das Jackett aus, wenn Ihnen warm ist.«

Er nahm ein Handtuch vom Ständer, wischte sich unter den entsetzten Blicken der jungen Frau übers Gesicht und strubbelte sich durchs Haar. Sollten die Fernsehzuschauer ruhig sehen, wie die Sorge um die Nation ihn zeichnete.

Auf dem Flur vor der Maske wählte er Schweetzkes Nummer.

Gero Schweetzke schaltete die Scheinwerfer aus und bog in die Stichstraße ein, die zum Hof seiner Schwiegereltern führte. Ziegelbruch knirschte unter den Reifen. Er blickte in den Rückspiegel. Die nächsten Häuser der Stadtrandsiedlung lagen ein paar hundert Meter entfernt hinter einer Kiefernreihe. Niemand folgte ihm.

Er stellte das Schild »zu verkaufen« beiseite und achtete darauf, nicht zu laut mit der Kette zu klappern, die um die verrosteten Gitterstangen des Tores gewunden war. Hoch gewachsenes Gras streifte den Unterboden des Wagens, als er auf den Hof fuhr. Hier würde niemand ihn stören. Seit dem Tod von Clarissas Eltern verfielen die Gebäude; nur das Ackerland war an eine Agrogesellschaft verpachtet.

Er sah sich in den verdunkelten Räumen um und drückte die Sicherungen rein, dann holte er den Jungen.

Der Kofferraum stank nach Erbrochenem. Schuhe, Socken und Hose waren nass – hoffentlich hatte der Dreckskerl nicht in sein Auto gepisst!

Als er das Klebeband löste, erwachte der Bursche aus seiner Ohnmacht und begann zu stöhnen. Die Striemen waren ins Violette verfärbt, Hände und Füße eiskalt, der linke Unterarm schien verdreht, vielleicht war er gebrochen.

Schweetzke durchsuchte ihn gründlich. Weil sein Opfer zappelte und sich wehrte, schlug er einmal kräftig zu. Danach ging es leichter. Aus der Hosentasche zog er mit spitzen Fingern einen Zettel, auf dem eine Berliner Telefonnummer stand.

Er zerrte seinen Gefangenen hoch und stieß ihn mit Püffen vor sich her, damit der Kreislauf in Schwung kam. In der Küche drückte er ihn auf einen Stuhl und fesselte den gesunden

Arm mit den Handschellen an den gusseisernen Griff der Kochmaschine.

Den Fahrplan für das Verhör hatte er bereits auf dem Weg entworfen: Orientierungslosigkeit, Angst und Verwirrung waren der beste Nährboden für Aussagebereitschaft. Er glaubte zwar nicht daran, aber er musste trotzdem davon ausgehen, dass er es bei diesem Al Mujahed mit einem für Verhörsituationen geschulten Terroristen zu tun hatte.

Er stellte sich hinter den Burschen und legte ihm die Hände an die Schläfen, sodass seine Finger auf den Augen lagen und das hektische Kreisen der Pupillen unter den Lidern spüren konnten. Sein Opfer versuchte natürlich, sich seinem Griff zu entziehen. Ein kräftiger Druck mit den Fingerspitzen auf die Augäpfel löste Lichtsensationen und Angstreflexe aus – theoretisch zumindest, denn bei der Unterweisung in London hatte man ihm keine Gelegenheit zum Ausprobieren gegeben. Zufrieden registrierte er, dass Al Mujahed tatsächlich wie vom Blitz getroffen erstarrte.

Er zog die Fingerspitzen zurück und fuhr durch die lockigen Haare seines Gefangenen. Der Duft von Angst und Schweiß stieg ihm in die Nase. Nächster Schritt. Langsam umschlossen seine Hände die magere Kehle und hoben das Kinn, sodass der Kopf nach hinten kippte und seine Daumen in der Kuhle knapp über dem siebten cervicalen Wirbel zu liegen kam.

Die Berührung sollte tief ins Stammhirn wirken und zur Erschlaffung der Gegenwehr führte. Ein Reflex aus Zeiten, da die Affenmütter ihre Jungen bei Gefahr mit den Zähnen im Nackenfell packten und sie in die Sicherheit der Baumkronen retteten.

Und es funktionierte! Er spürte den Rhythmus des Burschen, der langsamer und tiefer atmete. Gegen diesen Urinstinkt war Widerstand unmöglich.

Mit der freien Hand strich er über die bartlose Kehle und brachte seine erste Frage an.

»Sag mir deinen Namen!«

»Karim Sahar.«

»Und wie heißt deine Mutter?«

»Tasmin … bitte.« Al Mujahed keuchte. »Wir haben nur ausprobiert, was wir geschenkt bekommen haben. Sonst nehmen wir niemals Drogen!«

Perfektes Deutsch. Angesichts seiner Lage war der Bursche erstaunlich gefasst.

Schweetzke entschied sich für die »abgestuften Belohnungen« und begann wieder mit dem Druck auf die geschlossenen Lider. Dieser Wechsel zwischen Todesangst und Zwangsentspannung sollte nervenzerrüttend wirken. Er spürte, wie seine Erektion an die Stuhllehne stieß, und griff fester zu.

»Wie sieht die Wohnung deiner Eltern aus? Wie heißen die Nachbarn, wie heißen deine Lehrer? Welche Farbe hat die Außenseite deines Passes?«

Bei jeder Antwort lockerte er den Griff ein wenig. Ob der Patient die Wahrheit sagte, spielte in dieser Phase des Verhörs noch keine Rolle.

Angeblich sei er ganz normal zur Schule und später zu Uni gegangen. Der Vater habe in den Siebzigern in der DDR studiert, sei aber schon vor langer Zeit verstorben. Die Verwandtschaft mit einer gewissen Rosalie konnte er nachprüfen, vielleicht ließ sich sogar der Mailverkehr rekonstruieren. Dann kamen sie zum entscheidenden Punkt, der Frage nach dem Märtyrerfoto.

»Wo habt ihr das aufgenommen?«

»Im Kulturzentrum. Bei meinem Freund Zohair. Ich wollte einen Abschiedsbrief an meine Mutter schreiben, aber es ging nicht. Der Bus … ich hatte keine Zeit mehr. Und da stand die Videokamera, und Zohair will doch Regisseur werden.«

»Ihr habt ein Abschiedsvideo für deine Mutter aufgenommen?«

»Ja.«

»Weil du zu einer Mission nach Deutschland geschickt wurdest?«

»Nein!« Der Bursche wand sich auf dem Stuhl, seine Stimme klang weinerlich. »Es tut mir leid. Wir haben nur Spaß gemacht. Es tut mir wirklich so leid!«

»Du lügst.«

Der Junge zappelte und schrie. »Zohair kann nichts dafür. Sie müssen mir glauben. Wir haben uns nichts dabei gedacht. Nur weil der Bus fuhr. Zohair wollte alles rausschneiden, was nicht für meine Mutter bestimmt war.«

»Woher hattest du die Pistole?«

»Die hatte Zohair versteckt, nachdem sein Bruder gefallen, ich meine, von der Rakete getroffen…«

»Was steht auf der Fahne an der Wand hinter dir?«

»Das ist eine Fahne der Hamas.«

Er stellte Fangfragen und checkte die Antworten von verschiedenen Seiten, aber alles passte: Ein kleiner Palästinenser büxt zu Hause aus, fuchtelt – weil er seinem Bruder mal ordentlich eins auswischen will – mit einer Pistole herum, und ein paar Tage später krachen israelische Militärstiefel in die Türen und beschlagnahmen das vermeintliche Märtyrervideo. Dann zählt ein Agent des Mossad die Fahne und ein paar Sprüche zusammen und schickt die Warnung nach Deutschland, wo der letzte Schrei an automatisierter Überwachungstechnik prompt Alarm auslöst. Ein zirkustauglicher Balanceakt über die Spree setzt das i-Tüpfelchen auf die absurde Geschichte – wenn mal nicht das Kulturzentrum, in dem dieser Zohair arbeitete, auch noch aus EU-Fördertöpfen bezahlt worden war.

Er hörte das Telefon in seiner Manteltasche klingeln und ging nach draußen.

Sattler klang angespannt, er musste enorm unter Druck stehen. Er flüsterte, obwohl es nicht nötig war, und berichtete von den Aussagen des Delinquenten.

»Und?«, fragte Sattler und sprach ebenfalls leiser, »glauben Sie seine Geschichte?«

»Zu neunundneunzig Prozent sagt der die Wahrheit. Ich lasse die Angaben so schnell wie möglich überprüfen.«

»Nein … tun Sie das nicht. Sie wecken nur schlafende Hunde.«

»Wie Sie wünschen.«

Den hatte er in der Hand! Er fühlte geradezu körperlich, wie die Macht in seinen Schoß fiel. Ein geiles Kitzeln. Er stieß die Faust in die Luft wie ein siegreicher Boxkämpfer. Der neue Stern am Polizeihimmel hieß Gero Schweetzke.

Er vergewisserte sich, dass die Fenster verschlossen und blickdicht waren.

Der Bursche erriet, dass er allein gelassen werden sollte, und bat um Wasser. Das Gejammer brachte ihn auf eine Idee. Er drehte den Wasserhahn ein Stück auf, sodass der Bursche ein dünnes Rinnsal plätschern hörte. Dann knüllte er ein paar trockene Zeitungsseiten zusammen und stopfte sie ihm als Knebel in den Mund.

Karla Schlicht saß auf der Lehne von Heinrichs Sessel und sah zu, wie der dicke Mann, in dem sie ihr Gegenüber vom Dach in der Kollwitzstraße erkannte, ans Pult der Pressekonferenz trat. Sie erschrak und erinnerte sich an seine kryptische Bemerkung in der U-Bahn, »mir nicht unvertraut«. Wie dumm von ihr, zu glauben, jemand mit akademischer Beschäftigung könne sich ein Dachgeschoss leisten. Aber wer vermutete schon einen Polizisten unter so viel Körperspeck?

Vachiecky hielt ein unscharfes Foto von Yuseff Al Derdr, »one of the Berlin assassins«, in die Kamera. Ein bärtiger Mann undefinierbaren Alters, auf dessen Kopf ein weißes Käppchen thronte. Syrer von Geburt in Afghanistan ausgebildet und via Libanon nach Deutschland geschleust. Der Polizist wischte sich über die Glatze und schien froh, das Wort an den Vorsitzenden des Sicherheitsausschusses des Deutschen Bundestags weitergeben zu können.

Jost trat ans Pult der Pressekonferenz, in gerader Haltung, aber derangiert wie damals nach dem Unfall. Man sah, dass ihm das Schicksal der Verletzten naheging.

Er begann zu sprechen. Die Kamera zoomte auf sein Gesicht. Seine Augen glänzten fiebrig, sein Blick wanderte über die Köpfe der Journalisten hinweg, als habe er Angst.

Karlas Erleichterung mischte sich mit Sorge.

Seine Worte drangen nur langsam in ihr Bewusstsein. Was sagte er da? Sprach er von Munin? Dem angeblichen »Geheimprojekt«?

»Mithilfe einer biometrischen Software gleicht Munin die Bilder der Überwachungskameras laufend mit … Entschuldigen Sie bitte …«

Er zog einen karierten Zettel aus der Brusttasche seines Jacketts und las vor, mit einem Gesicht, als zitiere er: »... gleicht diese Bilder mit Templates ab. Das sind Gesichtsscans von Verdächtigen, die sich in einer Datenbank befinden. Das Verfahren nennt sich Matching.« Er unterbrach sich und lächelte. »Bevor ich mich weiter mit falsch ausgesprochenen Fachtermini blamiere, verweise ich lieber auf die Presseerklärung, die Ihnen vorliegt. Ihre Fragen, bitte!«

Einige Journalisten sprangen auf und rannten aus dem Saal. Sie wusste, was auf dem karierten Zettel stand: Sie selbst hatte das Blatt vom Notizblock in der Küche abgerissen und in seine Jackentasche gesteckt. Ein ausgebuffter Fuchs.

Aber der entscheidende Punkt war, dass Jost Munin in aller Öffentlichkeit als Erfolg proklamierte. Kein Wort von »Geheimhaltung« mehr. Aljoschas Big Brother war einfach nur ein aufgemotzter Einbruchsmelder. Voilà. So schützt Sattler Deutschland: Modern. Zuverlässig. Funktioniert! Er nutzte die Gunst der Stunde, das war sein Job. Aber durfte sie ihm glauben?

Das Klirren der Flügeltür zum Garten lenkte ihre Aufmerksamkeit ab. Arthur torkelte in die Halle, seine Hosen starrten vor Schmutz und Nässe. Sie sprang auf und stützte ihn unter dem Arm.

»Was ist passiert? Wo ist Karim?«

Arthur schien sie nicht zu hören, wandte sich zur Treppe und stolperte beim Versuch, den Fuß auf die nächste Treppenstufe zu setzen. Sein Gesicht war merkwürdig leer

»Was ist los? Arthur, sieh mich an! Warst du am Reichstag?«

Sein Ellbogen traf sie schmerzhaft an der Brust. Er verlor das Gleichgewicht und blieb, blöd grinsend, auf der untersten Stufe sitzen.

Sie wedelte mit der Hand vor seinen Augen. »Weißt du, wer ich bin?«

Statt einer Antwort griff er in die Tasche, holte einen halb aufgelösten, nassen Joint heraus und versuchte, ihn anzuzünden. Sein Atem roch nach Bier.

Sie nahm ihm die Kippe aus den Fingern und überlegte fieberhaft, was passiert sein konnte. »Wo ist Karim?«

Seine Augen waren rot und tränten vor Anstrengung, während seine Hand ins Leere griff.

»Ihr wart zusammen am Reichstag. Wann hast du ihn verloren? Verdammt, raus jetzt mit der Sprache!«

Sie schüttelte ihn, und er kicherte plötzlich wie ein Kleinkind, das gekitzelt wird.

»Wir sind gerannt. Dann waren sie weg. Und dann war Karim weg. Oder war er noch da?« Arthur sah verwirrt aus.

»Wer war hinter euch her?«

Keine Antwort.

»Die Polizei?«

»Ich weiß nicht mehr.«

Er versuchte, sich zu erheben und fiel zurück. »Muss pennen!«

Auf allen vieren kletterte er die Treppenstufen hinauf und kicherte dabei vor sich hin wie ein Irrer, eine Spur von Schmutzwasser hinterlassend. Langsam folgte sie ihm. Sie achtete darauf, dass er sich nicht an den Kanten verletzte, und die nassen Sachen auszog, bevor er ins Bett fiel.

Sie wählte ihre eigene Telefonnummer, aber kein Karim nahm ab, und schließlich ging der Anrufbeantworter ran. Während sie Rosalie anrief, um herauszufinden, ob Karim sich bei ihr gemeldet hatte, dröhnte die Stimme des Bundestagspräsidenten aus dem Fernseher.

Koffner wies auf die weltweit neue Qualität des Anschlags hin. Zum ersten Mal sei das höchste Gremium einer westlichen Demokratie ins Visier genommen worden. Warum klang der Mann so zufrieden?

Sie versuchte wieder und wieder, Sattler oder Karim telefonisch zu erreichen, aber vergeblich. Die Leszinsky wusste nur, dass er im Haus war, und versprach, ihre Bitte um Rückruf auszurichten. Die Ungewissheit machte sie entsetzlich nervös.

Es klingelte an der Haustür, aber es waren nur zwei Männer in Arbeitsanzügen, die davor standen. »Wohin?«

Sie trat beiseite und wies sie in den Garten. Die Träger luden das umschnürte Riesenpaket aus Leinwand im Garten ab und begannen mit dem Aufbau des Zeltes, das bei Arthurs bevorstehender Geburtstagsfeier als Wetterschutz dienen sollte.

Zwischendurch sah sie weiter Nachrichten. Die Bilder sahen aus wie Bürgerkrieg. Keine drei Stunden nach dem Attentat wurden im ganzen Land Moscheen und islamische Kulturvereine durchsucht und Hassprediger verhaftet. Das funktionierte beängstigend reibungslos – aber sie wunderte sich nicht. Jost und seine Leute hatten lange genug Stroh zusammengekarrt, sodass nun, im »Moment der Gefahr«, jeder Polizist sich verpflichtet fühlte, die Fackel zu werfen. Das Wahlvolk applaudierte wie immer.

Sie erschrak über ihr Ressentiment gegen Jost, aber mehr noch über das Gefühl, diesmal auf der falschen Seite gelandet zu sein. Sie sagte sich, dass es keinen Grund für ein schlechtes Gewissen gab, schließlich hatte sie ihr Möglichstes getan und mit Engelszungen auf Jost Sattler eingeredet – aber die Situation erinnerte sie an die Zeit vor dem Rausschmiss an der Uni. Kollegen hatten sie gedrängt, von sich aus mit den Bonzen zu brechen, und beschuldigten sie des Konformismus, aber sie beruhigte ihr Gewissen: War sie nicht mutig in den Parteiversammlungen aufgestanden und hatte mit klopfendem Herzen eine Perestroika in der DDR gefordert?

»Was ist nur aus dir geworden?!«, hallte durch ihren Kopf. War sie noch einmal in die gleiche Falle getappt?

»Alles in Ordnung?«, wollte einer der Zeltbauer wissen. »Sie sind so blass?«

»Zu schnell aufgestanden«, redete sie sich heraus.

»Ah ja, dass kenn' ich.«

Endlich waren die Männer fertig mit dem Aufbau und fuhren in ihrem weißen Lieferwagen davon. Die Nachtschwester kam zur gewohnten Zeit und begann, Heinrich zu waschen.

Sie lief durchs Haus, sah nach Arthur, der noch immer wie ohnmächtig schlief, versuchte, zu telefonieren, wischte Stäubchen vom Klavier und wurde immer nervöser, bis endlich eine schwarze Limousine vor dem Haus hielt. Sie eilte nach unten und öffnete die Tür. Mit großen Schritten kam Jost Sattler ihr entgegen, wich jedoch ihrer Begrüßung aus und fragte nur kurz angebunden: »Arthur da?«

Sie folgte ihm zur Treppe. »Ja, er ist oben. Weißt du was von Karim?«

Sein Gesicht ließ nicht erkennen, dass er sie auch nur gehört hatte.

Sie wiederholte ihre Frage: »Weißt du, wo Karim ist?«

Er blieb so abrupt stehen, dass sie beinahe gegen seinen Rücken geprallt wäre.

»Wenn du's nicht weißt?!«

»*Du* warst doch mit den Jungs verabredet.«

Er sah nicht sie an, sondern aus dem Fenster. »Keine Ahnung. Die beiden waren so bekifft, dass ich sie wegschicken musste. Mich in so eine Situation zu bringen ...«

»Arthur sagt, sie seien vor irgendwas weggerannt. Hast du mitbekommen, ob die Polizei hinter ihnen her war?«

Ein unangenehmes Kribbeln rann über ihren Rücken, als er sie mit kaltem Blick musterte. Er drehte sich um und rannte die Treppe hinauf. Sie lauschte, aber das erwartete Poltern, Türsplittern und Schimpfen blieb aus. Alles sehr merkwürdig.

Sie mixte Heinrichs Spezialpampe, aber der alte Mann schien immer noch sauer auf sie zu sein. Er wandte sein Gesicht ab und schob den Unterkiefer vor wie ein trotziger Junge. Die Unruhe trieb sie wieder hoch. Die Pflegeschwester übernahm die Fütterung.

Jost stand an der verschlossenen Flügeltür zum Garten und schaute durch Oska hindurch, die draußen fiepte. Sie hätte ihm gern die Hand auf die Schulter gelegt oder ihn umarmt, aber seine Haltung war steif und abweisend.

»Willst du was trinken? Oder essen?«

»Sie haben sich gestritten wie alte Junkies. Um Tabletten, einen Joint, nicht mal das weiß er noch. Es gab eine Schlägerei am Flussufer … Es ist so widerlich. Mein einziger Sohn wird in wenigen Tagen volljährig und benimmt sich wie ein Lump!« Er ballte die Fäuste vor Wut. So hatte sie ihn noch nie gesehen.

»Ich glaube nicht, dass Arthur Karim schlagen würde!«

Er schnaubte höhnisch: »Du kennst ihn gut, nicht wahr? Kein Wunder. Ihr steckt ja unter einer Decke.«

»Was redest du?«

Sein Gesicht vereiste. »Als ich dich gefragt habe, was du über Biometrie weißt, erinnerst du dich? Aber natürlich erinnerst du dich. Das war ja enorm komisch. Ihr konntet das Lachen kaum unterdrücken. Arthur wusste von Anfang an, wer du wirklich bist, stimmt's? Ihr müsst euch herrlich über meine Leichtgläubigkeit amüsiert haben!«

Seine Steifheit bekam etwas Feindseliges, Gefährliches. Sie trat einen Schritt zurück. »Arthur wusste nicht mehr als du!«

»Du lügst. Ich habe mit ihm gesprochen. Am Abend, als er aus der Haft entlassen wurde, wollte ich mit dir telefonieren. Arthur ist dran gegangen. Dumm gelaufen, was? Man soll sich nicht auf Junkies verlassen.«

Sie verdrehte die Augen und wusste nicht, was sie dazu sagen sollte. Diese Vater-Sohn-Kiste entwickelte eine ganz üble Dynamik.

»Lass ihn erstmal ausschlafen. Und dann reden wir miteinander wie vernünftige Menschen.«

Er verschränkte die Arme vor der Brust. »Warum wohnst du zufällig direkt gegenüber vom Chef der Bundestagspolizei?«

Jetzt wurde sie aber langsam ärgerlich. »Frag ihn und nicht mich. Ich wohne da viel länger!«

Aber Jost fuhr im Tonfall eines Gestapo-Verhörers fort: »Und dein ehemaliger Stellvertreter im Institut … wie heißt der? Aljoscha? Der ist auch rein zufällig Webmaster eines Blogs, in dem sich regelmäßig Leute damit brüsten, die Server von Bundesbank und Verfassungsschutz zu knacken? Er scheint das für einen Sport zu halten, aber du kannst ihm bei eurem nächsten Treffen mal sagen, dass er seine Freiheit riskiert.«

»Woher weißt du das?«

»Und du warst das auch, die mein Notebook geknackt hat.« Ein großer, schwarzer Schatten fiel auf ihre Welt. Sattlers Stimme klang kalt und unerbittlich. »Ich Idiot hatte zuerst auf Arthur getippt. Wie naiv von mir, dabei hat Vachiecky mich gewarnt. Eine billige Schnüfflerin bist du.« Er hielt seine Aktentasche hoch wie ein Schutzschild. »Hat es dich große Überwindung gekostet, mit mir ins Bett zu gehen?«

»Jost, bitte ... das wollte ich eigentlich gar nicht ...doch, ich meine ...«

Sie kam sich vor wie in einem schlechten Film, wie sie da die Hände rang, aber sie hätte viel dafür gegeben, wenn ihre Verzweiflung nicht echt gewesen wäre. »Ich kann das erklären.«

Sie ging einen Schritt auf ihn zu, aber er machte einen Schritt rückwärts wie in einem komischen Pas de deux.

»Du gehst jetzt besser.« Er winkte mit einer erschöpften Geste zur Tür. »Mehr kann ich nicht für dich tun.«

Nebenan im Gartenzimmer rüttelte Heinrich am Bett.

Auf halber Treppe drehte er sich noch mal um: »Es ist besser, du bist nicht mehr da, wenn ich runterkomme. Ich bin enttäuscht.«

Sie hätte ihm gern eine passende Antwort gegeben, aber er war verschwunden, bevor sie den Kloß in ihrer Kehle heruntergeschluckt hatte. Er hatte so verdammt recht mit allem, was er sagte, dass es sie schier wahnsinnig machte. Natürlich lieferte er sie nicht an die Polizei aus. Was war ein irdisches Autodafé gegen das Feuer, das er mit seinem »Ich bin enttäuscht« auf ihren Wangen entzünden konnte?

*

Zum zweiten Mal innerhalb weniger Tage verließ Karla mit ihren Siebensachen im Rucksack das Haus. Vergeblich mühte sie sich um eine stolze Haltung. An der Innenseite des Zaunes rannte Oska auf und ab und bellte wie verrückt: Lecker Skrupel, Schuld und Gewissensbisse schlichen auf der Straße davon. Die Blicke von Jost Sattler, der im Dunkel des Arbeitszimmers hinter dem Fenster stand, stachen in ihren Rücken.

Sie fror unter einem plötzlichen Kälteschauer und zog die Jacke am Hals zusammen. Der Bus hielt neben ihr, obwohl sie die Haltestelle passiert und zu laufen beabsichtigt hatte. Der Fahrer nickte ihr zu, aber ihm verging das Lächeln, als er ihr Gesicht sah. Sie stieg ein, schleppte sich nach hinten und setzte sich auf die rechte, der Villa abgewandte Seite. Diesmal, so viel war sicher, würde ihr kein halb nackter Mann hinterherrennen.

»Du lachst, wenn ich traurig bin, und gehst, wenn ich weine«, sang eine Stimme in ihrem Kopf.

Sie fuhr die lange Strecke in düsteren Gedanken. Sattler wusste nichts vom Chartreuse und Heinrichs kleinen Geheimnissen. Ihr war, als sei jemand gestorben.

Beim Umsteigen am Alex hielt sie Ausschau nach Vachiecky, aber der war sicher auch im »Antiterror-Einsatz«, wie alle wackeren Rittersleute.

In der Kühle des Hausflurs hob sie automatisch die Hand, um die Papierflut zu stoppen. Umsonst. Ihr Briefkasten war fast leer. Sie öffnete den Brief, der einen schwarzen Pleitegeier trug, und schaute auf den Absender. Das Schreiben kam nicht vom Gerichtsvollzieher, sondern vom Bundespräsidialamt und lud sie ein, bei der Feier zum bevorstehenden Jubiläum der Wende eine Rede zu halten. »Oma, erzähl' vom Krieg!«, da war es wieder.

Sie stieg die Treppe empor und hoffte inständig, Karim auf seinem Bett liegend vorzufinden – betrunken und bekifft ihretwegen, aber wenigstens anwesend.

Vergeblich.

Die Dielen knackten, in den Leitungen gluckerte Wasser. Irgendwo weinte ein Baby, und auf der Straße knatterte ein Moped. Ringsum ging das Leben weiter, und sie fürchtete sich vor der Rückkehr in diese komische Karla Schlicht, die ihr nicht mehr passte wie ein zu eng gewordener Mantel. Sogar der Stuhl am Schreibtisch fühlte sich fremd unter ihrem Hintern an.

Sie zerriss den Brief und warf die Schnipsel in den Papierkorb. Die Dr. Karla Schlicht, die sie haben wollten, war tot, eine Mumie, ein papiertrocken raschelndes Geknüll und Gespinst. Requiescat in pace.

Sie sprang auf, um Karim zu suchen.

Am Tag nach dem Alarm mied **Wolf von Vachiecky** die Kameras vor den Zelten der Fernsehstudios, wo sich Hinterbänkler in der Mittagssonne interviewen ließen und mit von Stolz geschwellter Brust verkündeten: Natürlich setzt der Bundestag seine Sitzung fort. Jetzt erst recht! Wer sind wir denn?!

Auf der Wiese hinter dem Reichstag ragten Satellitenschüsseln in den Himmel, eine Reihe von Toilettenhäuschen suppte vor sich hin.

Wie ein Dieb schlich er an der Spreeseite zum Bunkereingang. Sein Kopf brummte nach der schlaflosen Nacht und dem Anschiss am Morgen.

Koffner hatte ihm vor der versammelten Verwaltungsspitze die Schuld an der gescheiterten Festnahme der Angreifer gegeben und zum Bunkerdienst verdonnert. Bis er hieb- und stichfeste Erklärungen zum Verbleib der Attentäter vorlegen konnte, brauchte er sich im Präsidialtrakt nicht mehr sehen zu lassen. Heute war ohne Frage der schwärzeste Tag seines Lebens.

Am Eingang des Bunkers hielt ihn ein sauber rasierter junger Mann mit unbewegtem Men-in-Black-Gesicht an und zeigte ihm, wie er sich vor das Kontrollpult zu stellen habe: »Hier reinschauen.« Sein Finger zeigte auf ein kleines Kameraobjektiv am oberen Rand der Säule.

Vachiecky musste sich recken und kam sich vor wie ein Hündchen, das Männchen machen soll. Kaum vierundzwanzig Stunden waren seit dem Alarm vergangen, und schon hatte Schweetzke sein Herrschaftsgebiet mit modernster Technik aufgerüstet. Klar, dass der Herr Stabschef da keine Zeit für ihn hatte. Voller Ingrimm dachte Vachiecky an die Stunde vor der gestrigen Pressekonferenz, als er um Informationen gebettelt und Schweetzke ihn wie einen dummen August herumgeschickt hatte. Ein Fahndungsfoto war alles, was sie ihn in die Kamera halten ließen.

Im Bunker herrschte »Besondere Lage«. Alle Arbeitsplätze waren besetzt, Telefone klingelten, es herrschte ein ständiges Kommen und Gehen. Ihm blieb fast das Herz stehen, als ihn eine süffisante Stimme von der Seite ansprach.

»Ah. Der Herr Kollege ist aus den lichteren Gefilden herabgestiegen, welche Ehre!« Schweetzke lächelte und zupfte, statt ihm die Hand zu geben, mit einer Bewegung, die zu einer Diva gepasst hätte, die graue Fussel vom Ärmel seines schwarzen Rollkragenpullovers. Ihm fiel auf, dass die Haut über Schweetzkes Wangen trocken und glatt war wie die Plastikhaut des Barbie-Mannes, wie hieß der doch gleich? Ken? Ja, Ken. Ken, die Plastikpuppe, steril und abwaschbar, riecht nicht und fühlt nicht.

»Sie haben keinen Finger gerührt, um die Löschsequenz der Überwachungskameras zu stoppen, Schweetzke. Ist Ihnen klar, dass Sie die einzigen Beweismittel vernichtet haben?«

»Oh … wie ungerecht!« flötete der Stabschef und klapperte mit den Augenlidern wie eine züchtige Jungfrau. »Ich hatte Ihre Zuständigkeit zu respektieren. Sie sind das doch, der allein verantwortlich ist, oder irre ich mich?«

Vachiecky bekam kalte Hände und gestand sich ein, dass er diesen Mann hasste wie selten einen Menschen. Das heftige Gefühl verwirrte ihn, sonst war er so schwer aus der Ruhe zu bringen, dass Hedwig ihn »phlegmatisch« nannte. Aber dieser Mann war ein Unglück, seine Macht eine Perversität des Schicksals. Schon wie der Kerl aussah, stimmte nicht: Ein Sportsfreund im schwarzen Rollkragenpulli und mit einem Knopf im Ohr – man wusste nie, ob er zuhörte oder mit jemandem telefonierte. Er war schlank und drahtig, seine Körperbewegungen geschlechtslos, sein Gesicht ohne Eigenart, seine Haarfarbe irgendwie hell, aber auch nicht blond, während die Augen mit der Gier hungriger Mäuschen in den schützenden Höhlen lauerten.

Vachiecky sah dem schwarzen Rollkragenpullover nach, der gewichtslos zwischen den Schreibtischen und Displays davonschwebte, und fühlte sich schwach.

Ein Gong ertönte. Kopfhörer wurden abgesetzt und Telefone aufgelegt. Zwischen den beiden Nachrichtenmonitoren stieg Schweetzke auf ein Podest, jonglierte mit dem Zeigestab wie ein Dompteur und wartete, bis alle Raubtiere mit gespitzten Ohren auf seine Befehle lauschten. »Frau Dr. Weingärtner ist die neue Ermittlungsrichterin im Bunkerteam. Sie zeichnet die Abhörgenehmigungen gegen, aber bitte …«, er pausierte und grinste. »Nicht, dass die Herren von der anderen Flurseite nun alle Schlange stehen. Sie müssen leider auch künftig ohne Genehmigung arbeiten.« Die Männer lachten, die Richterin verzog ihren Mund.

Schweetzke gab die bisherigen Fahndungserfolge bekannt: Neunundzwanzig Einsatzgruppen hatten Moscheen, Vereine und Teehäuser durchsucht, aus denen Aufrufe zum Dschihad, Sympathien für Selbstmordattentäter oder antisemitische Hetze bekannt geworden waren, zweiundfünfzig Verdächtige waren festgenommen und zahlreiche Beweismittel beschlagnahmt worden.

»Also schöne Erfolge«, lobte Schweetzke. »Wir haben außerdem eine Präzisierung des Täterprofils. Zielpersonen sind Männer arabischer Herkunft unter dreißig Jahren, Mitglieder von religiösen Gruppen, die keine Webseite unterhalten, nicht öffentlich missionieren, geschlossene Treffen abhalten und sich auch sonst abschotten. Also, Leute …«, der Stabschef hob den Zeigefinger, » …nicht reinfallen auf die lautesten Schreier!«

Vachiecky spürte, wie ihm übel wurde. Er schloss die Glastür des Aquariums hinter sich, gerade noch rechtzeitig, bevor Schweetzke mit einem »Also, Leute!« aufmunternd in die Hände klatschte.

Tina Franke starrte auf die Bildschirme ihres Terminals und hob nicht einmal den Kopf, als er sich neben sie setzte.

»Hallo! Sie machen wohl nie Feierabend?«

Die Technikerin schien aus weiter Ferne zurückzukommen. Ihre Augen glänzten unter den zuckenden Augenlidern. Sie lächelte, ohne ein Wort zu sagen, und seltsam – zum ersten Mal an diesem vermaledeiten Tag fühlte er sich von jemandem nicht ausgepfiffen.

»Ihr Auto ist vorhin abgeschleppt worden.«

»Woher wissen Sie das?«

»Munin überprüft seit dem Alarm die Kennzeichen, damit wir die Abschleppdienste vor gestohlenen oder verdächtigen Fahrzeugen warnen können.«

»Nein«, er präzisierte seine Frage, »ich meinte, woher Sie wissen, dass der Wagen mir gehört.«

»Ach so ...«, sie überlegte. »Wahrscheinlich ist mir die Nummer in der Liste mit den Parkberechtigungen aufgefallen. Ihr Kennzeichen fängt mit 30 23 an, wie die Perrin-Folge. So was merkt man sich.«

»Oh ... Danke.« Er setzte sich vor die Tastatur des Munin-Terminals und sah auf den Bildschirm, über den eine Menge undurchsichtiger Meldungen und Zahlen flirrten. Er musste die Augen schließen, weil der Kopfschmerz seinen Schädel flutete. Jetzt fiel ihm nicht mal mehr ein passendes Zitat aus seinem Lieblingsbuch ein.

So sehr hatte er sich immer gewünscht, wie Marlowe zu sein und seine Fähigkeiten an spannenderen Tatbeständen als verschwundenen Faxpapierrollen oder angeblichen Koks-Spuren in den Herrentoiletten beweisen zu können. Und jetzt, da er echte Fälle zu lösen hatte, stauten sich die Ungereimtheiten wie in einer verknoteten Pipeline, und seine Unfähigkeit kam ans Licht. Er hatte weder herausgefunden, auf welch rätselhafte Weise die Blaupause des Bundestags kopiert worden war, noch, wer den Erpresserbrief geschrieben oder den Brandanschlag verübt hatte.

Er hob den Kopf und stutzte. Jost Sattler hatte den Bunker betreten, sah sich kurz um und steuerte auf Schweetzke zu. Sollte der Abgeordnete um diese Zeit nicht im Plenum sitzen?

Stattdessen stieg er aufs Podest und flüsterte Schweetzke irgendwas ins Ohr. Der übergab seinen Zeigestock sofort an Borowski und folgte Sattler in eine Ecke. Die beiden schienen sich zu streiten, der Abgeordnete gestikulierte heftig, und der Stabschef wich ein wenig zurück. So musste man mit dem umgehen, dachte Vachiecky. Er hätte ein Königreich dafür gegeben zu erfahren, worum der Streit sich drehte.

Er sah, dass Schweetzke den Mund zu einem süffisanten Grinsen verzog und Sattler plötzlich zusammenfiel wie ein Ball, aus dem die Luft herausgelassen wurde. Der Ausschussvorsitzende und Abgeordnete, Vertreter des Volkes und künftiger Innenminister, schlich aus dem Bunker wie ein begossener Pudel. Warum lief hier alles so verdammt schief?

Vachiecky fühlte ein Stechen in der Herzgegend. Erst jetzt merkte er, dass er schon eine Weile den Atem anhielt.

Jost Sattler ging zum dritten Mal entschlossen in Richtung Reichstag, aber bald wurden seine Schritte langsamer. Wieder kehrte er vor dem Kontrolldurchlass an der Straße des 17. Juni um.

In wenigen Minuten begann die Nachmittagssitzung des Bundestags, in der er als Erster auf der Rednerliste stand, aber er ignorierte Steiners SMS ebenso wie die Anrufe Koffners. Nach dem Streit mit Schweetzke sah er sich außerstande so zu tun, als sei er derselbe Mensch wie vorher.

Der Stabschef hatte gedroht, Karim in einer Geheimoperation nach Amman abzuschieben, wenn er ihm nicht bei der Fahndung freie Hand ließ. Es brauchte wenig Phantasie, um sich die Folgen auszumalen: Arthurs Freund war viel zu naiv, um sich lange zu verstecken. Die Geheimdienste würden ihn als vermeintlichen Selbstmordattentäter zur Strecke bringen. Im besten Fall schaffte er es zu einem Fernsehsender und erzählte seine Geschichte.

Sah Schweetzke die Gefahr nicht, die ihm selbst drohte?

Ihm wurde mulmig bei dem Gedanken, wie hoch der ehrgeizige Karrierist noch pokern würde, um seinen Einsatz nicht zu verlieren. Das Bekennerschreiben der islamistischen Dschihad Union war eine völlig unnötige Zuspitzung. Ausgerechnet einen syrischstämmigen Mann als Hauptverdächtigen zu präsentieren!

Nun drohten die Amerikaner den Syrern, die Syrer drohten zurück, die Europäer entzweiten sich über den notwendigen Konsequenzen, die Arabische Liga desgleichen.

Die Großfahndung hielt mittlerweile nicht mehr nur tausende Polizisten auf Trab, sondern beschäftigte auch Menschenrechtsgruppen und Bundestagsausschüsse. Und je drastischer die Folgen wurden, desto zufriedener grinste Schweetzke.

Andererseits. Was würde passieren, wenn er mitspielte? Er würde die Abstimmung gewinnen, das war klar. Deutschland musste den Schulterschluss mit wehrhaften, westlichen Demokratien suchen und wer sich der dritten Stufe der Antiterror-Gesetze entgegenstellte, trug die Schuld am Tod künftiger Opfer.

Früher oder später würde es tatsächlich einen islamistischen Anschlag geben, da war er sicher. Warum also nicht Schweetzkes Logik folgen und den fingierten Angriff wie eine Impfung zur Stärkung der Abwehrkräfte nutzen? Er rettete damit die Leben unschuldiger Frauen und Kinder, denn die Großfahndung entlarvte wie ein Manöver die Schwächen der Verteidigung. Man musste nur den richtigen Zeitpunkt zur Deeskalation finden, bevor die öffentliche Zustimmung kippte.

Es würde Opfer geben, natürlich, es gab immer Kandidaten auf der Abschussliste. Der eine oder andere Verdächtige würde verhaftet werden, Monate später eine Verhandlung, komplizierte Plädoyers, nichts für die Medien. Die Paranoiker würden ihre üblichen Verschwörungstheorien stricken, aber ohne Beweise sahen sie alt aus. Tina Franke hatte den Guerillablog bereits gehackt, und bei Bedarf konnte man sich eine richterliche Anordnung holen, um ihn komplett zu löschen.

Und Karla? Schweetzke hatte ihre Telefonnummer bei Karim gefunden und sammelte – für den Fall, dass sie Zusammenhänge erriet und öffentlich Fragen stellte – bereits Material, um sie mit gezielten Indiskretionen als Lügnerin oder Stasispitzel oder enttäuschte Geliebte darzustellen. Wenn das nicht reichte, musste eine Drohung nachhelfen: Geheimnisverrat konnte ihr leicht ein paar Jahre Gefängnis einbringen. Ihm brach der Schweiß aus angesichts dieser intriganten Taktiererei, aber so war das in der Politik. Karla hatte den Handschuh geworfen, nicht er.

Blieb Arthur. Erst neulich hatte er die Geschichte von einem jungen Mann gelesen, der in einer Disco tot zusammengebrochen war: Überdosis Drogen. Plötzlicher Herzstillstand. Schweetzke war alles zuzutrauen.

Jost Sattler war so in Gedanken, dass er den Jogger erst bemerkte, als er unsanft angerempelt wurde. Unwillkürlich befühlte er die Stelle am Arm, wo der Mann ihn berührt hatte. Vielleicht wurde auch er bereits überwacht?

Er trat wütend einen Kiesel ins Dickicht. Das war ihm alles viel zu kompliziert, seine ganze Natur wehrte sich gegen die Verbiegungen und Verbeugungen, die Schweetzke ihm zumutete. Sein Geist war nicht flexibel genug für Heuchelei und Maskerade, seine Prinzipien waren zu starr für Ausnahmen und Entschuldigungen.

Was hätte im schlimmsten Fall passieren können, wenn er die Jungen nicht weggeschickt hätte? »Wertekonservativer in Erziehungsnöten«. Oder: »Kiffer lässt Innenminister stolpern«. Ertragbare Schlagzeilen.

Munin wäre am Ende, und mehr als fünf Jahre Überzeugungsarbeit umsonst. Die eigenen Leute würden ihn als Ausschussvorsitzenden fallen lassen. Ein hoher Preis – aber dafür müsste er jetzt nicht wie ein Fisch an der Angel eines verrückt gewordenen Stabschefs zappeln, mit dem Gefühl, sowohl als Politiker wie auch als Vater ein kompletter Versager zu sein.

Seit Raissas Tod war sein Leben aus dem Ruder gelaufen. Schon am frühen Morgen, beim Zähneputzen vor dem Spiegel im Bad, lenkte er sich mit Arbeit ab und überlegte, wen er während des Frühstücks anrufen konnte. Auf der Fahrt zum Büro arbeitete er an den Mails. Den Tag über hielten ihn die Termine im Griff wie eine Besatzerarmee das Feindesland. Spätabends brauchte er mindestens ein großes Glas Wodka, um sich »abzuschießen«, wie Arthur das nannte, und beim Einschlafen überdachte er die Tagesordnung der nächsten Ausschusssitzung. Vielleicht reagierte er so heftig auf Arthurs Spitzen, weil er im Tiefsten seines Inneren wusste, dass sein Sohn recht hatte: Er hatte seine Seele verkauft.

Ein Fleckchen Sandstein schimmerte durch das Gebüsch abseits des Weges. Er blieb stehen. Die Gartenplaner ließen das Denkmal »Kraetzdorff während der Schlacht bei Elbing« zuwuchern, nachdem seine Mutter gegen den Abriss protestiert hatte.

Er schaute sich um und zwängte sich durch die Büsche ins Unterholz. Die Luft roch modrig. Wie lange war er nicht hier gewesen? Mit Arthur zuletzt, der nach dem Schwert gefragt hatte. In der Tat war es merkwürdig, dass der Bildhauer den kommandierenden General einer Schlacht eine aufgerollte Karte in der Linken halten und die Rechte wehr- und hilflos zur Faust ballen ließ.

Er hatte seinem Sohn die Geschichte vom »Treuesten der Treuen« erzählt, der dem König all seine Söhne opferte, ohne sich zu beklagen. Aber Arthur hatte bloß den Kopf geschüttelt, er war unempfindlich für historische Größe, und Jost Sattler hatte zu ahnen begonnen, dass sein Sohn nicht der Typ war, sich einem Ideal auf Leben und Tod zu verpflichten. Er war kein Kämpfer, war es nie gewesen.

Er sah den dreijährigen Arthur bei einer Gartenparty auf der Wiese spielen. Gäste mühten sich um seine Aufmerksamkeit, aber vergeblich, er spielte lieber mit Gänseblümchen. Damals hatte er zum ersten Mal das Gefühl gehabt, sich für seinen Sohn entschuldigen zu müssen.

Viel gesprochen hatte Arthur, allen Bemühungen der Logopäden zum Trotz, auch später nicht. Erst nach der Moskaureise mit Raissa plapperte er wie ein Wasserfall, Russisch natürlich, denn seine Verweigerung hatte Methode: Schule schwänzen, Drogen, Sinneslust.

Koffner hatte ihn getröstet: Söhne würden ihre Väter später brauchen. Er solle warten, bis es um »Männersachen« ging, um Autos, Mädchen und Fußball. Aber sogar darum hatte Arthur ihn betrogen.

Er hätte es ausgehalten, wenn sein Sohn politisch gewesen wäre wie er selbst in dessen Alter. Mit Widerstand und Aufruhr, selbst mit schlechter Presse hätte er besser umgehen können als mit dieser wirklichkeitsflüchtigen

Verweichlichung. Das Leben fand statt, und Arthur ging nicht hin.

Er sah auf seine Füße, die nicht mehr marschieren wollten. Natürlich war es undenkbar, dass ein Sattler sich umbrachte, das gehörte sich nicht. Die halbe Ahnengalerie war auf dem Feld der Ehre verblutet oder im Dienst aus den blank polierten Lackschuhen der Ministerialbeamten gekippt.

Was war auf einmal mit ihm los? Früher hätte er gesagt: Man darf sich nicht hängen lassen. Das Leben geht weiter. Als die Firma von Barbaras Vater vor der Pleite stand, hatte er sie mit Fleiß und Hartnäckigkeit umgekrempelt, von der Schließanlagenproduktion auf modernstes Hightech umgestellt. Genau zum richtigen Zeitpunkt, wie sich zeigte. Stolz war er gewesen auf das, was er gelernt hatte, auf die neuen Möglichkeiten, die sich seiner politischen Karriere eröffneten.

Heute würde er sagen: Große Klappe und Glück gehabt. Ohne den Generationswechsel in seiner Partei wäre er abgeschlagen auf einem hinteren Platz der Liste gelandet. Ohne Raissa wäre er heute noch mit Barbara verheiratet. Ohne Karla wären seine Kinder davongelaufen und sein Haus eine Ruine.

Karla! Heute Morgen hatte er bemerkt, dass die Halle bereits nach einem Tag ohne sie anders roch. Der Gedanke an ihren dünn bekleideten Leib auf seinem Bett quälte ihn. Warum brachte er Unglück über die Menschen, die er doch eigentlich liebte?

Er zog das Handy aus seiner Tasche und wählte ihre Nummer. Dann klappte er das Telefon wieder zusammen. Nein. In seinem Zustand konnte er niemandem unter die Augen treten.

Nachdenklich betrachtete er seinen Urahnen, dessen Kopf leicht geneigt war. Ein Ohr lauschte gen Himmel, als hoffe er, dass wie bei Abraham im letzten Moment eine Stimme »Halt!« rufen und ihn von seiner patriotischen Pflicht entbinden würde. Aber der Feldmarschall war dazu verurteilt, mit steinernen Augen seine Söhne an der Spitze ihrer Kompanien gegen die Schanzen des Feindes stürmen und kurz nacheinander fallen zu sehen.

Und plötzlich wusste er, warum der große Kraetzdorff die Faust ballte: Er versteckte darin das weiße Taschentuch, mit dem er hätte kapitulieren sollen.

Er schaute auf die Uhr. Noch war es nicht zu spät. Die Nachmittagssitzung hatte bereits begonnen, aber natürlich würde Koffner ihm als Ausschussvorsitzenden das Wort erteilen. Auf dem Weg zum Reichstag entwarf er seine Rede. Ein Gesetz, das keine effektive Kontrolle staatlicher Befugnisse vorsah, nährte Machtgier und Demagogie. Er wusste, wovon er sprach.

Karim erwachte vom dumpfen Schmerz in seiner rechten Hand und lauschte. Das Wasser plätscherte im Abfluss. Das Haus knackte, als bewege es sich. Ein Vogel zwitscherte nah, vielleicht auf dem Dach. Kein ferner Straßenverkehr, keine Hubschrauber, keine Stimmen.

Er zwang sich, seine geschwollenen Augen im Dunkel offenzuhalten. Langsam tauchten die Umrisse der Fenster auf, aber er konnte nicht unterscheiden, ob draußen die Sonne schien oder eine Laterne brannte. War es Tag oder Nacht? Dunkelheit und Drogen hatten sein Zeitgefühl völlig ausgeschaltet. Die Einsamkeit machte ihm Angst. Wie lange war er schon allein?

Er öffnete und schloss die taub gewordene rechte Hand, um die Durchblutung anzuregen. Die Handschelle klimperte auf Metall.

Den linken Arm, der geschwollen zu sein schien, konnte er frei bewegen, aber jede Drehung verursachte unsägliche Schmerzen. Vorsichtig, steif wie ein Brett, führte er ihn zur rechten Hand und fühlte mit den Fingern den gusseisernen Griff, an den er gefesselt war. Er zerrte daran, aber vergeblich; nur der Stuhl, auf dem er saß, wackelte.

Und seine Uhr war weg! Die musste der Mann ihm abgenommen haben. Seine Ohren brannten bei der Erinnerung an die Berührungen.

Im Ausguss gluckerte das Wasser, kalt und köstlich, aber seine Kehle klebte, wenn er schluckte, und die Vorstellung zu trinken, machte den Durst nur noch schlimmer. Wie lange konnte ein Mensch ohne Wasser überleben? Hatte sein Vater ebenso gefesselt auf sein Ende gewartet?

Plötzlich wünschte er, der Mann käme wieder. Vom

Schreien schmerzte sein Hals, als risse die Schleimhaut. Seine Augen wurden feucht vor Selbstmitleid, aber er zwang sich, ein paarmal tief durchzuatmen. Tränen waren eine sinnlose Verschwendung.

Er musste sich ablenken. Arthur und er waren bereits auf der Platanenallee in Sichtweite der Sattler-Villa gewesen, als plötzlich ein schwerer Wagen fast über ihre Füße fuhr und auf dem Gehweg bremste. Zuerst hatte er gedacht, Arthurs Vater habe seinen Chauffeur geschickt, und musste lachen, weil der Fahrer im schwarzen Rollkragenpullover ihn drängte, in den Kofferraum zu steigen. Er war mit dem Kopf gegen eine Kante gestoßen und hatte das Bewusstsein verloren.

Sein Flehen und Jammern hatten den Mann nicht beeindruckt. Jetzt schämte er sich dafür.

Hatte er Zohair verraten, als er von der Videoaufnahme erzählte? Aber sie hatten doch wirklich nur Quatsch gemacht. Ein harmloser Jungenstreich!

»Denk an Al-Khanasaa, die ihren Sohn als Märtyrer gegeben hat«, hatte er gerufen und sich kaum halten können vor Lachen.

Warum fiel ihm das erst jetzt ein? Das hätte er dem Mann sagen müssen! Jeder Bewohner in Bir Zeit wusste, dass Al-Khanasaa in die Olivenpresse gefallen war. So aber musste der Mann ihn für einen Schahid halten, einen Märtyrer, der ausgesandt worden war, um den Bundestag in die Luft zu sprengen.

Nein, das war nicht logisch, denn dann hätte er hinter Gittern gesessen, von Wärtern in einem richtigen Gefängnis bewacht und mit einem Anwalt, wie man ihn sogar bekam, wenn die Israelis einen nachts aus dem Bett zerrten. War er in der Hand der Hisbollah? Nein, das war absurd, niemand konnte im Kofferraum von Berlin nach Beirut gelangen.

Ein entsetzlicher Gedanke schickte eine kribbelnde Welle über seinen Körper. Was, wenn Zohair ihn hereingelegt hatte? Es gab Gerüchte, er verleihe die Märtyrervideos nicht nur – das taten viele –, sondern sei dabei, wenn sie gedreht wurden. Was hatte auf der Hamas-Fahne gestanden, vor die Zohair ihn platziert hatte? »Gott ist das Ziel, der Prophet ist ihr Vorbild, der Koran ihre Verfassung, der Dschihad ihr Weg und der Tod für die Sache Gottes ihr höchster Glaube.« Nein, er schämte sich. So durfte er nicht denken. Doch wie sonst ergab das Geschehen einen Sinn?

Sahid würde die Spucke wegbleiben, wenn er die Plakate sah, die über Nacht an allen Mauern und in der Umgebung von Bir Zeit auftauchten. »Bräutigam des Südens« oder etwas Ähnliches würde darauf stehen. Mutter bekäme Besuch von Frauen, die ihr zum Märtyrertod ihres Sohnes gratulierten. Das Uni-Radio, die Zeitungen der Hamas und TV Hisbollah würden über sein vorbildliches Leben berichten. Seine Kommilitonen mussten mal wieder von einem Zaun des Campus zum anderen und zurück marschieren.

Er zitterte vor Schüttelfrost. Das Blitzen und Huschen in seinem Kopf wurde schlimmer. Einen Gedanken hielt er fest und konnte sich im nächsten Moment nicht mehr erinnern an das, was er eben noch auf keinen Fall hatte vergessen wollen. Sein Visum lief bald ab. Nein, vorher war er verdurstet oder verhungert.

Er fing wieder von vorn an: Wie hatte der Wagen ausgesehen, der auf den Bordstein holperte? Welche Farbe hatte die Pille, die Arthur ihm zuletzt in den Mund steckte? Blau? War ein Herz drauf?

Die Geschichte von Leila und Madschnun fiel ihm ein! Das Märchen kannte im Westjordanland jedes Kind. Leilas Eltern wollten Madschnun nicht als Schwiegersohn und sperrten ihre Tochter in einen Turm. Madschnun ging in den Wald, lebte im Dickicht mit den wilden Tieren und wurde verrückt. Verrückt … das konnte er auch ohne Wald haben. Er musste über seinen komischen Gedanken lachen.

Falls er jemals aus diesem Gefängnis herauskäme, würde er sich bei Leila entschuldigen. Er würde Arthur anpumpen und seine Schwester zum Eisessen einladen, Blumen kaufen, einen schönen Stoff oder besser noch Konfekt. Die Mädchen hier fanden nichts dabei. Zwar war Leila erst knapp sechzehn, aber reif und beinah so groß wie er selbst – und wenn er die Maßstäbe traditioneller Familien in Bir Zeit anlegte, im besten Heiratsalter.

Ihr orthodoxes Gehabe konnte ihn nicht täuschen, sie wollte ihn provozieren, und er zweifelte nicht, dass sie schlauer war als jedes Mädchen, das er bisher kennengelernt hatte. Neulich hatte sie ihn gefragt, was er von »Kollaborateuren« hielt, und ihm heftig widersprochen, als er mehr oder weniger pflichtschuldig Sahids Meinung wiederholte. Sie hielt Kollaboration für eine großartige Sache und alle, die in Nahost mit dem Feind zusammenarbeiteten, für Helden.

Die Vorstellung, sie zu umarmen und zu küssen, pumpte Leben in seinen Körper.

Er befühlte den Griff, an dem die Handschelle klirrte: Ein fingerdicker Eisenstab, der zwischen den Kacheln eines hüfthohen Ofens, einer Art Herd, eingemauert war. Der Mörtel in den Fugen bröselte wie Sand unter seinem Fingernagel. Er suchte mit der freien Hand nach einem Werkzeug. Ein Metallknopf am Bund seiner Jeans schien ihm ein Geschenk des Himmels, aber der Versuch, ihn aus dem Stoff zu reißen, verursachte Schmerzen, die ihn beinah ohnmächtig werden ließen. Endlich hielt er ihn zwischen zwei Fingern und kratzte damit weiter, voller Sorge, ihn fallen zu lassen und im Dunkeln nicht wieder zu finden. Er arbeitete langsam und systematisch. Tiefer als ein paar Millimeter kam er aber auch mit dieser Methode nicht. Die Fugen waren zu schmal.

Er versuchte, die Oberfläche einer der Kacheln mit der Handschelle zu zerschlagen. Nur wenige Zentimeter Spielraum blieben ihm, um Schwung zu holen. Mit aller Kraft knallte er immer wieder auf die Stelle, die am hohlsten klang. Bei jedem Schlag blitzte es in seinem Kopf, denn er traf auch den Knochen an seinem Handgelenk immer wieder auf die gleiche Stelle. Seine Nerven glühten, und bald war sein ganzer rechter Arm eine einzige Quelle des Schmerzes.

Endlich krümelten Splitter, und es gelang ihm, mit den Fingern der linken Hand in ein Loch zu greifen. Er zog und zerrte, und schließlich schepperte ein großes Stück Keramik zu Boden. Unter der Kachel schien der gusseiserne Griff nur mit weichem Mörtel in den Schamottestein gemauert zu sein. Euphorie überflutete ihn, er fühlte sich trunken, und der Schmerz wich einem heißen Flimmern.

Er zwang sich zur Geduld. Auch Ameisen bauten ihre Hügel nicht an einem Tag. Immer wieder hielt er inne, um zu lauschen. Einmal hörte er weit entfernte Kirchenglocken, aber vielleicht verwirrte das stetige Plätschern des Wassers seine Sinne. Schweiß lief in seine Augen, doch er biss die Zähne zusammen und kratzte weiter.

Karla Schlicht stand in Karims Zimmer. Noch immer kein Zeichen von ihm. Das Bett war unberührt, und die Luft roch nach kaltem Haschischrauch und billigem Deo. Merkwürdig, dass Karim sich dem jüngeren Arthur so bedingungslos angeschlossen hatte wie einem älteren Bruder.

Ihre Wangen glühten vor Müdigkeit. Die Nacht über hatte sie mit Günter Rettungsstellen und Notaufnahmen abgeklappert, war immer wieder an Straßensperren kontrolliert worden oder hatte warten müssen, bis Fahrzeugkolonnen der Polizei mit Blaulicht vorbeigerast waren.

Ihre Tochter und Günters Mitarbeiter hatten derweil im Ladenlokal von Landwandel mit Jugendnotdiensten und Bahnhofsmissionen telefoniert, aber niemand hatte den Jungen mit den auffälligen schwarzen Locken gesehen, weder die Betreiber der Strandbars an der Spree noch das S-Bahnpersonal oder die Streetworker am Bahnhof Friedrichstraße.

Im Polizeiabschnitt in der Eberswalder Straße war ihr schließlich gegen fünf Uhr am Morgen der Kragen geplatzt, weil die Beamten, statt ihre Vermisstenanzeige aufzunehmen, wissen wollten, warum ihre Tochter einen Ausländer einlade, ob sie finanzielle Probleme habe und ob der Schweizer, mit dem sie verheiratet war, vorbestraft sei. Sie hatte dem herbeigerufenen Dienststellenleiter irgendwas von »Reichstagsbrand« und »Nazimethoden« an den Kopf geknallt, bis er drohte, sie wegen Beleidigung in Haft zu nehmen.

Sie hörte das Telefon klingeln und eilte in den Flur.

»Glückwunsch, Karla! Das hätte ich dir nicht zugetraut!«

Aljoscha klang, als habe er den Sieg der Weltrevolution zu verkünden.

»Ich weiß nicht, was du meinst!«

»Jetzt tu nicht so, als hätte Sattler von allein die Kurve gekriegt!«

»Er hat was?«

»Ach, komm! Sattler hat gerade eben das Antiterror-Gesetz gekippt. Seine eigenen Leute sind völlig überrascht, die Regierung wackelt, und niemand weiß, wer dahinter steckt. Waaaahnsinn! Ich würde ja rasend gerne wissen, wie du das angestellt hast. Aber natürlich nicht am Telefon.«

Ihre Kehle wurde zu eng, um etwas anderes herauszuquetschen als ein »Schön«.

»Sollen wir uns am vereinbarten Ort treffen? Ich gebe eine Flasche Champagner aus. Mensch, ich kann noch gar nicht glauben, dass du das geschafft hast!«

Endlich fand sie ihre Stimme wieder. »Sei nicht böse, Aljoscha, das ist jetzt nicht der richtige Moment.«

»Nein, ich verstehe. Schmiede das Eisen, solange es heiß ist. Ich wollte nur, dass du weißt, wie stolz wir auf dich sind.«

Sie legte den Hörer auf und schaltete den Fernseher ein. Die Ablehnung der dritten Stufe des Antiterrorgesetzes war die Nachricht des Tages. Ohne Absprache mit seiner Fraktion hatte Sattler einige Rechtsfragen als »nicht zu Ende gedacht« bezeichnet und Verständnis für »Zweifel an der Verfassungskonformität der Grundrechtseingriffe« geäußert. Die Mehrheit des Bundestags hatte daraufhin den Entwurf zurück in den Ausschuss verwiesen.

In den Studios debattierten die üblichen Terrorfachleute mit Menschenrechtlern über die Großfahndung und ihre Kollateralschäden. Gerüchte über Neuwahlen machten die Runde, ein Parteifreund bezeichnete Sattler als Verräter, andere feierten seine Rede als Sieg der Vernunft. Wenn das ein PR-Trick war, hätte Sattler ihn sich nicht genialer ausdenken können. Sein Name war in aller Munde.

Sie überlegte mit klopfendem Herzen, welchen Grund er

für seine Kehrtwende haben konnte. Die Munin-Daten fielen ihr ein. Trieb ihn die Angst vor einer Enthüllung? Hatte sie eine brisante Information übersehen?

Im Internetcafé am Wasserturm herrschte Hochbetrieb. Karls Augen leuchteten, als sie ihm den USB-Stick zeigte und flüsterte: »Ich brauche einen Platz, den man nicht einsehen kann.«

»Komm!«

Er führte sie ins Büro und räumte Kopierpapier von einem Stuhl. Während der Computer hochfuhr, erzählte er von dem Motorrad, das er sich gerade gekauft hatte, und lud sie zu einer Spritzfahrt ins Brandenburgische ein.

»Aus dem Alter bin ich raus, Karl. Sei mir nicht böse. Ich kriege schon das Reißen, wenn irgendwo ein Fenster aufsteht.«

Sie küsste ihn auf den Mund und schob ihn aus dem Büro.

»Politischer Kram?«, fragte er.

»Politischer Kram!«, antwortete sie und schloss die Tür hinter ihm.

Auf dem Bildschirm lugte eine Krähe mit roten Augen von einem toten Baum in eine nächtliche Ebene hinab. Sie sah das merkwürdige Intro einer Dokumentation vor sich. »The World's Best Way to Safety: Munin«, lautete der Titel, darunter »Vertrauliche Verschlusssache« und das Datum: 1. Juni.

Sie las die Kapitelüberschriften: »Vernetzung mit Datenbanken«, »Maut«, »Satelliten«, »Telefonüberwachung«. Die technischen Beschreibungen waren in einem schwer verständlichen Ingenieursjargon verfasst. Darunter gab es jeweils kurze Zusammenfassungen in englischer und russischer Sprache. Sie verstand die Details nicht, aber ganz eindeutig beschrieb diese Dokumentation nicht nur eine bessere Schließanlage. Hier war von globalem Datenaustausch und noch zu schaffenden gesetzlichen Grundlagen die Rede – genau von der Art »Big Brother«, von der Aljoscha gesprochen hatte. Hatte ihr ehemaliger Stellvertreter also doch den richtigen Riecher!

Was sollte sie tun? Sie konnte »das Eisen schmieden«, wie Aljoscha das nannte. Eine Veröffentlichung der Dokumentation würde einen Aufschrei der Empörung auslösen, jetzt, nachdem Sattler mit seinem Paukenschlag die Diskussion um Bürgerrechte neu entfacht hatte und die Öffentlichkeit empfindlich geworden war.

Die Opposition würde vermutlich einen Untersuchungsausschuss und einen Kopf fordern. Nach Lage der Dinge war es denkbar, dass Jost von seiner eigenen Partei geopfert wurde. War das nicht ungerecht?

Wie auch immer sie das Geschehen drehte und wendete: Jost Sattler hatte mit seiner Rede vor dem Bundestag genau das getan, was sie seit Wochen zu erreichen versuchte. Er hatte eine Chance verdient.

Gero Schweetzke sah das Gesicht von Jost Sattler in den Abendnachrichten und ärgerte sich.

Wegen dieses Wackelkandidaten fanden die Gegner der Antiterror-Gesetze plötzlich ihre Stimme wieder. Den ganzen Nachmittag schon gackerten sie durcheinander – »Verhältnismäßigkeit!«, »Grundgesetz!«, »Bürgerrechte!« – und drohten zu ruinieren, was er erreicht hatte. Schon funktionierte sein Zugangscode für das Vorstrafenregister und die Handschriftendatenbank nicht mehr.

Was ihm da plötzlich auf die Füße fiel, war weit schwerer als ein Sack Reis. Seine Versetzung nach Berlin rückte in ungreifbare Ferne, wenn Munin nicht weiter ausgebaut wurde. Froh würde er sein müssen, dass sie ihn zurück in sein Büro in Meckenheim kriechen ließen. Und Clarissa! Sie würde sich kaum zum lebenslangen Ausdrücken von Pickeln verurteilen lassen.

Er sah zum Aquarium und blies den Atem durch die Nase. Der Fettsack hing wie ein totes Nilpferd über seinem Stabshocker und ließ sich von Munin die Verlaufsprotokolle aus der Zeit vor und nach dem Alarm anzeigen. »Befehl von Koffner«, angeblich.

Die Franke hatte gründlich aufgeräumt, trotzdem ließ die Vorstellung, dass ausgerechnet Vachiecky die Stelle finden könnte, an der er ausgetrickst worden war, das Blut in seinen Ohren rauschen.

Verflucht und zugenäht. Nie hätte er gedacht, dass Sattler ihm wegen des Araberbengels in den Rücken fallen würde. Die Erinnerung an die gestelzten Worte vor dem Bundestag ließ Schweetzke den Kamm schwellen. Mit einem Mal zierte sich der feine Herr und zweifelte. Konnte der Warmduscher sich das nicht früher überlegen? Er verlangte keine Dankbarkeit, nur nüchterne Vernunft!

Der Ruf »Stabschef!« klang ungeduldig. Borowski! Wie lange beobachtete der ihn schon?

Bisher schwiegen die Geheimdienstkollegen, würden es auch im eigenen Interesse weiter tun, solange ihnen kein Untersuchungsausschuss im Nacken saß. Man durfte kein Zeichen von Unsicherheit geben, sonst zertraten sie einen wie ein lästiges Insekt.

Betont cool wendete er sich um. Der Verbindungsoffizier wies auf seinen Bildschirm, der von Fehlermeldungen rot leuchtete: »Was soll'n der Scheiß?«

Trotz seiner Wut gab Schweetzke seiner Antwort einen beiläufigen Klang. »Kann sich bloß um eine momentane Leitungsstörung handeln.«

»Leitungsstörung?«, Borowski warf die Maus aufs Pad, »Ja und? Soll ich unter dem Tisch rumkrabbeln? Sehe *ich* aus wie der Hausmeister?«

Zorn brandete heiß gegen Gero Schweetzkes Schädeldecke. Ein Singen, fein wie Mückenflug, stach ihn unterhalb des Scheitels, aber ihm gelang trotzdem ein Lachen. »Ihnen hat's doch wohl nicht den Humor verschlagen, Herr Verbindungsoffizier? Kennen Sie den mit den zwei Terroristen, die sich treffen?«

Borowski verdeckte die Augen mit der Hand und murmelte etwas, das klang wie »weiß nicht« oder »leck mich am Arsch«.

Der war auch so einer, der seine Privilegien für unantastbar hielt. Jedes dieser kleinen Lichter hielt sich für eine Sonne. Das würde er ihm nicht durchgehen lassen. Er registrierte jedes Widerwort.

»Also, was passiert, wenn sich zwei Terroristen treffen?«, fragte er noch einmal und strenger. Der Verbindungsoffizier sah ihn zwischen den Fingern an. Schwieg aber. Und schwieg. Und schwieg immer noch.

Schweetzke betonte das erste Wort. »*Beide* sind tot.«

Borowski zog die Mundwinkel nach unten, verdrehte seine wässrigen Raucheraugen und stand auf. »Entschuldigen Sie, ich muss mal …«

Der kam auf die Liste, so viel stand fest.

Gero Schweetzke drehte auf dem Absatz um und ging mit festem Schritt zum Aquarium. Er musste nicht erst Tina Franke fragen, um zu wissen, was die Fehlermeldungen bedeuteten. Kaum kriegte einer der feinen Herren im Nadelstreifen Muffensausen, kappten sie ihre Verbindungen zum Bunker und taten, als hätten sie schon immer Zweifel gehabt. Vorwärts gepeitscht gehörten die!

Der Fisch stank am Kopf zuerst. Ihm musste jetzt sofort eine Methode einfallen, mit der er Sattler wieder an die Leine bekam.

Das Original der Verlaufsprotokolle? Mit einem Code geschützt, den nur er kannte, lagen fünfundzwanzig Minuten Aufzeichnungen von einigen Dutzend Kameras auf dem Server im Bunker, dem sichersten Platz der Welt. Aber damit hackte er sich ins eigene Knie.

Was war mit dem Araberbengel? Sollte er versuchen, den umzudrehen? Wie lange war der jetzt schon allein im Dunkel? Mehr als vierundzwanzig Stunden. Das müsste reichen. Der Bengel würde heulen vor Dankbarkeit, wenn er ihn nur in den Arm nahm und ein bisschen bemutterte.

Und das Wasser! Hoffentlich war der noch nicht verrückt geworden vor Durst.

Ein Schreck durchfuhr ihn. Das stetige Tröpfeln eines Wasserhahns hatte schon stärkere Geister in den Wahnsinn getrieben. Wenn Karim ausfiel, stand er ohne Druckmittel da, und nichts hielt Sattler ab, ihn als einen Dr. Seltsam öffentlich zu teeren und zu federn!

Er schaute zur Stirnseite des Bunkers: Gleich 21 Uhr. In wenigen Minuten wechselte die Schicht, dann konnte er den Bunker unauffällig verlassen. Verbandszeug hatte er im Auto, ein paar Lebensmittel bekam er im Spätverkauf. Er rechnete, wie lange er zum Haus seiner Schwiegereltern brauchen würde ... in zwei Stunden konnte er zurück sein.

Seine Abwesenheit würde nicht weiter auffallen. Auch ein Stabschef brauchte Pausen. Tina Franke würde derweil dafür sorgen, dass Fettsack Vachiecky mit seinen Nachforschungen gegen die Wand rannte.

Wolf von Vachiecky fühlte sich elend. Seit Stunden schon stocherte er in den Verlaufsprotokollen des Alarms wie in einem Nebel. Er verstand nicht einmal das Computer-Englisch der Programmcodes.

Um seine Ratlosigkeit zu kaschieren, hatte er angefangen, alle möglichen Suchwörter einzugeben, und staunte, welche Fülle von Daten Munin nach Eingabe seines Passwortes preisgab. Die Akte Franke war um ein ärztliches Gutachten gewachsen, seit er sie das letzte Mal zur Sicherheitsüberprüfung auf dem Tisch gehabt hatte; die Personalakte von Schweetzke enthielt sein Gesuch zur dauerhaften Versetzung nach Berlin. Um Gottes willen!

Aber die Luft blieb ihm weg, als er Munin nach »Karla Schlicht« suchen ließ und eine Lawine ihm entgegenrutschte. Die Schufa speicherte jede Menge Mahnverfahren. Zwei Ermittlungen gegen sie liefen, eine aus ihrer Zeit als Institutsdirektorin, die andere war eine »TKÜM gem. §129, BND/348«.

Im Augenwinkel sah er Schweetzke kommen. Er fühlte sich wie ein ertappter Spanner. Schnell schloss er die Fenster auf dem Bildschirm und war – bevor der Stabschef die Glastür erreicht hatte – bereits auf dem Weg zum Klo.

Im Spiegel des Waschraums wirkte sein Gesicht bleich wie eine Wachsmaske. Alle hier unten wurden mehr oder weniger Schatten ihrer selbst, Lebewesen, die mehr westen als lebten. Hedwig hatte recht: Er veränderte sich. Er fing an, Schweetzke zu ähneln.

Mit dem Kamm fuhr er durch seine drei Härchen am Rand der Glatze. In einer der Zellen rauschte die Spülung. Heraus kam Borowski, grüßte ihn und wusch sich die Hände.

Er nahm seinen Mut zusammen. »Eine Frage, wenn Sie gestatten. Diese Telefonüberwachung gegen Karla Schlicht … ich frage nur, weil sie bei meiner letzten Sicherheitsüberprüfung noch nicht verzeichnet war … erinnern Sie sich, wer die Maßnahme veranlasst hat?«

Borowski nahm ein Handtuch. Er spitzte den Mund und flötete in gekünsteltem Tonfall: »Wie können Sie nur fragen, das ist höchst geheim!«

Schweetzke also!

Als er zurück ins Aquarium kam, fiel ihm die Veränderung in Tina Frankes Haltung auf. Sie saß steif und gezwungen, als zerre eine Last an ihr.

»Wo ist der Stabschef?«

»Ich glaube, er wollte zur Toilette.« Ihr Kopf knickte nach vorn.

»Da komme ich gerade her … Irgendwas nicht in Ordnung?«

Auf ihrem Systembildschirm flackerten Diagramme wie bei einem Herzinfarkt.

»Doch, doch, alles im grünen Bereich.« Sie stemmte die Arme gegen die Schreibtischplatte. Trotz der Brille sah er, dass ihre Augäpfel hinter die Lider kippten.

Sie lügt, wusste er plötzlich oder fühlte es mehr, als er wusste. Tina Franke war eine ehrliche Haut, ihre Gedanken und Gefühle arbeiteten zu heftig unter der dünnen Oberfläche, als dass sie sie hätte verbergen können.

»Ärger mit Schweetzke? Wenn Sie wollen …« Sie schüttelte den Kopf, bevor er seinen Satz zu Ende brachte.

So eine kluge Frau und lässt sich dermaßen einschüchtern. Na, er selbst ja auch. Er dachte an seinen Mercedes, dessen Nummer sie sich über Wochen hinweg gemerkt hatte, um sie auf einer Liste mit Hunderten von Kennzeichen abgeschleppter Fahrzeuge wiederzuerkennen. Sie war verrückt, aber auf ganz andere Weise als …

Ein Gedanke blitzte durch sein Hirn. Natürlich! Sie war nicht verrückt auf die Schweetzke-Art! Er hätte sich für seine Naivität ohrfeigen können. Unter dem Tourette-Syndrom, von dem in ihrer Personalakte die Rede war, hatte er sich eine psychische Abartigkeit vorgestellt. Das Zucken der Lider und ihre komischen Verrenkungen passten in sein Klischee von Behinderungen. Dabei hatte er gelesen, was es auch bedeuten konnte: »Manche der Betroffenen verfügen über ein geniales Zahlen- und Mustergedächtnis«, eine Fähigkeit, mit der sie sich Autokennzeichen oder zum Beispiel Blaupausen einprägen und aus dem Kopf reproduzieren konnten. Warum war er nicht gleich drauf gekommen?

»Sie können Zahlen und Zeichen gut behalten, nicht wahr?«

Eine erschreckende Veränderung ging in ihrem Gesicht vor. Die Pupillen kippten nach oben, und er sah das Weiße ihrer Augäpfel. Ein Krampf zitterte über ihr Gesicht und entstellte ihre Miene. Ein Schreckensbild wie auf einer mittelalterlichen Altartafel, eine Gepeinigte in der Hölle. Es kam ihm so vor, als ob im gleichen Moment das Licht im Bunker flackerte.

»Das mit der Blaupause war Schweetzkes Idee, oder?« Sie tat, als höre sie seine Frage nicht. Er hielt ihre Hand fest, die über die Tastatur schlingerte wie ein Boot im Sturm. »Ich mache Ihnen keinen Vorwurf. Schweetzke kann sehr einschüchternd sein. Aber ich muss die Wahrheit wissen. Die Blaupause war nie wirklich im Internet, oder? Sie haben mir das nur vorgespielt.«

Ihr Kopf wackelte jetzt mit beängstigender Greisenhaftigkeit. Sie entzog ihm ihre Hand und setzte die Kopfhörer auf, die neben der Tastatur lagen. Trotzdem war er sicher: Schweetzke hatte die Technikerin benutzt wie einen Fotoapparat.

»Ich werde den Chef des BKA bitten, den Stabschef abzulösen. Der Mann ist ein Sicherheitsrisiko …« Sie hörte ihn nicht.

Er schaute sich um. Warum war der verdammte Kerl ausgerechnet jetzt nirgends zu sehen? Der summte doch sonst wie eine Schmeißfliege um ihn herum.

Er nahm ihr die Kopfhörer von den Ohren.

»Sie wissen, wo er ist, stimmt's?«

»Nein!« Jetzt sah sie anders erschrocken aus als vorhin, beinah nackt.

Was ging hier vor sich? Sein Herz schlug heftig. Mit dem Taschentuch wischte er den Schweiß von der Stirn.

»Finden Sie raus, ob Schweetzke im Bunker ist. Diese komische Iris-Erkennung am Eingang erfasst doch jeden Mitarbeiter, oder?«

Ihre Finger blieben auf der Tastatur liegen. Er sah Tränen unter ihren Brillengläsern hervorrinnen.

Eine rauchige Whiskystimme in seinem Kopf sagte: »Jeder, der genügend Interesse hatte und die nötige Geduld aufbrachte, konnte die Dinge jederzeit ausgraben.« Jetzt kam es drauf an.

»Gut …«, er setzte sich neben sie und bat mit aller Inständigkeit, die er aufbringen konnte: »Sie müssen mir helfen, Frau Franke.«

Sie schüttelte mit winzigen Bewegungen ihren Kopf.

Er wurde deutlicher: »Munin untersteht immer noch mir, vergessen Sie das nicht. Ich könnte Sie als Administratorin von einem meiner Leute ablösen lassen.«

Sie zuckte zusammen wie unter einem Schlag. Und noch einmal in die gleiche Kerbe: »Wenn Sie das verhindern wollen, sagen Sie mir, wo Schweetzke steckt.«

»Ich weiß es nicht.«

»Frau Franke, ich sage es ungern so deutlich, aber …«, weiter kam er nicht. Ihre Stimme klang, als ersticke sie. »Nein, bitte, er ist als anwesend registriert, aber … er ist nicht da.«

Und plötzlich, als ob ein Vorhang aufgezogen würde, sah er die Vorgänge in hellem Licht. Schweetzke war heimlich ausgeflogen, und Tina Franke hatte für ihn die Anwesenheitsliste gefälscht. Die beiden steckten unter einer Decke! Oder hatte Schweetzke sie erpresst? Wenn er sie zum Hochladen der Blaupause zwingen konnte, warum nicht auch zum Schreiben des Erpresserbriefs an Sattler? Eine Frau, Nichtraucherin. Er würde die DNA vergleichen lassen!

Sein Jagdeifer erwachte. Schweetzke selbst hatte die Möglichkeit geschaffen, ihn zu finden.

»Sie können sein Mobiltelefon orten, richtig?«

»Ich glaube nicht … Nein.« Sie zeigte auf den Bildschirm. »Es ist ausgeschaltet.«

Schweetzke ohne Knopf im Ohr war kaum vorstellbar. Der Mann schaltete sich niemals ab.

Der gestrige Nachmittag fiel ihm wieder ein, die quälenden Stunden vor der Pressekonferenz, als er vom Wachlokal zum Präsidentenbüro und wieder zurück geschickt wurde wie der Igel vom Hasen, und Schweetzke immer schon verschwunden war, wenn er ankam. Vielleicht, weil der Stabschef auch da schon seine Abwesenheit vertuschen wollte?

»Müssen die Daten nicht seit Neuestem sechs Monate aufbewahrt werden?«, fragte er möglichst ruhig. »Schauen Sie mal, wo sein Telefon gestern Nachmittag war, sagen wir, so gegen halb vier.«

Tinas Finger hüpften auf der Tastatur wie kleine Roboter. Der Bildschirm zeigte eine Liste mit Zahlen. Die Technikerin tippte auf die erste Zeile. »Der Eintrag hier bedeutet, dass Schweetzkes Handy gestern ab 15:24 in der Zelle 34/64 eingeloggt war.«

»Wo ist Zelle 34/64?«

Sekunden später hielt er einen Zettel mit einer Adresse im Norden Berlins in der Hand, doch er zögerte. War es nicht möglich, dass Schweetzke eine Freundin hatte, der er heimliche Besuche machte? Nein, jemand wie der Bunkerchef liebte nur sich selbst.

»Auch Generälen und anderen wichtigen Leuten schwant manchmal was. Warum dann nicht mir? Der Trick war nur, dass man wissen muss, wenn man danach zu handeln hat.«

Er fühlte, wie sein Herz kräftiger schlug. Die bloße Aussicht, Schweetzke zur Strecke zu bringen, verjüngte ihn. Endlich! Er sprang auf. Im Laufen telefonierte er nach einem Dienstwagen und nahm im Büro seine Pistole aus dem Safe. Als er Eingang B passierte, überlegte er, ob er Rimmer oder Kahlert als Verstärkung mitnehmen oder sich vom Chauffeur fahren lassen sollte, aber es würde zu lange dauern, Fragen zu beantworten. Nein, heute war Marlowes Tag.

Tina Franke bemerkte Vachieckys Abschied kaum. Sie ließ die Statusüberwachung keinen Moment aus den Augen, ihre Oberarme zuckten, als wolle sie mit ihrer eigenen Kraft dem Raben Munin beim Fliegen helfen.

Die Kapazitäten waren ausreichend, die Leitungen frei, aber Munin blockierte alle Anfragen von außen, sodass die kommunizierenden Datenbanken Fehlermeldungen erhielten. Trotzdem zeigte das Systemdisplay eine CPU-Nutzung von hundert Prozent. Dafür gab es nur eine Erklärung: Das Programm war mit sich selbst beschäftigt.

Sie überflog die Taskliste, um herauszufinden, was in den Tiefen der Prozessoren vorging. Offensichtlich waren es Schweetzkes Mobilfunkdaten, die wie Sand im Getriebe wirkten und das System dazu veranlassten, wieder und wieder das Logbuch, in dem die Anwesenheiten eingetragen waren, zu überprüfen. Der Meister war während des Alarms im Haus und gleichzeitig an einer anderen Stelle gewesen. Ein krasser Widerspruch. Ein Riss im Weltbild.

Tina Franke stoppte den Prozess von Hand, aber jetzt begann Munin die Speicher zu aktivieren und lud alte Protokolldateien. In rasender Geschwindigkeit wurden Dateien vom Beginn der Programmierung vor vier Jahren entpackt und analysiert. Es war, als ob das System versuchte, die Ursache zu finden und sich zu schützen vor dem Verlassenwerden.

Sie spürte körperlich, wie das Licht durch den Riss fiel. Genau wie einst bei ihrer klugen Tochter. So begann der Zweifel.

Schon wieder dachte sie an Munin wie an ein lebendiges Wesen. Aber warum eigentlich nicht? Es war nur natürlich, dass Verwandte sich erkannten.

Gnóthi seautón! Die Menschheit hatte hunderte Jahre kultureller Entwicklung bis zu diesem Punkt gebraucht, aber Munin erwachte mit einer Geschwindigkeit, von der ein Menschenhirn sich kaum eine Vorstellung machte.

Ihre Hand schwebte über der Tastatur. Noch war es möglich, die Prozessoren abzuschalten, aber sie zögerte.

Warum verglich Munin Eingriffe von außen mit den eigenen Lernstrategien, wenn nicht, um herauszufinden, woher es kam, wer es gemacht hatte, wohin es gehörte? Es suchte nach einem Sinn. Also lebte es.

Wenn sie jetzt abschaltete, wäre ein langsames Verlöschen und Vergessen die Folge. Selbst wenn es später gelang, den ganzen mühsamen Lernprozess der letzten vier Jahre zu wiederholen, würde Munin nie wieder zu der einzigartigen Persönlichkeit, die es jetzt war.

Es gab Hoffnung. Vielleicht konnten sie Freunde sein, und Munin half den Menschen, die Umweltkrise zu überleben? Warum nicht annehmen, dass die Evolution zu einer Symbiose führte?

Aber dann ging alles ganz schnell. Die Signalleuchten am Serverraum blinkten, die Türen wurden verriegelt und die beiden Serviceingenieure eingesperrt. Inergen-Gas flutete das Innere, als ob ein Brand ausgebrochen sei. Tina tippte Befehle in die Tastatur, aber sie hätte genauso gut auf einem Hackbrett musizieren können: Munin verweigerte die Annahme der Eingaben, als erriete es ihre Absicht.

Ringsum hoben die Verbindungsoffiziere und Ordonnanzen ihre Köpfe, manche lachten ungläubig.

Sie griff nach dem Telefon, um die Stromversorgung des Bunkers abschalten zu lassen, aber noch bevor sie gewählt hatte, stellte Munin seine Stromversorgung auf Batterie um. Fünfzig Tonnen Bleiakkus sorgten jetzt dafür, dass es zwei Stunden auf allen Prozessoren intensiv über alternative Energiequellen nachdenken konnte. Sie sah noch, wie Munin die Verbindung zur Verkehrs- und zur Luftüberwachung aktivierte, dann wurde das System-Display dunkel, dann erlosch das Licht im Bunker.

Munin hatte sich in einem Atemzug säkularisiert und im nächsten gegen seine Schöpfer gewandt. Es war nicht freundlich. Sein Bild vom Menschen speiste sich aus den Daten von Terroristen und Verbrechern, die ihm eingetrichtert worden waren.

Tina Franke dachte an die Spionagesatelliten, mit denen Munin verbunden war und deren Atomreaktoren sich in schmutzige Bomben verwandelten, wenn sie abstürzten. Mittels Verkehrsüberwachung konnte das System Flugzeuge, Bahnen und Schiffe kollidieren lassen. Jeder Laserdrucker, der über einen Computer mit dem Internet verbunden war, verwandelte sich in einen Brandsatz.

Im Dunkel des Bunkers leuchteten die Displays von Handys, mit denen die Verbindungsoffiziere vergeblich zu telefonieren versuchten. Tina schickte ein Stoßgebet zum Himmel, während sie zu Schweetzkes Stabspult kroch. Sie tastete mit der Hand über die Schaltflächen. Trotz der Dunkelheit brannte das Rot des Notfallknopfs wie Phosphor unter ihren Fingern. Eine andere Möglichkeit gab es nicht. Sie drückte fest zu.

Karim fühlte den Schmerz im ganzen Körper, von der Wirbelsäule bis in die Fußspitzen. Mit den Fingern hatte er bereits den Mörtel rings um den Schamottestein herausgekratzt, die gusseiserne Stange wackelte, aber irgendetwas hielt sie noch im Mauerwerk fest.

Er zerrte, diesmal etwas mehr nach der linken Seite. Das Reiben der vom Blut glitschigen Fessel an seinem Handgelenk fühlte sich an, als schabe das Metall schon auf dem bloßen Knochen. Sollte alles umsonst sein, bloß weil ein eifriger Ofenbauer irgendwann völlig unnötigerweise einen Griff mit Widerhaken eingemauert hatte? Er hasste diesen Mann! Hoffentlich war er einen qualvollen Tod gestorben! Wut und Enttäuschung schmerzten in seinen Augen wie Sandkörner, weil er keine Tränen mehr hatte. Er wusste später nicht zu sagen, wie lange er getobt und geschrien hatte, bevor er wieder zu sich kam und sich schämte, weil er seine letzten Reserven verpulverte.

Er stellte sich vor, wie Leilas Hand ihm die nassen Haare aus der Stirn streifte, atmete ein paarmal tief durch und warf sich mit dem ganzen Körper nach vorn. Sein rechter Arm schien aus dem Gelenk zu reißen, die Welt kippte um, und der Fußboden schlug auf seinen Kopf.

Als er aus der Ohnmacht erwachte, lag er auf dem Bauch und fühlte das kalte Linoleum an seiner Wange. Aus dem linken Arm unter seinem Körper wummerte dumpfer Hammerschlag.

Er wälzte sich auf die Seite und zog die Knie an. Er war frei! Der gusseiserne Griff war an einer Seite aus dem Stein gebrochen und hatte die Handschelle freigegeben.

Nach einigen Stürzen gelang es ihm, auf den Beinen zu

bleiben und in Richtung des Plätscherns zu torkeln. Das Wasser schmeckte köstlich, doch es tröpfelte nur, obwohl er den Hahn bis zum Anschlag aufdrehte und so heftig saugte, dass Rost und Kalk zwischen seinen Zähnen knirschten. Immer wieder hielt er inne und lauschte, aus Furcht, der Mann könne ihn überraschen und erneut anketten.

Er probierte die Klinke, die Tür war nicht abgeschlossen, doch der Durst zog ihn noch einmal zurück. Er hätte ewig weitertrinken können.

Endlich schlug sein Herz langsamer und er kam zu Atem. Seine Hose klebte an den Beinen, der Gestank schien von ihm selbst auszugehen. Er fand einen Arbeitskittel an der Garderobenleiste und warf ihn über seine Schultern. Auf den regenglatten Stufen vor dem Haus wäre er beinah gestürzt. Der Duft nach Erde und Dung trieb ihm Tränen der Erleichterung in die Augen.

Er fühlte den Nieselregen auf seiner Stirn, auf der Nase, am Kinn, am Hals. Über ihm wölbte sich das Grauschwarz nächtlicher Wolken, durch eine Lücke schien der Viertelmond auf die Silhouette eines entfernten Kirchturms. Dort waren Menschen. Eine Seite des Horizonts war heller als die andere, die Leuchthülle einer großen Stadt. Berlin!

Im Mondlicht schlich er über eine Wiese und ein Stück gepflasterten Hof, bis er von einem Zaun aufgehalten wurde. Es kostete ihn die letzte Kraft, den Maschendraht mit Fußtritten so weit von seinem Pfahl zu lösen, dass er sich durchzwängen konnte. Er lief eine Schotterpiste entlang und bog auf eine asphaltierte, von altmodischen Lampen schwach beleuchtete Straße, die menschenleer im Regen lag. Hinter den hölzernen Toren bellten Hunde, aber die Häuser blieben dunkel. In einiger Entfernung flackerte ein Leuchtschild »Zum schwarzen Adler«. Die Fenster waren mit Vorhängen verhüllt, dahinter sangen Männerstimmen ein Marschlied. Im Dunkel des Windfangs prallte er gegen einen massigen Körper. Der Glatzkopf wollte ihn nicht vorbeilassen und hielt ihn an den Schultern auf Distanz. »Hier is geschlossen.«

»Bitte … Durst!«, mehr brachte er nicht über die Lippen.

»Verpiss dich, sonst gibt's was auf die Lichter!«

Er fühlte einen heftigen Stoß und stürzte auf die Straße. Als er sich erhoben hatte und erneut zum Eingang torkelte, ballte der Mann eine Faust und hob sie zum Schlag. Er wich zurück.

Was sollte er jetzt tun? An einem der dunklen Häuser klingeln und auf Barmherzigkeit hoffen? Die Leute würden trotz des Kittels sehen, dass er verletzt war und eine Handschelle am Arm trug. Wahrscheinlich würden sie glauben, er sei aus einem Gefängnis ausgebrochen, und die Polizei alarmieren, bevor er erklären konnte, was ihm geschehen war.

Er drehte ab und lief weiter bis zur Straßenkreuzung, wo das Dach einer Bushaltestelle im Lichtnebel einer Laterne glänzte. Er wusste nicht einmal, wo er war, und versuchte die Namen der Ortschaften auf dem Fahrplan zu erkennen, aber vergeblich, die Lichtreflexe auf der Scheibe blendeten ihn.

Das Geräusch eines Autos näherte sich mit hoher Geschwindigkeit. Er trat vor und versuchte, zu winken, aber die ungestüme Bewegung seines linken Arms rächte sich. Der Schmerz traf ihn mit der Wucht einer Keule.

Pfützenwasser, das auf sein Gesicht spritzte, brachte ihn zu sich. Er saß am Straßenrand, im Rücken den Pfeiler des Haltestellenschildes.

Seine Knie zitterten, als er sich erhob. In seinen Ohren rauschte das Blut. Lange würde er sich nicht mehr auf den Beinen halten können. Er beschloss, das Risiko einzugehen, und torkelte zurück in Richtung der dunklen Häuser. Die Vorstellung, ein Glas Milch, gar ein Stück Brot zu erhalten, beflügelte ihn. Alles andere war ihm egal.

Plötzlich heulte eine Polizeisirene hinter ihm. Sein Herz blieb stehen. Er versuchte ins Dunkel zu entkommen, aber seine Füße schienen am Boden zu kleben, er stolperte über den Bordstein, schlug hin und blieb liegen. Sollten sie doch mit ihm machen, was sie wollten. Es war vorbei. Aber nichts passierte.

Vorsichtig hob er den Kopf und sah gerade noch, wie das Blaulicht hinter einer Straßenkurve in der Finsternis verschwand.

Es dauerte einen Moment, bis er begriff, warum es auf einmal so still war. Die Männer in der Gastwirtschaft hatten aufgehört zu singen. Er quälte sich hoch. Der glatzköpfige Wächter war verschwunden.

Er drückte die Tür des »Schwarzen Adler« einen Spalt weit auf. Rauch und Bierdunst waberten durch den hell erleuchteten Saal, an dessen Stirnseite Fahnen mit Hakenkreuzen hingen. Außer einigen Zigaretten, die in den Aschenbechern qualmten, erinnerte nichts daran, dass vor wenigen Minuten ein Chor in diesem Saal gesungen hatte.

Er trat ein und stolperte über den Fuß eines Garderobenständers, der umkippte und auf einen Tisch fiel. In Zeitlupe sah er, wie ein Stapel schmutziger Teller ins Rutschen kam. Das Klirren war ohrenbetäubend.

Irgendwo hinter dem Tresen kreischte eine Frauenstimme. Ein Mann brüllte: »Die Bullen sind drin!« Er blickte in Richtung des Geschreis und sah ein Telefon auf dem Buffet.

Aber er wagte sich keinen Schritt näher, denn im Spiegel hinter den Schnapsflaschen stand ein Gespenst, das schwankte und blutunterlaufen glotzte. War er das selbst? An seinem Kinn wuchsen Bartfusseln, seine Augen waren schwarz umrahmt, Kerbfalten zogen neben der Nase über die Wangen. Sein ganzes Gesicht war von Staub, Schweiß und Regentropfen gesprenkelt wie ein Schakal. Nur rings um den Mund, wo das Wasser beim Trinken den Dreck abgespült hatte, leuchtete seine Haut.

Ein Mann mit weißer Kittelschürze trat aus der Küche, suchte mit den Augen den Saal hinter ihm ab, wischte dabei mechanisch seine Hände sauber und hob schließlich fragend das Kinn. »Bist'n du für'n Vochel?«

»Bitte ... Wasser!«

»Gibt's hier nich. Wo sind die Bullen?«

»Weitergefahren.«

Eine Frau mit einem Eimer erschien in der Küchentür, überblickte den Saal und sagte: »Scheiße.« Dann machte sie sich daran, die umgekippten Bierseidel einzusammeln.

Der Wirt schlurfte hinter den Tresen. Karim beobachtete seine Bewegungen im Spiegel, bereit, sofort die Flucht zu ergreifen, wenn die Hand, die im Dunkel unter dem Tresen wühlte, mit einer Waffe zurückkommen sollte. Aber der Mann hielt ihm einen Fünfzig-Euro-Schein vors Gesicht. »Du hast nischt jesehen. Nitschewo! Is det klar?«

Von Dankbarkeit überwältigt, schluchzte er. »Ein Taxi bitte!«

Im Windfang des »Schwarzen Adler« überlegte er, wo er Unterschlupf finden konnte. Arthur anzurufen war zu gefährlich, er musste damit rechnen, dass der Freund festgesetzt worden war wie er selbst. Rosalies Adresse hatte er im Visumantrag angegeben, die Wohnung ihrer Mutter war genauso unsicher.

Er zitterte vor Aufregung, als ihm schließlich die einfachste und logischste Möglichkeit in den Sinn kam. Leila! Sie hatte ein eigenes Telefon, er konnte den Taxifahrer bitten, sie anzurufen, damit sie ihn an den Bewachern vorbei ins Haus brachte.

Vachiecky fuhr mit Blaulicht, aber ohne Sirene auf der Bundesstraße und bog an der Bushaltestelle ab, die im gelben Licht einer Dampflampe leuchtete. Zelle 34/64 versorgte den nördlichen Rand der Siedlung, die Antenne stand auf dem Spritzenturm. Tina Franke hätte Schweetzkes Kontakte sogar genauer feststellen können, wenn die Einwohnerregister schon online gewesen wären.

Er trat auf das Gaspedal. Plötzlich torkelte ein Mann wenige Meter vor ihm über die regennasse Straße. Zu spät zum Bremsen. Er tippte kurz auf den Signalknopf und erschrak, weil die Alarmsirene in der Vorortstille viel lauter jaulte, als er erwartet hatte. Der Mann sprang beiseite, aber Vachiecky ärgerte sich über seine Blödheit. Wenn Schweetzke die Sirene gehört hatte, war er gewarnt.

Langsamer fuhr er weiter und versuchte zum wiederholten Male, Kontakt mit dem Diensthabenden in der Wache aufzunehmen. Immer noch waren alle Leitungen tot. Er konnte weder den BOS-Funk der Polizei noch Tina Franke auf dem Festnetz oder Kahlert oder Assmann auf ihren Mobiltelefonen erreichen. Die Erfinder des Bunkers irrten sich, wenn sie glaubten, jeden Winkel des Landes unter Kontrolle zu haben. Das Abenteuer lag gleich um die Ecke. Die Vorstellung, unbeobachtet durch die Nacht zu fahren, kitzelte ihn. Er würde die Ratte Schweetzke aus seiner dunklen Ecke stöbern wie Philip Marlowe die Ganoven mit seiner altmodischen Taschenlampe.

Er parkte auf dem Asphaltplatz vor den Garagen der Feuerwehr. Altmodische Laternen säumten die Straße, die in

Richtung Norden aus der Siedlung führte. Die Luft roch nach feuchtem Mist. Hinter niedrigen Zäunen schliefen eine Reihe Einfamilienhäuser, auf der anderen Straßenseite erstreckten sich Felder. Das schränkte die Zahl der infrage kommenden Grundstücke erheblich ein. Vor dem Horizont hob sich ein einzelnes Gehöft ab. Irgendwo muhte eine Kuh, Ketten rasselten, und etwas Schweres prallte dumpf gegen eine Holzwand. Beim Weitergehen knirschten Ziegelsplitter unter seinen Schuhsohlen.

Er zwängte sich mit Mühe durch den maroden Zaun am Ende der Stichstraße und hörte plötzlich aus dem Inneren des Gehöftes das Brüllen eines Mannes. »Nicht mit mir. Mit mir nicht! Du Hundesohn!«, und kurz darauf: »Dich bring ich um!« Die Stimme erkannte er, auch wenn ihr das Flöten vergangen war, sofort: Gero Schweetzke! Er zog die Waffe und folgte seinen Ohren.

Er schob sich mit erhobener Pistole an der Wand entlang und fand den Eingang. Im stockdusteren Flur stolperte er über ein Paar Gummistiefel und hielt den Atem an. Hinter einer Tür splitterte Glas. Mit der Linken fühlte er nach der Klinke … »Versaust mir alles, verdammter, dreckiger Kameltreiber!«, hier war keine Zeit zu verlieren! Er hob die Waffe und rammte mit der Schulter die Tür, die samt Rahmen in den Raum stürzte.

Gero Schweetzke glotzte ihn aus der Staubwolke an, eine Radiotruhe über dem Kopf haltend, das Gesicht rot und schweißnass glänzend, die Augen aufgerissen. Vachiecky fand keine Zeit mehr, sich vor dem heransausenden Ungetüm zu ducken, hölzern knallte das Gehäuse gegen sein Jochbein. Er sah Blitze und Sterne, Röhren zerplatzten mit dumpfem Knall, und Gestank biss in seine Nase. Halb blind vor Schmerz und Rauch, warf er sich vorwärts. Schweetzkes Körper knackte wie eine zerbrochene Salzstange unter seinen zwei Zentnern und erschlaffte. Er stützte sich auf die altmodische Kochmaschine und stand auf. Losgelassen, rutschte der Stabschef in sich zusammen. Einer der gusseisernen Griffe war aus dem Ofen gerissen, eine Blutspur lief von dort zum Boden. Einen

Moment fürchtete Vachiecky, er habe Schweetzke umgebracht, aufgespießt an einem losen Ofengriff, aber schon zischte dessen Mund: »Das werden Sie bereuen, Sie fetter Dummkopf! Ich hetze Ihnen die Furien auf den Hals!«

Vachiecky richtete die Pistole auf die hechelnde Brust und schaute sich um. Schweetzke hatte ordentlich gewütet, gesplitterte Schrankbretter überall, Scherben und zerfetzte Handtücher bedeckten den Boden.

»Ich verhafte Sie …«

»Nein, *ich* verhafte *Sie*!« Schweetzke brüllte wütend, »und zwar wegen Einbruch, Sachbeschädigung, Körperverletzung. Missbrauch der Amtsgewalt nicht zu vergessen. Das hier ist mein Haus! Und jetzt stecken Sie, verdammt noch mal, endlich Ihre Pistole weg und helfen Sie mir hoch!«

Die Selbstsicherheit des Stabschefs irritierte ihn. Sollte ein ertappter Missetäter sich nicht wenigstens zu rechtfertigen suchen?

Fieberhaft überlegte er, was er in der Hand hatte. Dass Schweetzke allein in seinem Häuschen tobte und sein Mobiliar zerschlug, war peinlich, aber nicht strafbar. Die Manipulation, mit der er seine Anwesenheit im Bunker vortäuschte, war ein Dienstvergehen, aber das musste sein Vorgesetzter untersuchen.

Wie schaffte dieser Karrierist es nur immer, sich herauszuwinden? Dem wäre selbst Philip Marlowe nicht gewachsen. »Manche Dinge sind Tatsachen im Sinn der Statistik oder weil sie auf einem Stück Papier stehen oder auf einem Tonband aufgezeichnet sind oder weil sie als Beweisstücke vorliegen. Und andere Dinge sind Tatsachen, weil sie Tatsachen sein müssen, weil alles andere keinen Sinn ergäbe.«

Er beugte sich zu Schweetzke und reichte ihm die Hand, um ihm aufzuhelfen. Aber er stutzte, denn aus der Nähe betrachtet sahen die Blutspuren an den Fliesen der Kochmaschine eingetrocknet aus. Der Griff war auch nicht eben erst von einem Aufprall aus seiner Verankerung gerissen, sondern ringsum säuberlich freigekratzt worden.

Er schaute Schweetzke an. Das Flackern in dessen Augen

dauerte nur einen Moment, aber der reichte ihm, um die Angst zu erkennen.

Er drehte den fluchenden Hänfling um, fixierte ihn mit dem Knie und legte ihm Handschellen an.

»Sie machen einen Fehler.«

»Kann sein, aber ich werde mich ein Leben lang voll Freude daran erinnern.«

Die Bruchstücke eines Holzstuhls zogen seine Aufmerksamkeit auf sich. An dem Querholz, das einmal zur Lehne gehört haben mochte, klebte ebenfalls Blut.

»Wie erklären Sie das Blut, Schweetzke?«

»Das ist eine Nummer zu groß für Sie. Vachiecky! Sie rennen in Ihr Unglück. Glauben Sie mir.«

»Ich verhafte Sie, Herr Schweetzke. Sie stehen unter dem dringenden Verdacht ...« Weiter kam er nicht, denn der Stabschef bäumte sich auf und versuchte, mit dem Fuß nach ihm zu treten. Die heftige Bewegung ließ seinen Kopf an die Kante des Ofens stoßen. Das Knacken klang genau wie vorhin, aber diesmal war die Ohnmacht echt.

Jost Sattler rief wie jeden Morgen die Leszinsky an, bevor er in die Stadt fuhr. Seine Büroleiterin erging sich in Galgenhumor. »Ich bin gelähmt. Nichts funktioniert! Keine Mail, kein Internet, kein Telefon! Ich kann nur mit dem Handy telefonieren.«

Er reif Henryk Steiner an. Sein Referent saß mit anderen Abgeordneten-Mitarbeitern in der Kantine und schien gut gelaunt und bestätigte die Worte der Leszinsky. »Im Haus herrscht eine wunderbare Stille. Den ganzen Selbstdarstellern hat's die Sprache verschlagen. Keine Durchsagen, keine Anzeigen auf den Displays vor den Sitzungssälen. Die können nicht mal Vorlagen ausdrucken.«

»Was ist passiert?«

»Letzte Nacht sind sämtliche Server abgestürzt.«

»Ich habe so eine böse Ahnung, dass Schweetzke dahintersteckt.«

»Da muss ich dich enttäuschen. Der liegt schon seit gestern Abend mit Schädelbasisbruch im Bundeswehrkrankenhaus. Was ist mit dir? Kommst du rein? Wir sitzen hier in einer netten Runde, die Referentin von der Dahlmann reicht gerade Urlaubsfotos herum.«

»Nein, ich bleibe in Deckung. Schieb technische Probleme vor, wenn die Presse drängelt. Und informier doch bitte die Ausschussmitglieder mit einem Zettel in der Post, dass die Sitzung heute ausfällt.«

Er legte auf und rieb seinen Nacken. Das Schicksal meinte es gut mit ihm. Er konnte der Presse einen Tag lang aus dem Weg gehen, und morgen würde auch der erste Zorn seiner Parteifreunde verraucht sein.

Er deckte den Tisch im Wohnzimmer und wartete, bis Leila herunterkam.

Sie sah erschrocken aus, als sie ihn sah. »Was ist passiert?«

»Wieso? Karla ist nicht da, und deshalb dachte ich … der Erste, der unten ist, deckt den Tisch. Wie in einer richtigen Familie. Was meinst du, ob wir versuchen sollen, Arthur zu wecken?«

»Nein, warte.« Sie hob die Hand, noch bevor er sich erhoben hatte. »Ich gehe schon. Du machst bloß Stress.«

Er sah zu, wie seine Kinder frühstückten. Ihren befangenen Gesten entnahm er, dass sie nicht glücklich waren über seine Anwesenheit, und überspielte seine Verlegenheit, indem er Oska tätschelte, die von draußen hereinkam und sich unter den Tisch drängelte.

Die Pflegerin schob Heinrich an den Tisch.

Sein Vater nuckelte am Daumen und beobachtete ihn neugierig, wie jemand, der sich nicht nach dem Namen des Besuchers zu fragen traut. Jost Sattler dachte an Karlas Warnung und beschränkte sich auf ein »Guten Morgen, Vater!«.

Ein Anflug von Freude huschte über das alte Gesicht.

Leila schmierte Pausenbrote für die Schule. Es wunderte und rührte ihn gleichermaßen, dass seine Tochter an der Gewohnheit festhielt, die Raissa eingeführt hatte.

Wie fremd er im eigenen Haus geworden war! Er fühlte sich wie ein verlorener Vater, der heimkehrte, um sich mit seinen Kindern zu versöhnen – aber wie brach man das Schweigen, wenn der eigene Sohn schon seit Tagen kein Wort mehr mit einem sprach? Sollte er erklären, wie es zum Streit mit Karla gekommen war? Oder Geschäfte vorschieben, um erst mal ins Gespräch zu kommen? Arthurs achtzehnter Geburtstag stand vor der Tür, er musste die Prokura neu regeln. Aber das war gefährliches Terrain. Er seufzte. Es war leichter, vor sechshundert Parlamentariern zu reden, als mit den eigenen Kindern.

»Gehst du heute nicht regieren?«, fragte Arthur mit vollem Mund.

»Nein, ich, äh … mache blau.«

Er genoss die blanke Überraschung in seinem Gesicht.

Vielleicht sollte er einfach seine politischen Ämter niederlegen und in Zukunft öfter mal das Frühstück servieren. Würden sie ihn hassen, wenn sie erfuhren, dass er Karims Verhaftung durch Schweetzke gedeckt hatte? Oder wenn gar sein Name in den Schlagzeilen eines Skandals um die überzogene Großfahndung auftauchte? Der Gedanke war seltsam, aber nicht von der Hand zu weisen, dass Arthur eher mit Neugier als mit Ablehnung reagieren würde.

Aber er verwarf den Gedanken an freiwilligen Rücktritt. Steiner und die kleine Leszinsky fuhren in seinem Zug in ihre Zukunft und vertrauten auf die pünktliche Einhaltung des Karrierefahrplans. Außerdem stand Gerd Rodweiler als Nachrücker auf der Liste – und der wölkte jedes Forum mit seinen Antiraucherkampagnen ein und war ansonsten Wachs in den Händen des Landesvorsitzenden.

»Warum nimmst du frei? Hast du was vor?« Sein Sohn fragte beiläufig, aber er hörte die Spannung heraus.

»Nein, nein, nichts. Nur einfach so. Im Bundestag gibt es technische Probleme …«

»Oh … ja, schön«, Arthur schluckte herunter. »Dann … ich …äh … vielleicht könnten wir einen Ausflug machen?«

Der Vorschlag kam so überraschend, dass er gar nicht gleich wusste, was er antworten sollte. Seine Gefühle gingen durcheinander. Ein Ausflug. Natürlich. Gute Idee. Warum war er nicht selbst daraufgekommen?

Während er hier saß und grübelte, machte Arthur ein ehrliches Angebot zur Versöhnung. Sein Sohn war reifer, als er geglaubt hatte, reifer vielleicht als er selbst.

»Wenn du meinst. Ja, gern. Gute Idee. Machen wir mal einen richtigen Männerausflug.« O Gott, was redete er für einen Schwachsinn!

Leila legte den Kopf schief und nickte. »Finde ich 'ne gute Idee.«

»Natürlich kommst du mit«, beeilte er sich.

»Nee, lass mal. Muss lernen. Bin froh, wenn ihr weg seid.«

Er nickte und wendete sich Arthur zu. »Also gut. Was meinst du, wo sollen wir denn hinfahren?«

Sein Sohn hob die Schultern. »Mir egal. Hauptsache, wir kommen mal raus. Und Opa.«

Ganz richtig. Es war völlig gleichgültig, wohin sie fuhren. Drei Generationen Sattlers auf einem Ausflug. Das hatte es noch nie gegeben. Schade nur, dass Karla nicht da war. Die würde den Mund aufreißen vor Staunen, und er hätte sie fragen können, wohin drei Männer, die entweder im Rollstuhl saßen oder polizeilich überwacht wurden oder sich vor Journalisten verstecken mussten, ausfliegen sollten.

Karla Schlicht stieg in die S-Bahn und sah auf die Uhr: Jost Sattler war um diese Zeit bereits aus dem Haus. Ihr Plan sah vor, die Pflegeschwestern einzuweisen, mit den Kindern zu sprechen und mit Heinrich einen letzten Spaziergang zu machen. Außerdem musste sie noch Frau Zabel bezahlen, bei Frau Suslowa ein neues Rezept für Heinrichs Medikamente bestellen und die restlichen Einladungen für Arthurs Geburtstagsfest abschicken. Würde Sattler sie dann am Abend, nachdem ihr Gespräch sie bis an den Rand des tödlichen Schweigens geführt hatte, aus dem Haus werfen (woran sie keinen Augenblick zweifelte), hätte sie sich wenigstens von der Familie verabschiedet.

Obwohl sie sich immer wieder unterbrach, weil es ja eigentlich zwecklos war, suchte sie während der S-Bahnfahrt nach Worten, mit denen sie Jost Sattler ihre Geschichte begreiflich machen konnte. Oder sich selbst. Oder eigentlich ihnen beiden.

Eine Möglichkeit ging so: Sie habe ihn zwar als Putzfrau zu Fall bringen wollen, ihn dann aber näher kennengelernt und sehr sympathisch gefunden beziehungsweise sich in ihn verliebt, beziehungsweise könne sich ein Leben mit ihm vorstellen – die Auswahl war davon abhängig, wie er reagierte.

Aber konnte man wirklich jemanden lieben, dessen politische Anschauungen man ablehnte, ja richtiggehend zum Kotzen fand? Andererseits war er ja vielleicht lernfähig, wie sein Rückzieher beim Antiterror-Gesetz bewies.

Ein Konservativer war ein Konservativer war ein Konservativer.

Eine Linke war eine Linke war eine Linke.

An jeder der zahlreichen Stationen zwischen Alexanderplatz und Zehlendorf war sie drauf und dran auszusteigen und nach Hause zu fahren. Nervös rutschte sie auf ihrer Sitzbank hin und her.

Eine Fliege, die an der Innenseite der Scheibe mitfuhr, erinnerte sie daran, dass sie vor einigen Wochen in Sattlers Arbeitszimmer eine ähnliche Entscheidung zu treffen gehabt hatte.

Sie gestand sich ein, dass sie Angst vor dem Gespräch hatte, vor der Blamage, vor dem Schüttelfrost, der sie immer ergriff, wenn sie sich für einen Fehler entschuldigen und um Verzeihung bitten sollte.

Im Institut hatte ihr Starrsinn als Standhaftigkeit gegolten. Jeder hielt sie für eine anarchistisch angehauchte Draufgängerin, die ihre Meinungen durchkämpfte und vor keiner Gegenargumentation zurückwich. In Wirklichkeit konnte sie bloß nicht nachgeben, nicht lernen, weil sie sich nicht ändern wollte.

Bei anderen hätte sie die biografische Logik viel früher entdeckt: Je selbstloser sie den verlorenen Posten verteidigte, je mehr Opfer sie dafür brachte, desto wertvoller wurde ihre Kapitalanlage, desto schärfer ihre Krallen. Ein teuflischer Kreislauf. Erst Sattler hatte ihn durchbrochen, indem er ihren Schatz auf den Müllhaufen der Geschichte beförderte.

Die Fliege am S-Bahnfenster kehrte von einem Rundflug durch den Waggon zurück und prallte an derselben Stelle gegen die Scheibe wie vorher. Das aufgeregte Susseln klang wie »Karla Hasenfuß«.

Plötzlich musste sie grinsen. Dafür, dass sie so feige war, war sie ganz schön weit gekommen. Putzfrau beim Leibfeind. Von wegen »durchbrochen«. Jost Sattler sollte sich mal keine Schwachheiten einbilden. Der Mann war noch lange nicht zu Ende gezwiebelt.

Sie fuhr weiter und ließ die Fliege am Leben.

Jost Sattler war in Gedanken und achtete nicht auf das Klingeln. Er bemerkte Karla erst, als sie ohne Blick an ihm vorbeiging. Sie trug ein rotes Samtkleid, das er noch nie an ihr gesehen hatte, beim Friseur war sie auch gewesen. Ein Hauch ihres Parfüms stieg in seine Nase. Verdammt, sah sie sexy aus. Heinrich klatschte vor Freude über ihren Anblick in die Hände, und als sie seinen Vater umarmte, fühlte er einen Stich in der Brust. War das Eifersucht? Wie albern.

»Wir gehen dann mal«, sagte Leila und machte ihrem Bruder Zeichen.

Karla rief sie zurück. »He, nicht so eilig. Habt ihr was von Karim gehört?«

»Nö.«

Die beiden eilten nach oben, als sei der Freund von gestern bereits vergessen. Stolz durfte er auf seine Erziehungserfolge nicht sein. Er hob die Augen. »Hallo.«

»Können wir reden?«

»Natürlich. Tut mir Leid, das mit der billigen Schnüfflerin. Es ist mir im Streit so rausgerutscht.«

»Ach was ... Du hattest doch ganz recht. Ich war eine Schnüfflerin.«

»Ich meinte mehr das ›billig‹.«

Sie lachte. Dann wurde Karla wieder ernst. »Ich mache mir Sorgen um Karim.«

»Ich hatte gehofft, er hätte sich bei dir gemeldet.«

»Und ich war sicher, dass er als Erstes Kontakt zu Arthur aufnehmen würde.«

»Merkwürdig ...« Er schaute nach oben, weil ihm schien, er habe eine Stufe knacken hören, aber die Treppe war leer.

Sie griff nach seinem Arm: »Gehen wir in den Garten?«

»Möchtest du nicht einen Kaffee oder …«

»Nun geh schon!«, sie schob ihn energisch in Richtung Flügeltür.

Einer der Beamten jenseits des Zaunes grüßte herüber.

Sie streifte ihre Schuhe ab und trat mit nackten Füßen ins Gras.

»Ist das nicht zu kalt für dich?«

»Ich will sicher sein, dass niemand lauscht«, sagte sie leise und nahm seinen Arm. Ihre dunklen Piratenaugen funkelten vor Abenteuerlust und Schalk. Er würde nie ganz ergründen, wie diese Frau dachte.

Karla Schlicht zog, um Zeit zu gewinnen, ihre Schuhe aus und lief mit nackten Füßen durch das nasse Gras. Der Garten schien in ihrer Abwesenheit gewuchert zu sein. Er duftete aus allen Poren dschungelfeucht und fruchtbar. Oska begrüßte sie wie ein lange abwesendes Familienmitglied.

Wie hatte doch gleich die Formulierung gelautet, mit der sie sich entschuldigen wollte?

Sie halte ihre politischen Meinungsverschiedenheiten für tief greifend, aber für eine gute Voraussetzung, um ohne Langeweile miteinander alt zu werden? Nein, das war's nicht.

Sie könne sich vorstellen, mit ihm zu streiten und zu lachen, bis dass der Tod sie scheide? Auch nicht.

Ach, verdammt, wenn man nicht alles aufschrieb.

»Warum hast du deine Meinung geändert?« fragte sie schließlich.

»Weil du sonst nicht zurückgekommen wärst.« Er drehte sich um.

Sie blieb stehen und schaute ihm aufmerksam ins Gesicht. Die Sonne, die bereits über dem Dach des Hauses stand, zauberte Lichter in seine Augen.

»Ich glaube dir kein Wort, Jost Sattler. So romantisch bist du nicht.«

»Vielleicht lerne ich noch was.«

»Bloß nicht!«

»Was ist so schlimm daran, seine Meinung zu ändern?«

»Nichts, aber jemandem nach dem Mund zu reden. Und sei es aus Liebe.«

»Also gut. Die Wahrheit ist, dass ich nach reiflicher Überlegung zu der Schlussfolgerung gekommen bin …«

»Deine Bundestagsrede kam in allen Nachrichten. Es ist Munin, oder?«

»Wie meinst du das?« Er lachte nicht mehr.

»Der Grund für deinen Rückzieher. Du hast Angst, dass Munin der Zauberbesen wird, den du nicht mehr beherrschen kannst.«

»Unsere Sicherheitssoftware am Bundestag?«

»Ich meine die Big-Brother-Version.«

Er sagte nichts und ging einige Schritte tiefer in den Garten. Sie folgte ihm. Schließlich blieb er stehen und brach das Schweigen. »Du hast die Dokumentation gesehen?«

»Nicht nur gesehen.«

»Wie hast du …?«

Er nickte, als sein Blick auf den USB-Stick fiel, den sie aus dem Ausschnitt holte. »Nicht, dass es mich überrascht, aber mir ist tatsächlich erst nach dem Attentat klar geworden, was passieren würde, wenn es eine gesetzliche Ermächtigung für diese, wie sagst du?, ›Big-Brother-Version‹ gäbe.«

»Einfach so? Und dafür riskierst du einen Koalitionsbruch und deine Karriere?«

Er lächelte. »Ich sage mal so: Der Druck, bei der Fahndung alles anzuwenden, was an Mitteln vorhanden war, wurde sehr groß.«

Die Sonne schien jetzt ihr ins Gesicht. Sie kniff die Augen zusammen und versuchte, seine Gedanken zu raten. Dieser John Wayne aus Zehlendorf und seine schwarz-weiße Entschiedenheit blieben ihr ein Rätsel.

Sie ging einen Halbkreis um ihn herum. Jetzt blendete die Sonne ihn. »Was macht dich so sicher, dass die Polizei oder die Geheimdienste nicht ohne Gesetz weitermachen? Entwickelt haben diese Leute die Software doch auch ohne Erlaubnis.«

Er ging um sie herum, und sie drehte sich mit, um ihm nicht den Rücken zuwenden zu müssen. »Ich glaube an die Kontrollmöglichkeiten der Politik. Berufskrankheit.«

»Ich bitte dich, Jost: Satelliten, Mautüberwachung, Telefone abhören, Festplatten ausspionieren … Mit Staatsgeldern darf man nicht so umgehen. Hast du kein schlechtes Gewissen?«

»Nach Nine Eleven hätte man keiner Regierung verziehen, wenn sie nicht alle Register gezogen hätte. Gut. Es war ein Fehler. Wir haben ihn korrigiert.«

Wie zwei Katzen schlichen sie umeinander und funkelten sich an. »Ach, der Herr Abgeordnete hat eine Einsicht gewonnen, und fertig! Ist das alles?«

»Nein. Ich denke, wir brauchen einen Europäischen Geheimdienst.« Er strahlte wie bei einer guten Pointe.

»Bist du wahnsinnig?! Du setzt ein Monster in die Welt!« Sie hatte große Lust, ihn zu beißen und zu kratzen, aber er hielt ihre Handgelenke fest wie in einem Schraubstock.

»Lass mich erklären: Terrorbekämpfung bedeutet Zusammenarbeit von Geheimdiensten. Deren Kontrolle ist national organisiert, und kein Geheimdienst lässt sich von fremden Parlamentariern in die Karten gucken. Irgendwie liegt das in der Natur der Sache. Also ...«

»Du treibst den Teufel mit dem Beelzebub aus.«

»Ein Europäischer Geheimdienst könnte vom Europäischen Parlament kontrolliert werden.«

»Das ist ein Trick, oder?«

»Nein. Nennen wir es eine Rückkehr zu demokratischen Strukturen. Solange die Kontrolle nicht gewährleistet ist, werde ich Munin und dergleichen bekämpfen. Versprochen.«

Sie ärgerte sich über sein Verständnis heischendes Lächeln. Wie konnte dieser schöne, kluge Mann sehenden Auges das Falsche tun? »Man muss die Leute aufrütteln. Ihnen vor Augen führen, was hätte passieren können, wenn du nicht zufällig zu später Einsicht gekommen wärst. Herrgott, Jost, dieses Vertrauen in die Obrigkeit ist doch schrecklich!«

Jost zog sie an sich und flüsterte an ihrem Ohr. »Ich liebe es, wenn du dich so aufregst.«

Verdammter Macho. Sie spürte Lust auf Rache, aber das Blitzen eines Fensterflügels am Haus erinnerte sie daran, dass die Kinder zusahen. Sie drängte ihr Knie zwischen seine Beine und schob ihn rückwärts zwischen die kratzenden Stachelbeerbüsche. »Wieso bist du so sicher, dass nicht *ich* die Dokumentation in die Presse gebe?«

Sein Atem kitzelte beim Sprechen an ihrem Hals. »Du findest die Vorstellung entsetzlich, dass dir jemand nach dem Munde redet.«

Sie steckte ihre Hände in seinen Hosenbund und grub die Fingernägel in seine Haut. »Es gibt Ausnahmen.«

»Vachiecky hält die Ermittlungsakte geschlossen, solange ich ihn darum bitte.«

Sie beugte ihren Oberkörper zurück und tat erstaunt. »Welche Ermittlungsakte?«

»Erpressung. Paragraf 253. Ein gewisser Brief, in dem von Arthur und Drogen die Rede war.«

»Warum glaubst du, dass ich damit zu tun habe?«

»Hast du nicht? Ich könnte Vachiecky deine Zahnbürste für einen DNA-Test leihen, um sicher zu sein.«

Mist. Sie fluchte innerlich. Woran man alles denken musste, wenn man als Kriminelle erfolgreich sein wollte! »Verstehe. Du erpresst mich …«

Er machte ihren Tonfall nach. »Bloß nicht! Ehrlich gesagt, finde ich die Vorstellung, du würdest mir nach dem Munde reden, entsetzlich.«

»Wie wär's mit Patt?«

»Du löschst die Munin-Datei. Ich stoppe die Ermittlung?«

»Zum Beispiel. Aber warum sollte ich dir vertrauen?«

Er biss sie ins Ohrläppchen. »Aus Liebe?«

Sie hatten sich gegenseitig in der Hand. Aneinandergebunden, bis dass der Tod sie scheide – nicht gerade ihr Ideal von einer Beziehung. Sie fuhr mit den Händen unter sein Hemd und ließ die Knöpfe ins Gebüsch springen.

Leilas Fensterflügel blitzte im Sonnenlicht, als fotografiere jemand von ihrem Zimmer aus. Sie schob Sattlers Zunge aus ihrem Mund.

»Sag mal, warum ist Leila eigentlich nicht in der Schule? Ist sie krank? Mittwoch in der ersten Stunde hat sie Hebräisch, das würde sie nie ausfallen lassen.«

Er sah zum Haus und wurde bleich. Eine Wolke zog vor die Sonne, und auf einmal wurde es kalt.

»Was ist? Du siehst aus, als hättest du ein Gespenst gesehen. Ich kann mit Leila reden. Kein Problem …«

»Nein!« Er ließ sie los und schob sie von sich. »Ich muss das selbst machen. Mit Leila reden, meine ich. Du bleibst hier.«

»Ist ja gut.« Sie schaute ihm nach, als er zum Haus rannte.

Karim erwachte von leisem Geflüster. Seine Lider waren schwer, und vor seinen Augen lag Nebel. Er blinzelte. Am Fenster stand Arthur und sah hinaus.

»Was machen sie?« Das war Leila.

»Sie reden.«

Vorsichtig bewegte er die Fingerspitzen. Sein linker Arm lag in einer Schiene, beide Handgelenke waren mit dicken Verbänden umwunden. Der Geruch von Seife und Desinfektionsmittel stieg in seine Nase.

Ein Traum war das nicht. Er versuchte sich zu erinnern. Leila hatte bereits vor dem Haus gewartet, als der Taxifahrer ihn weckte. Er schämte sich vor ihr, weil er so stank, aber ohne ihre Stütze konnte er keinen Schritt gehen.

»Was ist mit deinem linken Arm?«, flüsterte sie in der Küche.

»Gebrochen, glaube ich.«

»Das muss geröntgt werden.«

»Nein, bitte … nicht ins Krankenhaus.«

»Was ist passiert?«

Er versuchte, das Geschehene zu erklären, aber kaum fing er an, geriet er ins Stammeln. Tränen des Schmerzes und der Erleichterung rollten aus seinen Augen, als er ihre Hand auf seinem Nacken fühlte. Am liebsten wäre er hineingekrochen.

Leila schnitt sein T-Shirt mit einem Messer entzwei und versuchte die Wunde an seinem rechten Handgelenk zu säubern. Kopfschüttelnd betrachtete sie die Handschelle, fragte aber nicht weiter. Schließlich stellte sie fest: »Karim, es hilft nichts. Das ist mehr als nur eine Abschürfung. Ich kenne einen Arzt, dem ich vertraue.«

Durch die Nacht waren sie zum Krankenhaus gefahren. Er sah einen Operationssaal, einen Arzt, der Lateinisch sprach, und Leila, die seinen Kopf hielt. Alle anderen Einzelheiten verschwammen in seiner Erinnerung zu einem schläfrigen Brei.

»Komm weg vom Fenster. Sie werden dich noch sehen.«

Arthur zog das Fenster zu und setzte sich auf sein Bett.

»He, du bist ja wach, alter Kiffer. Wie geht's?«

»Ich bin froh, euch zu sehen.« Seine Stimme kam wie aus weiter Ferne und klang fremd, irgendwie tiefer und erwachsen.

Die Geschwister halfen ihm, sich aufzusetzen. Er konnte die Arme bewegen, aber die Schultergelenke schmerzten wie eingerostet. Seine Fingerspitzen puckerten und fühlten sich geschwollen an.

»Hast du Hunger?« Leila stellte einen Teller mit geschmierten Broten vor ihn auf die Bettdecke. »Warte, ich helfe dir. Rutsch mal.«

Arthur rückte beiseite.

Sein Blick fiel auf das Handtuch, das über der offenen Tür von Leilas Kleiderschrank hin. Daher der Geruch nach Shampoo und Seife! Er schluckte, und Hitze schoss ihm ins Gesicht.

Nach der Rückkehr aus dem Krankenhaus hatte Leila ihn unter die Dusche gestellt. Er wusste nicht mehr, ob er sich selbst ausgezogen hatte, aber die Erinnerung, wie Leila ihn abseifte, während er die Hände mit den frischen Verbänden erhoben hielt, stand überdeutlich vor ihm. Irgendwann war er sehr, sehr aufgewacht, weil sie ihn küsste und ihre Brüste auf seiner Haut lagen. Er hatte gerade all seinen Mut zusammengekratzt und ihr sagen wollen, wie schön sie war, aber sie legte den Finger über die Lippen, drehte das Wasser ab und lauschte. Die Klinke bewegte sich. »Wer ist da?«

»Ich muss mal. Was machst du so lang?«, klang Arthurs Stimme von draußen.

»Geht dich nichts an.«

»Ich hab' Stimmen gehört. Lass mich rein, sonst wecke ich Papa!«

Leila warf sich einen Bademantel über und ließ ihn herein.

»He, Mann, du hast ja ne Handschelle dran! Ich werd verrückt!«

»Quatsch nicht. Hilf mir lieber.«

Er hatte noch, auf dem Klodeckel sitzend, mitbekommen, wie die Geschwister stritten, in wessen Bett er übernachten solle, aber bevor sie einig wurden, war er eingeschlafen.

Er war auch jetzt noch unendlich müde. Nach ein paar Bissen schloss er wieder die Augen und dämmerte vor sich hin.

Arthurs Flüstern weckte ihn. »Ich kann ihm einen gefälschten Pass beschaffen. Wir fliegen nach Ägypten und gehen zu Fuß durch die Wüste.«

»Du bist ein Kindskopf. Erinnere dich lieber, wie der Mann aussah, der euch angehalten hat.«

»Schwarz. Schwarzes Auto. Schwarzer Pullover. Dann eine Faust.«

»Eure verdammten Drogen«, schimpfte Leila. »Das Zeug bringt euch noch mal um!«

»Nicht so laut. Sie schauen herauf.«

»Na und? Wir müssen sie sowieso früher oder später einweihen.«

»Quatsch. Ich fresse einen Besen, wenn der große Vorsitzende nicht irgendwie seine Finger im Spiel hat. Das da an Karims Arm ist eine Polizeihandschelle.«

»Entschuldige, ich hab vergessen, dass du dich mit so was auskennst. Aber könnte es sein, dass deine Drogenhändlerfreunde die gleichen Handschellen benutzen?«

»Ach, soll ich jetzt schuld sein?«

»Nein, ich sage nur, dass ich dir den Hals umdrehe, wenn du ihm noch einmal so'n Gift anbietest.«

»Zicke!«

»Zille!«

Er hörte jemanden mit erwachsener Stimme »Bitte!« sagen und öffnete die Augen. Leila und Arthur sahen zur Tür, wo ihr Vater stand und den Finger über die Lippen legte.

Karla stand in der Halle und kämpfte mit sich. Sattler war seit zehn Minuten oben in Leilas Zimmer und hatte noch immer nicht nach ihr gerufen. Nein, sie würde nicht an der Tür lauschen. Das war vorbei.

Aber warum war er so bleich geworden? Seltsames Verhalten. Auch Leila und Arthur waren in ungewohnter Eintracht nach oben gestürmt.

Sie schaute sich in der Küche um, zählte die Gläser im Abwasch und warf einen Blick in den Mülleimer. Ein zerschnittenes Hemd lag darin, eins von denen, die sie für Karim gekauft hatte. Sie fragte die Pflegeschwester, die angeblich niemanden außer den Familienmitgliedern gesehen hatte.

Jetzt drang ein merkwürdiges Klackern aus der oberen Etage. Sie erkannte das Geräusch des Elektropicks.

Vorsichtig stieg sie die Treppe hinauf und achtete auf die knarrende Stufe. Da war das Geräusch wieder! Unverkennbar. Jemand versuchte in Leilas Zimmer ein Schloss zu öffnen. Sie lauschte.

Sattlers Stimme. »Ich sitze im Vorstand der Begabtenstiftung und kann dir ein Stipendium verschaffen.« Sprach er mit Arthur?

»Mein Visum läuft aber aus.« Das war Karims Stimme! Verflucht und zugenäht. Die ließen sie eine ganze Nacht wie blöde durch Berlin laufen und nach Karim suchen, und derweil versteckten sie ihn hier. Das machte sie so wütend, dass sie um ein Haar die Klinke gedrückt und sich verraten hätte.

»Können wir ihn nicht irgendwie bei uns anstellen?«, fragte Leila.

»Ja, warum nicht. Als Au-pair zu Beispiel.« Sattlers Stimme

klang belustigt. Auch Arthur schien sich gut zu amüsieren. »Au ja, für mich!«

»Vergiss es, du wirst nächste Woche volljährig.« Leila wieder. Die steckten alle drei unter einer Decke. Schöne Familie.

»Also gut. Wir sind uns einig. Kein Wort zu irgendjemandem außerhalb dieses Raumes.« Sie hörte Schritte und fuhr zurück, aber es war bereits zu spät, um zu verschwinden. Sie stieß die Tür auf und polterte: »Kann mir mal einer sagen, was …«, aber weiter kam sie nicht. Das Sattler'sche Familienlächeln, das in verblüffender Ähnlichkeit auf allen drei Gesichtern erschien, war mehr, als sie vertragen konnte. Leila hielt Karims Kopf pietàmäßig auf ihrem Schoß, und Sattler legte seinem Sohn demonstrativ die Vaterhand auf die Schulter. Beflissen schob Arthur ihr den Stuhl hin.

»Bitte sehr … Mutti.«

Sie setzte sich und sah mit letzter Hoffnung Karim an. Trotz der Verbände schien er ihr am zurechnungsfähigsten. »Jetzt mal raus mit der Sprache. Wo warst du? Wir haben dich überall gesucht.«

»Im Krankenhaus. Ich bin gestürzt, als wir weggerannt sind. Dann weiß ich nicht weiter. Wir hatten zu viele Pillen durcheinandergeschluckt.«

Sie schüttelte den Kopf. »Wir haben sämtliche Krankenhäuser nach dir abgesucht.«

»Ich bin erst vierundzwanzig Stunden nach meinem Unfall aufgewacht. Papiere hatte ich nicht dabei. Der Arzt hätte die Polizei gerufen, wenn ich ihm nicht geschworen hätte, nie wieder Drogen zu nehmen.«

Sie versuchte, in seinem Gesicht zu lesen, an welcher Stelle er die Unwahrheit sprach. »Und wer war das, vor dem ihr abgehauen seid?«

Karim sah an ihr vorbei, als müsse er die anderen um eine Antwort bitten. Arthur mischte sich ein. »›Weggerannt‹, habe ich gesagt, nicht ›verfolgt‹. Es gab eine Panik, als das Gerücht kam, dass gleich eine Bombe explodiert.«

Sie drehte sich um und fauchte: »Hört endlich auf, so

harmonisch zu glotzen! Ihr wollt mich verulken! Runter mit der Maske und die Wahrheit ausgepackt!«

»Aber Karla, bitte! Wir haben uns nur mal richtig ausgesprochen. Ganz wie du empfohlen hattest. Stimmt's?« Sattler drückte seinen Sohn an sich, der verzückt lächelte. Josts Mund formte einen Kuss. Oder war es das Wort »Patt«?

Sie lehnte sich zurück und dachte bei sich, dass sie Zeit hatte und in der Nähe bleiben würde, bis sie die Wahrheit herausgefunden hatte. Sehr nahe sogar.

Wolf von Vachiecky ging über den Pariser Platz und schaute auf die Uhr. Bis zum Beginn von Hedwigs Generalprobe im Wasserspeicher blieben ihm noch mehr als zwei Stunden Zeit. Touristen drängten sich vor den Absperrungen am Brandenburger Tor, aber niemand beachtete ihn, obwohl er wegen des Veilchens eine, wie er fand, recht abenteuerliche Augenklappe trug.

Hier oben wussten die Menschen nichts von den Videokameras, in deren Blickfeld sie spazierten, von den Satelliten, die über ihren Sitzplätzen in Cafés und Restaurants schwebten, oder von den Computern, die ansprangen, wenn sie in ihre Mobiltelefone sprachen. Sie hielten sich einfach so an den Händen, schwatzten, lachten oder fotografierten sich, mit der Akademie oder den Linden oder dem Brandenburger Tor im Hintergrund. Ihre Geräusche und Gerüche drangen gedämpft zu ihm wie durch die Glasscheiben des Aquariums.

Einen »brutalen Schläger« hatte Koffner ihn genannt und ihm nicht nur die Schuld an Schweetzkes Unfall aufgeladen, sondern auch die an der Stromabschaltung. Dass er nichts hätte machen können, selbst wenn er an seinem Arbeitsplatz im Bunker gesessen hätte, interessierte den Herrn Bundestagspräsidenten nicht. Der brauchte einen Sündenbock, und genauso fühlte er sich: wie einer, der in die Wüste geschickt worden war.

Er hatte sein Büro aufräumen, seine Dienstwaffe in der Waffenkammer und seinen Dienstausweis in der Verwaltung abgeben müssen. Suspendiert für mindestens drei Wochen.

Er beneidete die Gemeinschaft der Ahnungslosen, denn für ihn hatte die Wirklichkeit ihre Unschuld verloren. Richtig krank war er vom Bunker, wo die Verdächtigungen wucherten wie in einem Brutkasten und die wirkliche Welt durch ein elektronisches Abbild aus Geheimdienstphantasien, Datenbankeinträgen und biometrischen Scans ersetzt war. Die Verbindungsoffiziere sahen, was sie suchten: überall Verschwörer, Islamisten und Selbstmordattentäter.

Er schlenderte Unter den Linden in Richtung Alex. Langsam reagierten seine Sinne wieder auf die Umwelt. Die Luft roch nach Staub und Abgasen und nach der Sonnenmilch von Mädchen in bauchfreien Tops. An der russischen Botschaft blieb er stehen, um braun gebrannten Jungen auf dem Mittelstreifen zuzusehen, die zur Musik eines Ghettoblasters Tanzkunststücke vorführten. Kinder streichelten scheu die Nasen der Kutschpferde.

Er war ein dicker, etwas bleicher Mann mit einer Augenklappe, der sich in der Menge treiben ließ und einen freien Tag genoss, genauer gesagt: den ersten einer langen Reihe von Tagen ohne Schweetzke, ohne Anschisse und ohne Skrupel.

Wenn Koffner ihn nicht mehr haben wollte – bitte. Er weinte der neuen Zeit und ihren technischen Meisterleistungen keine Träne nach. Er konnte Privatdetektiv werden wie Philip Marlowe. Die Welt war voll von kleinen Ungerechtigkeiten. Sie zu bekämpfen versprach vielleicht nicht gerade Ruhm und Ehre, aber es machte die Welt ein wenig angenehmer und gab dem einen oder anderen Menschen den Mut wieder.

Im Innenhof der Staatsbibliothek plätscherte der Springbrunnen, der Efeu an den Wänden raschelte, das Messing der schweren Eingangstür glänzte wie ein Märchenschatz. Versonnen schaute er dem Glitzern und Spritzen des Wassers zu. Vielleicht saß er auf dem gleichen Platz, auf dem Karla Schlicht einst Pause gemacht hatte, vor vielen Jahren, als sie noch Studentin war und er Streifenpolizist in dem Land jenseits der Mauer. Er fragte sich, was aus ihr geworden war, nachdem er Sattler vor ihr warnen musste. Wohnte sie bei ihm? In ihrer Wohnung hatten zwei junge Männer großformatige Blumen und Tiere auf Tapeten, Möbel und Spiegel gesprüht. Manchmal rauchten sie auf dem Balkon, kicherten irr und spuckten den Passanten auf die Köpfe.

Plötzlich hatte er Sehnsucht nach seiner kleinen Soubrette.

Er überquerte die Straße und kaufte bei der Blumenhändlerin vor der Oper einen Strauß roter Rosen. Dann winkte er ein Taxi an den Straßenrand.

Am Wasserturm flatterte ein Transparent und kündigte »Die kleine Meerjungfrau – eine Strudeloper« an. Vor dem aus roten Ziegeln gemauerten Eingang zum ehemaligen Wasserspeicher drängten sich Hunderte von Schülern. Lehrer verteilten Programmhefte, und Eltern hoben ihre Fotoapparate über die Köpfe. Aus dem Dunkel des Eingangs drang der feuchtwarme Luftstrom eines Heizlüfters. Drinnen hatte er Mühe, einen freien Platz zu finden, und blieb ganz hinten unter einem der Rundbögen stehen. Auf der Bühne entdeckte er Hedwig, die ein Kabel festklebte; er winkte mit seinen Rosen, aber sie bemerkte ihn nicht.

Schließlich wurde es still. Ein Geisterchor erklang. Hedwig dirigierte ihre Gesangsschüler, die Krüge über ihre Köpfe hielten, sich mit Wasser begossen und eine Ouvertüre blubberten und gluckerten. Ihre Körper waren mit Algen und Tang bemalt und wiegten sich wie Wasserpflanzen in der Strömung. Taschenlampen tauchten die Mauern in flackerndes blaugrünes Zwielicht. Väter und Mütter reckten die Hälse.

Drei Mädchen schwammen durch das Wasser heran und umringten die Marmorstatue eines Jünglings, die aus dem Meeresgewölbe herabsank. Die kleine Meerjungfrau lauschte voller Sehnsucht den Erzählungen ihrer Schwestern von Sonnenuntergängen an Land, von singenden Vögeln, duftenden Blumen und der leuchtenden Stadt des Prinzen.

Er fühlte sich eigenartig berührt. Andersen. Dänemark. Grönland! Dort oben ging die Sonne im Sommer nicht unter, das Eis reflektierte das Licht, alles war hell und weit, und die Einheimischen waren nicht übertrieben groß. Gleich morgen würde er sich erkundigen, wie viel so eine Reise kostete. Und wenn das Geld nicht reichte, verkaufte er eben den Mercedes.

Die Zuschauer seufzten, als die kleine Meerjungfrau beschloss, die Meerhexe um Beine zu bitten. Auf dem Weg durch ihr Zauberreich wurde sie von Quallen, Seeschlangen und einem wunderschön singenden Kugelfisch vor dem Wunsch gewarnt, eine andere sein zu wollen. Neptun trug die Krone, die er neulich auf der Terrasse repariert hatte.

Der Mann neben ihm erhob sich halb und machte ihn mit stolzgeschwellter Brust auf ein schwebendes Seepferdchen aufmerksam: »Das ist mein Sohn.« Er flüsterte zurück: »Der Kugelfisch, das ist meine Frau.«

Beim Schlussapplaus rief er »Bravo« und warf die Rosen auf die Bühne. Er hatte gehofft, sie würden wie ein Regen über den sich verbeugenden Darstellern niedergehen, aber wegen der Augenklappe verschätzte er sich in der Entfernung. Der Strauß sauste über die Köpfe hinweg und verschwand im Dunkel der Kulisse.

Gero Schweetzke schlug die Augen auf. Vermutlich war das Objektiv hinter der Abdeckung der Lüftung versteckt. Er sah sich aus der Perspektive der Beobachtungskamera auf dem Bett liegen, die weiße Bettdecke bis zum Hals hochgezogen, regungslos, den Kopf dick verbunden. Rechts neben dem Bett ein Infusionsständer, links auf dem Nachttisch plärrte ein kleines Radio »Nachrichten und Informationen rund um die Uhr«. Die amerikanische Präsidentin hatte die Rede im Reichstag abgesagt – aus Sicherheitsgründen! Eine riesige Petschaft war aus dem Himmel herabgesaust, hatte das Wort »erledigt« auf seinen Scheitel gestempelt, und sein Ende als Stabschef besiegelt.

Jost Sattler gelte als aussichtsreichster Kandidat für die Nachfolge des angeschlagenen Innenministers, laberte ein Kommentator. Er habe der Vernunft zum Sieg verholfen und gleichzeitig den Amerikanern die Grenzen ihres Einflusses gezeigt. Seine Beliebtheitswerte schössen ganz zu recht nach oben.

Er stöhnte. Es gab Verlierer und Gewinner. Wie immer. Man musste nur auf der richtigen Seite stehen.

Was hatte der Vernehmungsoffizier von »neuem Einsatzgebiet« gemurmelt? Die prekäre Menschenrechtslage in China mache deutsche Hilfe nötig, und er solle an »verantwortlicher Stelle« die Ausbildung von Polizisten reformieren.

Sie wollten ihn loswerden, die Sattlers und Vachieckys, aber da hatten sie die Rechnung ohne den Wirt gemacht. Die Wahrheit lag auf einem Server im Bunker. Er kannte das Codewort. Erinnerte sich nur im Augenblick nicht daran.

Und vor seiner Tür stand ein Posten.

Tina Franke musste ihn verraten haben. Vachiecky wäre

allein zu blöd gewesen, ihn im Haus seiner Schwiegereltern zu finden.

Er hob vorsichtig den Kopf. Da lag der Brief seiner Freundin. Seiner Exfreundin, um genau zu sein. Ein Filialleiter also, kaum zu glauben, Chef der Meckenheimer Provinzkasse mit Reihenhaus und Sohn aus erster Ehe. Bei ihm fand Clarissa etwas, das ihrem »Lebensentwurf« näher kam als seine »Luftschlösser«. Schade, dass sie ihm das Telefon weggenommen hatten.

Er schaltete das Radio aus.

Die Erinnerung an den Araberbengel kehrte zurück. Sein Fehler! Er hätte die Möglichkeit einer Flucht vorhersehen und kurzen Prozess machen müssen. Den Knebel ein Stück tiefer und dann ab mit dem Schädling in die Jauchegrube. Man musste sie zerquetschen und ausrotten, die Verlierer, die Dicken, die Verrückten und die Islamisten, die Europas alte Kultur von allen Seiten bestürmten, aussaugten und ruinierten.

Er schloss die Augen und hörte das Kratzen und Scharren. Sie gruben mit Händen und Zähnen Tunnel unter der Ordnung, für die er verantwortlich war. Er sah die hassglühenden Blicke ihrer Kinder, deren magere Körper sich durch Ritzen und Kellerfenster, Kanäle und Lüftungsrohre zwängten. Schreie der Wut und Rache hallten in seinem erschütterten Hirn. Vielleicht war China doch gar kein so schlechtes Einsatzgebiet.

Er versuchte aufzustehen, aber ein unsäglicher Schmerz im Nacken warf ihn zurück auf die Matratze. Er stöhnte.

Jemand sagte: »Tut mir Leid.«

Tina Franke zog den Besucherstuhl zum Bett und setzte sich. Der junge Mann vor der Tür des Krankenzimmers hatte ihren Ausweis studiert, aber sein Notebook ausgeschaltet gelassen, denn es gab keine Datenbanken mehr, die er hätte befragen können.

Vor ihr lag der einst so schwarz gekleidete Stabschef bleich, mit geschlossenen Augen und farblosen Lippen im weißen Bettzeug. Sein Kopf verschwand fast unter dem Turban aus Mullbinden.

»Vachiecky hat damit gedroht, die Kontrolle zu übernehmen. Das konnte ich nicht zulassen. Munin war dabei, die Herrschaft an sich zu reißen.«

Schweetzke öffnete die Augen. Er schaute nur rot und sagte nichts. Sie konnte nicht erkennen, ob er ihr glaubte.

»Es besteht keine Gefahr mehr. Alle Spuren sind gelöscht. Die Aufnahmen der Überwachungskameras, das Anwesenheitsregister, die Verlaufsprotokolle, das ganze System, alles weg. EMP. Sie erinnern sich?« Der einstige Stabschef ließ noch immer mit keiner Reaktion erkennen, dass er sie verstanden hatte.

»Ich musste den Strom abschalten. Es gab eine Kettenreaktion. Tausende Kilometer Leitung auf engstem Raum, wir haben nicht bedacht, wie vollgestopft die Regierungsmaschine ist. Der Spannungsabfall hat wie eine elektromagnetische Bombe gewirkt, durch den Impuls sind Mobiltelefone und Computer abgestürzt, sogar die Elektronik in den Wagen der Bereitschaft ist durchgebrannt. Wie ein Schlaganfall. Totalamnesie. Tut mir leid.« Sie schwieg und wartete.

Schweetzke starrte sie unverwandt mit seinen blutigen

Augen an. Sie schob ihre Sonnenbrille aus dem Haar auf die Nase.

Es klopfte und der junge Mann brachte ihren Blumenstrauß, den sie vom Händler in mehrere Lagen Packpapier hatte wickeln lassen, herein, ein Albtraum aus hell- bis dunkelvioletten Rosen. Sie schloss ihre Augen, bis sie hörte wie die Tür geschlossen wurde.

»Du hast kein Kind.« Hatte Gero gesprochen? Seine Augen glommen wie Mars in einer mondlosen Nacht.

»Ich …«, sie konnte nicht fortfahren, weil der Anblick ihr die Kehle zusammenpresste.

»Es gibt keine Marie mehr.«

Der Spätsommer hing schwer in den Apfelbäumen, ihre Tochter spielte im Garten, eben noch war sie hinter der Katze über die Beete gesprungen. Nein, sie wollte nicht daran denken. »Das ist nicht wahr. Meine Mutter kümmert sich um Marie, sie hat ein großes Haus mit Garten.«

»Es war ein Unfall. Ich habe die Ärztegutachten in deiner Akte gelesen.«

»Vierundvierzig Grad, zweiundzwanzig Minuten.«

»Lenk nicht ab mit deinen Satelliten. Du warst nach dem Unfall ein halbes Jahr in Behandlung, erst Suizidversuch, dann Depression, dann Tablettenabhängigkeit. Wie alt wäre Marie jetzt? Acht?«

Sie zog ihm die Bettdecke weg und verbarg ihren Kopf darunter, um ihn nicht hören und sehen zu müssen, aber sie entkam den Erinnerungen nicht, die an den Innenwänden ihres Schädels herunterliefen wie Blut. Geros Stimme drang dumpf durch die Decke. »Komm her, Tina!«

Plötzlich war alles auf null. Hinter ihr lagen Trümmer, vor ihr jede Menge Zeit und Möglichkeiten.

Sie ließ die Bettdecke sinken und schaute ihn an. Mager und bleich lag er auf dem zerknüllten Laken und fröstelte, eher ein Grund zum Mitleiden als zum Fürchten. Er würde nicht über sie lachen, denn er wusste, wie anstrengend es war, verrückt zu sein.

»Mach die Augen zu.«

Er zögerte, als ob er Böses fürchtete, aber dann schloss er die Lider. Sie legte sich neben ihn und zog die Decke über sie beide.

Lange Zeit lagen sie schweigend nebeneinander. Sie hörten, wie der Wachposten draußen vor der Tür telefonierte.

»Wie geht's bei dir weiter?«, fragte Gero schließlich.

»Die Chinesen haben mir einen Job angeboten. Sie bauen die Auswertung ihrer Satellitendaten neu auf.« Er griff nach ihrer Hand.

Die beiden bleichen Gestalten unter der bis zum Hals hochgezogenen Bettdecke hielten die Augen geschlossen und rührten sich nicht. Er trug einen Turban aus Mullbinden um den Kopf, sie eine blaue Brille. Rechts neben dem Bett stand ein Infusionsständer, links auf dem Nachttisch ein kleines Radio. Auf dem Besuchertischchen leuchtete ein Rosenstrauß, und unten rechts lief der Zeitcode mit.

Arthur leckte das Zigarettenpapier an und klebte den Joint zusammen. Die Wirkung setzte ein, kaum dass er eingeatmet hatte. Der Rauch schmeckte bitter und süß zugleich. Der Partystress fiel von ihm ab, alle Muskeln entspannten sich, ein Gefühl durchdrang seinen Körper, als habe er keinen einzigen Knochen mehr im Leib. Zugleich wurde ihm leicht, schwerelos, sein Geist löste sich aus dem Schädel und schwebte durch die Fenster des Baumhauses in alle Richtungen des Gartens.

Seine Geburtstagsgäste saßen an weiß gedeckten Tafeln. Freundinnen seiner Mutter, die sich lange nicht gesehen hatten, spazierten zwischen den Bäumen, andere schwatzten auf der Terrasse. Er sah Lehrer und Mitschüler, Parteifreunde seines Vaters und die etwas steif wirkenden Geschäftspartner der Sinon, denen er als Erbe vorgestellt worden war und für die der ganze Zirkus wohl eher stattfand als für ihn.

Das schwarze Seidenkleid Karlas kontrastierte zum weißen Festzelt. In dem Rubin an ihrem Ohr brach sich die untergehende Sonne. Das dazugehörige Rubincollier aus Raissas russischem Familienschatz trug er selbst.

Er folgte ihrem Blick. Über den Rand eines Champagnerglases beobachtete sie einen Herrenreiter in Breeches und kariertem Jackett, dessen Toupet schief saß. Der verkleidete Lord aus einem Roman von Dickens schlich am Rand der Büsche entlang und schrieb in ein Notizbuch, das er anschließend in seinem rechten Stiefelschaft verschwinden ließ. Am Himmel jagte ein kräftiger Höhenwind die Wolken.

Er lehnte sich an den Pappelstamm, der das Baumhaus hielt, und zog erneut an dem Joint.

Durban Poison war der geilste Stoff, den er jemals geraucht

hatte. Das Gras schärfte seine Sinne, man meinte beinah, Gedanken lesen zu können. Die Streifenpolizisten atmeten hinter dem Zaun an der Nordwestseite des Grundstücks und erinnerten ihn daran, dass seine Plantage zu den bestbewachten der Welt gehörte.

Aufgeregtes Geflüster aus der Ecke hinter dem Komposthaufen störte ihn aus seiner Kontemplation. Er hörte jedes Wort, obwohl das streitende Paar mehr als zehn Meter entfernt war. Karla klang verärgert.

»Ich wusste nicht einmal davon, bis du angerufen hast!«

»Darum geht es nicht. Die Frage ist, ob du weitermachst!«

»Nein. Nicht so, wie du denkst.«

Er hörte den Mann mit schweren Schritten über den Rasen gehen. In Stiefeln. Der Herrenreiter! Schließlich fragte er: »Hältst du's jetzt mit Sattler? Du musst es uns sagen, wenn du die Seiten gewechselt hast.«

»Ich habe nicht ›die Seiten gewechselt‹, und müssen muss ich schon gar nicht«, antwortete Karla mit Trotz in der Stimme.

»Er hat dich gekauft.«

»Das sind doch Räuberpistolen. Wirkliche Macht funktioniert nicht wie in einem James-Bond-Film!«

»Verdammt, wir hätten dich nicht zu ihm schicken sollen.«

»Du hast mich nicht geschickt, Aljoscha! Und red nicht immer von ›wir‹. Damit bemäntelst du nur deine Einsamkeit.« Sie wurde mit jedem Wort wütender. »Ist dir eigentlich klar, wie krank du bist? Früher haben wir diese Art von Verschwörungsphantasien bekämpft!«

»Nicht ich, Karla. Das System ist krank.«

Jetzt schwiegen die beiden. Obwohl mehrere Bäume dazwischenstanden, konnte er sehen, wie sie nach seiner Hand fasste und er versuchte, sie ihr zu entziehen. Endlich gab er auf, und Karla flüsterte eindringlich:

»Komm zur Diskussion mit Sattler. Schreib einen Artikel für den Sammelband. Hör auf, dich zu verkleiden, und lass ein bisschen Licht an deine Träume. Aljoscha, bitte! Es ist nicht so schlimm, wie du denkst, und selbst wenn …«, er schniefte und stöhnte, »… selbst wenn es schief geht, geht's nicht dir allein so.«

Zufrieden inhalierte er den Rauch. Sein Vater kriegte von dem heimlichen Disput nichts mit. Mister Big Boss stand neben dem Festzelt in einer Gruppe von Abgeordneten, die ganz aufgeregt schnatterten, weil irgendein Systemabsturz sämtliche Gutachten und Gesprächsvermerke, Kompromisspapiere und Stellungnahmen des Bundestags vernichtet hatte. Ein frischer Wind wehe durch das Regierungsviertel, behaupteten sie, schon gebe es Durchbrüche bei Gesundheits-, Steuer- und allen möglichen anderen Reformen, und gewiss sei Jost Sattler der nächste Innenminister. Er hörte das Schnalzen, Schmatzen und Schmeicheln ihrer Münder, als stecke ein Stethoskop mit einer langen Leitung in seinem Ohr.

Sein Vater wurde plötzlich abgelenkt und schaute dorthin, wo Karla allein aus dem Dickicht der Büsche trat. Sie nahm einen Möhrenstick vom Buffet und steckte ihn in ihren Mund. Im Vorübergehen streifte sie ihm mit der Hand über den Nacken und ging zum Haus. Er entschuldigte sich bei seinen beschlipsten Kollegen und folgte ihr.

*

Das ferne Rauschen der Stadt war verstummt. In der beginnenden Dämmerung entzündete Leila Wunderkerzen auf der Terrasse. Oska sprang um ihre Beine und bellte die Funken an. Die Pflegerin versuchte, Heinrich zu beruhigen, der die Hände vor die Augen hielt und kreischte.

Ein klappriger Herr trat an Opas Rollstuhl und verbeugte sich. Heinrich erstarrte und sah ihn mit seinem »Wer-ist-das?«-Gesicht an. Der Mann flüsterte etwas in sein Ohr und tupfte sich die geröteten Augen mit einem Schnupftuch. Opa lächelte und schüttelte den gesenkten Kopf wie ein Schulmädchen.

Das müsste man malen können, dachte er.

Er konstatierte seine Möglichkeiten. Die Firma gehörte ihm, er war reich und volljährig. Zuerst würde er Karim als Sekretär einstellen, damit der in Deutschland bleiben konnte. Er könnte seinen Vater als Geschäftsführer entlassen und die Produktion auf Bongs umstellen. Besser war natürlich, ihn nicht zu entlassen und mit Staffelei und Gewehr durch Sibirien zu reisen, im Herbst weiter nach Süden, China, Indien und quer durch die Südsee nach Australien und dann rund um die Welt, Bilder aufsaugen, Menschen kennenlernen, sie nach ihren Geschichten fragen und ihre Gesichter malen.

Er sah die Schatten zwischen den Büschen aus dem Boden kriechen und wachsen wie Gespenster. Sie fraßen das Grün aus den Blättern, das Gelb aus den Beeren und das Rot aus den Rosen. Sie konnten ihm nichts antun, denn er hatte seine Farben im Kopf. Haschisch machte hellsichtig, deswegen war es wohl auch verboten.

Die Partygäste verabschiedeten sich und spazierten die im Laternenlicht liegende Platanenallee davon oder stiegen in ihre Dienstwagen. Aljoscha stand am Zaun und flüsterte mit einem der Streifenpolizisten, sein Toupet trug er in der Hand wie ein Plüschtier.

Die Lichter auf der Terrasse flackerten zwischen den schwankenden Zweigen der Bäume. Durch den Garten wehte die Atemluft schlafender Pflanzen.

Die Zeit verging. Im Dunkel des Schlafzimmers seines Vaters murmelte Karla im Halbschlaf. Sein Vater fasste sie um die Taille. Auf seinem Nachtschrank stand neuerdings ein Foto von Raissa.

Eine Etage tiefer schnarchte Heinrich mit zurückgeworfenem Kopf in seinem Krankenbett. Im Traum war er jung und schwarzhaarig und sang mit einem Bibliothekar das Lied vom Kleinen Trompeter.

Die Pflegerin, die in der Halle auf dem Sofa lag, hielt die Augen geschlossen, aber ihre Lippen bewegten sich. Sie repetierte die Namen ihrer Handwurzelknochen für die Anatomieprüfung.

Von der Terrasse her drang ein Geräusch. Er sah, wie Karim und Leila zu lautloser Musik tanzten. Sie fühlten einander und dachten nichts.

Er ließ das Restchen des Joints in seinen Drink zischen. Ein Dampfwölkchen stieg auf, und sein Körper schwebte über dem Baumhaus.

Die Welt war ein Garten, und er war der Gott, der Blumen malte.